Zu diesem Buch

Benet Archdales Kindheit verlief nicht ohne beklemmende Erlebnisse. Besonders das Verhältnis zu ihrer Mutter Mopsa wurde nachhaltig gestört, als Mopsa in einem Anfall paranoider Hysterie Benet mit dem Tranchiermesser erstechen wollte. Erst lange Zeit später kann Benet verstehen, daß ihre Mutter auf vielfältige Weise geistig krank ist. Aber auch diese rationale Erkenntnis hilft der Tochter nicht, ihre Vorurteile abzubauen. Ihre Abneigung wird noch verstärkt, als sie ein uneheliches Kind bekommt, James, und sich kurz vor der Geburt von dem Vater trennt. Diese Tatsache können die Eltern nie akzeptieren – für sie bedeutet James ein Makel auf der Familienehre.

Aber zwei Jahre nach der Geburt von James ist Benet fähig, ihr eigenes Leben zu führen. Sie schreibt einen Weltbestseller, der ihr finanzielle Sicherheit garantiert und ihr die Freiheit gibt, sich ganz der Erziehung von James zu widmen. Zu zweit ziehen sie in eine «bessere» Umgebung Londons, und Benet ist dabei, sich ihr eigenes Heim einzurichten.

In diese Idylle bricht Mopsa ein, die sich in einer renommierten Londoner Klinik psychiatrischen Tests unterziehen soll. Benets Selbstsicherheit ist dahin – die Vergangenheit hat sie eingeholt. Mopsas krankhaft egoistisches Verhalten läßt alte Wunden aufbrechen, und Benet kann ihre verdrängte Wut, ihren Haß nur schwer unterdrücken. Zu allem verschärft eine schwere Erkältung von James die Situation. Mopsa fordert alle Aufmerksamkeit für sich und ignoriert James. Benets Haßgefühle weichen ohnmächtiger Wut: sie will sich als Mutter um ihr Kind kümmern – was Mopsa nie getan hat! Doch James' Gesundheitszustand verschlechtert sich stündlich, und schließlich muß er in ein Krankenhaus eingeliefert werden. Benet will die Nacht bei ihrem Sohn wachen, aber Mopsa macht ihr eine Szene: sie fürchte sich allein in dem großen Haus, und schließlich sei es doch nur eine Erkältung...

Benet gibt nach, doch als bei James Komplikationen auftreten, verbringt sie die nächste Nacht im Krankenhaus. Aber am nächsten Morgen ist Mopsa verschwunden: sie bleibt unauffindbar, und das Auto ist auch fort. Was ist in dieser Nacht geschehen? Benet macht sich Vorwürfe: sie hätte sich mehr um ihre kranke Mutter kümmern müssen!

Doch da passiert etwas noch viel Schrecklicheres...

In der Reihe rororo thriller liegen vor:
Alles Liebe vom Tod (Nr. 2731), Dämon hinter Spitzenstores (Nr. 2677), Die Verblendeten (Nr. 2763), Durch das Tor zum Himmlischen Frieden (Nr. 2684), Durch Gewalt und List (Nr. 2989), Flucht ist kein Entkommen (Nr. 2712), Die Grausamkeit der Raben (Nr. 2741), In blinder Panik (Nr. 2798), Der Kuß der Schlange (Nr. 2934), Leben mit doppeltem Boden (Nr. 2898), Mancher Traum hat kein Erwachen (Nr. 2879), Der Pakt (Nr. 2709), See der Dunkelheit (Nr. 2974), Sprich nicht mit Fremden (Nr. 2869), Urteil in Stein (Nr. 3042), Die Verschleierte (Nr. 3092), Den Wolf auf die Schlachtbank (Nr. 2996) sowie die Kurzgeschichtenbände Der Fieberbaum (Nr. 3004), Der gefallene Vorhang (Nr. 3009), Die neue Freundin (Nr. 2778), Die Wege des Bösen (Nr. 2984) und Der Tag des Jüngsten Gerichts (Nr. 3224).

Ruth Rendell

Die Masken der Mütter

Deutsch von
Edith Walter

rororo
Rowohlt

rororo thriller
Herausgegeben von Bernd Jost

50.–52. Tausend Dezember 1996

Deutsche Erstausgabe
Veröffentlicht im Rowohlt Taschenbuch Verlag GmbH,
Reinbek bei Hamburg, August 1985

Die Originalausgabe erschien unter dem Titel
«The Tree of Hands» bei Hutchinson Publishing Group, London

Redaktion Peter Hetzel
Umschlaggestaltung: Walter Hellmann
(Foto: Bilderbox Hamburg, S. Reinhardt)
Satz Bembo (Linotron 202)
Gesamtherstellung Clausen & Bosse, Leck
Printed in Germany
1090-ISBN 3 499 42723 0

Die Hauptpersonen

Brigitte ‹Benet› Archdale	liebt ihren Sohn James über alles, aber sie haßt ihre Mutter, die anscheinend nur sich selbst liebt.
Margaret ‹Mopsa› Archdale	wurde zwar schon einmal von ärztlicher Seite für verrückt erklärt, aber dafür handelt sie ab und zu erstaunlich weitsichtig.
Edward Greenwood	haßt Kinder, aber er ist der Vater von James – diese Tatsache erscheint ihm Grund genug, Benet endlich zu heiraten und damit auch ihren Erfolg.
Dr. Ian Raeburn	kann eine Katastrophe nicht verhindern, dafür aber mit großem Einfühlungsvermögen Benet Archdales Vertrauen gewinnen.
Carol Stratford	ist eine ausgesprochen attraktive Frau und hat in ihrem Leben bestimmt mit mehr als hundert Männern im Bett gelegen, aber nicht nur diese Gier wird ihr zum Verhängnis.
Jason	Carols jüngster Sohn hat nicht nur unter der Vernachlässigung seiner Mutter zu leiden.
Barry Mahon	Auf diesen Iren trifft das Sprichwort zu: «Liebe macht blind», und zwar in allen Bereichen.
Terry Wand	liebt nur das Geld, und er kann den größten Coup seines Lebens landen, wenn seine Nerven mitspielen.
Freda Phipps	sollte vorsichtiger in der Wahl ihrer Liebhaber sein.

Für mein Patenkind Francesca
in Liebe

Erstes Buch

1

Einmal – Benet war damals ungefähr vierzehn, und sie saßen allein in einem Zugabteil – hatte Mopsa sie mit einem Tranchiermesser erstechen wollen. Möglicherweise auch nur bedroht. Benet hatte sich schon gewundert, daß ihre Mutter eine so große Handtasche mitgenommen hatte, eine rote, die nicht zu den Sachen paßte, die sie trug. Mopsa hatte geschrien und gelacht und wildes Zeug geredet und dann das Messer in die Tasche zurückgesteckt. Benet hatte große Angst gehabt. Sie hatte den Kopf verloren und die Notbremse gezogen, die Mopsa die «Notleine» nannte. Der Zug hatte angehalten, und sie hatten Schwierigkeiten bekommen. Benets Vater war sehr ärgerlich und auf grimmige Art traurig gewesen.

Benet hatte diesen Zwischenfall mehr oder weniger vergessen. Doch als sie in Heathrow auf Mopsa wartete, kehrte die Erinnerung plötzlich sehr lebhaft zurück. Obwohl sie Mopsa seither oft gesehen, mit ihr unter demselben Dach gewohnt und erlebt hatte, wie sie sich verändern konnte, hielt Benet Ausschau nach einer in flatternde Tücher und Schals gehüllten Gestalt mit kurzen struppigen Haaren, als sie inmitten von Reiseleitern mit Schildern, ängstlichen Indern und Ehefrauen von Geschäftsleuten hinter der Barriere stand. James wollte aus seiner Kinderkarre heraus, er konnte dort unten nichts sehen und fühlte sich nicht wohl. Benet hob ihn hoch, setzte ihn seitlich auf ihre Hüfte und schlang einen Arm um ihn.

Hier zu warten, hätte eigentlich aufregend sein müssen. Als die ersten Leute hinter der Wand auftauchten, hinter der sich die Zollkontrolle verbarg, hatte der Augenblick etwas Dramatisches an sich, fast so, als seien sie in die Freiheit entronnen. Benet fiel ein, daß sie einmal hier auf Edward gewartet hatte, und wie wunderbar es gewesen war, als sie ihn plötzlich sah. All die unbekannten Leute, die Fremden, und dann Edward, so eindeutig und unverkennbar Edward, als sei er in Farbe und alles andere nur schwarz und weiß.

Auf Mopsa zu warten war nicht so. Auf Edward zu warten, wenn das überhaupt vorstellbar war, wäre heute auch nicht mehr so. In ihrer Welt gab es außer James niemanden mehr, auf den sie noch *so* warten konnte, und für eine Trennung von James gab es nicht den geringsten Grund. Nicht auf viele, viele Jahre hinaus. Sie grub in ihrer Handtasche nach einem Tempotaschentuch und putzte ihm die Nase. Armer James. Aber er war ein schöner Junge. Er war immer schön, auch wenn sein Gesicht blaß und spitz und seine Nase rot war.

Ein Paar kam heraus. Die beiden schoben je einen karierten Koffer auf Rädern vor sich her. Die Frau hinter ihnen trug einen kleinen Koffer in der einen und eine Reisetasche in der anderen Hand. Schwierig zu sagen, welches Stück Handgepäck war und welches die Zollkontrolle durchlaufen hatte. Koffer und Reisetasche paßten zusammen, waren aus einem beigefarbenen Material, dem man nicht ansah, ob es Leder oder Kunststoff war. Die Frau wirkte farblos und verbraucht. Die blassen, rastlos schweifenden Augen blieben auf Benet haften und erkannten sie. Das Erkennen ging von ihr aus – Benet hätte nicht gewußt, wer sie war.

Aber es war Mopsa. Es war ihre wahnsinnige Mutter, die sie küßte, lächelte und mit der Hand abwinkte, als James das Gesicht an Benets Schulter vergrub, anstatt Mopsa zu begrüßen. Sie trug ein schlecht sitzendes graues Kostüm, eine rosafarbene Seidenbluse mit einer goldenen Nadel am Kragen. Das Haar, lieblos abgeschnitten, war zu stumpfem Silbergrau ausgebleicht.

Benet legte das Gepäck auf die Kinderkarre. Sie behielt James auf dem Arm, der schniefte und aus großen runden Augen die unbekannte Großmutter anstarrte. Mopsa hatte sich einen energischen und federnden Gang angewöhnt. Sie hatte eine aufrechte Haltung und trug den Kopf hoch. Früher war sie oft gebückt gegangen, manchmal hatte sie getanzt und sich in ihren Isadora Duncan-Stimmungen schwebend gewiegt, aber sie war nie ausgeschritten wie eine normale Frau. Oder vielleicht hat sie's getan, als ich noch sehr klein war, dachte Benet und bemühte sich, sich zu erinnern, wie ihre Mutter vor vierundzwanzig Jahren gewesen war. Es war zu lange her. Sie wußte nur, daß sie sich immer danach gesehnt hatte, eine normale Mutter zu haben wie andere Mädchen, für die das etwas Selbstverständliches war. Jetzt schien auch ihre Mutter normal zu sein, doch Benet war inzwischen achtundzwanzig, und es hatte keinerlei Bedeutung mehr für sie. Sie fragte nach dem Vater.

«Es geht ihm gut, und er läßt dich grüßen.»

«Und es gefällt dir tatsächlich, in Spanien zu leben?»

«Ich möchte nicht behaupten, daß es keine Nachteile hat, aber Dad spürt seit drei Jahren überhaupt nichts mehr von seinem Asthma. Und ich bleibe auch fit.» Mopsa lächelte, als sei ihre Krankheit auch nichts anderes als eine Form von Asthma. Sie redete genauso wie eine der Nachbarinnen in Edgware geredet hatte. Wie Mrs. Fenton, dachte Benet, wie eine ganz durchschnittliche Hausfrau mittleren Alters. «Ich komme mir wie eine Betrügerin vor, weil ich eigens hergeflogen bin, um mich untersuchen zu lassen», sagte Mopsa. «Ich bin wieder ganz in Ordnung. ‹Mir fehlt nichts mehr›, habe ich gesagt, aber sie meinten, es werde mir nicht schaden, und warum sollte ich nicht ein paar Tage Urlaub machen? Na ja, aber eigentlich bin ich doch ständig im Urlaub, oder? Fahren wir mit der U-Bahn? Es muß schon sieben oder acht Jahre her sein, seit ich das letzte Mal U-Bahn gefahren bin.»

«Ich bin mit dem Wagen hier», sagte Benet.

Als junges Mädchen hatte sie sich immer wieder vorgesagt: Ich darf meine Mutter nicht hassen. Die Selbstbeschwörung hatte nicht immer geholfen, und dann hatte sie sich gesagt: Aber sie ist krank, sie kann nichts dafür, sie ist wahnsinnig ... Sie hatte verstanden und vergeben, aber sie hatte nicht mit ihrer Mutter zusammensein wollen. Als sie auf die Universität gegangen war, hatte sie beschlossen, nie wieder zurückzukehren, und das hatte sie, von ein paar kurzen Ferientagen abgesehen, auch eingehalten. Ihr Vater hatte sich zur Ruhe gesetzt, und dann hatten sich die Eltern ein kleines Haus in der Nähe von Marbella gekauft. Mopsas Gesicht und Handrücken waren von der Sonne Südspaniens gebräunt. Benet setzte James auf ihre andere Hüfte, und er klammerte sich schniefend an sie.

«Er hat eine scheußliche Erkältung», sagte Mopsa. «Ob es richtig war, daß du ihn mitgenommen hast?»

«Ich habe niemanden, der ihn mir abnimmt. Du weißt doch, daß ich gerade umgezogen bin.»

Auf dem Rücksitz des Wagens war ein Kindersitz angebracht, in dem James sonst zufrieden saß. Benet gurtete ihn an und verstaute Mopsas Gepäck im Kofferraum. Sie wäre dankbar gewesen, wenn die Mutter ihr angeboten hätte, sich zu James in den Fond zu setzen, doch sie hatte sich schon auf den Beifahrersitz geschoben, den Sicherheitsgurt angelegt und die Hände in den plumpen schwarzen Lederhandschuhen im Schoß gefaltet. Sie schien auch nicht auf den Gedanken zu kommen, mit James zu sprechen. Er fühlte sich unglücklich, nieste manchmal und quengelte leise vor sich hin. Benet redete mit ihm, während sie fuhr, zeigte ihm Leute, Hunde und Gebäude, alles, was ihn möglicherweise interessieren konnte. Bald jedoch merkte sie, daß Mopsa beleidigt war. Mopsa wollte über ihre Sorgen und Hoffnungen sprechen, über Spanien und ihr Haus und darüber, was sie in London unternehmen wollte. Benet kam ein Gedanke, den sie bisher noch nie verfolgt hatte: irgendwie setzte man immer voraus, daß ein von einer Geisteskrankheit geheilter Mensch nur noch nett war, selbstlos, rücksichtsvoll, angenehm und vernünftig. Doch das war natürlich nicht der Fall. Wieso denn auch? Unter der Psychose lagen genauso wie beim gesunden Menschen Niedertracht und Anständigkeit verborgen, ganz normale Eigenschaften also. Natürlich war Mopsa nicht gemein oder niederträchtig, durchaus nicht. Aber vielleicht, überlegte Benet, erwies sich ihre Mutter, die so lange geisteskrank gewesen war, nach ihrer Heilung als hochgradige Solipsistin – als ein Mensch, der glaubte, die Welt drehe sich nur um ihn.

Das Haus in Hampstead, im Vale of Peace, war Benet immer noch fremd. Sie war erst vor drei Tagen eingezogen. Sie bog in den schmalen Weg zwischen den hohen Böschungen ein, der in das Dörfchen am Rand der Heide führte. Ihr halbes Leben – genau seit jenem Tag, an dem sie mit Freunden auf dem Jahrmarkt gewesen war, der an Feiertagen in der Nähe der Spaniards Road abgehalten wird – hatte sie davon geträumt, einmal hier zu wohnen. Als der Wunsch schließlich nicht mehr nur Traum bleiben mußte, als sie sich ihn erfüllen konnte, hatte er sich in einen handfesten Plan verwandelt. Mopsa schien jedoch noch nie etwas von dieser berühmten Enklave gehört zu haben, die sich unter die hohen Wipfel von Kastanienbäumen, Sykomoren und Montereytannen duckte, wo blaue Gedenktafeln an längst dahingegangene Poeten erinnerten, an einen Maler, an einen oder zwei Impresarios. Daß Shelley auf dem Teich Papierschiffchen segeln ließ und Coleridge, auf dem Dorfanger auf einem Holzklotz sitzend, ein magisches, unvollendet gebliebenes Epos begonnen hatte, waren Überlieferungen aus der Welt der Literatur, die nie bis zu Mopsa durchgedrungen waren. Sie stieg aus dem Wagen und beäugte Benets hohe, schmale viktorianische Villa mit einer Miene, die Enttäuschung verriet. Was hatte sie erwartet? Einen Art Deco-Palast in der Bishop's Avenue?

«Tja, wahrscheinlich wolltest du nichts allzu Pompöses, einfach nur ein Haus für dich und das Baby allein.»

Also ein Baby ist James eigentlich nicht mehr, dachte Benet, während sie die Haustür aufschloß. Er war ein Jahr und neun Monate, konnte schon ziemlich viele Wörter sprechen und noch mehr verstehen. Er kletterte die Stufen zur Haustür hinauf, wurde munterer, weil er wieder zu Hause war, vermutlich weil er sich an die Schätze erinnerte, die ihn erwarteten – seine Spielsachen, mit denen der Fußboden der großen Küche im Hochparterre übersät war, denn sie diente zugleich als Spielzimmer. Mopsa stieg über ihn hinweg, um zur Tür zu gelangen. Benet fragte sich, wie lange es wohl dauern werde, bis sie auf seine Vaterlosigkeit zu sprechen kam. Oder war sie, trotz ihres unvergleichlich viel besseren Zustands, doch keine konventionelle, spießige Vorstadthausfrau mittleren Alters, die sich an solchen Dingen stieß? War es nicht und würde es nie sein? Benet hatte kaum erwartet, ohne eine Anspielung auf Edward, die Nachteile der Unehelichkeit und die Gefahren davonzukommen, die einem Jungen drohten, der nur von seiner Mutter erzogen wurde. Sie sollte froh sein, daß es Mopsa war, die sie besuchte, und nicht ihr Vater. Er reagierte noch immer mit ungläubiger Betroffenheit auf James' bloßes Vorhandensein.

Im Haus herrschte noch wüstes Durcheinander. Schachteln und Kisten mit unausgepackten Kleinigkeiten, Küchenutensilien, Porzellan und Glas standen im Flur herum. Außerdem stapelten sich Hunderte und aber Hunderte von Büchern auf dem Fußboden. Bevor sie zum Flugplatz mußte, hatte Benet in dem Zimmer, das ihr Arbeitsraum werden sollte, Bücher in die Einbauregale geräumt und die Arbeit unterbrechen müssen. Sie hatte sich vorgenommen, ein gewisses System hineinzubringen, was ihr bisher nie gelungen war. Auf dem Boden ausgebreitet lagen auch alle sechzehn ausländischen Ausgaben ihres Bestsellers. Er war die Quelle des Überflusses, dem sie das Haus zu verdanken hatte: *Die vertrackte Ehe*. Benet machte die Tür zu, um James daran zu hindern, zwischen den Bergen von Paperbacks zu wüten.

Obwohl James jetzt noch viel weniger als im Auto geneigt schien, irgendwo zu wüten. Er hatte sich nicht, wie Benet es eigentlich erwartete, auf sein neuestes Spielzeug gestürzt, ein Xylophon, dessen über eine Oktave reichende Stäbe in allen Farben des Spektrums glänzten, wozu noch ein goldener kam. Er verzog sich still in sein Korbsesselchen und lutschte am Daumen. Seine Nase lief wieder, und Benet nahm ihn auf, so daß sie den Atem hörte, der seine kleine Brust hob und senkte. Es war kein Pfeifen, nur ein Atemgeräusch, wo eigentlich nichts zu hören sein sollte. In dem großen Raum im Hochsouterrain war es warm und gemütlich und an einem so sonnigen Tag auch hell genug. Benet hatte Küchenelemente aus Massiveiche einbauen und den Boden mit einem florentinerroten Spannteppich auslegen lassen. Außerdem stand hier noch der große Schrank mit James' Spielsachen.

Mopsa deponierte Koffer und Reisetasche auf dem Bett des Zimmers, das Benet für sie bestimmt hatte, kam munter wieder herunter und verkündete: «So, und jetzt gehen wir alle miteinander essen. Ich lade euch ein.»

«Ich glaube, ich sollte heute lieber nicht mehr mit ihm an die Luft. Es scheint ihm nicht gutzugehen. Wir können hier essen. Ich habe alles für den Lunch vorbereitet.»

Mopsa war ungehalten und zeigte es offen. «Es ist nicht kalt, nicht einmal nach meinen spanischen Maßstäben.» Ihr Lachen klang metallisch und irgendwie geborsten, nicht unähnlich dem tiefsten Ton von James' Xylophon. «Du mußt eine sehr aufopfernde Mutter sein.»

Benet antwortete nicht. Sie war selbst erstaunt, daß sie eine so aufopfernde Mutter geworden war. Es war natürlich auch ihre Absicht gewesen. Als sie sich ganz bewußt dazu entschlossen hatte, als unverheiratete Frau ein Kind zu bekommen, als James geboren wurde, hatte sie sich fest vorgenommen, eine aufopfernde Mutter zu sein, hatte eine ideale Kindheit für ihn geplant, ihm alle nur erdenkliche Liebe und das Beste an materiellen Dingen zu geben. Sie hatte nicht geahnt, daß weder Vorsätze noch Pläne nötig gewesen wären, weil sie ihm vom Augenblick seiner Geburt an völlig verfallen war.

Sie bereitete den Lunch zu – Suppe, Vollkornbrot, Entenpastete und Salat für sie und Mopsa, Rühreier, Toast und Schokoladeeis für James. Am anderen Ende des Raumes, auf dem Fenstersitz mit Ausblick auf den kleinen Steingarten und die Steinmauer dahinter, saß Mopsa und las das Taschenbuch, das sie aus Spanien mitgebracht hatte. Sie hatte nicht versucht, James auf den Schoß zu nehmen. Benet unterdrückte ihre Empörung, verbot sich sogar, sie zu empfinden. James aß nur ein paar Bissen, nicht einmal sein Lieblingsessen konnte seinen Appetit anregen.

«Er muß sich richtig ausschlafen», sagte Mopsa.

Wahrscheinlich hatte sie recht. Obwohl Benet der Meinung war, sie habe es nicht gesagt, weil sie sich um ihn sorgte, sondern eher weil sie ihn loswerden wollte. James' Zimmer war das einzige im Haus, in dem schon mustergültige Ordnung herrschte und keine unausgepackte Kiste mehr herumstand. Benet gab ihm sein Lieblingsspielzeug, ein knautschiges Tigerjunges mit baumelnden Pfoten, in die Hand und legte ihn liebevoll in sein Kinderbett. James ließ sich am Tag nur höchst unwillig ins Bett bringen, setzte sich normalerweise sofort wieder bolzengerade auf und streckte hartnäckig die Arme in die Höhe. Heute blieb er, seinen Tiger umklammernd, reglos liegen. Sein Gesicht war gerötet, als bekäme er tatsächlich die seit langem erwarteten hinteren Backenzähne. Es kann nichts Schlimmes sein, dachte Benet. Sie hatte ihn gegen jede nur denkbare Krankheit impfen lassen. Gegen Erkältungen war er seit jeher anfällig gewesen, und er hatte sehr empfindliche Bronchien. Es rasselte jetzt in seiner Brust, wenn er einatmete. Sie blieb fünf Minuten bei ihm sitzen, bis er eingeschlafen war.

«Ich hätte nicht geglaubt, daß du zu so mütterlichen Gefühlen fähig bist», sagte Mopsa. Sie war ins Wohnzimmer hinaufgegangen, in dem es noch chaotisch aussah, hatte ein paar Flaschen entdeckt, die Benet noch nicht weggeräumt hatte, und schenkte sich einen Brandy ein. Sie hatte nie viel getrunken, war nie in Gefahr gewesen, Alkoholikerin zu werden, aber sie nahm ab und zu recht gern einen Drink, und manchmal hatte er eine merkwürdige Wirkung auf sie. Benet erinnerte sich noch sehr gut, daß ihr Vater und sie sich vor Jahren immer bemüht hatten, Mopsa von der Sherryflasche fernzuhalten. Mit halb geöffneten, zitternden Lippen lächelte Mopsa sie auf eine vage, alberne Art an. «Es ist oft so, daß man sie nicht will und sie doch liebt, wenn sie erst mal da sind.»

«Ich wollte James», antwortete Benet und schnitt, um sie abzulenken, das Thema an, auf das die Mutter – wie sie wußte – mit größtem Vergnügen einging. «Erzähl mir von den Tests, die man mit dir machen will.»

«In Spanien haben sie nicht die notwendigen medizinischen Apparate dazu. Ich hab ja schon immer behauptet, daß mir ein Enzym oder so was Ähnliches fehlt, und jetzt sieht es so aus, als kämen sie langsam zu derselben Überzeugung.» Mopsa hatte seit Jahren geleugnet, daß sie überhaupt krank war. Immer waren es die andern, die krank oder boshaft waren oder kein Verständnis für sie hatten. Doch wenn sie der Erkenntnis, daß sie nicht normal war, nicht mehr ausweichen konnte, wenn sie sich in den Perioden geistiger Klarheit an Alpträume erinnerte, schrieb sie nicht ihrer Psychose die Schuld zu, sondern einem Defekt in ihrem chemischen Körperhaushalt.

«Nehmt doch einmal den Fall George III.», pflegte sie zu sagen. «Man hat ihn jahrelang für verrückt gehalten. Man unterwarf ihn höllischen Torturen. Jetzt weiß man, daß er Porphyrie hatte und er wieder normal geworden wäre, wenn man ihm gegeben hätte, was seinem Körper fehlte.»

Vielleicht hatte sie recht. Doch welche Körpersubstanz ihr auch gefehlt haben mochte, es sah ganz so aus, als sei der Mangel in letzter Zeit auf natürliche Weise ausgeglichen worden. Während Mopsa völlig klar und sehr intelligent über die Einzelheiten der Tests und der späteren sehr komplizierten Auswertung sprach, hatte Benet den Eindruck, sie sei geistig gesünder, als sie sie seit ihrer Kindheit je erlebt hatte. Sogar der Schleier, der ihre grünblauen Augen getrübt hatte, schien verschwunden. An seine Stelle war ein normaleres, von innen her kommendes Licht getreten.

Mopsa sah sich im Zimmer um. «Wo ist dein Fernseher?»

«Ich habe keinen.»

«Was? Du hast wirklich keinen Fernseher? Ohne Fernsehen wäre ich verloren, obwohl das Programm in Spanien nicht sehr gut ist. Ich habe mich auf das englische Fernsehen gefreut. Warum hast du denn keinen Apparat? Es ist doch unmöglich, daß du ihn dir nicht leisten kannst?»

«Ich schreibe, wenn James schläft, also hauptsächlich am Abend. Ein Fernseher wäre wenig sinnvoll für mich.»

«Er schläft jetzt. Möchtest du vielleicht ein bißchen schreiben? Nimm bloß keine Rücksicht auf mich! Ich bin mucksmäuschenstill und lese mein Buch.»

Benet schüttelte den Kopf. Sie war nicht imstande, einem Außenstehenden die besonderen Voraussetzungen zu erklären, die sie brauchte, um schreiben zu können – eine gewisse Abgeschiedenheit, eine nachdenkliche Atmosphäre, eine gewisse geistig-seelische Einstimmung. Und mit Mopsa konnte sie schon gar nicht darüber sprechen. Außerdem war sie in der höchst ungewöhnlichen Situation einer Frau, die ein paar Erinnerungen und Beobachtungen niedergeschrieben hatte – in ihrem Fall über Edward, sich selbst und ihre gemeinsame Zeit in Indien –, die Notizen und Fragmente später nur zum eigenen Vergnügen zu einem Roman verarbeitete und plötzlich feststellen mußte, daß sie einen Bestseller geschaffen hatte. Ein Buch, das sofort an die Spitze jeder Bestsellerliste stürmte. Jetzt mußte sie etwas Neues schreiben, das neben *Die vertrackte Ehe* zumindest bestehen konnte. Sie war die Autorin eines Buches, das möglicherweise ihr einziges bleiben würde, und stand vor der Hürde, ein zweites produzieren zu müssen. Das Schreiben fiel ihr nicht leicht, auch nicht, wenn sie in Stimmung war und James schlief.

Dabei fiel ihr ein, daß er jetzt schon fast zwei Stunden schlief. Sie ging hinauf und sah nach ihm. Er war noch nicht wach. Sein Gesicht war hochrot, und sein Atem ging rasselnd. Sie konnte Edward in seinem Gesicht sehen, besonders im Schwung seiner Lippen und der gut modellierten Stirn. Eines Tages, wenn er erwachsen war, würde er das Aussehen eines «englischen Gentleman» haben, wie Edward. Flachsblondes Haar, ruhige blaue Augen, ein kräftiges Kinn – und vielleicht würde bei James noch etwas dazukommen, etwas, das sein Vater nicht hatte.

Während sie darauf wartete, daß er wach wurde, stand sie am Fenster und beobachtete die untergehende Sonne. Der Himmel färbte sich erst rot, nachdem sie hinter dem Horizont verschwunden war. Jetzt war er aus dunklem Gold, von grauen Streifen durchzogen, und auf dem Wasser des Vale of Peace-Teichs funkelten winzige Lichter. Eine Reihe Montereytannen am anderen Ufer hob sich schwarz vom gelb und grau marmorierten Hintergrund ab. Hier ließ es sich leben, hier sollte James aufwachsen, es war der richtige Ort für ihn. Sie hatte gut gewählt.

War es irgendein Teil der Aussicht – die Tannen vielleicht und der Sonnenuntergang – oder waren es ihre Gedanken über die Kindheit und die richtige Umgebung für ein Kind, die in ihrer Erinnerung jenen furchtbaren Nachmittag mit Mopsa heraufbeschwor? Sie hatte seit Jahren nicht mehr daran gedacht. Jetzt erinnerte sie sich sehr deutlich daran, obwohl es neunzehn oder zwanzig Jahre her war. Aber erinnerte sie sich wirklich an das, was tatsächlich geschehen war? Es war der erste Ausbruch von Mopsas Wahnsinn, ihrer paranoiden Schizophrenie, den Benet miterlebte. Sie war acht und ihre Kusine, die bei ihnen war, erst drei oder vier. Mopsa hatte sie ins Eßzimmer des Hauses mitgenommen, das sie in Colindale gemietet hatten, verschloß und verriegelte die Tür und rief dann Benets Vater in der Arbeit an, um ihm zu sagen, sie werde die Kinder und sich selbst umbringen. Oder hatte Mopsa nur gedroht, mit den Kindern so lange eingeschlossen zu bleiben, bis sie etwas Bestimmtes erreicht hatte? Die richtige Version lag vermutlich irgendwo zwischen diesen beiden. Wozu hatte eine Eßzimmertür eigentlich einen Riegel? Aber Benet erinnerte sich sehr deutlich daran, daß Mopsa Messer aus einer Schublade genommen und die kleine Kusine geschrien hatte wie am Spieß. Dann hatte Mopsa schwere Möbelstücke, eine Anrichte und irgendeinen anderen Schrank, vor die Terrassentür geschoben. Am lebhaftesten erinnerte sich Benet noch an das Krachen der aus den Angeln gerissenen Tür, an das Splittern von Holz und das laute Poltern, mit dem zuerst ihr Onkel, dann ihr Vater ins Zimmer stürmten. Sie waren allein, hatten keine fremde Hilfe mitgebracht. Zweifellos hatten Scham und die Angst vor den Konsequenzen sie daran gehindert. Sie waren alle unverletzt geblieben, und Mopsa war danach ganz ruhig geworden. Niemand hätte vermutet, daß etwas mit ihr nicht stimmte. Bis sie angefangen hatte, zwanghaft zu stehlen. Das war das nächste Symptom gewesen. Unmöglich zu sagen, daß man sich etwas wünschte – etwas innerhalb vernünftiger Grenzen natürlich –, ohne daß Mopsa hinging und es stahl. Benet erinnerte sich, daß ihr Vater eine Platte bewunderte, die er bei irgend jemand gehört hatte, ein populäres, schon fast abgedroschenes Stück, Händels *Wassermusik* vermutlich. Mopsa gab sich unendliche Mühe, dieselbe Aufnahme zu finden, und als sie sie endlich in einem Laden entdeckte, stahl sie die Platte, die sie ohne weiteres hätte kaufen können, denn Geld hatte sie genug. Sie stahl, um den Menschen, die sie liebte, etwas zu schenken; und das Risiko erhöhte, wie ein Psychiater gesagt hatte, in ihren Augen den Wert des Geschenks. Von da an traten die Symptome ihrer Krankheit immer häufiger und in unterschiedlichster Form auf – sporadische Gewalttätigkeit, Wahnvorstellungen, kleinere «Verrücktheiten» ...

James drehte sich um, setzte sich auf, stieß einen zornigen Schrei aus und rieb sich die Augen mit den Fäusten. Aus dem Schreien wurde Husten, und in seiner Brust rasselte es stärker. Benet nahm ihn auf und drückte ihn an sich. Seine Brust war wie ein Resonanzkörper, in dem fast musikalische Töne widerhallten. Die Idee, am Abend ein paar Leute auf einen Drink einzuladen – eine Möglichkeit, den Abend hinzubringen, und eine gute Möglichkeit dazu, da Mopsa sich so vernünftig benahm –, mußte sie jetzt wohl fallenlassen. James war schwer erkältet und würde sie ganz für sich beanspruchen.

Im Haus war es sehr warm. Benet hatte vor ihrem Einzug die Zentralheizung überholen lassen und war jetzt froh darüber.

Mopsa, die bei geöffneter Tür ihren Koffer auspackte, sah wie der Inbegriff einer vernünftigen, ziemlich durchschnittlichen Hausfrau aus. Zweifellos war das eine Rolle, die sie spielte, vielleicht schon seit Jahren. Früher hatte sie die verschiedensten Rollen gespielt, und sie alle schienen in dieser einen verschmolzen. Oder war das die echte Mopsa, die endlich die vielschichtige psychotische Persönlichkeit abgeschüttelt hatte?

Jetzt hätte sogar der einfache Name Margaret, auf den sie getauft war, besser zu ihr gepaßt als jener andere, der einen Beiklang von Wildheit und Hexenkunst, uralten Überlieferungen, Tauchstuhl, Auge des Wassermolchs und Froschschenkel hatte. Der Name stammte jedoch nicht aus *Macbeth*, sondern aus *Ein Wintermärchen*, und Benets Mutter nannte sich so, seit sie mit fünfzehn Jahren bei einer Schulaufführung die Rolle der Mopsa gespielt hatte. Obwohl er Benet als Name ihrer Mutter vertraut war wie anderen Kindern Mary oder Elizabeth, empfand sie ihn plötzlich als etwas Unrealistisches, Unpassendes. Er hätte zugleich mit der wallenden blonden Mähne verschwinden sollen. Mopsas Gesicht, ein mageres, spitzes Gesicht, das seit jeher etwas Hexenhaftes gehabt hatte – obwohl es in Benets Kindheit das einer schönen Hexe gewesen war –, wirkte irgendwie verschwommen, was vielleicht an einem gewissen Alterungsprozeß lag. Die Kinnlinie war nicht mehr fest und schwungvoll, die Lippen ein wenig schlaff. Der schlechte Haarschnitt ließ sie eher bemitleidenswert aussehen, doch auch nicht mehr als andere Frauen ihres Alters, deren Leben keinen besonderen Sinn mehr hatte und die weder besonders geliebt noch gebraucht wurden.

Benet war überrascht, als sie in die Küche kam und sah, daß Mopsa sich selbst Tee aufbrühte. Gewöhnlich erwartete sie, daß man sie bediente, gleichgültig, wo sie war. Sobald es James bessergeht, dachte Benet, gehen wir zu dritt aus. James war bald alt genug, um an interessante Orte mitgenommen zu werden, zumindest konnte man jetzt schon damit anfangen. Nachdem Mopsa aus dem Krankenhaus zurück war, würden sie irgendwo nett essen, und wenn das Wetter so schön war wie heute, konnten sie nach Hampton Court fahren. Kleine Kinder wurden schnell einmal krank, aber ebensoschnell wieder gesund, das hatte Benet schon gelernt. Der heutige Abend würde nicht leicht werden, vielleicht war sie in ein oder zwei Tagen so weit, daß sie es für unerläßlich hielt, einen Fernseher zu mieten.

«Wann muß er ins Bett?» fragte Mopsa.

«Gewöhnlich um halb sieben, aber heute wird es ganz offensichtlich später werden.»

«Du verwöhnst ihn.»

Benet antwortete nicht, und Mopsa begann einen langen Monolog über die Schwierigkeiten, zu dem Krankenhaus zu gelangen, in dem die ersten Tests gemacht werden sollten. Der Weg war so weit, und mit der Untergrundbahn fand sie sich bestimmt nicht zurecht, weil sich «alles geändert» hatte, seit sie nicht mehr in London lebte. Sie studierte eine Karte des U-Bahn-Netzes und eine Straßenkarte. Benet sagte, sie bringe sie selbstverständlich mit dem Wagen hin, und wenn James noch zu krank sei, um mitgenommen zu werden, trieb sie schon jemanden auf, der bei ihm blieb.

Als sie noch in der Wohnung in Tufnell Park wohnte, war es nicht schwierig gewesen, einen Babysitter zu bekommen. Im Nebenhaus gab es junge Mädchen in Hülle und Fülle, die alle darauf brannten, ein bißchen Geld zu verdienen. Hier war es anders. Sie kannte niemanden. Sie hatte nicht einmal Freunde mit kleinen Kindern, abgesehen von Chloe, die ständig im Urlaub und verreist war.

Mopsa, der es nicht an einer gewissen Intuition mangelte, schien zu ahnen, um was sich Benets Gedanken drehten. «Könntest du nicht jetzt jemanden finden? Ich möchte mit dir essen gehen.»

«Ich kann ihn heute keiner Fremden überlassen.»

Benet beschloß, Mopsas mürrische Miene zu ignorieren. Es ging jetzt ohnehin nicht mehr darum, ob sie bei James bleiben sollte oder nicht, sondern darum, irgend etwas für ihn zu tun. Seine Stirn war heiß und feucht. Er atmete mühsam, und manchmal hustete er qualvoll. Er war zu seinem Xylophon getrabt und hatte zu spielen versucht, war aber bald wiedergekommen und auf Benets Schoß gekrochen. Da ihm das Atmen so schwerfiel, weinte er immer wieder jämmerlich und erstickt auf.

«Ich muß den Arzt anrufen.»

«Es ist sieben Uhr. Willst du den armen, überarbeiteten Mann jetzt wirklich noch belästigen, weil das Baby erkältet ist?»

«Es ist eine Frau», sagte Benet, aber mehr auch nicht. Sie wußte noch von früher, daß es sinnlos war, auf Mopsa böse zu sein, und noch sinnloser, die Beherrschung zu verlieren. Sie geriet sofort in verzweifelte, rasende Panik. Das war zwar Jahre her, aber alte Gewohnheiten sterben schwer. Benet griff nach dem Telefon, das im selben Moment zu klingeln begann.

«Das wird dein Vater sein.»

Er war es. Mopsa sah sehr selbstzufrieden aus. Über Beweise der Fürsorge und Aufmerksamkeit freute sie sich ganz unverhältnismäßig.

«Hallo, Dad, wie geht's?» Benet mußte die Sprechmuschel höher halten, weil James laut und kläglich schrie. «Tut mir leid, das ist mein armer James. Er ist erkältet.»

Obwohl es keine dramatischen Szenen gegeben hatte und sie nie aus dem Schoß der Familie ausgestoßen worden war, obwohl es auch nie offene Vorwürfe gehagelt hatte, war ihr Vater über ihre Schwangerschaft und James' Geburt schockiert und empört gewesen. Die Situation war um so schlimmer, weil sie, eine gebildete und jetzt auch wohlhabende Frau, in einer Gesellschaft lebte, in der man die Geburt eines außerehelichen Kindes mit mancherlei Mitteln verhindern konnte. Er hatte James noch nicht ein einziges Mal bei seinem Namen genannt. Wenn James, was kürzlich geschehen war, sich für das Telefon interessierte und mit dem jeweiligen Gesprächspartner seiner Mutter reden wollte, war sein Großvater verlegen, bellte barsch ein paarmal «Hallo» und «auf Wiedersehen» in den Hörer und schien höchst ungeduldig zu sein, wieder Benet an den Apparat zu bekommen. Als sie ihm jetzt erklärte, daß James erkältet war, sagte er nur: «Ach ja?» Es folgte eine fast peinliche Pause. Dann: «Wie geht es deiner Mutter? Sie ist doch gut angekommen, nicht wahr?»

«Es geht ihr gut. Willst du mit ihr sprechen?»

Die Pause war diesmal kürzer, aber sie war da. Zweifellos hatte John Archdale seine Frau früher einmal geliebt. Seit damals hatte er viel durchgemacht, viel ertragen. Es war nicht ihre Schuld, sie mußte einem leid tun, sie war genauso hilflos und krank, als leide sie an multipler Sklerose, aber was er jetzt empfand, war nicht Liebe, sondern Pflichtbewußtsein. Er trug ein Kreuz, das von Jahr zu Jahr schwerer wurde. Im Augenblick genoß er eine kleine, wohlverdiente Atempause, spielte mit seinen ebenfalls in Spanien lebenden Landsleuten und Freunden eine Partie Bridge oder trank ein Glas in der Bar des *Miramar-Hotels*. Jetzt ihre Stimme zu hören, würde ihm den angenehmen Abend zwar nicht gerade verderben, aber ... Benet konnte jedoch nichts tun, um es zu verhindern.

«Nur ein paar Worte», sagte er.

Früher hatte Benet von Zeit zu Zeit erlebt, wie die Mutter ihn mit unglaublich wüsten Schimpfwörtern belegte, von denen «Scheißkerl» und «dreckiger Mörder» ungefähr die mildesten waren. Jetzt nahm Mopsa den Hörer und sprach in der Rolle der vernünftigen Hausfrau mit ihm.

«Hallo, mein Lieber.»

Sie wechselten ein paar Worte, und Benet war entrüstet, weil James' Name nicht ein einziges Mal erwähnt wurde. Er war jetzt still – das heißt, er hatte zwar aufgehört zu weinen, lehnte sich aber schwer an sie, und sein Atem ging keuchender und rasselnder als zuvor.

«Ja, ein recht angenehmer Flug. Ein Gutes hat die Fliegerei, es dauert nie lange, es ist bald vorbei. O ja, ich wurde abgeholt und ganz vornehm nach Hause gefahren. Ja, morgen früh, um zehn. Am besten, du rufst morgen wieder an, meinst du nicht auch? Also dann auf Wiedersehen.»

Sie legte auf, blieb stehen und musterte Benet forschend, die James unwillkürlich fester in die Arme schloß. Dieser bebende Ausdruck, als werde sie gleich in Tränen ausbrechen, kündigte – wie Benet von früher wußte – immer einen Stimmungswechsel an. Plötzlich begann Mopsa zu sprechen, hoch und schnell, aber mit völlig normaler Stimme.

«Ich war dir keine gute Mutter, Brigitte. Das weiß ich. Ich habe dich vernachlässigt – dich auf jeden Fall zuwenig beachtet. Ich war krank, weißt du, ich war schon lange krank, bevor ihr es gemerkt habt, du und Dad. Es war dieses Hormon, oder was immer mir fehlt – vielmehr damals fehlte –, es machte mich krank. Ich war keine gute Mutter, ich war eine verlorene Seele, weißt du? Kannst du mir verzeihen?»

Gefühlsausbrüche von Mopsa waren Benet immer peinlich. Sie wurde verlegen und scheu, unter anderem auch deshalb, weil die Mutter sie immer wieder, besonders wenn sie unter einer inneren Spannung litt, bei ihrem Taufnamen nannte, den sie haßte und den sie, zur Abwechslung einmal Mopsas Fußstapfen folgend, sofort abgelegt hatte, als sie von zu Hause fortgegangen war. Benet war ziemlich eckig, langbeinig, hatte ein spitzes Gesicht und glattes, dunkles Haar. Wie hätte sie, in einem neuen Freundeskreis, wieder das unvermeidliche spöttische Erstaunen ertragen sollen, weil ausgerechnet sie nach der Bardot benannt worden war?

Sie war verlegen, doch sie mußte um der armen, rührenden Mopsa willen ihre Verlegenheit unterdrücken. Und Mopsa stand wartend da, hungrig nach Liebe und nach Trost, und atmete beinahe so schnell und flach wie James.

«Kannst du mir verzeihen, Brigitte?»

«Da gibt es nichts zu verzeihen. Du warst krank. Außerdem warst du keine schlechte Mutter.» James festhaltend und an ihre Schulter drückend, zwang sich Benet, aufzustehen und den anderen Arm um die Mutter zu legen. Mopsa zitterte, bebte wie ein nervöses Tier. Benet hielt James und ihre Mutter mit den Armen umschlungen. Sie küßte Mopsa auf die Wange. Die Haut war heiß und trocken und pulsierte leicht. Aber Mopsas wasserblaue Augen hatten einen klaren, festen Blick. «Ich habe nichts zu verzeihen, glaub mir», sagte Benet. «Und jetzt vergessen wir's einfach, ja?»

«Ich würde alles für dich tun, einfach alles, um dich glücklich zu machen.»

«Das weiß ich.»

Benet setzte sich wieder ans Telefon, rückte James auf ihrem Schoß zurecht und wählte die Nummer der Ärztin.

2

«Er hat Krupp.»

Das Wort war reinste Lautmalerei und klang ungefähr wie das Geräusch, das James beim Atmen machte. Am Ausmaß ihrer Erleichterung – sie hätte Dr. McNeil vor Freude umarmen können – merkte Benet, wie groß ihre Angst gewesen war.

«Ich dachte, das sei eine Krankheit, die nur viktorianische Kinder hatten.»

«Das stimmt. Aber die Kinder bekommen sie auch noch heute. Nur können wir heute mehr für sie tun.» Benets Erleichterung verwandelte sich in eine bleischwere Last, als die Ärztin fortfuhr: «Ich möchte ihn ins Krankenhaus einweisen.»

«Ist das unbedingt nötig?»

«Nur für alle Fälle. Dort ist alles Nötige vorhanden. Ich glaube nicht, daß Sie hier einen Raum mit Dampf füllen können, oder?»

Dr. McNeil war sechzig und wollte in ein oder zwei Wochen in den Ruhestand gehen. Ist sie altmodisch? fragte sich Benet. Einen Raum mit Dampf füllen? Sie stellte sich ein Bad mit voll aufgedrehter Dusche vor, aus der fast kochendes Wasser in die Wanne prasselte, wobei Fenster und Tür des Badezimmers hermetisch verschlossen waren. Aber in einem der beiden Bäder war keine Dusche, und die im zweiten Bad war hoffnungslos verkalkt und mußte erneuert werden.

«Was ist Krupp eigentlich genau?»

«Wenn Sie's hätten, würden wir es Kehlkopfkatarrh nennen.»

Benet überließ es der Ärztin, die nötigen Telefongespräche zu führen. Sie brachte James in die Küche hinunter, wo Mopsa, sehr hausfraulich praktisch in Schürze und Gummihandschuhen, Tassen und Untertassen spülte. Die Erleichterung war zurückgekehrt. Krupp war nur ein Kehlkopfkatarrh.

«Ich begleite dich», sagte Mopsa.

Benet wäre es lieber gewesen, wenn die Mutter zu Hause geblieben wäre, doch sie wußte nicht, wie sie es ihr sagen sollte. Und vielleicht sollte man Mopsa nicht allein lassen, vor allem nicht abends und in einem fremden Haus. Es war ein unglückliches Zusammentreffen, daß Mopsa ausgerechnet jetzt hier war. Benet konnte sich des Gedankens nicht erwehren, daß die Menschen, die behaupteten, sie würden alles für den anderen tun, nie bereit waren, sich im Hintergrund zu halten, nicht einzumischen und auf kleine Bitten einzugehen.

Doch wenigstens setzte Mopsa sich diesmal auf den Rücksitz und nahm James auf den Schoß. Die Nacht war klar, aber mondlos. Benet fiel plötzlich ein, daß Hallowe'en war. Sie trug den in eine flauschige Decke eingepackten James in die große, gotisch gewölbte Vorhalle des Krankenhauses und wurde mit dem Lift in die zuständige Abteilung geschickt.

Mit Krankenhäusern nicht sehr vertraut – sie selbst hatte nur einmal in einem gelegen, und zwar, als James geboren worden war –, hatte Benet einen großen Krankensaal mit zwei Reihen eng beieinanderstehender Betten erwartet. Doch die Edgar Stamford-Abteilung bestand aus lauter kleinen Zimmern, die an einem breiten Korridor lagen. Das Gebäude war früher angeblich das Arbeitshaus gewesen, hatte Benet gehört, doch mußte dieser Teil von Grund auf saniert worden sein, denn außer den kleinscheibigen Spitzbogenfenstern erinnerte hier nichts mehr an das 19. Jahrhundert. In James' Zimmer erwartete ihn ein Kinderbett mit einem darüber angebrachten Zelt, in das Dampf gepumpt wurde. Die Schwester nannte es ein Kruppzelt. Zuerst weinte er, dann wurde er still und umklammerte Benets Hand. Der Arzt kam ungefähr nach zehn Minuten. Vor der Tür des Krankenzimmers zog er sein weißes Jackett aus und legte es auf den Schreibtisch der Schwester.

«Sie bekommen Angst vor weißer Kleidung, wenn wir das nicht tun», erklärte er. «Sie gehen dann nicht mal mehr zum Metzger mit Ihnen.» Er lächelte. «Ich heiße Ian Raeburn und gehöre zum Ärztestab des Krankenhauses.»

Außer dem Kinderbett stand noch ein großes Bett im Zimmer. Benet saß darauf. Ihr war aufgefallen, daß es frisch bezogen und die Decke zurückgeschlagen war.

«Kann ich denn bei ihm bleiben?»

«Selbstverständlich, wenn Sie wollen. Dafür sind die Betten da. Nebenan ist ein Bad. Wir sind ziemlich stolz darauf, daß wir die Eltern hierbehalten können. Es ist heute anders als in der bösen alten Zeit.»

«Ich möchte gern bleiben.»

«Und was wird aus mir?» sagte Mopsa leise und verloren.

«Das können Sie entscheiden», sagte Dr. Raeburn. «Sie werden sehen, daß James bald leichter atmen wird.»

Die kleinen Finger umklammerten ihren Finger noch immer ganz fest. «Du kannst mit dem Taxi zurückfahren, Mutter. Ich geh mit dir hinunter und bestell dir ein Taxi. Du kommst schon zurecht.»

Mopsas Gesicht war erschlafft, sah plötzlich wächsern aus, ihre Lippen zitterten. Das Zimmer war nur schwach erleuchtet, eine einzige Glühbirne brannte über dem Waschbecken, und in diesem Dämmerlicht wirkten Mopsas Augen wieder verschleiert. Seit ihrer Ankunft hatten sie zum erstenmal diesen Ausdruck.

«Ich bin nie allein. Es war schlimm genug, allein im Flugzeug zu sein, ich meine, ohne einen Menschen, den ich kenne. Ich kann in einem wildfremden Haus nicht allein bleiben.»

«Es ist doch nur für eine Nacht.»

«Warum mußt du denn bei ihm bleiben? Er schläft, er weiß nicht, ob du hier bist oder nicht. Früher sind die Eltern nie bei den Kindern im Krankenhaus geblieben, das Personal hätte es nicht geduldet.»

«Die Zeiten haben sich geändert.»

«Ja, und zum Schlimmeren. Dein Vater hätte mir nie erlaubt zu kommen, wenn er gewußt hätte, daß du mich allein lassen würdest, Brigitte. Ich werde krank, wenn du mich allein läßt.»

Vorsichtig entzog Benet James ihren Finger. Er rührte sich nicht. Heftige Abneigung gegen Mopsa erfüllte sie, ein Gefühl, das an Haß grenzte. Wenn ihre Mutter so normal wirkte wie jetzt und dabei alle Symptome eines übersteigerten Solipsismus entwickelte – Gleichgültigkeit gegen die Wünsche anderer und unglaubliche Selbstsucht –, hatte man das Gefühl, daß ihr Wahnsinn nur Theater war, das sie spielte, um Aufmerksamkeit zu erregen. Selbstverständlich war es nicht so, die Krankheit war so real wie eine körperliche Lähmung. Und war es, wenn sie Theater spielte, nicht an sich schon ein Zeichen des Wahnsinns, daß sie es so weit trieb – und über eine so lange Zeit hinweg?

Ich darf meine Mutter nicht hassen ...

«Es passiert dir nichts. Die unteren Fenster haben Gitter, und in jedem Stockwerk ist ein Telefon. Und es ist ja auch keine verrufene Gegend, oder?»

«Ich gehe nicht ohne dich, Brigitte. Du kannst mich nicht zwingen. Ich kann hier im Sessel schlafen. Oder auf dem Boden.»

«Das ist nicht erlaubt», sagte Benet. «Nur Eltern dürfen hierbleiben. Hör zu, ich bring dich nach Hause, dann fahre ich wieder hierher. Und morgen früh komme ich ganz bald zurück.»

«Morgen früh muß ich ganz bald zu meinen Tests.»

Mopsas Gesicht war eigensinnig verkniffen. Die scharfen Züge hatten wieder etwas Hexenhaftes. Ihre verschleierten Augen waren nicht auf Benet, sondern auf einen Punkt am anderen Ende des Raums geheftet. Benet sah James an. Er schlief, und der Apparat puffte leise und regelmäßig Dampf in das Zelt. Sie nahm ihren Mantel vom Bett. Als sie der Stationsschwester sagte, sie bleibe nicht über Nacht, glaubte sie Überraschung, ja, sogar leichtes Befremden in ihren Augen aufblitzen zu sehen. Mopsa, die einen großen Teil ihres Lebens in Krankenhäusern verbracht hatte, fühlte sich hier nicht wohl. Als sie zum Lift gingen, schaute sie wachsam von einer Seite auf die andere. Vor dem Schild, das zur psychiatrischen Abteilung zeigte, schrak sie förmlich zurück.

Trotz der Kisten, die noch unausgepackt herumstanden, schien das Haus sie willkommen zu heißen. Es war warm und hell und gemütlich. Dennoch verbrachte Benet die Nacht fast schlaflos. Sie sah ständig James vor sich, der in dem dampfenden Treibhaus aufwachte und merkte, daß sie nicht mehr da war – es war die reinste Zwangsvorstellung. Was nützte sie denn ihrer Mutter? Mopsa hatte sofort, nachdem sie heimgekommen waren, eine Schlaftablette genommen, war zehn Minuten später eingeschlafen und schlief seither fest. Als Benet um sechs Uhr morgens in die Küche ging, um sich eine Kanne Tee aufzubrühen, kam sie an Mopsas Zimmer vorbei und hörte sie leise schnarchen.

Benet rief das Krankenhaus an, wurde mit der Stationsschwester der Edgar Stamford-Abteilung verbunden und erfuhr, daß James eine unruhige Nacht gehabt hatte und sein Zustand unverändert war. Die Schwester sagte nicht, ob er geweint oder nach Benet gerufen hatte, und Benet brachte es nicht über sich zu fragen. Er hatte es bestimmt getan, das wußte sie. Er war noch nie von ihr getrennt gewesen. Wenn Mopsa zu ihren Tests nur in dasselbe Krankenhaus müßte! Statt dessen mußte Benet sie meilenweit durch die weit auseinandergezogenen nördlichen Vorstädte Londons kutschieren und sich auf der Rückfahrt durch den Verkehr kämpfen, bevor sie James sehen konnte. Zum erstenmal hatte sie James gegenüber ein schlechtes Gewissen, hatte sie das Gefühl, ihn im Stich gelassen zu haben.

Mopsa erschien um acht Uhr. Sie trug den grauen Kostümrock, einen glockenblumenblauen Angorapullover dazu und als einzigen Schmuck eine einreihige Perlenkette. Heute morgen war sie weniger vernünftige Haus-, sondern eher elegante Geschäftsfrau. Sogar ihr Haar wirkte nicht mehr so lieblos abgesäbelt. Diskretes Make-up, rosig und malvenfarben, machte sie jünger. Sie fragte nicht nach James, und Benet sagte ihr nicht, daß sie im Krankenhaus angerufen hatte. Mopsa lebte nur noch in Erwartung ihrer Tests. Sah sie gut aus? Sollte sie den blauen Regenmantel, die graue Kostümjacke oder beides anziehen?

James hätte genausogut nicht existieren können. Benet fühlte einen sehr realen körperlichen Schmerz, weil er so vernachlässigt wurde. Sie konnte nicht essen, glaubte an dem Groll gegen Mopsa und an ihrer Liebe zu James zu ersticken. Am liebsten hätte sie Mopsa gepackt, geschüttelt und ihr ins Gesicht geschrien: Es ist mein Kind, mein Sohn, ist dir das denn nicht klar? Es wäre sinnlos, es wäre grausam und völlig sinnlos gewesen.

Ich darf meine Mutter nicht hassen ...

Als sie im Wagen saßen und die Hampstead Lane entlangfuhren, hatte sie sich so weit gefaßt, daß sie sachlich und ruhig sprechen konnte.

«Ich lasse dich im Royal Eastern Hospital und fahre zu James. Du mußt dir ein Taxi nehmen und dich entweder nach Hause oder zu James' Krankenhaus fahren lassen. Es ist ganz einfach, und du schaffst es bestimmt. Ich habe dir beide Adressen aufgeschrieben.»

Sie wartete auf den Proteststurm, doch er kam nicht. Mopsa war in euphorischer Stimmung, eifrig darauf bedacht zu gefallen, großmütig bereit, nicht selbstsüchtig zu sein. Selbstverständlich nahm sie ein Taxi, selbstverständlich schaffte sie es. Es tat ihr leid, daß sie am Abend vorher von Benet verlangt hatte, mit ihr nach Hause zu fahren, aber am Abend empfand man alles eben ganz anders, nicht wahr? An einem so hellen Morgen wie heute konnte man kaum noch verstehen, wie schlecht man sich gefühlt hatte, wie unsicher, wie allein und wie sehr man sich gefürchtet hatte.

Benet nahm auf dem Rückweg dieselbe Route, dieselbe Abkürzung durch Seitenstraßen, die sie benutzt hatte, um Mopsa ins Royal Eastern Hospital in Tottenham zu bringen. Der Verkehr staute sich, als sie darauf wartete, aus den Rudyard Gardens in die Lordship Avenue abbiegen zu können – an der Kreuzung behinderte eine Baustelle den Strom der Fahrzeuge. Sie mußte sich in die schleichende Schlange einreihen und konnte sich daher ein wenig in dem Viertel umsehen, in dem sie früher einmal gewohnt hatte.

Es hatte sich sehr verändert. Die Bäume in den Rudyard Gardens waren gekappt worden, und die Straße sah jetzt aus wie eine Allee geköpfter Stämme. Die Häuserreihen waren nicht mehr bewohnt, Türen und Fenster mit Wellblech verschlagen. Mopsa hätte kategorisch erklärt, es sei ein Slum. Am entgegengesetzten Ende der

Lordship Avenue schien die Sonne aus einem grellblauen Himmel auf die Wohnblocks, Reihenhäuser und den einzelnen Hochhausturm einer Wohnsiedlung, die Winterside Down hieß. Als Benet, Mary und Antonia gemeinsam eine Mansardenwohnung in der Winterside Road bewohnt hatten, hatte es die Siedlung noch nicht gegeben. Nur ihre Straße war dagewesen, die in ein Stück Ödland mündete, das vom Gaswerk bis zum Kanal reichte.

Benets Wagen und die drei Wagen vor ihr krochen langsam auf die Kreuzung zu. Ein schwarzer Dobermann trottete gemächlich über den Zebrastreifen. Als er die andere Seite der Straße erreicht hatte, begann der Verkehr wieder zu fließen. Genau an dieser Stelle, erinnerte sich Benet, hatte sie immer den Bus genommen, der sie in die City und zur Redaktion des Magazins brachte, in der sie gearbeitet hatte. Wäre es nicht James' wegen gewesen, hätte sie es nicht so eilig gehabt, zu ihm zu kommen, wäre sie in die Winterside Road abgebogen und hätte dort den Wagen geparkt, weil sie, genau in dem Moment, in dem der Verkehrsstrom wieder in Bewegung geriet, jemanden entdeckte, den sie kannte. Groß, schwer gebaut, blond, jetzt wahrscheinlich auf die Vierzig zugehend – wie hieß er doch gleich? Tom Sowieso. Tom Woodhouse. Ihm gehörte die Autowerkstatt neben dem Haus, in dem sie gewohnt hatte, und einoder zweimal hatte sie sich bei ihm einen Wagen gemietet. Benet kurbelte die Scheibe herunter, rief seinen Namen und winkte, aber ihre Stimme ging im Verkehrslärm unter. Sie beobachtete durch den Rückspiegel, wie er den Zebrastreifen überquerte und in die Fahrerkabine eines Lieferwagens einstieg.

James lag nicht unter dem Kruppzelt, er war nicht einmal in seinem Zimmer, sondern im Spielzimmer und malte mit Kreide auf eine Tafel. Als Benet hereinkam, rannte er nicht auf sie zu und streckte auch nicht die Arme nach ihr aus, sondern lächelte nur strahlend und irgendwie geheimnisvoll, als gehörten sie einer gemeinsamen Verschwörung an.

«Das ist meine Mami», sagte er zu einem kleinen Mädchen.

«Wir möchten, daß er wenigstens eine Nacht ruhig durchschläft, bevor wir ihn nach Hause entlassen», sagte die Oberschwester.

Mopsa kam um zwölf. Sie schien sehr mit sich zufrieden, war beinahe munter. Sie hatten im Royal Eastern Hospital keine Tests durchgeführt, hatten sie nur untersucht, Fragen gestellt und ihr einen neuen Termin gegeben.

«In drei Tagen soll ich wiederkommen. Und ich will versuchen, heute nacht allein zu Hause zu bleiben.»

«Wenn du das könntest, wäre es eine große Hilfe für mich.» Benet war geradezu lächerlich dankbar. «Das ist sehr tapfer von dir.»

Plötzlich war Mopsa zur vernünftigen Frau geworden, die keine Mätzchen kannte und auch nachts allein in einem fremden Haus blieb. «Ich nehme eine Tablette und werde bis morgen früh nichts sehen und hören.»

James war den ganzen Tag auf den Beinen und spielte. Um sechs Uhr schlief er, ziemlich blaß, schwer atmend, erschöpft. Wenn er ruhig durchschlief, durfte er morgen nach Hause.

«Ich sollte jetzt dort sein», sagte Mopsa, auf die Uhr sehend. «Dein Vater hat wahrscheinlich angerufen. Er wird sich wundern, daß ich nicht da war.»

«Ich gehe mit dir hinunter und helfe dir, ein Taxi zu finden.»

«Ich dachte, ich könnte vielleicht deinen Wagen nehmen.»

Es war dunkel. Die Straßen hier waren eng und verstopft. Mopsa hatte zwar seit dreißig Jahren einen Führerschein, war aber seit fünfzehn Jahren nicht mehr gefahren.

«Mir wäre lieber, wenn du zuerst bei Tageslicht übtest», sagte Benet.

Mopsa machte Einwände, während sie sich den Mantel anzog, machte weitere Einwände im Lift, gab jedoch überraschenderweise klein bei, als Benet sagte, sie habe den Wagenschlüssel oben im Zimmer gelassen und der Reserveschlüssel sei zu Hause. Der Abend war schwarz und feucht, und in der Luft hing der Geruch von Schießpulver. Kinder hatten als Vorgeschmack auf den Guy Fawkes-Tag Feuerwerkskörper losgelassen. Mopsa winkte aus dem Taxifenster, sie lehnte sich heraus und winkte, als gehe sie für immer fort.

Ungefähr drei Stunden später wurde Benet wach, weil James weinte. Sie hatte von Edward geträumt, zum erstenmal seit Monaten. Sie hatte ihm gesagt, sie erwarte ein Kind von ihm, und nein, sie wolle nicht abtreiben, sie wolle das Kind, aber sie werde ihn nicht heiraten, wolle nicht einmal mehr mit ihm zusammen sein ... Ganz ähnlich hatte es sich in Wirklichkeit abgespielt. Aufzuwachen war ein Schock, weil sie geglaubt hatte, der Traum sei

Wirklichkeit. James saß weinend und schluchzend unter dem Kruppzelt.

Benet nahm ihn auf die Arme, hielt ihn fest, und er hörte auf zu weinen, obwohl sein Atem wieder rasselte. Sie fragte sich, ob diese Nacht jetzt nicht mehr als «ruhige Nacht» galt? Der nächste Arzt oder die nächste Schwester, die ins Zimmer schauten, würden sie wahrscheinlich fragen, und sie konnte sie nicht belügen, würde es um James' willen nicht wagen. Das Zimmer war nicht ganz dunkel, die schwache Lampe über dem Waschbecken brannte noch. Für ein Krankenhaus war es sehr ruhig, still, abgesehen von einem weit entfernten metallischen Klappern. Benet dachte über Mopsa nach. Ihr war klar, daß es falsch war, sich um diese Stunde den Ängsten zu überlassen, doch sie waren ungerufen gekommen und ließen sich nicht vertreiben. Hatte sie nicht richtig gehandelt, als sie Mopsa allein wegfahren ließ? Angenommen, sie hatte den Schlüssel für die Haustür nicht gefunden? Wie, wenn es einen Kurzschluß gegeben hatte? Benet war überzeugt, ihr Vater hätte es nie zugelassen, daß Mopsa allein blieb. Und angenommen, er hatte erst angerufen, als Mopsa wieder zu Hause war – lag dann auch er schlaflos da? Weit weg, im Süden Spaniens, sorgte sich um seine Frau, war wütend auf seine Tochter und dachte an tausend Dinge, die passieren konnten?

James war an ihrer Schulter eingeschlafen. Sie legte ihn ins Bettchen und unter das Zelt zurück und schob die Hand durch eine Öffnung im Reißverschluß, damit er sie festhalten konnte. Als die Schwester um vier Uhr kam, schlief er noch, und Benet verschwieg, daß er vor zwei Stunden aufgewacht war und geweint hatte. Sie schlief auch wieder ein. Diesmal träumte sie nicht. Als sie das nächste Mal wach wurde, wurde es im Zimmer allmählich hell, das graue Licht des Morgens sickerte durch die Schlitze der Jalousie ins Zimmer. Eine Sirene hatte sie geweckt, und als sie, im Bett kniend, aus dem Fenster sah, fuhr ein Krankenwagen mit rotierendem Blaulicht vorüber.

Kurz vor acht wollte Benet zu Hause im Vale of Peace anrufen. Jetzt war es noch nicht einmal sieben Uhr dreißig. Mopsa war keine Langschläferin, um acht war sie schon immer auf und fertig angezogen. James lag in dem mit Dampf gefüllten Zelt auf dem Rücken und schlief. Der Verdampfapparat arbeitete unermüdlich. Wahrscheinlich wurde James noch vor dem Lunch entlassen. Dann zwei

Wochen der Erholung, und nachdem Mopsa wieder abgereist war, sprach nichts dagegen, daß sie mit James in Urlaub fuhr. Warum auch nicht? Sie konnte es sich jetzt leisten. Sie konnte sich jetzt so viele Urlaube leisten, wie sie wollte – oder steuerabzugsfähige Studienreisen, wie ihr Steuerberater das nannte.

«Sie machen nie mehr Urlaub, Miss Archdale ...»

Sie konnten irgendwohin fahren, wo es warm war, nach Afrika oder auf die Kanarischen Inseln. Dort würde James keinen Krupp bekommen. Ihr amerikanischer Verleger wollte, daß sie in Kalifornien selbst für ihr Buch warb. Dann konnte sie auch die Universal Studios besuchen, wo man eben angefangen hatte, *Die vertrackte Ehe* zu drehen ...

James rieb sich die Augen mit den Fäusten und drehte den Kopf hin und her. Der Tiger mit den schlaffen Pfoten lag neben ihm auf dem Kissen. Benet schlug auf den bunten Stäben des Xylophons mit dem Holzklöppel die Tonleiter an – do-re-mi-fa-so-la-si-do. Gewöhnlich wurde er dabei munter, griff nach dem Klöppel und wollte die Noten selbst spielen. Sie öffnete den Reißverschluß des Zeltes. Er streckte die Arme nach ihr aus, sagte «Mami», hob aber nicht den Kopf vom Kissen.

Benet nahm ihn auf den Schoß. Seine Stirn war heiß, und er atmete genauso wie an dem Abend, an dem sie ihn ins Krankenhaus gebracht hatte. Er war offensichtlich noch nicht über den Berg. Es ging ihm schlechter als am Tag vorher.

«Du bist ein armes Lämmchen. Dieser Husten macht dir wirklich arg zu schaffen.»

Die Schwester kam mit dem Fieberthermometer herein. Benet übergab ihr James, ging hinaus und zum Münztelefon am Ende des Korridors. Es war Punkt acht. Im Haus war in jedem Stockwerk ein Nebenanschluß, man mußte nicht treppauf oder treppab rennen, wenn das Telefon klingelte. Benet wählte ihre Nummer und fragte sich, wie heftig der Sturm sein würde, der über sie hereinbrach, wenn sie Mopsa erzählte, daß James noch nicht nach Hause durfte und sie bei ihm im Krankenhaus blieb.

Das Telefon begann zu klingeln. Es klingelte und klingelte. Benet legte auf und versuchte es noch einmal, falls sie sich verwählt haben sollte. Mopsa meldete sich noch immer nicht. Doch es war noch früh, und möglicherweise schlief Mopsa ausnahmsweise noch.

Das Frühstück wurde gebracht. Cornflakes, ein gekochtes Ei,

Brot und Marmelade für Benet, Milch, Kinderbrei und eine Orange für James. Er wollte nicht essen. Er drückte sich an sie und umklammerte ihren Nacken, während sie versuchte, Cornflakes zu essen. Die Tagesschwester kam herein und sagte, James müsse wieder unters Zelt, und Benet möge bitte dafür sorgen, daß er drin blieb. Dr. Raeburn werde etwa in einer Stunde nach ihm sehen.

James stieß die Milch mit dem Arm weg und schüttete sie Benet über die Jeans. Unterm Zelt blieb er nur liegen, wenn auch sie den halben Oberkörper hineinschob. Der Apparat zischte und dampfte unermüdlich.

«Er hat ein bißchen Fieber», sagte die Schwester und trug den neuen Wert auf der Fieberkurve ein. «Es wäre gut, wenn er jetzt wieder schlafen könnte.»

Er schlief dann auch ein, und Benet wanderte wieder zum Telefon. Sie wählte ihre Nummer, und es begann zu klingeln. Sie fühlte, wie die Angst in ihr sich zu einem festen Knoten verhärtete. Sie ließ es zehn- oder fünfzehnmal klingeln, dann legte sie auf, wählte aber nicht noch einmal, weil eine Frau im Morgenmantel telefonieren wollte. Benet wollte sie nicht warten lassen, weil sie ein verbundenes Bein hatte.

Benet erinnerte sich, daß Mopsa schon einmal plötzlich verschwunden war und zwei Tage später in Northumberland (in einem ärmellosen Kleid) aufgegriffen wurde. Sie hatte offenbar das Gedächtnis verloren. Sie erfuhren nie, wie sie dorthin gekommen war, oder woher sie das Kleid hatte, das nicht ihr gehörte. Benet war damals ungefähr dreizehn gewesen.

Vielleicht war Mopsa gestern abend gar nicht ins Vale of Peace zurückgefahren. Vielleicht hatte sie dem Fahrer, sobald sie außer Sicht waren, ein anderes Fahrtziel genannt. Benet fragte sich, ob sie die Polizei anrufen solle, fand dann aber, daß es übereilt und übertrieben wäre. Irgendwann im Lauf des Tages, wenn James wieder mit den anderen Kindern spielte wie gestern, wollte sie die Gelegenheit wahrnehmen und schnell nach Hause fahren, um dort nach dem rechten zu sehen.

Mopsa war ihr so normal, so geistig gesund, so vernünftig vorgekommen. Aber vielleicht hatte sie immer kurz vor einem Schub ihrer Krankheit einen besonders gesunden Eindruck gemacht, war vielleicht auch besonders gesund gewesen. Aber wohin konnte sie gegangen sein, wenn sie nicht im Vale of Peace war? Sie kannte in

London niemanden, außer vielleicht diese alten Nachbarn, die Fentons, und wahrscheinlich waren auch sie längst aus der Gegend fortgezogen.

Die Frau mit dem verbundenen Bein beendete ihr Gespräch, und Benet wählte noch einmal. Es meldete sich niemand. Benet konnte sich nicht vorstellen, daß ihre Mutter spazierenging oder mit dem Taxi ins Krankenhaus kam, aber wie gut kannte sie Mopsa überhaupt? Sicher wußte Benet nur, daß sie völlig unberechenbar war. Einmal hatte Mrs. Fenton sie mit aufgeschnittener Pulsader in der Badewanne gefunden. Das Wasser hatte sich schon rötlich verfärbt ...

Es war für Benet gar nicht so leicht, den Band F–K des Londoner Telefonbuchs aufzutreiben, aber endlich bekam sie ihn und fand auch die Nummer der Fentons. Sie wohnten noch immer Harper Lane 55. Zumindest Mrs. Fenton wohnte noch da. Die Nummer war unter dem Namen Mrs. Constance Fenton eingetragen. Vielleicht war ihr Mann inzwischen gestorben. Benet wählte noch einmal ihre Nummer, und als wieder niemand abhob, die von Mrs. Fenton. Es meldete sich die Stimme einer jungen Frau.

«Das war meine Tochter», sagte Constance Fenton, als sie an den Apparat kam. «Meine Tochter, mein Schwiegersohn und mein Enkel wohnen bei mir, bis ihr Haus fertig ist.» Sie war eine Frau mit der liebenswürdigen Eigenschaft, so mit einem zu reden, als hätte man sich erst gestern das letzte Mal mit ihr unterhalten und nicht vor zehn Jahren.

Benet fragte sehr zurückhaltend und taktvoll, ob zufällig ihre Mutter bei Mrs. Fenton sei.

«Ihre Mutter?»

Da wußte Benet sofort, daß Mopsa nicht dort war und auch nicht dort gewesen war. Constance Fenton erkundigte sich lebhaft nach ihr, wollte alles über sie wissen. «Seit wann ist sie in London? Wann kommt sie mich besuchen?» Es sei, sagte sie, eine wirklich nette Überraschung, und sie freue sich sehr, Mopsa wiederzusehen.

«Sie meldet sich bestimmt bald bei Ihnen, das weiß ich», sagte Benet und legte auf. Ihr wurde allmählich übel vor Sorge. Mopsa konnte überall sein, eine Gefahr für sich selbst und für andere.

3

Die Chinesische Brücke, die den Kanal überspannte, begann bei der Winterside Road. Sie endete am anderen Ufer bei dem Pfad, der die grünen Rasenflächen durchquerte und in die Siedlung mündete. Barry hatte sich gefragt, warum sie «Chinesische Brücke» hieß, bis er bei Iris auf einem alten Weidenmusterteller genau dieselbe gesehen hatte. Winterside Down war eine kleine Welt, in der es alles gab, was man sich wünschte, und viel, was man sich nicht wünschte. Die Straßen waren nach Leuten aus der Vergangenheit der Labour Party benannt. In der Mitte gab es einen Bevan Square mit einer Einkaufsstraße, ein Nebenpostamt, einen supermodernen Haarstylisten, ein Video-Center und ein türkisches Lokal, das fertige Gerichte zum Mitnehmen verkaufte. Die meisten Bewohner stammten aus Griechenland, Irland oder von den Westindischen Inseln, aber auch ein paar Inder wohnten da. Alles war ziemlich neu, die ältesten Häuser erst sechs Jahre alt, und noch niemand war so richtig seßhaft geworden. Man hatte einen Hochhausturm erbaut und schien dann die Erkenntnis gewonnen zu haben, daß die Leute keine Hochhäuser mochten, daß sie Angst hatten, darin zu wohnen, so daß jetzt dieser einzelne Turm im Zentrum von Winterside Down wie ein riesiger Leuchtturm in die Höhe ragte, umgeben von Häuserpygmäen, in denen die Menschen gern wohnten.

Die Isadoros bewohnten zwei Häuser, sie waren eine so große Familie. Die Baufirma hatte die Dielen durch einen Bogengang verbunden, so daß man jetzt aus einem Haus ins andere gehen konnte, ohne ins Freie zu müssen. Carols Haus war ein ganz gewöhnliches Einfamilien-Reihenhaus und gehörte zu den ältesten. Wenn man über die Chinesische Brücke nach Winterside Down kam, sah man als erstes die Hinterfronten dieser Reihenhäuser, und wenn Carol zu Hause war, konnte man das Licht in ihren Fenstern sehen. Es passierte nur selten, daß Barry später nach Hause kam als Carol. Aber wenn er später dran war oder glaubte, er wäre es, hielt er, auf dem höchsten Punkt des Brückenbogens angelangt, Ausschau nach ihren Fenstern. Ihr Haus war das achte von da aus, wo der Pfad in die Summerskill Road mündete. Barry zählte immer zwei, vier, sechs, acht, und wenn bei ihr Licht brannte, wallte Freude in ihm auf, machte sein Herz einen Sprung.

Meistens war er früher da als sie. Seit sechs Monaten war hier sein

Zuhause, nicht etwa, weil es ihm so besonders gut gefiel, sondern weil Carol hier war. Wenn sie abends an der Wein-Bar arbeitete, ging er nicht über die Chinesische Brücke, sondern nahm von der Lordship Avenue aus die Abzweigung. Manchmal kümmerten sich die Isadoros tagsüber um Jason, manchmal seine Großmutter Iris und manchmal, aber seltener, seine Tante Maureen. Barry ging auf dem Heimweg bei Iris vorbei, doch Jason war vor dem Fernseher eingeschlafen, und Iris hatte ihn ins Bett gelegt. Sollte er doch über Nacht bei ihr bleiben, warum auch nicht? Morgen früh käme er ja doch wieder.

Barry ging über den Bevan Square nach Hause. Er hielt sich kurz im Tabakladen auf, der bis acht geöffnet hatte, und kaufte eine Schachtel Marlboro. Er hatte früher nie geraucht, aber seit er soviel mit Carol und ihrer Familie zusammen war, paffte er bis zu zwanzig Stück am Tag. Der Platz war mit hellroten Platten gepflastert, von niedrigen Ziegelmäuerchen eingefriedete Blumenbeete lockerten ihn auf, und in der Mitte stand eine Skulptur, die aussah wie ein Stück von einer Autokarosserie, die jemand auf dem Müll gefunden hatte. Sie stammte jedoch von einem ziemlich berühmten Bildhauer und hieß «Der Fortschritt der Menschheit». In der Nähe des türkischen Imbißlokals roch es nach Knoblauch und Fett. Das älteste Isadoro-Mädchen und ein Junge, den Barry nicht kannte, saßen auf dem Mäuerchen eines Blumenbeets und aßen Kebab und Pommes frites aus Papiertüten.

Es war dunkel. Der Platz lag im bräunlich-gelben Licht der Straßenlampen, die auf Peitschenmasten über Winterside Down schwebten. Das gelbliche Licht färbte alles khaki, gelb und schwarz. Von den Jungen, die auf ihren Motorrädern um die Statue herumlungerten, hatte einer gelbes und rotes Haar und einen Schnitt, der aussah wie der Kamm eines Wiedehopfs, und ein anderer hatte es sich blau gefärbt, doch das Licht verwandelte alles in einheitliches Gelbbraun und glitzerte auf den schwarzen Lederdressen wie Goldfunken. Diese Jungen waren nicht viel jünger als Barry, waren fast gleichaltrig mit ihm, doch er kam sich viel älter vor, als es der Abstand zwischen seinen zwanzig zu ihren siebzehn oder achtzehn Jahren rechtfertigte. Als er sich mit Carol zusammentat und sozusagen Vater einer bereits vorhandenen Familie wurde, hatte er ein halbes Dutzend Jahre übersprungen.

Das Foto ihres Mannes, in einem Plastikrahmen von Woolworth, stand im Wohnzimmer auf dem Wandbord über dem Heizkörper. Es war das einzige Foto im Haus. Dave. Er war tot, ums Leben gekommen, als sein Fernlaster in Jugoslawien einen Berghang hinunterstürzte. Dave war ein großer, magerer, dunkelhaariger Mann mit blauen Augen und einem irischen Mund gewesen. Barry sah ihm nicht ähnlich, aber sie gehörten zum selben Typ, Carols Typ. Bald nachdem sie sich kennengelernt hatten und er sie nach Hause begleitete, hatte Carol ihm gesagt, er sei ihr Typ. Und sie hatte ihm das Foto von Dave gezeigt.

Barry staubte das Bild ab. Er staubte auch die paar Nippes, das Telefon und die Rückseite des Fernsehers ab. Dann holte er den Staubsauger heraus und saugte den kleinen Teppich, der Iris gehört hatte, bevor sie überschnappte – wie sie es ausdrückte – und sich das Zimmer ganz mit Teppich auslegen ließ. Er hielt das Haus für Carol sauber, das war das wenigste, das er tun konnte. Bevor er eingezogen war, hatte es wie eine Rumpelkammer ausgesehen, aber wenn jemand drei Kinder und zwei Jobs hatte, konnte man kaum etwas anderes erwarten.

Für Barry war es weder entwürdigend noch unmännlich, ein Haus sauberzumachen. Seine Mutter hätte es höhnisch Weiberarbeit genannt – wenn sie es gewußt hätte. Doch Barry gehörte einer Generation an, in der sich die Mädchen gegen sogenannte untergeordnete Arbeiten noch mehr auflehnten als die Jungen. Für Barry mochte es selbstverständlich sein, daß seine Mutter putzte, wusch und polierte, nicht aber die Frau, mit der er zusammen lebte. Wieso denn auch? Sie arbeitete genauso hart wie er.

Er putzte auch die Diele, zog das Bett ab und wechselte die Laken. Die einzigen hübschen Möbel, die es im ganzen Haus gab, standen in diesem Schlafzimmer – Carols Schlafzimmer, das jetzt auch das seine war. Der Schrank, den Dave eingebaut hatte, als Carol und er hier einzogen und das Haus neu war, hatte Spiegeltüren. Er stand dem Bett gegenüber an der Wand. Carol setzte sich morgens oft auf und betrachtete sich. Es machte ihr eine kindliche Freude, sich in Spiegeln anzusehen – eine Freude, bei der es Barry warm ums Herz wurde.

Barry steckte Kissenbezüge und Laken zusammen mit einem Berg übelriechender Windeln von Jason in einen Plastiksack und ging damit in den Waschsalon auf dem Bevan Square. Blauhaar und Wiedehopf und die übrigen waren noch da, drängten sich jetzt aber um einen alten amerikanischen Wagen, einen Studebaker, der am Straßenrand parkte. Die Wagenfenster waren offen, und das Radio spielte laute Rockmusik. Barry kam sich alt vor, war aber in gewisser Weise auch stolz auf sein Verantwortungsbewußtsein. Er und Carol hatten sich in einem Waschsalon kennengelernt, wenn auch nicht in diesem. Die Waschmaschine seiner Mutter war kaputtgegangen, und er hatte ein paar Jeans waschen wollen. Carol war mit zwei Ladungen Wäsche hereingekommen. Ryan und Tanya verbrachten das Wochenende zu Hause, und in Four Winds sah man es nicht gern, wenn die Kinder mit einem Haufen schmutziger Sachen zurückkamen.

Diese beiden großen Kinder – Barry hatte geglaubt, es seien ihre Geschwister. Er hatte gedacht, sie sei so alt wie er oder jünger. Es war völlig unmöglich, daß sie schon achtundzwanzig war. Maureen sagte, Carol habe ein Gesicht wie eine Puppe, und in gewisser Weise stimmte das auch, aber eigentlich mußte man es andersrum sehen: Puppengesichter wurden doch schönen Kindergesichtern nachgeformt, nicht wahr? Carol hatte ein rundes Gesicht mit sehr kurzer Oberlippe, ihre Haut war wie rosa und weißes Porzellan, und ihr blondes Haar ringelte sich um Stirn und Schläfen. Goldene Ringellöckchen, Babylöckchen, die auch immer feucht aussahen wie bei einem Kind. Ihre meerblauen Augen waren den seinen begegnet, und sie hatte gelächelt.

Ich habe mich in sie verliebt, dachte er später oft, noch bevor ich ein Wort mit ihr gewechselt hatte. Später hatte sie ihn gefragt, ob er Kleingeld für ihre zweite Maschine habe. Hatte er nicht – wer hatte in einem Waschsalon genug Kleingeld? Doch er hatte ihr gesagt, wie sie zu Kleingeld kommen könne.

«Schicken Sie Ihre kleine Schwester in das Papiergeschäft, zwei Häuser weiter. Dort haben sie immer genug Kleingeld.»

Sie hatte ihn von der Seite her angesehen und dann die langen, dunklen aufgebogenen Wimpern gesenkt. Er war bezaubert gewesen.

«Sie können es mit Schmeichelei noch weit bringen, wissen Sie das?» sagte sie.

Barry wußte nicht, was sie meinte, und als sie es ihm erklärte, konnte er's nicht glauben. Es fiel ihm auch schwer zu glauben, daß er das Glück gehabt hatte, Carol kennenzulernen, und sie ihn mochte. Zwei Tage später war er in ihrem Haus und fragte, wer der Mann auf dem Foto sei.

«Sie sind im Grunde derselbe Typ», hatte sie geantwortet. «Ich sage immer, das ist *mein* Typ.»

Er rollte die sauberen Laken zusammen, stopfte sie in den Wäschesack und machte sich auf den Heimweg, um auf Carol zu warten. Nach sechs Monaten war er noch immer ganz aufgeregt, wenn er sich nur vorstellte, daß sie nach Hause kam, und er darauf wartete, ihren Schlüssel im Schloß zu hören. Immer noch? Er war jetzt aufgeregter als am Anfang. Das Beste von allem aber war, am Abend über die Chinesische Brücke nach Hause zu gehen – in deren hölzernes Geländer er sich neben anderen Graffitikünstlern verewigt hatte (mit der Spraydose hatte er «Barry liebt Carol» daraufgesprüht) –, die Häuser zu zählen und im achten Haus die Lichter zu sehen und zu wissen, daß sie dort war und sich so nach ihm sehnte wie er nach ihr.

Kurz vor halb zwölf glaubte er, vor dem Haus einen Wagen zu hören, doch er mußte sich geirrt haben, denn Carol nahm nie ein Taxi oder ein Mini-Car, sie konnten es sich nicht leisten. Es war Zufall, mehr nicht, daß er eine oder zwei Minuten später Carol die Tür aufschließen hörte. Er hatte vor dem Fernseher gesessen, schaltete ihn aber aus, als sie hereinkam.

Sie hatte ziemlich viel getrunken. Doch wer würde nichts trinken, wenn er sechs Stunden in einer Wein-Bar arbeitete? So war die menschliche Natur nun mal. Ihre Wangen waren hochrot, die grünblauen Augen funkelten. Sie trat ein paar Schritte ins Zimmer, nahm eine übertrieben gekünstelte Pose an, hob die Arme und drehte sich langsam um sich selbst, so daß der Rock ihres schwarz und weiß zickzackgestreiften Kleides über ihren roten Stiefeln aufwirbelte.

«Das ist neu», sagte Barry. «Woher hast du es?»

Carol begann zu lachen. «Geklaut. Wie wär's damit?» Sie zog ihn in einen Lehnsessel und setzte sich ihm auf die Knie. «Mrs. Fylemon ging mit ihrer Mami zum Lunch, also fuhrwerkte ich schnell ein bißchen mit dem Staubsauger herum, war um zwei Uhr fertig und fuhr mit dem Bus ins ‹Einkaufsparadies›. Dort ist eine neue Boutique, die mir ins Auge stach. Man darf nur zwei Sachen in die Probierkabine mitnehmen. Die Verkäuferin fragte mich, wieviel ich drin hätte, und ich sagte zwei, hatte in Wirklichkeit aber drei. Ich hatte ein schwarzes Kleid über das hier auf einen Bügel gehängt. Ich schlüpfte hinein, zog meinen Rock und meinen Pulli drüber und trödelte nicht lange rum. Ich brachte die beiden anderen Sachen zurück, sagte, die sind leider zu groß, und segelte einfach hinaus, während ich mich innerlich kringelte vor Lachen.»

«Das war schlau», sagte Barry bewundernd. «Ich möchte aber nicht, daß sie dich erwischen, Schatz.»

Carol streichelte ihm übers Haar und rieb ihre Nase an der seinen. «Mich erwischen sie nicht, ich bin zu vorsichtig.» Ihre Finger glitten über seinen Nacken. «Dennis Gordon war bei Kostas. Er hat ununterbrochen über mein Kleid gequatscht und mich gefragt, ob ich schon mal als Modell gearbeitet hätte. ‹Als Modell gearbeitet?› hab ich gesagt. ‹Was soll das heißen?›»

«Du magst ihn nicht, nicht wahr, Carol?»

«Er ist okay. Ich steh nicht auf ihn, wenn du das meinst. Er war ein Kumpel von Dave. Er erinnert mich ein bißchen an Dave, weil er ja auch Fernfahrer ist. Er hat Kostas erzählt, daß er mit den Transporten in die Türkei so viel verdient, daß er es sich nicht leisten kann, hier zu leben, und eigentlich in ein Steuerparadies umziehen müßte. Wie findest du das?»

«Ich wünschte, er wäre schon dort. Ich wünschte, er würde nach Jersey oder Irland oder sonstwohin umziehen.»

«Du bist wohl eifersüchtig, was, Barry Mahon!»

«Stimmt. Wärst du nicht auch auf mich eifersüchtig?»

Sie schmiegte sich fest an ihn, und ihre Lippen berührten sein Ohr. «Ich glaub schon. Komm ins Bett, Liebling.»

«Dazu sage ich bestimmt nicht nein», antwortete er rauh.

Auf der Treppe erinnerte sie sich an Jason.

«Er ist bei deiner Mutter geblieben», sagte Barry.

Das war eine Erleichterung für sie. Sie tanzte ins Schlafzimmer und zog das neue Kleid über den Kopf. Darunter hatte sie nur eine dünne Strumpfhose an. Sie trug selten einen BH, sie hatte es nicht nötig, ihre Brüste waren so fest wie die Knospen großer weißer Blumen.

«Du wirst mich doch heiraten, nicht wahr, Carol?» sagte er, hielt sie fest, berührte das warme, feuchte, cremefarbene Fleisch. Die Nachttischlampe brannte, die sauberen Laken waren zurückgeschlagen.

«Vielleicht», erwiderte Carol neckend. «Ich schätze schon. Eines Tages. Du siehst toll aus und bist unheimlich scharf.»

«Aber du liebst mich doch?»

«Hab ich das nicht eben gesagt?»

Barry hatte vor Carol eine ganze Menge Mädchen gehabt, doch er konnte ehrlich behaupten, daß er, bevor er mit ihr schlief, keine Ahnung gehabt hatte, was körperliche Liebe bedeutete. Mit ihr war alles ganz anders, nie hätte er gedacht, daß es so sein konnte. Doch das hatte auch eine erschreckende Seite, denn die Leidenschaft, die er empfand, und ihre Erfüllung lösten eher Furcht als Befriedigung in ihm aus. Er verlor sich in Carol und fand etwas, dem er keinen Namen geben konnte. Es war für ihn eine Art mystischer Erfahrung; es war ihm, als nehme er Drogen. Doch diese Droge hatte keinerlei Nebenwirkungen, außer daß seine Liebe noch größer wurde.

Später kuschelte sich Carol zusammengerollt an ihn und hielt seine Hand zwischen ihren Brüsten fest. Er war unvorstellbar glücklich, glücklicher als je vorher.

4

Wieder hatte Benet versucht, Mopsa anzurufen, und wieder hatte sich niemand gemeldet. Bedrückt ging sie in James' Zimmer zurück und fand Ian Raeburn bei ihm. Auch heute hatte er den weißen Kittel ausgezogen, damit James keine Angst vor ihm bekam. Er hielt das Stethoskop an die sich rasch hebende und senkende kleine Brust.

«Er scheint eine Sekundärinfektion zu haben», sagte er, als er zwischen den schimmernden Falten des Kruppzeltes auftauchte. «Sie spricht auf Antibiotika nicht an. Tut mir leid, Sie enttäuschen zu müssen, aber Sie werden ihn noch eine ganze Weile zu Hause entbehren müssen.»

Benet hatte es gewußt, aber als er es ihr bestätigte, wirkte es wie ein Schlag auf sie. Sie setzte sich aufs Bett und preßte eine Hand an die Stirn.

«Machen Sie sich etwa Sorgen?» fragte er.

«Oh, nicht wegen James, nein. Ich weiß, daß er hier sehr gut aufgehoben ist. Es handelt sich um meine Mutter. Sie ist bei mir zu Besuch, und sie ist nicht ganz gesund. Sie sollte nicht allein bleiben.»

Aber sie hatte sie allein gelassen, und wo war sie jetzt? Ian Raeburn fragte nicht nach Mopsa. Vielleicht war ihm bereits klar, daß sie von einer seelischen Labilität sprach.

«Könnte nicht jemand anders bei Ihrer Mutter bleiben, damit Ihnen diese Belastung abgenommen wird?»

Die Fentons? Konnte sie Constance Fenton anrufen und sie bitten, Mopsa ein paar Tage bei sich aufzunehmen? Sie müßten es so einrichten, daß Mopsa nicht dahinterkam, daß es eine abgekartete Sache war. Doch was hatte es für einen Sinn, solche Überlegungen anzustellen, wenn sie nicht einmal wußte, wo Mopsa war? Ian Raeburn sah sie an, es war jedoch nicht der Blick, mit dem ein Arzt gewöhnlich die Mutter eines kleinen Patienten anschaute. Benet glaubte in diesem Blick Interesse für sie als Frau zu erkennen. Zweieinhalb Jahre lang hatte kein Mann sie so angesehen. Es hatte sich keine Gelegenheit dazu ergeben, und sie hatte auch nicht den Wunsch danach verspürt. Er war ein recht gutaussehender Mann, was ihr bisher noch nicht aufgefallen war – groß, dünn, mit einem Gesicht, das ein wenig zur Schärfe neigte, das Haar rötlich-blond. Benet fragte sich, was er jetzt wohl sagen werde.

«Sie sind *die* Benet Archdale, nicht wahr?»

«Ich glaub schon. Ja, ich bin es.»

Soweit also sein Interesse für sie als Frau. Fast hätte sie laut aufgelacht.

«Ihr Buch hat mir sehr gut gefallen. Es muß der schlimmste Gemeinplatz sein, den ein Autor zu hören bekommt, wenn die Leute behaupten, sie hätten keine Zeit zu lesen. Ich habe mir die Zeit genommen, und ich hoffe, meine Patienten haben nicht darunter gelitten.»

Was er sagte, war so herzerwärmend und angenehm, daß es sie für einen Moment ihre Sorgen um James und Mopsa vergessen ließ. Es war genauso schön wie die erste gute Kritik, die sie bekommen hatte. Sie lächelte vor Freude. Wie hatte sie nur so albern, so auf die schlimmste Weise typisch weiblich reagieren und sich einbilden können, ihr wäre sexuelles Interesse lieber gewesen?

«Woher wissen Sie so viel über Indien?»

«Ich war sechs Monate mit James' Vater dort. Er plante eine Artikelserie über einen indischen Mystiker.» Sie begann ihm von Acharya, dem Weisen, und seiner Wanderung über vierzigtausend Meilen zu erzählen.

Eine Schwester kam und sagte, er werde gebraucht. Ob er sofort kommen könne? Benet hatte vergessen, ihn zu fragen, ob sie für eine Stunde nach Hause fahren könne, um nach Mopsa zu sehen. Doch jetzt sah sie, daß das auf keinen Fall möglich war. Sie konnte James nicht allein lassen. Er lag auf dem Rücken und hielt apathisch seinen kleinen Tiger fest. Seine Augen waren weit offen, starr vor Qual über die flachen, rasselnden Atemzüge, zu denen er gezwungen war. Gestern um diese Zeit war Benet mit ihm im Spielzimmer gewesen, und er hatte einen Schubkarren voller Bausteine umhergeschoben und auf der Tafel gemalt.

Jetzt hieß es, er habe eine Virusinfektion. Es gab ein Medikament zur Behandlung, doch war es noch sehr neu und wurde bisher nur in einigen Lehrkrankenhäusern angewandt. Es konnte sechsunddreißig Stunden dauern, bis James auf die Behandlung ansprach. Nach einer Weile begann er zu weinen und wollte aus dem Zelt genommen werden. Benet legte sich auf das Bett, drückte ihn an sich und wiegte ihn sanft. Es war falsch, ihn aus dem Zelt herauszunehmen. Sie mußte dafür sorgen, daß er drinblieb, auch wenn er raus wollte, denn um so früher wurde er gesund. Und er mußte bald gesund werden, mußte schon morgen aufstehen, umherlaufen und spielen können, damit sie nicht länger ans Krankenhaus gefesselt war und sich um Mopsa kümmern konnte, wie es ihre Pflicht war. Eines Tages würde er genauso denken, würde einen Teil der Last auf sich nehmen, die seine Mutter und sein Großvater trugen. Sie stellte sich ihn als Teenager vor, der allmählich Verantwortungsgefühl bekam, stellte sich vor, wie sie mit ihm über seine Großmutter sprach, damit er sie verstehen lernte.

Falls Mopsa noch lebte, wenn James ein Teenager war. Falls sie jetzt noch lebte ... An Benet geschmiegt, schlief er ein, und sie legte ihn behutsam unters Zelt. Sie haßte das rasselnde Geräusch seines Atems, litt körperlich darunter. Aber James schlief, und der Dampfapparat arbeitete zuverlässig. Auch das Medikament begann allmählich zu wirken. Sie ließ James allein und ging wieder zum Telefon.

Eine junge Frau mit einem Kind auf dem Schoß telefonierte. Die Tür des Spielzimmers stand offen. Benet ging hinein und setzte sich auf eines der niedrigen Kinderstühlchen, die um den Tisch herum standen. Im Spielzimmer gab es ein Puppenhaus, einen Schrank voller Bücher, Kisten mit Spielsachen, einen Käfig mit zwei Rennmäusen und an den Wänden unzählige bunte Poster, Zeichnungen und Collagen. Aus Papier ausgeschnittene Hexen, die auf ebenfalls papierenen roten Besenstielen über die Fensterscheiben ritten, erinnerten Benet an Mopsa, obwohl sie nicht eigens erinnert zu werden brauchte. Auf der Innenseite der Tür waren unter der Überschrift «Man hat uns die Mandeln herausgenommen» ungefähr ein Dutzend Namen von Kindern verewigt. Das dominierende Bild war eine bizarre Mischung aus Gemälde und Collage, offensichtlich das Produkt eines Lehrers mit künstlerischer Ader.

Als Benet es am Vortag zum erstenmal sah, hatte sie es spontan «Der Händebaum» betitelt. Gestern hatte es ihr gefallen, und sie hatte sogar darüber gelächelt. Heute kam es ihr unheimlich vor. In der Manier von Dalí gemalt, wie eine Erscheinung aus einem Alptraum. Ein aufrechter brauner Baumstamm auf einen riesigen Bogen weißer Pappe gemalt, ein Baum mit Ästen und Zweigen, und auf dem ganzen Baum, auf den Ästen und Zweigen hängend und wie Schwämme aus dem Stamm ragend, unzählige Papierhände. Alle hatten genau die gleiche Form und waren vermutlich nach der Schablone einer offenen Hand mit leicht gespreizten Fingern von verschiedenen Kindern ausgeschnitten worden. Offensichtlich hatten die Kinder die Hände ausschmücken dürfen, wie sie wollten, denn manche trugen Handschuhe, andere waren tätowiert, ein paar Damenhände hatten rot lackierte Fingernägel und trugen Ringe, eine steckte in einem Box- und wieder eine andere in einem Kettenhandschuh. Die meisten waren weiß, doch es gab auch schwarze und braune. Und eine war die Knochenhand eines Skeletts. Plötzlich kam es Benet so vor, als streckten sich all diese Hände um Gnade flehend nach oben. Sie griffen aus dem Baum heraus und baten um Erleichterung, Freiheit oder vielleicht um Erlösung. Sie waren entsetzlich. Wahnsinn sprach aus ihnen. Benet merkte plötzlich, daß sie von dem niedrigen Stühlchen aufgestanden, ganz dicht an den «Händebaum» herangegangen war und ihn jetzt fasziniert und zugleich angeekelt anstarrte. Als ihr klar wurde, wie hypnotisiert sie war, riß sie sich los und ging wieder zum Telefon, das jetzt frei war.

Das wiederholte hohle Klingeln war ein dumpfes, sinnloses Geräusch. Benet lauschte und ließ es immer weiterklingeln. Ihr war der Gedanke gekommen, daß Mopsa sich vielleicht entschlossen hatte, einfach nicht ans Telefon zu gehen, doch wenn es lange genug klingelte, würde sie abheben, um den Quälgeist loszuwerden. Benet ließ es vierzig-, fünfzigmal klingeln, bis es ihr absurd vorkam, noch weiterzumachen.

Das beste, das Mopsa hätte passieren können, dachte Benet, daß die neue Umgebung, die veränderten Umstände und die Tatsache, daß sie allein und auf sich selbst gestellt war, sie so überfordert hätten, daß sie einfach losgewandert wäre wie damals bei der Northampton-Eskapade. Mit einem Blick auf den Himmel, der von klarem, kaltem Blau war, und die vom Wind geschüttelten Bäume konnte sie nur hoffen, daß Mopsa nicht gerade im Nachthemd aufgebrochen war. Aber dennoch wäre es das beste. Es gab andere Möglichkeiten. Die Überdosis Schlaftabletten und den Rest des Brandys oder die Schlaftablette zehn Minuten, bevor sie ein Bad nahm. Sie konnte sich auch mit Paraffin und einer Schachtel Streichhölzer in einem Zimmer verbarrikadiert haben.

Wenn Benet die Polizei anrief, würde man sie aufs Revier bitten, um ein Formular auszufüllen – eine Vermißtenmeldung. Sie konnte natürlich auch fragen, ob ein Beamter ins Krankenhaus kommen, den Hausschlüssel abholen und selbst im Vale of Peace nach dem Rechten sehen könnte. Aber würde die Polizei sich dazu bereitfinden? Es kam auf den Versuch an. Sobald Dr. Drew, der Hals-Nasen-Ohren-Spezialist, James untersucht hatte, wollte sie die Polizei anrufen.

Er kam um zwei, begleitet von Ian Raeburn und zwei weiteren Krankenhausärzten. Dr. Drew war klein und untersetzt. Er trug einen braunen Tweedanzug und eine goldgefaßte Brille. James begann zu weinen, als er die weißen Kittel der beiden Krankenhausärzte sah, die vergessen hatten, sie auszuziehen. Wenn er weinte, klang es, als ob er ersticke.

Drew war ein Arzt der alten Schule und sagte dem Patienten oder den nächsten Verwandten nie, wie es stand – wenn er nicht unbedingt mußte. Und wenn sie etwas sagen müssen, tun sie so, als seien ihre Gesprächspartner schwachsinnig oder aus dem letzten Dorf, dachte Benet. Er würdigte sie keines Wortes, und mit Ian Raeburn sprach er in einem vielsilbigen Fachchinesisch, während er der kleinen Prozession voranschritt. James streckte die Arme aus und wollte von der Schwester auf den Arm genommen werden, doch sie sagte, er müsse im Kruppzelt bleiben. Das hektische Rot war von seinen Wangen verschwunden, und er war wieder sehr blaß. Sein Puls wurde kontrolliert, und Benet fragte, was ihm eigentlich fehle.

Hatte es je eine Krankenschwester gegeben, die diese Frage beantwortet hätte? «Wir sind ein ziemlich kranker kleiner Junge, nicht wahr, Schätzchen?»

Als sie wieder allein waren, schob Benet die Hand unter das Zelt, damit er sie festhalten konnte. Ihre Hand interessierte ihn nicht, doch er ließ es zu, daß sie die seine nahm, duldete ihre Berührung. Seine ganze Kraft, sein ganzer Wille schienen sich darauf zu konzentrieren, daß er weiteratmen konnte. Benet hielt seine Hand und war so nahe bei ihm, wie es nur ging. Ihn allein zu lassen und die Polizei anzurufen, ihn auch nur diese paar Minuten allein zu lassen, kam nicht in Frage. Wenn Mopsa umherwanderte, würde man sie finden, und wenn sie tot war – nun ja, dann war sie tot, und es war zu spät. Benet fühlte James den Puls und begann mit Blick auf ihre Uhr zu zählen. Einhundert, hundertzehn, -zwanzig, -vierzig, -sechzig, -achtzig ... Er konnte doch in der Minute nicht hundertachtzig Puls haben! Wahrscheinlich hatte sie sich verzählt. Seine Stirn war kühl und trocken, seine Temperatur normal.

Vielleicht war er überhaupt nicht so schwer krank. Die erste Infektion hatte er so schnell überwunden, vielleicht ging die zweite genauso schnell vorbei. Wenn er nur nicht so schrecklich atmen würde! Es klang wie leises, schwaches, fiebriges, ängstliches Gebell. Noch nie hatte sie einen Menschen so atmen gehört. Die Tür ging auf und die von Dr. Drew angeführte Prozession kam zurück.

«Das ist James, nicht wahr? Und Sie sind die Mutter? Ich werde an James eine kleine Operation vornehmen müssen, um ihm das Atmen zu erleichtern.»

Benet stand auf. Sie hatte das Gefühl, als rolle ein schwerer Stein, der schon länger in ihrer Kehle gesteckt hatte, langsam durch ihren Körper.

«Eine Operation?»

«Nichts allzu Ernstes. Nur um ihm das Atmen zu erleichtern. Er wird ein paar Tage durch eine Kanüle im Hals atmen, anstatt durch Nase und Mund.»

Der Stein fiel aus ihr heraus, und sie fühlte sich krank, ausgelaugt, innerlich wund. «Meinen Sie eine Tracheotomie?»

Dr. Drew sah sie an, als habe sie nicht das Recht, das Wort zu kennen, geschweige denn, es auszusprechen. Ian Raeburn antwortete schnell:

«Eine Tracheotomie, ja. Die Luftröhre bei einem Kind in James' Alter ist sehr eng, hat nur einen Durchmesser von ungefähr vier Millimetern. Wenn es dann zu einer Schwellung von anderthalb Millimetern auf der einen und zu einer gleich großen auf der anderen Seite kommt, bleibt für die Atemluft kaum noch ein freier Raum. James' Luftröhre schließt sich allmählich und spricht auf die herkömmliche Behandlung mit dem Ventilator nicht an.»

Eine Schwester legte Benet ein Formular vor – die Einwilligung zu dem vorgesehenen Eingriff. Benet zitterte die Hand, als sie unterschrieb.

«Dr. Drew ist ein sehr erfahrener Arzt», sagte Ian Raeburn. «Erst vor einer Woche hat er bei einem an Diphterie erkrankten Kind eine Tracheotomie vorgenommen, er ist also nicht aus der Übung.»

«Darf ich mit James in den Operationssaal?»

«Er bekommt eine Vollnarkose, wird also nicht merken, ob Sie da sind oder nicht. Dr. Drew würde sagen, er habe mit einem Patienten genug zu tun.»

Benet verstand nicht sofort, was er meinte. «Ach so, Sie denken, mir könnte übel werden oder ich könnte in Ohnmacht fallen.» Sie versuchte zu lächeln. «Durchaus möglich. Woher soll man das wissen?»

Er nahm ihre Hand und hielt sie fest. Er hielt sie sehr fest. «Sie können direkt vor der Tür warten. Es dauert nicht lange.»

Die Schwester öffnete den Reißverschluß des Zeltes und hob James heraus. Benet streckte die Arme nach ihm aus und wollte eben sagen, sie wolle ihn selbst tragen, als die Tür aufschwang und Mopsa hereinspazierte. Benet starrte sie wie betäubt an. Sie sah heiter und glücklich aus, um Jahre jünger. Das Haar hatte sie unter einem rosafarbenen und roten Schal versteckt, und sie trug einen schicken, leuchtend roten Mantel.

«Ich habe versucht dich anzurufen», sagte Benet. «Seit Stunden hab ich's immer wieder versucht.»

«Ach, tatsächlich? Als ich aufwachte, habe ich das Telefon klingeln gehört, aber ich dachte nicht, daß du es sein könntest. Ich habe geglaubt, du bist viel zu sehr mit ihm beschäftigt, um dich um mich zu kümmern. Na ja, und da hielt ich es für eine recht gute Idee, mir den Ersatzschlüssel deines Wagens zu nehmen, herzukommen, deinen Wagen zu holen und mich ein bißchen im Fahren zu üben. Und das habe ich dann auch getan. Ich bin den ganzen Vormittag umhergefahren, und es ging ausgezeichnet.»

Benet sagte nichts. Es war besser so. Es war immer am besten gewesen, wenn man sich Mopsa gegenüber beherrschte. Sie wandte sich ab, doch erst nachdem sie sich ein Lächeln abgerungen hatte. Ihr Mund war strohtrocken, und ein dumpfer Schmerz drückte ihr auf die Stirn. James, dessen Haut sich inzwischen bläulich verfärbt hatte, atmete jetzt nur noch ungefähr einmal pro Sekunde. Für die Dauer eines Herzschlags stellte sich Benet den winzigen, engen Durchgang vor, nicht dicker als eine Stopfnadel, ein Faden, der Stengel eines Gänseblümchens, durch den die gesamte Luft mußte, die James' Lungen, Gehirn und Herz mit Sauerstoff versorgte, dann schob sie den Gedanken so energisch beiseite, daß sie dabei einen leisen Laut ausstieß, ein ersticktes «Ah!» Mopsa sah sie an. Sie fuhren alle mit dem Lift zum Operationssaal hinauf.

«Krupp? Weil er Krupp hat, muß er operiert werden?» Mopsa schüttelte ungläubig den Kopf. «Das kann ich nicht glauben. Sie verschweigen dir etwas.»

«Es ist ja nichts Kompliziertes, nur ein Luftröhrenschnitt», sagte Ian Raeburn.

Benet fiel auf, daß seine Stimme schroff, ja fast abgehackt klang, ganz anders als sonst. Ging ihm Mopsa auch so auf die Nerven wie ihr? Er verschwand durch die Doppeltür im Operationssaal, und die Schwester folgte ihm mit James auf dem Arm. Dr. Drew war schon vorausgegangen. Benet fragte sich, ob es falsch war, daß sie nicht darauf bestand, James zu begleiten? Doch jetzt gab man ihm wahrscheinlich schon die Narkose, und bald war es vorbei ... Das Wartezimmer, das zum Operationssaal gehörte, war so ungemütlich wie alle Wartezimmer, mit harten, unbequemen Sesseln und ungelesenen Zeitschriften. Vier Stockwerke höher als die Kinderabteilung, hatte man von hier oben einen Rundblick über Dächer und Türme. Den Horizont bildeten die Hügel von Hampstead Heath, die so grün waren, daß es den Augen weh tat. Der Sonnenschein sah warm aus, weil es im Krankenhaus so warm war, und diese reglose, konstante Wärme duftete leicht nach Zitronen.

«Er wird doch wieder gesund?» sagte Mopsa. «Ich meine, es besteht doch keine Gefahr?»

In Benet stieg Übelkeit auf. «Soviel ich weiß, ist das nur Routine. Im Grunde bin ich auch nicht besser informiert als du.»

«Der Schwester von Mrs. Fenton haben sie auch so eine Trach-Dingsda gemacht. Sie hatte Kehlkopfkrebs.»

Ich darf meine Mutter nicht hassen ...

«Dein Vater hat gestern abend noch angerufen. Er machte sich große Sorgen um mich, hatte schon den ganzen Abend versucht, mich zu erreichen. Ich habe ihm nichts von James gesagt, dachte, es sei besser so.»

Sinnlos, dagegen etwas einzuwenden. Vergeudete Zeit sogar der Versuch zu erfahren, warum Mopsa dachte, es sei besser so. Benet nahm eine Zeitschrift in die Hand, doch der Druck war nur ein schwarzweißes Muster, die Bilder sinnlose Aneinanderreihungen von Farben. Der «Händebaum» fiel ihr ein, all die flehend und betend erhobenen Hände.

Die Doppeltür ging auf, und Ian Raeburn kam aus dem OP. Er blieb einen Augenblick stehen. Die Zeitung noch in der Hand, sprang Benet auf. Ohne daß sie es merkte, bohrten sich ihre Fingernägel durch das Hochglanzpapier. Ian Raeburns Gesicht war so grau wie das von James gewesen war. Er machte einen Schritt auf sie zu und räusperte sich, um seine Stimme wiederzufinden, und begann sich zu entschuldigen, sagte, es tue ihm leid, es tue ihnen allen leid, über alle Maßen leid. Er unterbrach sich, schluckte und sagte ihr, daß James tot sei.

Der Fußboden hob sich, bewegte sich auf sie zu, und sie brach ohnmächtig zusammen.

5

An jedem zweiten Samstag durften Ryan und Tanya nach Hause, und manchmal blieben sie über Nacht. Gewöhnlich war es Barry, der zum Alexandra Park fuhr und die Kinder aus Four Winds abholte. Carol blieb am Samstag gern lange im Bett. Zwar badete sie jeden Morgen, das gehörte zu ihren festen Lebensregeln, doch am Samstag wurde das Bad zu einem besonderen Ritual. Sie schüttete Avocado- und Buchweizenhefe-Badeschaum ins Wasser und rieb sich hinterher von Kopf bis Fuß mit Körperlotion ein. Carols Körper war makellos, nirgends auch nur die geringste Spur davon, daß sie drei Kinder geboren hatte. Er war weiß und fest, mit straffen Muskeln. Die einzige Narbe, die Carol hatte, war eine merkwürdige sichelförmige Vertiefung auf dem Rücken, direkt unter dem Schulterblatt. Sie hatte Barry erzählt, woher die Narbe stammte.

«Das hat mein Vater getan, als ich noch ein Kind war. Er hat Maureen und mich immer mit seinem Gürtel verprügelt. Wahrscheinlich haben wir's verdient, Kinder können ja richtig biestig sein. Aber damals ist er ein bißchen zu weit gegangen, nicht wahr? Die Verletzung stammt von der Gürtelschnalle. Sie hat Haut und Fleisch glatt bis zum Knochen durchgeschnitten.»

Barry war entsetzt und hätte sich Knapwell gern vorgenommen, egal, wo er steckte – er hatte die Familie im Stich gelassen, als Carol zehn Jahre alt war –, und hätte ihm mit Vergnügen eine Gürtelschnalle aus Metall über den Rücken gezogen, bis sie ihm das Fleisch bis auf den Knochen durchschnitt. Barry liebte Carol um so mehr, weil sie so großmütig war und verzeihen konnte. Er begriff nur nicht, wie sie sagen konnte, Kinder verdienten Prügel. Allerdings hatte sie für Kinder nicht viel übrig, das mußte er zugeben. Es war wirklich Pech für sie, daß sie drei eigene hatte, und manchmal fürchtete Barry, sie könnte keine Kinder mehr haben wollen, wenn sie beide verheiratet waren.

Die Isadoros behielten Jason über das ganze Wochenende, und vielleicht durfte er auch noch am Montag bleiben. Beatie, Isadoros jüngstes Kind, war ungefähr im selben Alter wie er, ein dickes Mädchen mit gelblichbrauner Haut und verfilzten roten Haaren. Beatie war eine Irin aus der Grafschaft Mayo, aber ihr Mann stammte aus Jamaika, und sie hatten bei ihren sieben Kindern ein paar interessante Farbnuancen zustande gebracht. Weil sie in ihren beiden aneinandergrenzenden Häusern viel Platz hatten, betrieb Beatie so etwas wie eine inoffizielle Kindertagesstätte, und die älteren Mädchen mußten ihr helfen, wenn sie nicht in der Schule waren. Beatie war beim Jugendamt nicht als Pflegemutter registriert, aber das hatte den Vorteil, daß sie auch nicht soviel verlangte wie eine reguläre Betreuerin. Barry hatte immer den Eindruck, daß wenigstens zwanzig oder dreißig Kinder durch die beiden Häuser tobten, obwohl es wahrscheinlich nicht so viele waren. Er bezahlte sechs Pfund für die beiden Tage, was ihm exorbitant vorkam. Aber Carol sagte, es sei preiswert.

Karen, Stephanie und Nathan Isadoro sahen sich einen Videofilm an. *Das Kettensäge-Massaker von Texas.* Barry war angeekelt und schaute nicht hin. Ein kleiner blonder Junge saß festgeschnallt auf einem Kinderstühlchen und schrie sich die Seele aus dem Leib. Kein Mensch beachtete ihn, und die videosüchtigen Kinder sahen sich nicht ein einziges Mal nach ihm um. Im Haus der Isadoros roch es immer merkwürdig nach einer Mischung aus Piment, Babywindeln und heißer Schokolade.

Barry holte Tanya und Ryan ab und brachte sie in die Summerskill Road. Carol war inzwischen fertig. Sie trug die Tweedhose, die Mrs. Fylemon ihr geschenkt hatte, und dazu einen cremefarbenen Wollpullover mit Polokragen, der sehr figurbetont war. Sie hatte sich so geschickt geschminkt, daß sie zwar strahlend schön aussah, man aber das Make-up kaum merkte. Ihr von Natur aus goldglänzendes Haar schmiegte sich in weichen Locken an den Kopf. Barry wußte ganz sicher, daß sie es nicht färbte. Sie fuhren alle nach Brent Cross zum Einkaufen, gingen zum Lunch in ein Hamburger-Lokal und sahen sich dann im Kino einen Fantasy-Film an, der im Weltraum spielte. Carol hatte ihm erzählt, bevor er zu ihr gezogen sei, habe sie sich nur selten die Mühe gemacht, mit den Kindern etwas zu unternehmen. Es war ihr einfach zuviel geworden, sie hatte es nicht geschafft. Er hatte sich der Kinder mehr oder weniger angenommen, soweit es eben nötig war, daß man sich ihrer annahm. Er glaubte, daß sie ihn mochten.

Als sie auf den Bus warteten, um nach Hause zu fahren, hoffte Barry, die Leute würden Carol für seine Frau, Ryan und Tanya für seine Kinder halten. Er war noch jung genug, das zu hoffen. Carol sah sich flüchtig in einem Schaufenster und verzog das Gesicht, weil Ryan ihr schon fast bis an die Schulter reichte. «Ich muß nicht ganz bei Trost gewesen sein, ihn so jung zu bekommen. Ist dir klar, daß ich mit Ende Dreißig schon Großmutter sein kann?»

Barry mußte lachen, wenn er sich Carol als Großmutter vorstellte. Er legte den Arm um sie, begann sie mitten auf der Straße zu küssen und vergaß ganz, daß ihnen die Kinder zusahen.

Am nächsten Tag mußten sie nach Four Winds zurück. Tanya wehrte sich immer dagegen. Sie schrie und stampfte und klammerte sich manchmal so fest an Carol, daß man sie mit Gewalt losreißen mußte. Barry fragte sich, warum sie in einem Heim leben mußten, wenn sie zu Hause und bei ihrer Mutter so glücklich waren.

«Man kann das Jugendamt bitten, die Kinder in ein Heim zu geben, weißt du», sagte Carol. «Sie werden einem nicht immer weggenommen. Ich kam nach Daves Tod einfach nicht klar und mußte wegen der Kinder etwas tun. Ich war verzweifelt.»

Nicht ganz zwei Jahre nach Daves Tod war Jason zur Welt gekommen. Barry hatte sie nie nach den näheren Umständen gefragt, er wollte sie nicht wissen. Wahrscheinlich hätte er sich sogar einreden können, Jason sei das Kind von Dave. Aber als Carol ihn eines Tages ausgeschimpft und einen kleinen Bastard genannt hatte, sagte Iris: «So solltest du ihn wirklich nicht nennen, Carol. Es wäre was anderes, wenn er keiner wäre, aber er ist es nun mal, nicht wahr?»

Sobald wir verheiratet sind, können wir beantragen, daß die Kinder aus dem Heim entlassen werden, dachte Barry. Carol konnte dann auch aufhören zu arbeiten oder wenigstens die Arbeit in der Wein-Bar aufgeben. Barry war ehrgeizig. Er hatte einen guten Job als Möbelschreiner und Zimmermann in einem Zwei-Mann-Betrieb auf der Delphi Road. Oder es würde ein guter Job sein, sobald die Rezession zu Ende war und die Wirtschaft wieder besser florierte. Dann konnten sie aus der Summerskill Road wegziehen, sich irgendwo etwas Eigenes kaufen und eine richtige Familie sein. Manchmal hatte Barry einen Traum, der eigentlich schon eine Vision war, so klar umrissen sah er alles vor sich: Er sah ein Zimmer ihres künftigen Hauses, in dem sie alle um einen Tisch herum saßen und das Weihnachtsdinner aßen. Alle glücklich, alle lachend, mit Papierhüten auf dem Kopf und Carol in einem meerblauen Kleid mit ihrem gemeinsamen Kind auf dem Schoß.

Barry wußte, daß sie nicht immer auf Rosen gebettet sein würden. Da waren erstens die Kinder, die nicht die seinen waren und nie sein konnten, und das konnte man nicht einfach beiseite schieben. Zweitens war da Dave, war immer da, immer aus seinem Plastikrahmen lächelnd. Und Carol mochte zwar aussehen wie siebzehn, aber sie war es nicht mehr, sie war acht Jahre älter als Barry und um ebenso viele Jahre erfahrener. Und dann gab es noch etwas, das ihm manchmal Sorgen machte.

Er war ein sanfter Mensch, vielleicht sogar ein bißchen zu weich, wie er manchmal dachte. Er konnte nicht dabeistehen und zusehen, wenn einem Kind weh getan wurde. Man mußte sie strafen, wenn sie über die Stränge schlugen, das war ihm klar. Doch wenn man sie schon schlagen mußte, dann nie zu hart und immer nur auf die

Beine oder auf den Po. Als er daher eines Tages beobachtete, wie Carol Tanya mit dem Handrücken ins Gesicht und auf den Kopf schlug, wobei sie die ganze Kraft ihres Arms in den Schlag legte, immer und immer wieder auf das kleine Mädchen einschlug und den Arm schwang wie ein Tennisspieler, sah er rot, zerrte Carol von Tanya weg und schlug sie auch, damit sie sich beruhigte. Er tat es wirklich nur, um sie zu beruhigen, da ihm irgend jemand erzählt hatte, es sei die einzige Möglichkeit, mit hysterischen Menschen fertig zu werden. Er tat es ungern, leidenschaftslos und nicht, weil er die Beherrschung verlor oder zu Gewalttätigkeit neigte.

Es war Carols Reaktion, die ihm Sorgen bereitete. Sie hörte auf, das Kind anzuschreien, sie wurde ruhig, und das war gut. Und auch wieder nicht. Sie zuckte zwar zusammen, aber sie legte die Hand nicht auf die Wange, die noch von seinem Schlag brennen mußte. Er hatte das sonderbare Gefühl – und er hatte keine Ahnung, woher er es wußte, hatte er doch keinen schlüssigen Beweis dafür –, daß sie darauf wartete, von ihm noch einmal geschlagen zu werden, geschlagen werden wollte. Sie stand vor ihm, verletzlich, schutzlos, mit schlaff herunterhängenden Armen, die offenen Hände ein wenig vom Körper entfernt. Sie atmete flach. Die Lippen geöffnet, Schweißtropfen auf der Haut, wartete sie auf weitere Schläge.

Selbstverständlich hatte er sie nicht noch einmal geschlagen. Er hatte ihr gesagt, es tue ihm leid, er liebe sie, er habe ihr nicht weh tun wollen, es aber tun müssen, da sie die Kontrolle über sich verloren hatte.

«Es hat mir nichts ausgemacht», sagte sie und warf ihm einen seltsamen Seitenblick zu, einen listigen und auch leicht gereizten Blick.

Als sie sich in dieser Nacht liebten, wollte sie ihn dazu bringen, sie zu schlagen. Es dauerte einige Zeit, bis er begriff. Er wußte nicht, was sie tat. Sie provozierte ihn mit Zähnen und Fingernägeln, sprang aus dem Bett, rannte durchs Zimmer, blieb an die Wand gepreßt stehen und bedeckte mit gekreuzten Armen ihren Körper. Als er näher kam, trat sie nach ihm, zischte ihn an, warf den Kopf hin und her wie eine Schlange. Sie mußte ihm sagen, was sie wollte, weil er nicht verstand.

«Schlag mich, Liebling! Schlag mich so fest du kannst.»

Er konnte nicht. Er zwang sich, ihr das Gesicht zu tätscheln, die Finger ein bißchen fester in die Schultern zu bohren. Doch das war es nicht, was sie wollte, sie wollte Schläge, sie wollte Schmerz. Warum? Wie konnte sie nur? Hatte sie unter den Schlägen ihres Vaters nicht genug gelitten? Barry schlug sie. Er schlug sie hart, aber nur mit den Händen. Es war ihm verhaßt. Er mußte sich einreden, daß es nicht Carol war, sondern jemand, den er haßte. Und er mußte die Augen zumachen, um es tun zu können.

Sie bat ihn nie wieder um etwas Ähnliches. Er versuchte es zu vergessen, die Erinnerung daran zu verdrängen, und es gelang ihm beinahe. Manchmal dachte er, er habe nur geträumt, daß er Carol geschlagen hatte – genauso wie er nur geträumt hatte, daß sie Tanya schlug. Trotzdem waren ihre Umarmungen seither heftiger, wilder geworden. Barry hatte nichts dagegen, denn es war eine Abwechslung, mit einer Frau zu schlafen, die nicht passiv war. Aber Carol war eben nicht wie andere Frauen. Sie war eine unter Millionen, sie war einzigartig ...

Nachdem er die Kinder ins Heim zurückgebracht hatte, waren sie allein. Sie gingen ins Bett. Das taten sie immer, wenn sie Gelegenheit dazu hatten. Wenn Leute bei ihnen waren, die bald aufbrechen wollten, oder die Kinder bald ins Heim mußten, hatte Barry immer ein Gefühl wachsender Erregung, und wenn er Carol ansah, wußte er, daß es ihr genauso ging. Sie konnten es kaum erwarten, bis die Tür hinter den anderen zufiel. Manchmal genoß er die Vorfreude so, daß er hoffte, die Gäste würden sich beim Abschied Zeit lassen, der Aufbruch der Kinder würde sich verzögern, so daß er noch länger auf diesem Gipfel atemloser Erwartung verweilen konnte.

Sobald sie allein waren, fielen sie sich in die Arme, außer sich vor Begierde, küßten, leckten und bissen, klammerten sich aneinander und lachten völlig grundlos, es sei denn über ihre Besessenheit. In dem großen Bett mit Carol existierte niemand auf der ganzen Welt für ihn, nichts und niemand außerhalb der unsichtbaren Kuppel, die sich über dem Bett zu wölben schien. Carol sagte ihm, sie habe sich und ihn ein- oder zweimal in dem großen Spiegel beobachtet, und es habe sie noch mehr erregt. Doch er hatte es nie getan. Seine Liebe fand jetzt und hier statt, nicht in einer wenn auch noch so geringen Entfernung.

Sie schliefen. Als sie erwachten, war es dunkel. Sie hielten sich noch immer umarmt, feucht und kühl vom eigenen und vom

Schweiß des anderen. Carol stand zuerst auf, wusch sich und zog das schwarzweiße Zickzackkleid an. Sie bemalte sich das Gesicht mit Pinseln, großen für die Grundierung und das Rouge und kleinen, feinen für die Augenlider, die Brauen und die Konturen der Lippen. Sie kämmte sich und rollte kleine Löckchen um ihre Finger. Sie wollten mit Iris und Jerry etwas trinken gehen.

Es war Vollmond. Er schien hell wie ein Scheinwerfer und schien sich mit dem harten Gelb messen zu wollen, das über Winterside Down hing. Sie gingen über die Chinesische Brücke, wo Barrys Graffiti noch immer von seiner Liebe kündete und wo es hell genug war, daß sich ihre Gesichter in dem ruhigen, glitzernden Wasser des Kanals spiegelten. Es warf ihre Gesichter zurück wie ein Spiegel in einem Raum, der zwar dunkel ist, aber von einem durch die Tür fallenden Lichtschein schwach erhellt wird. Carol ließ ihren Zigarettenstummel ins Wasser fallen. Er zerstörte die glatte Oberfläche und damit auch die Spiegelbilder ihrer Gesichter, die sich für einen Sekundenbruchteil so gräßlich verzerrten, daß Barry zurücktrat und damit sein Gesicht aus dem Wasser nahm. Er hatte Carols schöne Züge erschauern, zerbrechen und schmelzen sehen, bis sie einer Gummimaske glichen, einer abscheulichen Karikatur, gierig, wollüstig und grob, während die seinen sich zur Fratze eines Wasserspeiers mit wulstigen Lippen und rollenden Schielaugen verzerrten.

Er legte den Arm um Carol, rieb seine Wange an der ihren und küßte sie auf die Lippen. Carol trug immer einen Festiger auf, so daß er sie hundertmal küssen konnte und der Lippenstift nicht abging. Hand in Hand gingen sie durch Winterside Down, vorbei an Maureens Haus mit den Vorhängen, die wie Zierschürzchen aus weißer Spitze aussahen, und dem auf Hochglanz polierten Wagen vor der Tür. Iris und Jerry waren schon im *Old Bulldog*, waren vermutlich schon da, seit er geöffnet hatte. Jerry war ein kleiner rotgesichtiger Mann, ein schwerer Trinker, dem man jedoch nicht anmerkte, daß er trank. Er war nie betrunken. Seine Augen sahen aus wie in Lauge gekocht, wirkten immer feucht und gleichzeitig eingeschrumpft. Seine Kleider rochen, als habe man sie in Gin gespült. Seine zweitliebste Freizeitbeschäftigung war, mit einem Glas Gin mit Wasser vor dem Fernseher zu sitzen.

Die Leute sagten, Iris sei früher einmal sogar hübscher gewesen als Carol. Es fiel Barry schwer, das zu glauben. Sie war fünfzig, mager wie ein Skelett und hatte lange, knochige Beine. Das gelb gefärbte Haar trug sie schulterlang, um jünger auszusehen, und hatte sommers wie winters Slingpumps mit sehr hohen Absätzen an, um ihren eleganten Spann und die schlanken Fesseln zu betonen. Barry vermutete, daß ihr Leben mit dem brutalen Knapwell die reinste Hölle gewesen sein mußte. Und doch war sie immer fröhlich, sorglos und holte aus allem das Beste heraus. Sie rauchte vierzig oder fünfzig Zigaretten am Tag und litt an einem Husten, bei dem sich ihr Gesicht vor Anstrengung blaurot verfärbte. Aber ohne Zigarette war Iris zu nichts fähig.

«Laß mich nur schnell 'nen Glimmstengel anstecken», sagte sie gewöhnlich. Oder: «Vorher muß ich aber eine rauchen.»

Seit Knapwells Verschwinden hatte es – laut Carol – einen Mann namens Billy und einen namens Nobby gegeben, aber sie hatten sich nicht lange gehalten. Jerry war seit Jahren mit Iris zusammen. Ein mysteriöser Mann, der selten sprach, keinerlei Gefühle zeigte, keine Familie zu haben schien und allem – vom Gin und vom Fernsehen abgesehen – eine geradezu majestätische Gleichgültigkeit entgegenbrachte. Sogar sein eigener Name war ein Geheimnis, denn als er ungefähr ein Jahr mit Iris zusammen lebte, hatte er angefangen, sich Knapwell zu nennen. Er arbeitete für Thames Water, worüber Barry immer wieder lachen mußte, wenn er an Jerrys Trinkfreudigkeit dachte. Iris hatte einen Job in einer kleinen Kleiderfabrik, die im ehemaligen Prado Kino untergebracht war.

Barry trank ein Bier, Carol einen Gin Tonic. Sie sprach mit Iris darüber, wie Jason in der nächsten Woche versorgt werden sollte. Vielleicht könne Maureen ihn einen Tag übernehmen, meinte sie.

«Machst du Witze?» sagte Iris. «Maureen malt ihr Wohnzimmer. Sie hat heute den ganzen Tag die alte Farbe abgekratzt.»

«Dann werde ich eben noch einen Abend bei Kostas übernehmen müssen, das ist alles», sagte Carol. «Der Junge kostet mich ein Vermögen.»

Jerry stand auf. «Du trinkst doch noch die andere Hälfte?» sagte er zu Barry, als käme sein Bier aus der Flasche oder aus dem Krug und wäre nicht der ganze Inhalt einer Büchse. Da er wußte, was sie wollten, verschwendete er kein Wort an die Frauen.

«Ich muß mir mal 'nen Glimmstengel anstecken», sagte Iris. Sie rauchte und schwieg nachdenklich. Carol sprach davon, noch mehr Arbeit anzunehmen. Das beunruhigte Barry, der glücklich und zufrieden gewesen war. Er wünschte sich, mehr zu verdienen, viel Geld zu verdienen, damit Carol, anstatt länger zu arbeiten, ganz damit aufhören und bei den Kindern zu Hause bleiben konnte. «Das Jugendamt ist ja auch noch da», sagte Iris plötzlich. «Du könntest es mal dort versuchen und sehen, was sie dir vorzuschlagen haben.»

Barry verstand zuerst nicht, was sie damit meinte, sah jedoch, daß Carol es genau wußte. Sie nahm eine Zigarette aus der Packung ihrer Mutter und zündete sie an ihrer Zigarette an.

«Es könnte darauf hinauslaufen. Ja, du hast recht.»

«Ich würde ja sehr gern mehr tun», sagte Iris. «Du weißt, ich würde mich rückwärts überschlagen, um dir zu helfen. Doch wenn ich dazu kündigen müßte, muß ich einen Punkt machen. Ich könnte Mr. Karim nicht im Stich lassen. Ich bin jetzt sieben Jahre bei ihm – das heißt, Anfang nächsten Jahres sind es sieben Jahre –, und er verläßt sich irgendwie auf mich, stimmt doch, Jerry, oder?» Sie wartete nicht einmal auf seine Bestätigung, weil sie wußte, daß sie ohnehin nicht kam. «Du mußt eben nach dem Gehör spielen, schätze ich», sagte sie munter. «Einfach von einem Tag auf den anderen sehen, was sich ergibt.»

«Ich hab's damals nicht geschafft, und wenn ich's diesmal wieder nicht schaffe, werden sie einspringen müssen.»

Jetzt begriff Barry endlich. «Dazu wird es nicht kommen», sagte er. Er fühlte, daß seine Stimme fest klang, autoritär, männlich, genau die energische Stimme war, auf die die Frauen warteten. «Wir schaffen es schon. Ich schaffe es.»

Carol hatte seine Hand gehalten. Sie legte den anderen Arm um ihn, legte ihn über seine Brust und hielt seine Schulter fest. Dann lehnte sie den Kopf an seine Brust. «Du bist wunderbar», sagte sie. «Du bist so stark. Ist er nicht wunderbar, Mutter? Er erinnert mich an Dave. Erinnert er dich nicht auch an Dave?»

«O ja, ein bißchen», sagte Iris.

Barry wußte, daß es ein höheres Lob nicht gab. Er fühlte Carols weiche Wärme, und leichte Erregung prickelte durch seinen Körper. Er begann sich auf das Ende dieses Abends zu freuen, auf den Abschied von Iris und Jerry draußen auf dem Gehsteig, unter dem weißen Mond, und darauf, daß Carol und er wieder miteinander allein sein würden.

6

Die Tage flossen ineinander, ohne gegeneinander abgegrenzt zu sein, ohne Datum, ohne Wetter, fast ohne Licht und Dunkelheit. Sie lag und saß später in ihrem Schlafzimmer, dem großen Raum im obersten Stockwerk des Hauses im Vale of Peace. Mopsa brachte ihr das Essen herauf, doch als sie sah, daß Benet nichts essen wollte, nichts essen konnte, ersetzte sie die Speisen ohne zu zögern durch Tee, Pulverkaffee und am Abend, ohne vorher gefragt zu haben, mit Brandy und Wasser.

Das Leben war stehengeblieben. Zuerst, weil man nicht glauben konnte, was geschehen war, weil es nicht geschehen sein konnte – in den achtziger Jahren sterben keine kleinen Kinder –, und daher blieb nur der Schock zurück, der betäubte und gefühllos machte. Während eines großen Teils dieser Phase der Betäubung und der Benommenheit hatte man Benet im Krankenhaus behalten. In demselben Zustand, ausgerüstet mit Schlaftabletten und Tranquilizern, war sie heimgeschickt worden, in ihr chaotisches Haus und zu Mopsa. Dort begann sich der Schock allmählich zu lösen. Es war, wie wenn nach einem Besuch beim Zahnarzt die Spritze ihre Wirkung verliert und der Schmerz zu toben beginnt. Nur war kein körperlicher Schmerz, den Benet kannte, so schlimm wie dieser. Sogar als sie James zur Welt gebracht und geschrien hatte, waren ihre Schreie nicht nur Qual gewesen, sondern eine Mischung aus Mühsal und Zielstrebigkeit, Freude und Schmerz. Jetzt mußte sie beide Hände auf den Mund pressen, um ihr Leid nicht hinauszuschreien. Sie saß meistens im Zimmer oder ging rastlos hin und her, denn wenn sie sich hinlegte, wälzte sie sich von einer Seite auf die andere und grub sich die Fingernägel in den Leib. Es gelang ihr einfach nicht, sich zurückzuhalten. Eines Nachmittags stach sie sich eine Nadel in den Arm, um eine andere Art von Schmerz zu fühlen.

Weil ihr Zeit kein Begriff mehr war, weil sie nicht merkte, wie die Zeit verging, kam es ihr so vor, als sei sie schon ein Jahr in diesem Zimmer im obersten Stockwerk, werde schon ein Jahr von Mopsa gepflegt, von Mopsa, die jede Stunde an die Tür kam. Vielleicht waren es nicht mehr als zwei Tage gewesen. Sie nahm Unmengen von Barbituraten und ebensoviel Valium. Die Schlaftabletten warf sie in die Toilette und spülte sie hinunter. Das Vergessen, das sie brachten, war das furchtbare Erwachen nicht wert – die Freude am morgendlichen Licht, das Warten auf die ersten morgendlichen Geräusche von James, der im Nebenzimmer schlief, und das Begreifen, daß sie kein morgendliches Geräusch von ihm hören würde, nie wieder etwas hören würde. Nie, nie, nie, nie.

Das Valium hielt sie davon ab, zu schreien oder die Hand auf den Mund zu pressen, um ihre Schreie zu unterdrücken. Es brachte sie dazu, während sie still und stumm dasaß, auf verworrene Weise an verschiedene Methoden des Selbstmords zu denken. Sie warf auch diese Pillen weg. Sie stand am Fenster, hoch über dem Vale of Peace, und betrachtete einen großen weißen Mond, der wie eine schimmernde Perle aussah. Vor zwei Jahren hatte es James noch nicht gegeben, doch sie war noch derselbe Mensch wie damals, nicht viel älter, unverändert im Aussehen. Sie blickte in den Spiegel und sah dieselben vertrauten, regelmäßigen Züge, die mandelförmigen dunklen Augen, hohen Wangenknochen, vollen Lippen. Das dunkelbraune, ziemlich lange, sehr glatte Haar und dieselbe klare, helle Haut. Wenn sie schon so aussah wie vor James' Geburt, warum konnte sie dann nicht auch so empfinden, so sein wie damals, bevor er in ihrem Leben eine Rolle spielte? Das war doch noch gar nicht so lange her. Wie konnte sie in nicht ganz zwei Jahren von einem anderen Menschen so unvorstellbar beeinflußt und verändert worden sein – und noch dazu von einem Menschen, der kaum sprechen konnte?

Sie wollte an ihn nicht als Person denken, als eigenständiges Wesen, und nicht an Dinge, die er getan oder gesagt hatte. Das war das Schlimmste. Dort lauerte unerträgliche Panik, jene Panik, die einem deutlich sagt, noch einen Schritt weiter in dieser Richtung, und du verlierst den Verstand. Benet ging hinunter, stieg die lange Wendeltreppe hinunter, die sich durch die Mitte des Hauses schraubte, betrat den Raum im Souterrain, setzte sich ans Fenster und blickte auf die Gartenmauer und die Straße hinauf. Sie hatte das Gefühl, sie werde nie wieder dort hinausgehen. Es war unmöglich, sich vorzustellen, ins Freie zu gehen, auszuschreiten, anderen Menschen zu begegnen.

Mopsa hielt sich in der Küchenhälfte des Raumes auf und buk offensichtlich einen Kuchen. Wozu eigentlich? Wer sollte ihn essen? Sie trug eine Schürze, die Benet noch nie an ihr gesehen hatte, rosa und weiß karierte Baumwolle mit Bändern, die sich auf dem Rücken kreuzten. Sie hatte alles weggeräumt, was James gehört hatte. Die Türen des Spielschranks waren geschlossen. Das hohe Stühlchen war verschwunden. Oben hatte Benet die Augen zugemacht, wenn sie auf dem Weg ins Bad an James' Zimmer vorüberging. Sie hatte Angst gehabt, die Tür könnte offen sein. Jetzt wußte sie, daß es nicht notwendig gewesen war, die Augen zu schließen. Mopsa hatte sich um diese Dinge gekümmert. Unklar hatte sie in dieser zeitlosen Zeit dort oben wahrgenommen, daß Mopsa sich um diese Dinge kümmerte, sich um alles kümmerte.

Um die Dinge, denen sie nicht einmal in Gedanken einen Namen zu geben vermochte. Um die Eintragung ins Sterberegister. Das Beerdigungsinstitut. Die Beerdigung. Mit einem Euphemismus, den sie früher verachtet hatte, bezeichnete sie diese Dinge vor sich selbst mit einem inneren Frösteln als «die Formalitäten». Die arme verrückte Mopsa, die nicht mehr verrückt war, die diesen furchtbaren Anforderungen besser gewachsen gewesen war als die normalste Frau, hatte sie erledigt – die Formalitäten. Vage hatte Benet dort oben in dem hochliegenden Zimmer, dem dunklen Turm, mitbekommen, daß Mopsa wegging, sie hatte den Wagen starten gehört, hatte Türenklappen und Mopsa zurückkommen und geschäftig hantieren gehört, aufgehend in ihrer Rolle als allgegenwärtiger helfender Engel. Und jetzt rührte sie, nachdem sie sich zu ihrer Tochter umgedreht und ihr traurig und jämmerlich zugelächelt hatte, einen Kuchenteig an, schlug in einer Glasschüssel Eier mit dem Schneebesen schaumig.

Mopsa war – wundervoll gewesen. Das war das Wort, mit dem man immer jemanden auszeichnete, der tat, was sie in dieser Situation getan hatte – wundervoll. Das Telefon hatte oft geklingelt. Mopsa hatte die Anrufe entgegengenommen, wenn Benet auch nie gehört hatte, was gesprochen wurde. Das Telefon klingelte auch jetzt. Mopsa lehnte den Schneebesen an den Rand der Schüssel, ging an den Apparat und nahm ab. Sie sprach mit Antonia, als seien sie alte Freunde, obwohl sie sich – soviel Benet wußte – nie begegnet waren. Ihre Stimme klang lebhaft, freundlich und überhaupt nicht tragisch. Benet werde Antonia ganz sicher anrufen, sagte Mopsa. Sobald sie sich gesund genug fühle, werde sie sie anrufen. Natürlich werde Mopsa es ihr ausrichten.

Benet wandte sich mit einer Frage an ihre Mutter. Es war die erste, die sie seit ihrer Rückkehr aus dem Krankenhaus stellte. Ihre Stimme, die so lange geschwiegen hatte, kam ihr fremd vor. Benet ging zu Mopsa hinüber, und ihre Beine waren so schwach wie bei einer Rekonvaleszentin.

«Sind viele Anrufe gekommen?»

Mopsa siebte Mehl auf den Eierschaum. Sie arbeitete sehr sauber, verstreute kein Stäubchen. «Ein halbes Dutzend. Ziemlich viele. Ich habe sie nicht gezählt.»

«Was hast du den Leuten gesagt?»

«Ich habe ihnen gesagt, es geht dir nicht gut, und du kannst mit niemandem reden. Ich habe ihnen gesagt, daß du im Bett bleiben mußt und man nicht von dir verlangen kann, dich zu unterhalten.»

Es war die korrekte Antwort, es war die vorgegebene, ideale, gnädige Methode, anders konnte ein Mensch in Mopsas Lage sich nicht verhalten. Benet, die wieder in das riesige, kalte Meer ihres Jammers eintauchte, empfand einen Anflug von Unbehagen. Sie ignorierte ihn. Es war nicht wichtig. Unbehagen war nicht mehr wichtig, würde nie wieder wichtig sein.

«Hast du mit Vater gesprochen?»

«Er hat mich fast jeden Abend angerufen.» Das selbstgefällige Lächeln umspielte Mopsas Mundwinkel. «Er läßt dich grüßen.»

Die arme Mopsa, die labil, die krank war, nicht wie andere Frauen, nicht wie die Mütter anderer Leute. Eine Verszeile fiel Benet ein – *Und dennoch, irgendwo in meinem Herzen trau're ich um dich ...*

«Es muß sehr schlimm für dich gewesen sein, es ihm sagen zu müssen.»

Der halbflüssige Teig wurde in die Backform geschüttet. Mopsa runzelte die Stirn, so sehr konzentrierte sie sich auf ihre Arbeit. Als sie fertig war, atmete sie pustend aus. Sie glich einem Schulmädchen, das einen Kuchen für ein hauswirtschaftliches Examen backen mußte. Oder wie jemand, der zum erstenmal einen Kuchen buk. Vielleicht hatte sie es auch noch nie getan. Benet konnte sich nicht erinnern, daß es während Mopsas Krankheit bei ihnen Kuchen gegeben hätte. Mopsa stellte die Backform ins Rohr und knallte die Tür zu, als wollte sie sie nie wieder öffnen, als schließe sie die Tür eines Hauses, in das sie nie mehr zurückkehren wollte.

Dann wandte sie sich Benet zu und wischte sich die Hände an der Schürze ab.

«Oh, ich hab's ihm gar nicht gesagt, Brigitte. Ich konnte es ihm nicht sagen. Es ist ein peinliches Thema für ihn. Unter anderen Umständen wäre er vielleicht herübergekommen. Doch da er nicht fragt, halte ich es für überflüssig, es ihm zu sagen.»

«Einmal wird er's erfahren müssen.»

Mopsa sagte nichts. Sie sah Benet sehr direkt in die Augen. In diesem Augenblick, mit Schürze, einem Mehlfleck auf der Wange, goldglänzende Nadeln im Haar, war sie ganz so wie anderer Leute Mütter.

«Hast du es irgend jemandem gesagt?» fragte Benet.

Mopsa hob die Hand, berührte den Mehlfleck, rieb daran herum. Ihr Blick ließ Benet los und wanderte zum Lichtschalter an der Wand.

«Du hast es überhaupt niemandem gesagt, nicht wahr?»

Mopsa begann vor sich hinzumurmeln. «Ich konnte nicht, Brigitte», sagte sie dann. «Ich wollte mich nicht aufregen. Es ist schlecht für mich, wenn ich mich aufrege.»

«Und wer, glaubst du, wird deinen verdammten Kuchen essen!» brüllte Benet sie an.

Sie stürmte aus dem Zimmer und die Treppe hinauf. Hinter ihr begann Mopsa zu schluchzen und zu weinen. Benet ging nicht zurück. Sie stieg weiter die Treppe hinauf, einen starken Druck im Kopf, ein Pochen hinter den Augen. Sie ging an der offenen Tür von Mopsas Schlafzimmer vorbei, und ihr Blick fiel auf ein Foto auf Mopsas Nachttisch. Es war ein Foto von Edward. Was machte Mopsa mit einem Foto von Edward? Benet hatte nicht einmal gewußt, daß sie eins besaß. Es war eine Porträtaufnahme, ziemlich unscharf, von einem Schnappschuß vergrößert.

Sie stieg die letzte Treppe hinauf und betrat James' Zimmer. Das Kinderbett war noch da und darin die nackte Matratze. Davon abgesehen, gab es nicht den geringsten Hinweis darauf, daß in diesem Zimmer je ein Kind gewohnt hatte. Von diesem Fenster aus sah man die Tannenreihe hinter dem Teich, die grüne Fläche der Heide und darüber einen großen, weißen, leeren Himmel. Sie schloß sich in ihrem Zimmer ein. Mußte Edward das von James erfahren, sollte sie es ihm mitteilen? Hatte das einen Sinn? Er hatte James nur einmal gesehen, und damals war James zwei Tage alt gewesen. Edward war ins Krankenhaus gekommen, um James und Benet zu sehen, und hatte nicht gewußt, was er sagen sollte.

«Du hast mich furchtbar gedemütigt», hatte er schließlich gesagt, hatte einen Blick auf das Kind geworfen und wieder weggeschaut.

«Es wäre besser gewesen, du wärst nicht gekommen, Edward. Du hättest nicht kommen sollen.»

Für sie war alles genauso schlimm wie für ihn, allerdings aus anderen Gründen. Es war falsch gewesen, ihn zu benutzen, es war unrecht gewesen, von ihm ein Kind «nach Plan» zu empfangen, obwohl sie ihn weder heiraten noch weiterhin mit ihm leben wollte. Doch das hatte sie damals nicht so gesehen, es schien ihr das einzig Richtige, schien ihr sogar streng moralisch zu sein. Obwohl sie diese Entscheidung getroffen hatte und das Baby im Arm hielt, war es ihr unmöglich gewesen, Edwards Schönheit zu ignorieren, eine Schönheit, die sie stark berührte. Warum genügt sie mir nicht? hatte sie gedacht. Warum kann sie mir nicht genügen, wenn ich auch weiß, daß sonst nichts da ist, fast überhaupt nichts? Die Welt war voller Männer, die sich an Frauen gebunden hatten, weil sie schön waren. Warum konnte man – warum konnte sie den Spieß nicht umdrehen?

Er setzte sich auf die Bettkante und bat sie wieder, ihn zu heiraten. Sie sagte nein, sie könne nicht, er solle sie bitte nicht noch einmal darum bitten, sie würden beide unglücklich werden, alle drei würden sie unglücklich werden. Er war aufgestanden und gegangen, und sie hatte ihn nie wiedergesehen.

Aus irgendeiner geheimnisvollen Quelle hatte Mopsa sich ein Foto von ihm besorgt, hatte es rahmen lassen und an ihr Bett gestellt. Als ob er ihr Sohn wäre. War es eigentlich wichtig, warum sie es getan hatte? War es überhaupt wichtig, daß Mopsa niemandem etwas von James' Tod gesagt hatte? War noch irgend etwas wichtig?

Seltsamerweise erinnerte sie sich jetzt an Träume, die sie, während sie träumte, nicht als solche erkannt, sondern für die Wirklichkeit gehalten hatte. Angenommen, sie träumte auch jetzt und würde bald aufwachen und begreifen, daß sie den schrecklichsten Alptraum ihres Lebens gehabt hatte, aber eben nur einen Alptraum, würde feststellen, daß es Morgen war und James im Nebenzimmer aufwachte ...

Sie ging hinüber und betrachtete die aufgeräumte Wüste, in die Mopsa das Zimmer verwandelt hatte. Gram erfüllt das Zimmer meines Kindes, das nicht mehr hier ist, liegt in seinem Bett, geht mit mir hin und her, immer an meiner Seite ...

Am nächsten Vormittag fand Benet auf dem Dielentisch eine Nachricht von Mopsa. *Bin mit Constance Fenton zum Lunch gegangen und gegen vier wieder da.* Bisher hatte sie sich nie die Mühe gemacht, eine Nachricht zu hinterlassen. Oder doch? Unter dem Tisch stand ein kleiner Papierkorb. Er war voller zusammengeknüllter Zettel. Benet begann einen nach dem anderen glattzustreichen. Es waren tatsächlich Notizen von Mopsa. Notizen von jedem Tag. *Ich bin ins Krankenhaus gefahren. Ich bin auf dem Standesamt. Ich bin bei Sims & Wainwright.* Benet wollte gar nicht wissen, wer Sims & Wainwright waren. Sie war gerührt, sie hatte ein schlechtes Gewissen, weil Mopsa so viele Zettel geschrieben hatte und unermüdlich weiterschrieb, obwohl sie sah, daß sie keine Beachtung fanden. Sie hatte sie wieder eingesammelt, weggeworfen und den nächsten geschrieben.

Benet öffnete die Tür des Zimmers, das ihr Arbeitsraum werden sollte, und das Mopsa selbstverständlich das «Studierzimmer» nannte. Doch wie sollte sie es schließlich sonst nennen? Als Benet das letzte Mal hier drin gewesen war, hatten die Bücher in unordentlichen Haufen auf dem Boden gelegen. Mopsa hatte sie aufgeräumt. Sie hatte sie ganz durcheinander in die Regale gestellt – manche standen sogar auf dem Kopf. Und in die Schreibmaschine hatte sie ein frisches Blatt eingespannt, als wolle sie Benet einladen, wieder mit der Arbeit anzufangen. Benet fragte sich, ob sie je wieder arbeiten werde. Der Gedanke schien ihr grotesk. Wie konnte sie, auf dem absolut tiefsten Punkt ihres bisherigen Lebens angelangt, je hoffen, die Gefühle anderer zu Papier bringen zu können?

Sie setzte sich ins Souterrainzimmer ans Fenster. Eine Frau ging vorbei. Dann ein Kind, das einen Hund an der Leine führte. Um irgend etwas zu tun, machte sich Benet eine Tasse Tee und trank sie, nur um sich die Zeit zu vertreiben. Die Zeit bis wann? Sie fragte sich, was mit dem Rest ihres Lebens geschehen sollte? Wie konnte sie überhaupt darüber nachdenken, was sie eventuell damit anfangen würde? Eine Weile später zog sie einen Mantel an, verließ das Haus und ging in die Heide. Die Luft war so klar, als sei sie hier an einem unversehrten Ort am Rand der Welt, wohin Luftverschmutzung, Nebel und verseuchte Atmosphäre nie gelangten. Klar wie ein Hinterglasbild lagen weite Flächen von Londoner Dächern, Türmchen und Türmen unter ihr. Nur am fernen Horizont mischte sich ein wenig Blau ins Bild. Über Highgate und dem Norden hingen Wolken, türmten sich, ballten sich, mit Regen gefüllt. Benet ging wieder nach Hause.

Das Telefon klingelte drei- oder viermal. Sie ging nicht an den Apparat. Sie aß ein sehr kleines Stück Butterbrot und einen halben Apfel. Sie fürchtete, daß ihr übel wurde, wenn sie mehr aß. Dann setzte sie sich wieder ans Fenster und wünschte, sie hätte Ian Raeburns Schlaftabletten nicht weggeworfen. Sie saß da und dachte an James, weil es nichts und niemand gab, an den sie sonst hätte denken können. Sie hatte ein Buch geschrieben und ein Kind gehabt. Jetzt war das Kind tot, und sie würde nie wieder schreiben. Es kam ihr so vor, als könne das nicht ihr – als müsse es jemand anders widerfahren sein, weil es so schlimm war, zu schrecklich, um ihr geschehen zu können. Und doch geschah es ihr. Der andere war sie selbst, und sie ganz allein mußte es ertragen ...

Über ihr, hinter dem Fenster, hielt ihr Wagen am Straßenrand. Sie kannte den Klang seines Motors. Mopsa war wieder da. Es war erst kurz nach drei.

Sie sah nicht nach. Es war nur Mopsa. Die Haustür wurde geöffnet, und Benet hörte Schritte im Flur über sich. Noch vor einer Minute hätte Benet gesagt, sie könne sich nie wieder etwas leidenschaftlich wünschen, doch jetzt wünschte sie sich leidenschaftlich, Mopsa wäre nicht bei ihr, Mopsa ginge nach Hause, zurück nach Spanien, damit sie allein sein konnte. Es war nett von Mopsa, es war mütterlich, sie tat nur, was Mütter taten – aber es wäre besser gewesen, sie wäre abgereist. Und wenn nicht besser, dann irgendwie weniger zermürbend und qualvoll schrecklich.

Mopsa kam herein. Sie hielt ein Kind an der Hand, einen kleinen Jungen. «Hast du geschlafen, Brigitte?» fragte sie einfältig. «Habe ich dich geweckt?»

Benet hatte nur Augen für das Kind. Außer dem Mädchen, das seinen Hund spazierenführte, war es das erste Kind, das sie seit James' Tod sah.

«Wer ist das?» Es war ihre Stimme, sie klang jedoch, als gehöre sie jemand anders, komme aus einem anderen Teil des Zimmers.

«Gefällt er dir?» fragte Mopsa.

Das schien Benet eine der absurdesten Bemerkungen, die sie je gehört hatte. Sie war sinnlos, so etwas fragte man im Zusammenhang mit einem Kind einfach nicht. Wenn es um einen Hund ging vielleicht...

«Wer ist das?»

Mopsa sah auf einmal erschrocken und verängstigt aus. Ihr Gesicht hatte wieder den Ausdruck eines wachsamen, lauernden Tieres. Der kleine Junge hielt noch immer fügsam ihre Hand. Er schien ungefähr zwei Jahre alt zu sein, vielleicht ein bißchen jünger, war ungefähr in James' Alter, aber groß und kräftig. Unter einer schmutzigen roten Steppjacke mit schmutzigem weißen Nylonfutter trug er eine blaue Hose aus grobem Leinen, grün und braun gestreifte Socken und rote Plastiksandalen. Er hatte einen blonden, fast weißen, sehr dichten Schopf, leuchtend rote Wangen und derbe Züge. Man konnte in diesen Zügen jetzt schon den Mann sehen, der er einmal sein würde, in der kräftigen Nase und den wulstigen, entzündet aussehenden Lippen. Benet fand, er sei das häßlichste Kind, das sie je gesehen hatte.

«Das ist der Kleine von Barbara Lloyd», sagte Mopsa unsicher.

«Ich kenne keine Barbara Lloyd.»

«O doch, du kennst sie, Brigitte. Du wirst dich gleich wieder an sie erinnern. Sie hat früher Barbara Fenton geheißen, und sie ist Constances Tochter. Sie hat einen Mann namens Lloyd geheiratet, der etwas mit Computern zu tun hat, und sie wohnen bei Constance, bis ihr Haus fertig ist.»

Jetzt erinnerte sich Benet. Weniger an Barbara Fenton, die sie früher vom Sehen gekannt haben mußte, wenn sie nicht sogar mit ihr gesprochen hatte, sondern eigentlich nur an das Telefongespräch, das sie mit Constance geführt hatte, vor tausend Jahren, als alles in Ordnung, als sie noch glücklich, James noch am Leben und sie dumm genug gewesen war, sich um Mopsa zu sorgen. Constance hatte ihr erzählt, daß Tochter, Schwiegersohn und Enkel zur Zeit bei ihr wohnten.

«Und was macht er hier bei uns?»

«Ich habe versprochen, ihn eine Weile zu hüten. Sie waren ganz verzweifelt.»

Der kleine Junge hatte sich von Mopsa losgerissen. Er machte ein paar zögernde Schritte, sah sich in der fremden Umgebung um, sah dann Benet und wieder Mopsa an. In seinem Gesicht begann es zu arbeiten, offen, unkontrolliert, wie es kleinen Kindern eigen ist. Er verzog den Mund und begann zu weinen.

«Ach Gott, ach Gott, ach Gott», sagte Mopsa. Sie sagte es zu sich selbst, nicht zu ihm. Sie bückte sich und hob ihn auf. Er wehrte sich und brüllte lauthals.

Benet ging in ihr Schlafzimmer hinauf.

Als sie wieder herunterkam, war es schon dunkel. Sie hatte den Wagen nicht wegfahren gehört. Sie schaute hinaus, und er war tatsächlich noch da. Auch der Junge war noch da, und er saß in James' hohem Kinderstuhl. Mopsa hatte ihm ein Rührei und in breite Streifen geschnittenes Brot gegeben, und er benutzte nicht nur den Löffel, sondern auch die Finger zum Essen. Mopsa saß neben ihm am Tisch und hatte eine Tasse Tee vor sich stehen.

«Höchste Zeit, daß du ihn nach Hause bringst», sagte Benet.

Sie fühlte, daß Mopsa, die vor Nervosität ganz verkrampft wirkte, irgend etwas verbarg.

«Warum hast übrigens ausgerechnet du ihn nehmen müssen?»

«Jemand mußte sich doch um ihn kümmern. Die Dame, bei der er bleiben sollte, seine Taufpatin, ist gestürzt und hat sich das Bein gebrochen.»

«Er hat Eltern und eine Großmutter, oder?»

«Sie hatten doch diesen Urlaub gebucht. Hatten ihn schon seit Wochen gebucht.»

Benet begann zu frieren. «Was für einen Urlaub, Mutter? Wovon redest du eigentlich?» Ihr fiel etwas ein, das Mopsa gesagt hatte. «Die Dame, bei der er bleiben sollte ... Was hast du damit gemeint, Mutter?»

«Nun ja, daß er eben bei seiner Taufpatin bleiben sollte.»

«Das hast du gesagt, ja. Soll das heißen, daß er jetzt hierbleiben soll?»

Mopsa biß sich auf die Unterlippe und lächelte dabei wie ein ungezogenes Kind. Sie warf Benet einen listigen Seitenblick zu. Der Junge aß mit Hingabe Rührei und Brot. Offenbar schmeckte ihm das Essen.

«Wohin fährt man im November auf Urlaub?»

«Auf die Kanarischen Inseln», sagte Mopsa.

Benet schloß die Augen und umklammerte die Armlehnen ihres Sessels. Sie zählte bis zehn. Dann schlug sie die Augen auf und sagte: «Heißt das, sie sind auf die Kanarischen Inseln geflogen, und du hast versprochen, das Kind zu hüten, während sie weg sind? Du hast es ihnen tatsächlich angeboten? Für wie lange? Für eine Woche? Vierzehn Tage?»

Eine sehr schwache Stimme kam zwischen Mopsas zitternden Lippen hervor. «Eine Woche.»

Benet sah Mopsa verständnislos an. Es war einfach nicht möglich. Wie konnte ein Mensch nur so sein wie Mopsa? Sie würde sich nie an sie gewöhnen, sie nie akzeptieren, sie nie verstehen. Wie konnte sie tun, was sie getan hatte, sich um alles kümmern, umsichtig und verantwortungsvoll handeln und gleichzeitig so brutal gefühllos, gedankenlos und grausam sein? Das Kind herzubringen, nachdem ihre Tochter ein Kind gleichen Alters verloren hatte, und noch dazu auch einen Jungen. Wie konnte sie nur? Wie konnte das überhaupt jemand tun?

Ich darf meine Mutter nicht hassen ...

Mopsa hatte dem Jungen eine Serviette als Lätzchen umgebunden. Sie schüttete Milch in einen Becher, und er streckte die Hand danach aus, wobei er, wie Benet fand, idiotische Laute ausstieß. Sprechen konnte er anscheinend noch nicht. Er war genau das Kind, das zu dem schweren Brocken Barbara Fenton paßte. Benet glaubte sogar eine Ähnlichkeit mit Barbaras groben Zügen zu erkennen. Plötzlich begann Mopsa zu sprechen, schilderte in allen Einzelheiten das Dilemma, in dem Constance Fenton und die Lloyds gesteckt hatten. Als sie bei ihnen eingetroffen war, hatten sie sich eben schweren Herzens entschlossen, auf den Urlaub zu verzichten. Damit verloren sie natürlich auch die Anzahlung auf den verbilligten Flug, die sie schon geleistet hatten. Barbara hatte geweint. Es hätte der erste Urlaub nach fünf Jahren sein sollen. Was war Mopsa übriggeblieben? Sie hatte es nicht tun wollen, allein der Gedanke war ihr schrecklich gewesen, doch sie war es Constance schuldig. Constance sei «damals» so gut zu ihr gewesen. Und sie hatte nicht gedankenlos gehandelt, sie hatte gewußt, was Brigitte empfinden würde. Aber Brigitte halte sich ohnehin hauptsächlich in ihrem Zimmer auf, nicht wahr? Und das Haus sei groß. Sie brauche ihn nicht zu sehen, wenn sie nicht wolle. Mopsa werde ihn ganz allein versorgen, er werde in ihrem Zimmer schlafen, und sie werde mit ihm spazierengehen ...

Benet stand auf. Sie blätterte im Telefonbuch E–K. Mrs. Constance Fenton, Harper Lane 55, NW9.

«Was machst du, Brigitte?»

«Ich rufe Mrs. Fenton an und sage ihr, es tue uns leid, aber wir sind kein Kinderheim, nehmen keine Kinder in Pflege und bringen ihren Enkel in einer halben Stunde zurück.» Sie wählte die erste Zahl, die Wählscheibe drehte sich.

«Es wird niemand da sein, sie sind schon abgereist.»

«Ich glaube dir nicht, Mutter.»

Sie hörte das Freizeichen und ließ es klingeln. Allmählich wurde sie zornig. Wenigstens war sie fähig, auch noch etwas anderes zu fühlen als Trauer. Es klingelte und klingelte. Es meldete sich niemand. Mopsa hatte recht gehabt, sie waren abgereist.

Der Junge war von dem hohen Kinderstuhl heruntergeklettert, das Gesicht noch mit Speiseresten verklebt. Er ging umher, suchte eine Beschäftigung. Er fand keine. Es gab keine Spielsachen, keine Bücher, Buntstifte, keinen Fernseher. Er tappte in die Küchenecke und öffnete eine Schranktür. Dann hielt er inne, schaute über die Schulter zurück, ob man ihm vielleicht verbieten würde, was er vorhatte, und als er merkte, daß er nicht mit einem Verbot zu rechnen brauchte, begann er das Geschirr aus dem Schrank auf den Boden zu räumen: eine Kasserolle, eine zweite, ein Sieb, einen Seiher ...

«Ich geh weg», sagte Benet. «Spazieren. In die Heide.»

«Es ist stockdunkel, Brigitte. Es ist bestimmt gefährlich.»

«Na und? Vielleicht bringt mich einer um.»

Normalerweise hätte sie bereut, etwas gesagt zu haben, das bei Mopsa eine solche Veränderung hervorrief. Ihr Gesicht verzog sich, fing an zu beben, sie preßte die Hände auf den schlaffen Mund. Jetzt war es Benet egal. Sie ging in die klare, kalte Nacht hinaus und unter einem Mond dahin, der noch beinahe voll war.

7

Sie fragte erst am nächsten Tag nach seinem Namen. Er war ein Kind, er war in ihrem Haus, doch weder das eine noch das andere war seine Schuld. Sie würde ihn sehen müssen und ab und zu – wenn auch so selten wie möglich – mit ihm zusammensein. Sie mußte wissen, wie er hieß.

Mopsa sah sie einfältig an. Es war nicht ihr Hexengesicht noch das des erschrockenen Kaninchens, sie sah einfach aus wie ein Dorfidiot und lächelte verschlagen.

«Ich weiß es nicht.»

Mopsa und der Junge waren weggewesen, sie hatte ihn im Wagen mitgenommen. Benet kam der Gedanke, daß er im Fond in James' Kindersitz gesessen haben mußte. Wenigstens hatte sie es nicht ansehen müssen. Sie hatte beschlossen, bei Tag nicht mehr auszugehen. Im Dunkeln, ja, aber nicht mehr bei Tag. Sie waren einkaufen gewesen, und ihre Einkäufe steckten in Tragtüten von «Mutter und Kind» und «Marks & Spencers». Der Junge, dessen Namen Mopsa angeblich nicht wußte, zog seine schmutzige rote Jacke aus und versuchte die Riemen seiner Sandalen zu lösen.

«Doch, du weißt ihn», sagte Benet. Sie fand, daß ihre Stimme wie die einer Krankenschwester auf einer psychiatrischen Abteilung klang. «Natürlich weißt du seinen Namen.»

Mopsa kauerte sich nieder, um ihm mit den Sandalen zu helfen. Unter halb gesenkten Lidern hervor sah sie listig und verschlagen zu Benet auf. Sie legte den Kopf schief, als wolle sie abschätzen, wie Benet auf die Antwort reagieren würde. Benet fragte sich, was diese Constance Fenton und ihre Tochter für Menschen sein mußten, daß sie das Kind Mopsa anvertrauen konnten. Sie war verrückt. Sahen sie das denn nicht? Sie war unfähig, ein Kind zu versorgen. Constance Fenton wußte doch Bescheid, sie kannte Mopsas Vergangenheit. Durfte Benet ihr unter den gegebenen Umständen die Verantwortung für das Kind überlassen. Über diese Frage und alles, was sie nach sich zog, mußte sie noch gründlich nachdenken.

«Komm schon, Mutter. Wie heißt er?»

«James.»

Benet sagte nichts mehr. Sie ging hinauf. Sie weinte nicht. Sie hatte nicht mehr geweint, seit man ihr gesagt hatte, daß James tot war. Tränen schienen so unzulänglich, nicht groß genug für einen großen Schmerz.

Sie hatten es ihr zweimal sagen müssen. Ian Raeburn hatte es ihr gesagt, und sie war ohnmächtig geworden. Als sie wieder zu sich kam, bemühte er sich mit einer Schwester um sie, und sie mußten es ihr beide noch einmal sagen. James hatte aufgehört zu atmen, bevor der Anästhesist bei ihm gewesen war. Sein Luftweg hatte sich geschlossen. Hätte Dr. Drew diese Notmaßnahme – eine sehr, sehr seltene Notmaßnahme bei einem Kind – eine halbe Stunde früher ergriffen, hätten sie vorhersehen können, daß die Behandlung im Kruppzelt nicht anschlagen würde, hätten – hätten – hätten ...

«Du müßtest gegen sie vorgehen», hatte Mopsa gesagt. «Sie wegen Fahrlässigkeit verklagen.»

Aber es war keine Fahrlässigkeit gewesen, nur eine Fehleinschätzung, menschliches Versagen, ein Irrtum in der Wahl des Zeitpunkts. Und was erreichte sie denn mit einer Klage? Man würde sie für den Verlust entschädigen, den sie erlitten hatte. Eine Entschädigung für James? Sie war nicht arm, sie wollte weder Geld noch Trost, noch Rache. Sie wollte James wiederhaben, und ihn konnte ihr niemand geben.

Sie legte sich auf ihr Bett und dachte an das, was Mopsa gesagt hatte, an den Strom unsensibler, empörender Dinge, der ihrem verschlagen lächelnden, bebenden Mund entwichen war, sie sagte sich, sie dürfe ihre Mutter nicht hassen, müsse Geduld mit ihr haben, versuchen sie zu verstehen. Aber wie kann ein geistig Gesunder Wahnsinn verstehen? Sie wunderte sich jetzt, daß sie am ersten Tag geglaubt hatte, Mopsa sei «geheilt», oder es gehe ihr zumindest besser.

Nach einer Weile setzte sich Benet auf, griff zum Telefon und wählte Constance Fentons Nummer, die sie inzwischen auswendig kannte, so oft hatte sie sie schon gewählt. Es widerstrebte ihr, alles zu glauben, was Mopsa ihr gesagt hatte. Mopsa log, wenn sie nur die geringste Unannehmlichkeit für sich selbst befürchtete. Lügen machten das Leben glatt und einfach, also log sie hemmungslos. Benet wußte, daß die Geschichte von der Reise der Fentons ein Phantasieprodukt ihrer Mutter sein konnte. Und sollten sie wirklich verreist sein, dann wahrscheinlich nicht auf die Kanarischen Inseln, sondern für drei Tage nach Blackpool. Vielleicht waren sie aber auch keinen Tag lang weggewesen. Das Telefon klingelte und klingelte. Vielleicht waren sie abgereist, aber nicht – und das war die schlimmste Möglichkeit – für eine Woche, sondern für vierzehn Tage. Das Telefon klingelte weiter. Benet legte auf.

Sie begann zu überlegen, daß es vielleicht falsch war, das Kind in Mopsas Obhut zu lassen. Als sie begriffen hatte, daß der Junge bleiben – eine Woche bleiben sollte, hatte sie erwogen, in ein Hotel zu ziehen. Sie dachte noch immer daran, aber nicht mehr ernsthaft. Es wäre verantwortungslos, das zu tun. Sie konnte Mopsa nicht allein lassen, und sie wagte nicht, ein Kind mit Mopsa allein zu lassen. So sehr seine Anwesenheit sie auch peinigte, sie konnte Mopsa nicht ihm und ihn nicht Mopsa überlassen. Zu nah, zu schrecklich war noch die Erinnerung an den Nachmittag, den sie und ihre Kusine in dem verschlossenen, verbarrikadierten Speisezimmer zubringen mußten, die Erinnerung an die Messer ...

Mopsa hatte dem Jungen neue Sachen angezogen. Oder ihn zumindest frisch angezogen, obwohl die Sachen neu aussahen. Benet war verblüfft, als sie sah, daß er in seinem Alter noch nicht sauber war. Die dicke Windel zeichnete sich ganz deutlich unter der Latzhose aus blauem Samt ab. Er saß in dem kleinen Korbsessel, der James gehört hatte, und den Mopsa genau wie den hohen Kinderstuhl gestern aus seinem Versteck geholt haben mußte. Was kam als nächstes? Benet fand sich plötzlich für einen Augenblick in der Situation des kühlen, unbeteiligten Zuschauers. James' Spielsachen? Vielleicht sogar seine Kleider? Was kam als nächstes?

«Jay», sagte er. «Jay. Jay will trinken.»

Er konnte also sprechen, und er hieß James. Nun, es war ein beliebter und ein häufiger Name. Mopsa brachte ihm Apfelsaft in einer Babyflasche mit Sauger. Sie hatte wenigstens nicht James gehört, Mopsa mußte sie gekauft haben. James hatte nie aus einer Babyflasche getrunken. Derselbe überhebliche Snobismus, mit dem Benet festgestellt hatte, daß er noch Windeln brauchte, regte sich jetzt in ihr, als sie sah, daß dieses große Kind, dieser sehr maskulin aussehende, derbe Junge, an einem Schnuller saugte.

Als er die Flasche geleert hatte, kehrte er zu seiner Lieblingsbeschäftigung zurück und begann einen weiteren Küchenschrank auszuräumen. Er arbeitete sehr konzentriert, runzelte die Stirn und preßte die Lippen fest aufeinander, als er Töpfe, Pfannen, Schüsseln und Näpfe herausholte, prüfend betrachtete und stapelte. Er kam an einen Schneeschläger, drehte an der Kurbel, und die Schaumbesen begannen rasselnd zu arbeiten. Mit einem breiten, zufriedenen Grinsen sah er zu Mopsa auf.

«Gibst du mir eine von deinen Schlaftabletten?» sagte Benet zu Mopsa. «Ich hab meine weggeworfen.»

Mopsa antwortete, sie lägen in ihrem Zimmer auf dem Nachttisch, und Brigitte solle sich nehmen, was sie brauche. Benet fand die Flasche Soneryl neben einer Dose Mogadon und dem unvermeidlichen Valium hinter Edwards Fotografie. Sie sah ihm ins Gesicht, und er blickte entschlossen an ihr vorbei in die Ferne. Das Gesicht war nicht nur hübsch, es war auch intelligent und empfindsam. Man hatte den Eindruck, ein Mensch mit einem solchen Gesicht müsse wunderbare Sachen sagen, denken und fühlen. Es schien von Geheimnissen umgeben, wie alle stille und wortlose Schönheit. Ungewöhnlich war nur, daß sich so wenig unter dieser Schönheit verbarg. Und was da war, war so ungeheuer alltäglich und banal. Es tat ihr weh, das denken zu müssen und sich daran zu erinnern, daß sie drei Jahre gebraucht hatte, ehe sie dahintergekommen war.

Sie nahm das Soneryl ziemlich früh und schlief gut und lange. Wo der Junge schlief, fragte sie nicht. Im Haus gab es fünf Schlafzimmer, und außerdem stand in Mopsas Zimmer ein zweites Bett. Mopsa ging mit ihm an die Luft, und dazu benutzte sie zweifellos James' Kinderkarre. Am nächsten Tag mußte Mopsa zu weiteren Tests ins Royal Eastern Hospital und bat Benet, sich um den Jungen zu kümmern. Nur drei Stunden. Benet sagte, das habe sie kommen sehen. Sie habe gewußt, daß genau das früher oder später passieren mußte.

«Mir bleibt kaum etwas anderes übrig, nicht wahr?» sagte sie.

Mopsa sah müde aus. Sie hatte dunkle Tränensäcke unter den Augen, und ihre Wangen waren eingefallen. Ein zweijähriges Kind zu versorgen, war zu anstrengend für sie. Benet fragte sich, ob sie nachts mit dem Jungen wach gewesen war, ob er in den Nächten aufwachte und nach seiner Mutter weinte und Mopsa ihn trösten mußte? Sie hatte kein Mitleid mit ihr, der einzige Mensch, mit dem sie Mitleid hatte, war sie selbst.

Der Junge hatte heute wieder die grobe Leinenhose und die roten Plastiksandalen an. Benet fand, sie habe nur selten bei einem Kind häßlichere Schuhe gesehen. Sie wunderte sich wieder einmal über Barbara Lloyd. Der Junge kletterte die Treppe hinauf und hinunter. Bei dieser Beschäftigung schien er ihr ganz gut aufgehoben. Er kletterte auf allen vieren hinauf und rutschte auf dem Po herunter. Er sprach sehr wenig und nie aus Freude darüber, sich verständlich machen zu können. Wenn er etwas wollte, dringend wollte, sprach er von sich in der dritten Person und nannte sich Jay. Nie James oder Jim oder Jem, immer Jay. Er war ungewöhnlich eigenständig und machte manchmal den Eindruck, ganz auf sich selbst gestellt zu sein. Benet, die im Souterrainzimmer in ihrem Sessel kauerte, mußte zugeben, daß er kein schwieriges Kind war.

Sie hatte ihn seit einer halben Stunde nicht mehr gesehen und zwang sich daher, höchst widerwillig, aufzustehen, hinaufzugehen und festzustellen, was er trieb. Er hatte sich Zugang zu ihrem Arbeitszimmer verschafft. Dort hatte er eine halbleere Schachtel Schreibmaschinenpapier entdeckt, sich ungefähr ein Dutzend Blätter angeeignet und bemalte sie jetzt mit einem blauen Filzstift. Er saß auf dem Boden, hatte die Blätter vor sich ausgebreitet und benutzte Benets gebundenen Terminkalender als Unterlage. Ob das Zufall oder Absicht war, konnte sie nicht sagen, auf jeden Fall schien es ihr sehr vernünftig. Und obwohl seine Hände, die Hose, die Arme und der Terminkalender unzählige blaue Tintenspuren aufwiesen, war das, was der Junge malte, kein sinnloses Gekritzel, sondern deutlich erkennbare Zeichnungen von Dingen, einem Mann, einer Frau, einem Haus und etwas, das wie eine Brücke aussah.

Benet hob eins von den Bildern auf und betrachtete es genau. Sie war erstaunt. Was der Junge da fertiggebracht hatte, erwartete man eher von einem Sechsjährigen, und sie erinnerte sich an die Zeichnungen an der Wand des Spielzimmers, in dem das Händebaum-Poster hing. Der Schmerz, den diese Erinnerung in ihr auslöste, war so heftig, daß sie die Zeichnung fallen ließ und sich mit geballten Händen abwandte.

«Jay will trinken», sagte der Junge. Er versuchte die Verschlußkappe wieder auf den Filzstift zu stecken.

Benet tat es für ihn. Sie nahm ihn auf, um ihn nach oben zu tragen, tat es gedankenlos, fast automatisch. Im nächsten Moment ließ sie, jäh zurückschreckend, auch ihn beinahe wieder fallen. Aber das durfte sie nicht. Er war ein Mensch, er hatte Gefühle, und nichts war seine Schuld. Sie trug ihn hinauf und gab ihm eine Babyflasche mit Apfelsaft.

Als Mopsa zurückkam, schlug Benet vor, einen Fernseher zu mieten. Der Junge sei es offenbar gewohnt, viel fernzusehen. Als Mopsa ihn brachte, hatte er sich genauso suchend im Zimmer umgesehen wie sie am ersten Abend. «Du hättest es dann leichter mit ihm», sagte Benet.

Mopsa war von der Idee nicht besonders begeistert. Warum eigentlich nicht? Benet hatte Freude und Entzücken erwartet, sogar den Vorschlag, sie sollten jetzt gleich zu dritt mit dem Wagen wegfahren und einen Apparat besorgen. Doch irgendwie machte Mopsa seit ihrer Rückkehr einen erschöpften Eindruck, wirkte fast verängstigt oder bedrückt, als habe sie unterwegs etwas gesehen oder gehört, was sie tief beunruhigte. Die Untersuchungen im Royal Eastern Hospital seien reine Routine, einfach und die Ergebnisse zufriedenstellend gewesen, berichtete sie Benet, und Benet glaubte ihr. Sie verzog das Gesicht und spitzte die Lippen.

«Aber du magst doch kein Fernsehen.»

«Ich will das Gerät ja auch nicht für mich. Es kommt ins Wohnzimmer hinauf, dort habt ihr es ganz für euch allein, du und dein kleiner Schützling.»

Noch immer keine Begeisterung, und Benet erwähnte die Sache nicht mehr. Mopsa schien sich aber zu Herzen genommen zu haben, was sie gesagt hatte, denn ein Fernsehapparat kam ins Haus, wurde von einem Verleih-Center in Kilburn geliefert und im Wohnzimmer aufgestellt. Sein großes, graues pupillenloses Auge starrte aus der Ecke auf die noch unausgepackten Kisten.

Um halb fünf machten Mopsa und der Junge es sich auf dem Zweisitzer bequem, den Mopsa vor den Apparat gerückt hatte. Mopsa mit einer Tasse Tee, der Junge mit Apfelsaft, diesmal in einer Tasse. Benet ging an der offenen Tür vorbei und sah zu ihnen hinüber, betrat das Zimmer aber nicht.

Später begann sie ihre Zeitrechnung mit dem Tag, an dem der gemietete Fernseher gebracht worden war. Er schien die Demarkationslinie zwischen der Vorhölle, in der sie gelebt hatte, und allem, was danach kam – eine Zeit der Erkenntnis, der Bestürzung, der Furcht. Doch in den ersten beiden Tagen geschah noch nicht viel, und alles andere wäre ohnehin geschehen, ob der Fernseher nun dagewesen wäre oder nicht.

Lange Zeit, wie eine Kamee in ihr Gedächtnis eingeprägt, behielt sie das Bild der mageren, hexenähnlichen, zappligen Mopsa in Erinnerung, die auf der vordersten Kante des Sofas saß, gespannt und scheinbar sprungbereit wie immer – und neben ihr der kleine Junge, der sich in einem Stretchvelouranzug so wohl zu fühlen schien wie ein junger Hund in seinem Fell, einen Daumen im Mund, mit der anderen Hand einen dicken blauen Keramikbecher umklammernd. Dieses Bild schien Benet später das letzte in einer

Periode der Verzweiflung gewesen zu sein oder eins, das am Anfang der Angst gestanden hatte.

An diesem Abend nahm sie kein Soneryl. Sie träumte vom Händebaum. James und sie gingen auf der Heide spazieren. Sie schob die leere Kinderkarre, und James ging neben ihr und hielt ihre Hand fest. In Wirklichkeit waren sie nie zusammen auf der Heide gewesen, doch das war ein Traum. Auf einem sandigen Weg überquerten sie eine Lichtung und kamen wieder in ein Waldstück. Die Sonne schien, es war Hochsommer, die Bäume waren dicht belaubt bis auf einen, der in der Mitte des Wäldchens stand und keine Blätter, sondern Hände trug, Hände mit rotlackierten Nägeln, Hände in Handschuhen, Knochenhände und gepanzerte Hände.

James war entzückt, als er den Baum sah. Er lief darauf zu und umarmte den Stamm. Er streckte seine Hände aus, um die an den niedrigsten Zweigen hängenden Hände zu berühren. Benet wollte eine Hand für ihn pflücken, eine gepflegte weiße Frauenhand mit einem Brillantring, als sein Schreien in ihren Traum eindrang, ihn zerbrach, so daß der Baum allmählich verschwand, die Sonne verblaßte ... Benet war wach, nicht mehr im Bett, sie ging zu James.

Noch bevor sie das leere Zimmer sah, erinnerte sie sich. Ihr Körper krümmte und spannte sich. Sie schloß einen Moment die Augen, raffte die nötige Kraft zusammen und stieg die Treppe hinunter, denn das Schreien kam aus dem kleinen Zimmer neben dem von Mopsa. Der Raum war dunkel. Der Junge hörte auf zu weinen, als sie Licht machte und ihn aus dem Bett nahm. War er es gewohnt, daß in seinem Zimmer Licht brannte? War vielleicht das Licht einer Straßenlampe durch das Fenster gefallen?

Sie knipste die Nachttischlampe an und deckte den Schirm mit einer zusammengefalteten Decke zu. Daumen lutschend schlief er ein. Benet blieb stehen und betrachtete ihn. Sie fand jetzt, als sie sich ihn zum erstenmal wirklich richtig ansah, daß sein Gesicht sie an jemanden erinnerte. An wen – das wußte sie allerdings nicht. Aber dieser Junge sah einem Erwachsenen sehr ähnlich, den sie kannte oder gekannt hatte. Ganz allgemein gesagt, je «hübscher» ein Kind, um so weniger ähnelt es einem Erwachsenen. Ein hübsches Gesicht oder gar Schönheit bei sehr kleinen Kindern hat nichts mit individuellem Aussehen zu tun, sondern mit einer vorgefaßten Meinung über das Aussehen von Babies – einer Mischung aus raphaelitischem Cherub, Peter Pan und Reklamebaby für Kindernahrung.

Der schlafende Junge war das genaue Gegenteil dieses Ideals. Er hatte eine kecke, gerade Nase, ein langes Kinn, einen vollen, gleichmäßig gerundeten Mund, und der spätere kühne Schwung seiner Brauen war zumindest schon als Andeutung vorhanden. Man konnte jetzt schon vorhersagen, wie er als Erwachsener aussehen würde. Ein blonder Mann mit unregelmäßigen Zügen, groß und derbknochig, häßlich – bis er lächelte. Irgendein Mann, den Benet kannte, mußte so aussehen – oder eine Frau mit dicken Lippen und blondem Haar. Nicht Constance Fenton. Barbara Lloyd? Sie glaubte es eigentlich nicht. Sie hatte vergessen, wie Barbara Lloyd aussah, doch jetzt erinnerte sie sich plötzlich deutlich daran. Ein Mondgesicht mit einer aufgeworfenen Nase. Wahrscheinlich glich er seinem Vater, den Benet nie gesehen hatte. Doch irgend etwas stimmte nicht an dieser Schlußfolgerung. Er erinnerte sie an jemanden, den sie gesehen hatte, an jemanden, den sie kannte.

Sie wußte, daß es mit dem Schlaf für heute nacht vorbei war. Im Morgenmantel, in eine Decke gewickelt, saß sie im Arbeitszimmer inmitten ihrer Bücher, die bemerkenswerten Zeichnungen des Jungen auf dem Schoß, und wollte den Morgen herbeizwingen. Gegen fünf machte sie sich eine Tasse Tee.

Erst nach halb acht wurde es allmählich hell. Kaltes Zwielicht schien aus dem wolkenverhangenen Himmel, der grünen Heide, dem Teich das Vale of Peace zu überfluten. Seit Tagen schon hatte die Sonne sich nicht mehr blicken lassen. Ein Junge mit einer Segeltuchtasche am Lenker seines Fahrrads brachte die Zeitungen. Benet beobachtete ihn, und ihr fiel ein, daß sie seit Wochen keine Zeitung mehr gelesen hatte.

Der Junge sollte am Mittwoch wieder nach Hause gehen, und heute war Sonntag. Benet verließ das Haus und ging zu Fuß nach South End Green. Die Welt war grün, grau und frostig, in der Luft hing etwas wie November-Hoffnungslosigkeit, gleichzeitig schien jedoch alles unwirklich zu sein, von ihr entfernt und sie in einer Glaskapsel gefangen. Sie entdeckte einen Zeitungsstand, der geöffnet hatte, kaufte eine Sonntagszeitung, las sie jedoch nicht. Sie nahm sie nach Hause mit und legte sie im Souterrainzimmer auf den Tisch, las sie aber immer noch nicht. Später konnte sie sie nicht mehr finden. Mopsa mußte sie in ihr Zimmer mitgenommen haben.

Mopsa und der Junge saßen vor dem Fernseher. Benet setzte sich zu ihnen. Sie suchte sich mit Dingen zu beschäftigen, die sie mit James nie getan hatte, über die Heide spazieren, im Arbeitszimmer sitzen, fernsehen. Mopsa schien sich nicht wohl zu fühlen, seit Benet da war. Vielleicht beunruhigte es sie, daß Benet so inkonsequent war. Schließlich hatte sie erklärt, sie sehe nie fern, und jetzt tat sie es doch. Nach den Nachrichten schien Mopsa sich jedoch zu entspannen.

Breschnew, das sowjetische Staatsoberhaupt war gestorben, und es hatte einen ausführlichen Bericht über die Beerdigung gegeben. Benet blieb ungefähr zehn Minuten sitzen. Der Junge umklammerte ein weißes Kaninchen, das Mopsa ihm gekauft haben mußte. Mit leicht gespreizten Knien saß er da und hielt das Kaninchen fest, nachdem er es geistesabwesend aus dem Mund genommen hatte wie ein Mann seine Zigarre. Er preßte die Lippen zusammen, die Augen fest auf den Bildschirm geheftet. Benet stand auf und ging hinauf in sein Zimmer, in dem nichts anderes stand als das Bett, in dem er schlief, und eine kleine Kommode. Sie schaute in die Schubladen, doch die waren genauso leer wie vor einem Jahr, als sie die Kommode gekauft hatte. Man hatte ihm keinen Koffer mitgegeben, keine einzige Tragtüte oder Reisetasche mit Kleidern, Spielsachen und den anderen Utensilien, die für Kinder unentbehrlich sind, wenn sie auch nur für einen Tag von zu Hause fortgehen, egal wohin. Auf der Kommode lagen die Tüten von «Mutter und Kind» und «Marks & Spencers», die Mopsa mitgebracht hatte. Die Sachen, die sie enthalten hatten, waren also neu gewesen. Mopsa hatte sie gekauft. Eine Tüte enthielt noch eine ungetragene braune Veloursho se.

Vielleicht waren seine Sachen in Mopsas Zimmer. Benet warf einen Blick hinein, konnte aber nirgends Kinderkleidung entdekken. Die *Sunday Times*, die sie heute morgen gekauft hatte, war zwischen den Kissen von Mopsas Bett versteckt. Sie hätte sie gar nicht gesehen, hätte sie nicht die Nachttischschublade geöffnet und dabei ein wenig die Bettdecke verzogen.

Mit der Zeitung in der Hand, ging sie langsam die Treppe wieder hinunter. Die Schreie des Jungen zerschnitten die Stille. Sie klangen, als kämen sie von jemandem, dem furchtbar weh getan wurde. Benet flog die restlichen Stufen hinunter. Sie sah Mopsas Augen vor sich, erinnerte sich an das verbarrikadierte Zimmer, die Messer. Sie riß die Wohnzimmertür auf. Der Fernseher lief nicht mehr, und der

Junge stand davor, schrie verzweifelt, weinte bittere Tränen und bearbeitete den Bildschirm mit den Fäusten.

«Was gibt es, um Himmels willen?»

«Er wollte nicht, daß ich abschalte.»

«Und warum hast du's getan?» Benet mußte laut schreien, um das Weinen zu übertönen. Sie hob ihn auf und versuchte ihn zu beruhigen. Er trommelte mit der Faust auf ihre Schulter und schluchzte.

Mopsa antwortete nicht. Sie hatte ihre trotzige, unbekümmerte Miene aufgesetzt, die zu sagen schien: Ist doch alles nicht wichtig.

«Was für eine alberne Heulerei», sagte sie zu dem Jungen. Sie stand auf und schaltete den Fernseher wieder ein, wechselte aber den Kanal, wie Benet bemerkte. Das Bild kam, ein Gespann sehr schwerer Zugpferde, die einen Pflug durch eine Wiese zogen.

Der Junge strampelte und wollte hinunter. Benet stellte ihn auf den Boden. Er ging zum Fernseher und tat etwas sehr Merkwürdiges. Er legte die Finger auf den Bildschirm und tastete dann den Rand ab, als versuche er, den Apparat aufzumachen, um hineinzukommen oder etwas zu finden, das hinter der flimmernden Scheibe steckte.

Diesen Eindruck machte es jedenfalls auf Benet. Nach einer Weile gab er den Versuch auf, und sein sonderbar erwachsenes Gesicht, dieses Gesicht eines kleinen Mannes, sah traurig und resigniert aus. Er setzte sich wieder, nicht auf das Sofa neben Mopsa, sondern auf den Fußboden, dicht vor dem Fernseher, und ließ ihn nicht aus den Augen.

Benet nahm die Zeitung nach unten mit. Es stand eine Menge über Leonid Breschnew drin. Sie war mehr an den Lokalnachrichten interessiert, fand jedoch nur ein paar und entdeckte auch bald warum. Die Seiten drei und vier fehlten. Jemand – Mopsa – hatte sie herausgeschnitten.

Hätte Benet sie gefragt, warum, hätte sie nur geleugnet. Und obwohl Benet wußte, daß nur Mopsa es getan haben konnte, konnte sie es nicht beweisen. Es hätte auch beim Zeitungshändler passiert sein können, eine ganz entfernte Möglichkeit bestand natürlich. Das Telefon begann zu klingeln. Sie mußte sich wohl endlich wieder aufraffen, an den Apparat zu gehen, obwohl sie es seit zwei Wochen nicht mehr getan hatte. Ja, einmal mußte sie sich wieder dazu aufraffen. Und sie mußte sich aufraffen zu erklären, was

Mopsa verschwiegen hatte, weil sie sich fürchtete, es auszusprechen.

Es war ihr Vater. Wie es ihr denn gehe? Grippe überwunden? Wie gehe es Mopsa?

«Es geht ihr gut», antwortete Benet und fügte mit einer Bosheit, die sie sofort wieder bereute, hinzu: «Sie kommt jetzt bald nach Hause.»

Er hatte nicht nach James gefragt. Und was hätte sie gesagt, wenn er es getan hätte? Feindseligkeit gegen ihn stieg in ihr auf, weil er nicht nach James fragte – Feindseligkeit, obwohl James tot war, obwohl sie nicht imstande gewesen wäre zu antworten. Er hätte dennoch fragen müssen, es war grausam von ihm, es nicht zu tun, grausamer als er ahnte. Sie ging hinauf und holte Mopsa an den Apparat. Der Junge saß noch auf dem Fußboden und starrte auf den Bildschirm, obwohl die Pferde längst verschwunden waren und ein Mann mit Ziermünzen an den Kleidern mit dem Mikrofon Tango tanzte.

Die Mutter sprach am Telefon wie ein junges Mädchen aus vergangener Zeit, aus den zwanziger Jahren vielleicht, das von einem Untergebenen oder Subalternen angerufen wurde, den es bei einer Tennispartie kennengelernt hatte. Sie sprach geziert, schmollend, flirtend. Mit diesem Mann, mit dem sie seit dreißig Jahren verheiratet war, kokettierte sie herausfordernd. Sie kicherte und stieß vor Entzücken kleine, spitze Schreie aus. Benet zog den Mantel an, band sich ein Kopftuch um und ging hinaus. Sie ging den Hügel hinauf, die Heath Street hinunter und betrachtete das Schaufenster der High Hill-Buchhandlung, in der die Taschenbuchausgabe von *Eine vertrackte Ehe* ausgestellt war. In der Mitte prangte ihre Fotografie, aufgenommen während ihrer Schwangerschaft, von der man allerdings nichts merkte, weil die Falten des losen, dunklen Kleides, das sie trug, ihre Figur gut kaschierten.

Geh zweieinhalb Jahre zurück, sagte sie sich. Geh zurück in jene Zeit, bevor er gezeugt wurde. Geh so weit zurück. Er wurde nie gezeugt, es ist nie geschehen. Du hast nie zu Edward gesagt: «Ich bekomme ein Baby, doch das ändert nichts zwischen uns, es ginge trotzdem nicht. Leb wohl, Edward, es ist vorbei, das ist das Ende.» Nie hast du das gesagt, es gab kein Baby, hatte nie eins gegeben. Hatte Edward nicht selbst behauptet, das könne nicht sein?

«Ich glaube dir nicht, Benet. Du lügst. Das würdest du nicht tun, nicht einmal du würdest so etwas tun ...»

Sie kaufte sich eine Tasse Kaffee und ein Sandwich, setzte sich in eine Ecke und beobachtete die Leute, die alle zu zweit oder zu mehreren waren. Es ist schon merkwürdig, dachte sie, daß man auf dem Foto ihre Schwangerschaft nicht sah. James war drei Monate später geboren, aber man sah nicht, daß sie schwanger war. Es war fast wie ein Omen.

Als Benet zurückkam, schliefen beide. Sie suchte die fehlenden Seiten der *Sunday Times*, konnte sie aber nicht finden. Wahrscheinlich waren auch sie in Mopsas Zimmer, vielleicht unter der Matratze.

Mopsa mußte noch zweimal ins Royal Eastern, einmal am Montag und dann noch am Freitag. Sie ließ den Jungen bei Benet und fuhr um halb zehn los. Benet setzte ihn im Souterrainzimmer auf den Boden, legte ihm ein paar Blatt Papier und drei Filzstifte in verschiedenen Farben zurecht. Er trug die braune Velourhose, einen gelben Pullover, und sein hellblondes Haar bauschte sich, frisch gewaschen, locker um seinen Kopf. Nach einer Weile wollte er etwas zu trinken und nannte sich wieder Jay, aber eigentlich klang es mehr nach Jye. Wenn er überhaupt etwas sagte, dann in einem unverkennbaren Cockney. Barbara Lloyd sprach wahrscheinlich Cockney. Ist ja auch schon mit sechzehn von der Schule abgegangen, dachte Benet unfair. Und wer weiß, woher ihr Mann kam, was für eine Herkunft er hatte. Benet wußte, daß es billig und snobistisch war, so zu denken, doch sie konnte nicht anders. Hoffnungslosigkeit und Verzweiflung waren in der Nacht zurückgekehrt und klebten an ihr wie ein schweres, nasses Kleid.

Als das Telefon klingelte, dachte sie daran, es klingeln zu lassen. Um diese Zeit war es bestimmt nicht ihr Vater. Es war vermutlich Antonia, Chloe, Mary oder Amyas Ireland oder jemand, dem sie die Wahrheit sagen mußte.

Der Junge drehte sich zu ihr um und sagte: «Telefon klingelt.»

«Ich weiß, ich höre es.»

«Kling kling», sagte er und machte «brrr-brrr-brrr». Offensichtlich wollte er die Telefonklingel nachahmen.

Benet wappnete sich und nahm den Hörer von der Gabel.

«Sind Sie das, Benet? Hier spricht Constance Fenton. Geht es Ihrer Mutter gut?»

«Ja. Ja, ich denke schon. Sie ist ganz in Ordnung. Im Moment ist sie nicht zu Hause.»

«Na ja, sie hatte mir so halb und halb versprochen, uns gestern zu besuchen, und als sie nicht kam und mich auch nicht anrief, haben wir uns ein bißchen gewundert. Es ist meistens jemand hier, der ans Telefon geht. Ich bin natürlich in der Arbeit, aber Barbara mit Christopher war den ganzen Tag...»

Benet unterbrach sie. Ihr Hals war plötzlich strohtrocken, und ihre Stimme klang dünn. «Ich dachte, Ihr Enkel heißt James.»

«Aber nein, meine Liebe. Christopher. Christopher John nach seinem Vater.»

«Meine Mutter war also noch gar nicht bei Ihnen?»

«Wir haben miteinander telefoniert, das ist alles. Aber wir würden sie wirklich gern sehen. Sie möchte uns bitte anrufen, sobald sie Zeit hat...»

Benet sagte alles, was man von ihr erwartete. Sie fühlte sich merkwürdig schwach und entkräftet. Der Junge auf dem Boden malte eifrig mit dem roten Filzstift. Sogar aus dieser Entfernung erkannte man eine Frau, einen Hund, einen Baum. Sie sagte auf Wiedersehen zu Mrs. Fenton, legte auf, blieb mit geschlossenen Augen sitzen, fuhr sich mit den Fingern durch das Haar.

Ein wenig später stand sie auf, ging hinauf und durchsuchte Mopsas Zimmer. Die fehlenden Zeitungsseiten steckten wahrscheinlich in Mopsas Handtasche. Im Zimmer des Jungen fand Benet seine rote Steppjacke. Mopsa hatte sie gewaschen. Auf halber Treppe kam Benet ein seltsamer Gedanke – eine alles andere als rationale Idee. Sollte er die Jacke nicht tragen, weil er darin auffiel, man ihn sofort erkannte? Egal, wer er war. Sie ging noch einmal ganz hinauf und zwang sich, den Schrank zu öffnen, in dem James' Kleider hingen. Sie hatte ihm einen braunen Dufflecoat aus Tweed gekauft, den er noch nie getragen hatte. Er war ein bißchen zu groß gewesen, und er hätte noch hineinwachsen müssen. Sie zwang sich, nicht zu denken, einfach zu handeln. Sie nahm den Mantel vom Bügel, trug ihn hinunter und zog ihn dem Jungen an. Sie mußte sich eine Zeitung besorgen. Sie wußte nicht, wie es sein würde, mit einem Kind in der Kinderkarre durch die Straßen zu gehen, mit einem Jungen in James' Alter. Aber es würde sie nicht umbringen, das stand fest, es würde sie nicht umbringen, und sie mußte Bescheid wissen.

Sie kamen gleichzeitig nach Hause, sie und der Junge und Mopsa. Während sie den Hügel hinaufging, hatte sie schon den kurzen Artikel im Innern des Blattes gelesen. Vergangenen Donnerstag, dachte sie, war es bestimmt nicht nur ein kurzer Artikel, da war es die Schlagzeile auf der ersten Seite gewesen.

Mopsa sah die Zeitung unter Benets Arm. Sie ging lauernd den Gartenpfad und die Stufen hinauf, tastete sich vorwärts, zuckte fast zusammen, als gehe sie über heißen Sand und nicht über kalten Beton. Benet hielt ihr die Tür offen und schloß sie dann rasch. Noch hatte sie nicht versucht, den Jungen mit seinem richtigen Namen anzusprechen.

«Jason», rief sie, «laß dir den Mantel ausziehen, Jason.»

Mopsa stieß einen kurzen, scharfen Laut aus und preßte die Hand auf den Mund. Der Junge sah Benet mit einem strahlenden Lächeln an. Ich bin Jason, schien das Lächeln zu sagen. Endlich wußten sie's, endlich hatten sie's kapiert.

Benet brachte ihn ins Wohnzimmer. Mopsa würde nachkommen, dessen war sie sicher. Sie schlug die Zeitung auf und las laut:

«Sechs Tage nach dem Verschwinden des kleinen Jason Stratford, ein Jahr und elf Monate alt, aus einer Straße in Tottenham im Londoner Norden, sagte heute ein Polizeisprecher, daß es nur noch eine sehr geringe Hoffnung gebe, das Kind lebend aufzufinden. Jason war zuletzt in einer Straße mit zum Abbruch bestimmten Häusern in der Nähe des Nordostkanals in Winterside Down gesehen worden, wo er mit seiner Mutter Mrs. Carol Stratford, 28, und Barry Mahon, 20, einem Schreiner, wohnt.

Mrs. Stratford hat gestern abend nach den Nachrichten über den Fernsehsender des BBC 1 einen Appell verlesen und gebeten, Jason zurückzubringen. ‹Er wäre nie freiwillig mit jemandem mitgegangen›, sagte sie. ‹Er ist Fremden gegenüber sehr scheu.›»

«Die Straße war Rudyard Gardens», sagte Benet zu Mopsa. Ihr wurde fast übel bei dem Gedanken, daß sie selbst Mopsa in diese Straße geführt hatte. «Als du vergangenen Mittwoch aus dem Krankenhaus zurückgefahren bist, hast du vermutlich dieselbe

Route genommen wie ich. Wo hast du ihn gefunden? In einem Garten? Vor einem Laden?»

«Er hat auf einer Mauer gesessen», sagte Mopsa und brachte es fertig, ihre Stimme vor Pathos beben zu lassen. Sie schob ihr Gesicht ganz dicht an das von Benet heran. Ihre Lippen zuckten. «Ganz allein. Auf einer Mauer zurückgelassen. Keiner wollte ihn. Dann kam ein Hund, ein schwarzer Dobermann, und schnupperte an ihm herum. Er hatte solche Angst. Er hatte solche Angst, daß er von der Mauer fiel. Ich hob ihn auf. Niemand beobachtete mich. Niemand hat mich gesehen.»

«Das ist ja wohl offensichtlich.»

Mopsa legte Benet ihre zitternden Hände auf die Arme.

«Ich hab's für dich getan, Brigitte. Ich habe doch gesagt, ich würde alles für dich tun. Du hast deinen Jungen verloren, also habe ich dir einen anderen gebracht. Ich habe dir einen anderen Jungen besorgt, um dich für James zu entschädigen.»

8

Jason war schon vierundzwanzig Stunden verschwunden, sogar noch länger, bevor es jemand merkte. Das war für Barry fast das Schlimmste, daß der Junge auf diese Weise verlorengehen konnte, weil jeder glaubte, er sei beim anderen, und der andere dachte, er sei zu Hause bei Carol. Am schwierigsten war es, das der Polizei zu erklären. Barry hatte es eben zum x-ten erklärt. Er saß in einem Zimmer des Polizeireviers und beobachtete, wie Detective Superintendent Treddick und Detective Inspector Leatham ihre Papiere zusammenschoben und vom Tisch aufstanden, um ihn eine halbe Stunde allein zu lassen, damit er sich alles noch einmal gründlich überlegen und nachdenken konnte, ob er dem, was er gesagt hatte, nicht doch noch etwas hinzufügen wollte.

Es gab einiges, was er gern hinzugefügt hätte, doch er war natürlich schlau genug, es nicht zu tun. Er wußte, was sie daraus konstruieren würden.

«Sie kommen mit dem Jungen gut zurecht, nicht wahr?» hatten sie ihn ganz ungezwungen gefragt, fast leichthin und beiläufig – nur war natürlich nichts, was sie sagten, beiläufig.

«Klar komme ich gut mit ihm aus», hatte Barry geantwortet. «Sehr gut.»

Und das stimmte. Aber es stimmte auch, daß er ihn gern losgewesen wäre, nicht für immer und nicht auf diese Weise. Doch er wäre gern mit Carol allein gewesen. Er erinnerte sich jetzt, wie erleichtert er immer war, wenn Iris gesagt hatte, er solle Jason über Nacht bei ihr lassen. Und daß Beatie Isadoro ein Kind mehr oder weniger im Haus nichts ausmachte, hatte er nicht weniger begrüßt. Wobei es bei Beatie natürlich sehr darauf ankam, daß sie pünktlich bezahlt wurde. Er wollte Carol für sich allein haben, ohne daß im Nebenzimmer jemand weinte oder nach ihr rief. Nur aus diesem einzigen Grund war er damit einverstanden gewesen, daß Carol so komplizierte Vorkehrungen für die Unterbringung ihres jüngsten Sohnes traf. Manchmal hatte er freilich auch ein schlechtes Gewissen gehabt, doch so schlecht, daß er etwas geändert hätte, war es auch nicht. An dem Tag zum Beispiel, an dem Karen Isadoro oder ihre Mutter oder Iris oder wer immer Jason verloren hatte, war sein Gewissen aufgerüttelt worden und hatte ihm gesagt, er müsse etwas tun. Er hatte es mit Gewalt beschwichtigt. Bedeutete das, daß wirklich er allein für Jasons Verschwinden verantwortlich war? Hoffentlich nicht, daran wollte er nicht einmal denken. Er erinnerte sich sehr deutlich an diesen Tag. An den vergangenen Mittwoch.

Ken Thompson und er stellten in einer Wohnung in der Nähe von Page Green im Schlafzimmer Einbaumöbel auf. Wenn man sich die Umgebung und den baufälligen Zustand des Hauses betrachtete, schien sich das gar nicht zu lohnen. Doch was ging es sie an? Die Kasse stimmte. Heutzutage wurden solche Aufträge immer seltener, die Abstände zwischen ihnen immer größer. Es gab zu viele Heimwerker-Märkte und zu viele Zeitschriften für den «tüchtigen Heimwerker». Do it yourself war Trumpf. Kurz nach eins waren sie fertig, bis auf den Spiegel, der noch im Laden in Crouch End war, weil er zu einer besonderen Form zugeschnitten werden mußte. Ken sagte, sie machten jetzt Schluß, und er komme gegen vier noch einmal, um den Spiegel einzupassen.

Da er vorhergesehen hatte, daß er nur am Vormittag zu tun haben würde, hatte sich Barry, während er noch ein bißchen an den Möbeln herumpolierte, überlegt, daß er am Nachmittag mit Jason etwas unternehmen konnte. Aus einer Telefonzelle rief er bei den Isadoros an. Dylan, der zweite oder dritte Sohn, kam an den Apparat. Seine Mutter und Karen, sagte er, seien eben mit Jason in der Kinderkarre weggefahren. Barry sagte «okay» und «besten Dank», und sie kämen ihn gegen sechs abholen. In ihm war jenes vertraute Gefühl, eine Mischung aus Schuldbewußtsein und Erleichterung, das wir alle kennen und das uns befällt, wenn wir einer lästigen Pflicht ledig sind. Natürlich hätte er darauf bestehen, hätte sagen können, er komme Jason sofort abholen, um mit ihm in den Park oder zum Schaukeln oder sonstwohin zu gehen, aber er hatte es nicht gesagt. Er hatte sich überlegt, daß es für Jason besser war, mit den Kindern zu spielen, als mit ihm in der Kälte umherzulaufen. Es war kalt. Es war ein düsterer grauer Novembertag. Der Wind wirbelte welkes Laub durch die Luft, und das Laub, das schon auf dem Boden lag, war naß.

Vor Barry dehnte sich ein freier Nachmittag. Carol arbeitete mittwochs nicht in der Wein-Bar. Sie war den ganzen Tag bei Mrs. Fylemon und hatte um fünf Uhr frei. Er beschloß, sie abzuholen. Nicht vom Haus selbst, aber er wollte am Fitzroy Park auf sie warten. Bis dahin hatte er allerdings noch mehr als drei Stunden Zeit. Er überquerte Green Lanes, ging durch die Delphi Road und durch die Passage zwischen den Rudyard Gardens und Zimber Road zur Lordship Avenue. Er kam an der großen Kreuzung heraus, an der die ABC-Lichtspiele lagen. ABC zeigte *Der dunkle Kristall*, und die erste Vorstellung begann in ein paar Minuten. Barry liebte Horrorfilme, bei denen das Publikum aufschrie und zusammenzuckte. Er überlegte einen Moment, betrat dann das Kino, kaufte sich unterwegs noch eine Packung Marlboro und nahm seinen Platz auf der Raucherseite des Kinosaales ein.

Während er im Kino saß, mußte Karen Isadoro, die von ihrer Mutter zum Bäcker geschickt worden war, um ein großes Brot zu kaufen, Jason in seiner Kinderkarre über den Zebrastreifen in der Lordship Avenue geschoben haben. Der einzige Bäcker, der Mittwoch nachmittags geöffnet hatte, war in den Rudyard Gardens. Und eine halbe Stunde später war Karen mit Jason, den Laib Brot in einer Tragetasche aus Plastik, denselben Weg zurückgekommen und hatte in der Brownswood Common Lane bei Iris geklingelt, aber es war niemand zu Hause gewesen. Das hatten sie Stunden später – zu viele Stunden später – von Karen erfahren, als sie mit

Knallhart.

Ein Angebot, das Sie nicht ablehnen können …

Leatham und dem Sergeant zu ihr in die Schule gegangen waren, um sie zu befragen. Barry hatte um die Zeit, in der sich das alles zutrug, natürlich nichts davon gewußt.

Ungefähr in der Mitte des Films hatte Karen in der Lordship Avenue ihre Freundin Debbie getroffen. Der Mittwoch war der letzte Tag ihrer Trimesterferien gewesen. Debbie hatte Karen gebeten, sie zu begleiten und ihr beim Aussuchen einer lustigen Geburtstagskarte für ihre Mutter zu helfen. Jason wollten sie nicht mitnehmen. Außerdem hatte Karens Mutter gesagt, Mrs. Knapwell werde ihn nehmen, Mrs. Knapwell habe es versprochen. Sie habe schließlich selbst genug zu tun, auch ohne Carol Stratfords Jungen tagein, tagaus zu betreuen. Sie riefen bei Iris an, das heißt, eigentlich riefen sie bei der Dame an, die im ersten Stock des Hauses wohnte, einer Mrs. Love, weil Iris kein Telefon hatte. Iris war noch nicht zu Hause.

Sie nahmen Jason zu einem Zeitungshändler mit. Um diese Zeit, so hatte Barry es sich ausgerechnet, mußte er sich im Kino die vierte Zigarette angezündet haben. Sie nahmen Jason auch in einen Süßwarenladen mit, in dem man ebenfalls Ansichtskarten bekam. Er begann zu weinen, weil er etwas Süßes wollte, und brüllte lauthals, als sie ihm sagten, für Süßigkeiten hätten sie kein Geld. Debbie meinte, sie wolle es noch unten in der Halepike Lane versuchen, dort gebe es ein Geschäft, das Juxkarten verkaufte, und sie gehe gleich. Karen könne ja mitkommen, wenn sie wolle, aber zuerst müsse sie sich den Bengel vom Hals schaffen.

Es blieb Barry unklar, was dann passiert war. Aber wem war das schon klar? Von da an gab es mehrere stark voneinander abweichende Versionen der Geschichte, weil jeder sich im besten Licht hinstellen wollte, um sein Gesicht zu wahren. Karen sagte, sie habe Jason aus der Kinderkarre genommen und in den Rudyard Gardens auf eine Mauer gesetzt, während sie in eine Telefonzelle ging, um Iris anzurufen. Sie habe ihn aus der Karre herausgenommen, weil der Dobermann des Gemüsehändlers herumschnüffelte und Jason sich vor ihm fürchtete. Auf der Mauer war Jason vor dem Hund sicher. Leider hatten Rowdies das Telefon demoliert, und es funktionierte nicht. Also ließ Karen den Jungen auf der Mauer sitzen und lief um die Ecke, nur ein ganz kleines Stückchen um die Ecke und rief Iris aus der Telefonzelle vor der Gemüsehandlung an. Sie hatte nur zehn Pence – nein, eigentlich zwei Fünf-Pence-Stücke –, und

Mrs. Love brauchte unendlich lange, bevor sie begriff, was sie Iris ausrichten sollte ...

Iris hatte die Nachricht nie bekommen. Zumindest nicht diese Nachricht. O ja, Mrs. Love hatte ihr etwas ausgerichtet, das stand fest. Sie hatte gesagt, Karen Isadoro sei mit Jason unterwegs. Iris war mit Mrs. Love hinaufgegangen, um mit Karen zu sprechen, aber Karen hatte inzwischen aufgelegt, Iris nur noch den Wählton zu hören bekommen.

«Ich habe eine Nachricht hinterlassen», erklärte Karen dem Inspector. «Ich sagte der Dame von oben, sie soll Jasons Oma ausrichten, daß Jason in den Rudyard Gardens auf einer Mauer sitzt und sie ihn dort abholen soll.»

«Hast du das wirklich gesagt?» fragte Leatham. «Hast du das der Dame wirklich und wahrhaftig gesagt?»

Karen blieb noch eine oder zwei Minuten bei ihrer Behauptung und fing dann an zu weinen. «Ich wollte es sagen», murmelte sie.

«Du wolltest. Aber was hast du wirklich getan?»

«Ich hatte kein Geld mehr, und die Zeit war zu Ende ...»

Sie war erst acht. Was erwarteten sie von ihr? Was hatte er erwartet? Barry hatte nicht viel darüber nachgedacht. Und als er im Kino saß, seine sechste Zigarette rauchte und außerirdische Reptilien ihn in Angst und Schrecken versetzten, dachte er begreiflicherweise überhaupt nicht an Jason.

Kurz nach vier war der Film zu Ende. Barry nahm den Bus nach Muswell Hill und stieg in einen anderen um, der die Archway Road hinunterfuhr. Inzwischen war es fünf vor fünf, also ging er so schnell er konnte – lief sogar ein Stück – die steil ansteigende Straße nach Highgate Village und über den Pond Square zur georgianischen Pracht von The Grove. Am Eingang des Fitzroy Parks, in der Toreinfahrt, an der die Privatstraße beginnt, wartete er auf Carol. Er zündete sich eine Zigarette an. Der Weg, der sich zwischen hohen Hecken und unter überhängenden Bäumen hinzog, machte weiter vorn eine leichte Biegung. Dort mußte Carol auftauchen. Barry wußte, wenn sie erschien, würde ihm die Kehle eng werden, würde er dasselbe Herzklopfen, dieselbe Atemlosigkeit fühlen, die ihn immer überfielen, wenn sie ihm entgegenkam, oder er beim Überqueren der Chinesischen Brücke Licht in den Fenstern ihres Hauses sah. Es war fast wie eine Krankheit, eine wohltuende Pein. Das war ihm neu, bevor er sie kannte, hatte er nie ähnliches empfunden, doch er erkannte darin ein Symptom der Liebe – genauso wie ein Mann, der schon mehrere Herzanfälle hatte, genau weiß, was es zu bedeuten hat, wenn er Schmerzen im Arm bekommt und eine eiserne Faust seine Brust zusammenpreßt.

Er hatte ungefähr zehn Minuten dagestanden, als er sie am Ende des Baumtunnels erblickte. Sein Herz geriet in Unruhe, schien sich umzudrehen und fand dann mit einem kleinen Sprung wieder zu seinem Rhythmus zurück. Sie sah ihn und winkte. Er ging auf sie zu. Als sie voreinander standen, legte er ihr die Arme auf die Schultern und sah sie an. Ihr Porzellanpuppengesicht hatte einen mürrischen Ausdruck und wirkte müde. Die goldenen Löckchen klebten ihr an der Stirn, ihr Make-up war verschmiert. Er nahm ihr die große Tasche ab. Er sah sie nicht gern damit. Seine Mutter sagte, man könne eine Frau, die putzen gehe, immer an der großen Tasche erkennen, in der sie Overall und Gummihandschuhe transportierte.

«Ich bin erledigt», sagte Carol. «Der *Prince of Wales* macht gleich auf. Ich sterbe, wenn ich keinen Drink bekomme.»

«Aber nur einen auf die Schnelle. Wir müssen Jason abholen. Beatie war heute ein bißchen komisch, weil wir ihn so oft zu ihr bringen.»

Carol ging immer gleich in die Luft. Kritik konnte sie nicht vertragen. Aber da ist sie nicht die einzige, dachte Barry.

«Sie kann mir den Buckel runterrutschen. Schließlich wird sie dafür bezahlt, oder? Und verdammt gut bezahlt. Wir brauchen uns um Jason aber nicht zu kümmern. Ich habe Madame Isadoro von Mrs. F. aus angerufen, und sie hat gesagt, der Junge sei seit drei Uhr bei meiner Mutter, also können wir einen draufmachen, mein Schatz.» Sie nahm seinen Arm und schmiegte sich an ihn. «Mrs. F. ist für zwei Wochen nach Tunesien geflogen und hat mich im voraus bezahlt, fünfzig Piepen und eine Zulage, weil ich ihre Pflanzen gießen muß. Wie findest du das?» Sie hielt ihm eine Fünfzig-Pfund-Note unter die Nase.

«Ich habe Geld», sagte Barry steif. «Ich will nicht, daß du dein Geld ausgibst.»

«Sie hat ein paar von ihren Sachen aussortiert und mir ein Kleid von Zandra Rhodes geschenkt. Ich habe es in der Tasche. Merkwürdig, daß eine Frau in ihrem Alter glaubt, sie könne Zandra Rhodes-Modelle tragen.»

Ohne Zweifel war Beatie Isadoro wirklich der Meinung gewesen, Jason sei bei Iris, sei seit drei Uhr bei Iris gut aufgehoben. Karen glaubte es auch. Sie hatte Jason nicht zum erstenmal an einem vereinbarten Ort auf der Straße abgestellt, damit seine Großmutter ihn abholen konnte. Und Iris? Sie hatte überhaupt nicht an Jason gedacht. Warum sollte sie auch? Soweit sie wußte, brauchte sie sich an diesem Nachmittag nicht um ihren Enkelsohn zu kümmern. Jason war bei Karen, bei Karens Familie in dem überfüllten Doppelhaus gut aufgehoben, und sie hatte überraschend einen freien Nachmittag, konnte die Füße aus den hochhackigen Sandalen befreien, sich einen Glimmstengel anstecken, fernsehen und in Frieden warten, bis Jerry nach Hause kam und mit ihr in den *Bulldog* ging.

Barry und Carol tranken ein Glas im *Prince of Wales* und auch noch ein zweites, dann zogen sie weiter ins *Flask*. Carol sagte, Dennis Gordon habe ihr von einem neuen Club in Camden Lock namens *Tenerife* erzählt – einem Club mit Disco, in dem man auch trinken konnte. Man zahle am Eingang nur zwei Pfund Mitgliedsbeitrag, und sie hätte nichts dagegen, ihn mal auszuprobieren. Sie gingen in ein Steakhouse zum Essen, und Carol verschwand in der Damentoilette, um sich umzuziehen. Das Kleid, das sie von Mrs. F. geerbt hatte, war gelb, rot und golden, hatte einen kurzen Rock, riesige Ballonärmel und eine goldfarbene Schärpe. Carol trug ihre roten Stiefel, die sehr gut dazu paßten. Sie sah hinreißend aus.

«Du siehst phantastisch aus», sagte Barry. «Ich wünschte, ich hätte daran gedacht, mich auch umzuziehen, ich komme mir richtig schmuddlig vor.»

«Du bist ganz okay», sagte Carol gleichgültig. Ganz offen in sich selbst verliebt, betrachtete sie in dem Spiegel, der an der Wand des Restaurants hing, ihre glänzende und funkelnde Erscheinung.

Barry schlug vor, sie sollten die Dame über Iris anrufen und Bescheid sagen, wo sie waren, und daß sie spät nach Hause kommen würden. Jetzt war er froh, daß er diesen Vorschlag gemacht, doch es tat ihm auch leid, daß er nicht darauf bestanden hatte. Carol hatte es ihm ausgeredet, und er hatte es sich schnell ausreden lassen. Er konnte es kaum noch erwarten, mit ihr zu tanzen. Ihre Körper zwischen anderen jungen, heißen Körpern dicht aneinandergepreßt, im Taumel zuckender blauer, violetter und roter Lichter, die Musik ein aufpeitschend rhythmisch pulsierender Sound.

Was hätte es genutzt, wenn er Iris angerufen, ja, mit Iris selbst gesprochen hätte? Um diese Zeit war Jason schon verschwunden, seit mehr als drei Stunden fort. Und Iris wäre wahrscheinlich ohnehin nicht zu Hause gewesen, und er hätte sie nicht zum erstenmal verdächtigt, Jason einen Tropfen Whisky in die Flasche getan und ihn dann ins Bett gebracht zu haben, damit sie mit Jerry ins Pub gehen konnte. Allerdings hatte Barry bisher nie versucht, diesem Verdacht ernsthaft nachzugehen.

Es wurde spät. Als Carol und er nach Hause kamen, war es fast zwei. Sie hatten ein Taxi nehmen müssen. Winterside Down war um die Zeit tot, obwohl die gelben Lampen auf ihren Stelzen ihr kränkliches Licht, in dem alles zur Farblosigkeit einer Mondlandschaft verblaßte, über die geraden Straßen, die U-förmigen Straßen, den einsam dastehenden Turm und den träge dahinfließenden Kanal warfen. Das Taxi schlängelte sich durch das kahle, trostlose Viertel, in dem es keinen einzigen Baum gab. Zwar hatte man versucht, Bäume in Winterside Down anzupflanzen, doch sie waren entweder sehr schnell eines natürlichen Todes gestorben oder von Halbwüchsigen ausgerissen, geknickt oder anderweitig verstümmelt worden. Der Himmel war von rötlich rauchigem Ocker, gleichförmig und ohne Sterne. In Camden Lock hatte der Mond geschienen, jetzt war er verschwunden. Ecke Summerskill und Dalton Road lungerten noch zwei von den Motorrad-Freaks herum, aber jetzt ohne ihre Maschinen. Barry fragte sich, ob sie je ins Bett gingen, und manchmal fragte er sich, ob sie überhaupt echt waren. Ihr buntes Gefieder war durch die Lampen farblos geworden, doch er erkannte sie an ihrer Haltung und ihrer Figur. Es waren Blauhaar und Wiedehopf. Sie starrten das Taxi an. Sie standen reglos und schweigend da, warteten ganz offensichtlich auf etwas, und das gab ihnen etwas Drohendes und Unheimliches.

Carol hatte viel getrunken. Sie wollte nicht einmal warten, bis sie im Schlafzimmer waren. Im von den Straßenlaternen erhellten, halbdunklen Wohnzimmer schlüpfte sie, ohne vorher die Vorhänge zu schließen, aus dem Zandra Rhodes-Kleid, warf Strumpfhosen und BH weg. Ihr Körper, der sehr weiß war, schimmerte wie Marmor. Sie legte sich auf die kleine Couch, zog Barry auf sich und in sich, und ihre Schenkel und Hüften waren jetzt nicht mehr wie Marmor, sondern weich und feucht wie Sahne. Schweißperlen standen auf ihrer Oberlippe. Carol hatte die Gewohnheit, leise zu stöhnen und dann wieder zu kichern, wenn sie sich liebten. Barry verschloß ihr den Mund mit den Lippen, damit das leise, gurgelnde Lachen aufhörte.

Sie schlief ein. Er hatte zwei Zigaretten angezündet, aber sie schlief. Er hob sie auf, trug sie ins Bett und ging dann wieder hinunter, um das Kleid zu holen und auf einen Bügel zu hängen.

Als die Polizei Barry zum erstenmal richtig verhörte, als sie ihn zum erstenmal aufs Revier mitnahm, hatten sie ihn gefragt, warum er am nächsten Morgen, am Donnerstagmorgen, nicht sofort zu Iris gegangen war und Jason abgeholt hatte? Carol arbeitete am Donnerstagmorgen nicht, sie fing erst um elf in der Wein-Bar an. Warum hatte er Jason nicht abgeholt? Warum hatte er, bevor er zur Arbeit ging, nicht einmal versucht, Jason bei Iris abzuholen, um ihn nach Hause zu seiner Mutter zu bringen? Das habe er früher doch häufig getan. Als Inspector Leatham ihm das erste Mal diese Frage stellte, antwortete er einfach, er wisse nicht warum, es sei schon spät gewesen, er habe es Carol überlassen. Diesmal, vor etwa einer halben Stunde, hatte er zugegeben, den schlimmsten Kater seines Lebens gehabt zu haben. In seinem Kopf habe es gehämmert, sein Mund sei strohtrocken gewesen. Kaum fähig, aufrecht zu gehen, sei er hinuntergetaumelt und habe Wasser aus der Leitung getrunken. Wenn er es pünktlich bis zu dem Haus in Alexandra Park schaffen wollte, wo Ken und er um neun anfangen sollten, eine Bücherwand aufzustellen, mußte er Winterside Down um acht Uhr zwanzig hinter sich haben. Und er hatte es hinter sich gehabt, war grimmig mit hängenden Schultern losmarschiert, die schmerzenden Augen zum Schutz vor der Kälte zusammengekniffen. Wo Jason steckte oder wer sich heute um ihn kümmern sollte, interessierte ihn um diese Zeit herzlich wenig. Er dachte nicht an Jason, er hatte ihn vergessen.

Auf dem Heimweg erinnerte er sich an ihn. Er dachte an ihn, weil es seine Gewohnheit war, ihn um diese Zeit von Iris oder Beatie abzuholen. Am Donnerstag arbeitete Carol je zweimal eine halbe Schicht in der Wein-Bar, von elf bis drei und von fünf bis elf, lange, schreckliche Stunden. Für Barry, der sie am liebsten in Watte gepackt hätte, ein fast unerträglicher Gedanke.

«Wie lange hatten Sie den Jungen nicht mehr gesehen?» fragte Superintendent Treddick. «Einen Tag, eine Nacht und wieder einen halben Tag? Seit Mittwoch früh um acht nicht mehr, oder?»

«Wir wußten ja, wo er war.» Das war eine dumme Antwort, Barry erkannte es sofort, nachdem sie ausgesprochen war.

«Aber genau das wußten Sie eben nicht.»

Iris wohnte im unteren Drittel eines sehr heruntergekommenen gelben Backsteinhauses aus der Zeit der Königin Victoria. Die Wohnung bestand aus drei Zimmern und Küche mit Badewanne, die meist mit einem Brett abgedeckt war und als Eßtheke diente. Carol und Maureen waren dort geboren und aufgewachsen. Dort waren sie geschlagen, getreten und mit Gürtelschnallen verletzt worden, und Maureen, die als Kind viel weinte, hatte einen gebrochenen Arm davongetragen. Barry fragte sich manchmal, was Iris getan hatte, während das alles passierte. Wahrscheinlich vor dem Fernseher gesessen, geraucht, sich überlegt, daß es nicht ewig so weitergehen konnte, und dankbar aufgeatmet, weil Knapwells Gewalttätigkeit sich nicht gegen sie richtete...

Jerry war an die Tür gekommen.

«Jason?» sagte er, als habe er den Namen nie gehört, als sei es ein ausländischer Name, den er möglicherweise nicht richtig aussprechen konnte.

«Wer ist an der Tür, Jerry?» kreischte Iris von irgendwoher. Sie kam aus der Küche und wischte sich die Hände an einem Geschirrtuch ab. «O nein, Barry, da hast du dich geirrt. Du bist im falschen Laden. Die Schwarzen haben ihn. Ich habe ihn weder gesehen noch gehört seit – seit wann denn? Ach ja, seit Montag. Wir wissen gar nicht, wie uns geschieht, so still ist es bei uns, nicht wahr, Jerry?»

Bevor Barry zu den Isadoros kam, erinnerte er sich, daß er am Abend vorher in Highgate gewesen war, und Carol gesagt hatte, sie habe Beatie angerufen, und Beatie habe ihr gesagt, Jason sei bei Iris. Trotzdem ging er zu dem Doppelhaus. Vielleicht hatte Carol ihn angeschwindelt, damit er Ruhe gab. Sie war nicht unehrlich, aber hin und wieder griff sie schon zu einer kleinen Notlüge, um ihm nicht den Abend zu verderben. Er dachte voller Zuneigung an sie, die kleinen menschlichen Schwächen machten sie um so liebenswerter.

«Jason ist bei seiner Oma.» Beatie höchstselbst war schwerfällig an die Tür gekommen, das Baby Kelly rittlings auf der schwammigen Hüfte. «Karen hat ihn seiner Oma gestern um halb drei übergeben.»

In diesem Moment war in Barry zum erstenmal Furcht aufgestiegen. «Sie hat ihn nicht. Ich war eben dort.»

«Dann ist er bestimmt bei seiner Tante Maureen. Möglicherweise hat Karen gesagt, daß sie ihn zu seiner Tante Maureen gebracht hat.»

Jason war noch nie über Nacht bei Maureen geblieben. Maureen mochte keine Kinder. Sie liebte ihre Wohnung und wahrscheinlich auch ihren Mann Ivan, mit dem sie, obwohl erst sechsundzwanzig, schon neun Jahre verheiratet war. Während dieser neun Jahre hatte sie ihr zweistöckiges Reihenhaus in der Winterside Road in einen kleinen Palast verwandelt. Sie und Carol waren sich nicht ähnlich, dennoch sah man, daß sie Schwestern waren. Sie hatten beide runde Gesichter, und an den Schläfen einen ähnlichen Haaransatz. Aber Maureens Haar war glatt und mausbraun, außerdem war sie flachbrüstig und hausbacken. Sie erinnerte Barry an eine Wüstenmaus, die er einmal in einem Kinderzoo gesehen hatte, wohin er an irgendeinem Wochenende mit Tanya und Ryan gegangen war.

«Carol sollte keine Kinder haben, wenn sie nicht auf sie aufpassen kann, verdammt noch mal», sagte Maureen. Sie hatte gebügelt, und das ganze Haus roch nach Sprühstärke, die einem den Atem nahm, weil sie zu stark duftete. «Es sind immer Kinder wie die ihren, die ermordet werden, das bringen sie ständig im Fernsehen.»

«Um Himmels willen ...»

«Jemand muß ihn haben, das steht fest. Jay hat sich wohl kaum irgendwo ein Zimmer gemietet.»

Danach hatte er Carol in der Wein-Bar angerufen.

«Ich kann den Bullen doch nicht sagen, daß ich ihn seit gestern früh nicht mehr gesehen habe. Das kann ich nicht, Barry! Wie werden die mich behandeln? Du weißt, was für Arschlöcher das sind. Ich kann mich nicht selbst in Schwierigkeiten bringen. Was werden die mit mir machen?»

«Ich weiß nicht», antwortete Barry, der sich jung und unnütz vorkam.

«O Dave, Dave, warum hast du auch sterben müssen!» schrie Carol. «Warum hast du mich ganz allein gelassen? Warum bist du nicht hier und kümmerst dich um mich?»

Barry legte die Arme um sie. «Ich bin ja da», sagte er.

Dennis Gordon, der Mann, der mit seinen Lastzügen quer durch Europa fuhr, hatte sie nach Hause gebracht. Wenn er nicht in Jugoslawien oder der Türkei oder sonst irgendwo und auch nicht in dem großen Haus war, das er in der Nähe von Mill Hill hatte, hielt er sich gewöhnlich in der Wein-Bar auf. Barry erhaschte einen Blick auf seinen Wagen, einen metallicblauen Rolls, ein erstaunliches Fahrzeug. Ins Haus gekommen war Dennis Gordon nicht. Carol war sehr blaß. Sie leckte sich unaufhörlich die Lippen, bis sie sich fast den ganzen Lippenstift abgeleckt hatte. Er brauchte eine ganze Weile, um sie zu überzeugen, daß sie zur Polizei gehen mußten – sie mußten hingehen, was sonst? –, doch am Ende war sie einverstanden, wenn sie auch das Gesicht verzog und die Hände ballte. Sie ging hinauf, um sich umzuziehen, und kam in einem grauen Flanellrock, schwarzem Pullover und rehbraunem Regenmantel, den Barry noch nie gesehen hatte, wieder herunter. Sie sah darin älter und mehr wie Maureens Schwester aus.

Er hoffte, sie werde der Polizei sagen, er sei ihr Verlobter, statt dessen sagte sie, wie zu den Nachbarn in Winterside Down, er habe ihr Gästezimmer gemietet. Barry ließ sich davon nicht kränken. Es war nur natürlich, daß Carol, die ein schweres Leben gehabt hatte und immer kämpfen mußte, respektabel erscheinen wollte. Es glaubt ihr sowieso keiner, dachte Barry zärtlich. Welcher Mann, der Carol ansah, konnte glauben, daß sie keinen Liebhaber habe?

Die Suche nach Jason hatte noch am selben Abend begonnen. Er war selbst mit dem Suchtrupp gegangen. Die Polizei hatte sie alle vernommen – ihn, Carol, Iris, Beatie, Karen und alle anderen Kinder, jeden in der Siedlung, wie ihm schien. Und irgendwann am Freitag vormittag gegen elf hatten Carol und er, Inspector Leatham und ein junger Constable und noch ein paar andere in der Nähe der Lordship Avenue in den Rudyard Gardens gestanden, und man hatte ihnen etwas gezeigt, das in einem langen, schmalen Vorgarten hinter einer niedrigen Mauer zwischen Geröll, Abfall und Gerümpel gefunden worden war. Barry erkannte es sofort. Er hatte es in der vergangenen Woche selbst gewaschen, nachdem Maureen es in Jasons Hand gesehen und naserümpfend gesagt hatte: «Dieses Tier ist eine Schande, Carol, egal, was es ist. Du solltest es ganz einfach wegwerfen, finde ich.»

Ein Wollämmchen, aber aus Nylon. Ein Weihnachtsgeschenk

von Kostas' Frau Alkmini. Carol sah das formlose graue Spielzeug und begann zu schreien.

«Sein Lamm! Das ist Jasons Lamm! Er wäre ohne sein Lamm nie allein weggelaufen!»

Da hatten sie es dann gewußt. Ganz sicher gewußt.

Superintendent Treddick kam nicht wieder und Inspector Leatham ebensowenig. Sie schickten einen Sergeant. Der Sergeant sagte zu Barry, er könne jetzt gehen, wenn er wolle, und Barry ging zu Fuß nach Hause. Weder er noch Carol waren seither zur Arbeit gegangen. Sie waren auch kaum miteinander allein gewesen. Iris und Jerry waren fast das ganze Wochenende geblieben, dann waren Maureen und Ivan und eine Nachbarin nach der anderen gekommen. Carol hatte sich mit den Spicers von nebenan nie vertragen, den Leuten mit dem Stall altenglischer Kaninchen im Garten, die sich Jason durch den Zaun so gern ansah, aber Kath Spicer war auch gekommen, und Carol hatte an ihrer Schulter geweint.

Als Barry in die Summerskill Road einbog, parkte Dennis Gordons Rolls vor dem Haus, von einem guten halben Dutzend Kindern umringt, von denen eins, ein Kupar, kein Isadoro, einen spitzen Nagel zückte. Sie starrten Barry schweigend an, als erwarteten sie, daß er sie ausschimpfte, aber er sagte nichts. Es ging ihn nichts an, wenn Dennis Gordon so dämlich war, seine Prunkkarosse unbewacht in dieser Gegend abzustellen.

Dennis Gordon war bei Carol, und Kostas saß auch da. Gordon hatte Carol einen Armvoll roter Rosen in Cellophan mit silberner Schleife mitgebracht. Kostas war mit zwei Flaschen Riesling gekommen. Obwohl er nicht älter war als Vierzig, hatte Kostas ein Gesicht wie ein alter brauner Lederbeutel. Sein Haar war lackschwarz, er hatte einen Schnurrbart wie Errol Flynn und trug immer sehr helle Anzüge. Heute war es ein blaßgelber mit einem schwarzen Hemd. Dennis Gordon, von dem Barry schon viel gehört, den er aber noch nie gesehen hatte, war ein großer dunkler Mann mit einem sehr langen Kinn und tiefliegenden Augen. Er trug einen Siegelring, der aussah wie aus einem Silbernugget herausgehauen – aber wahrscheinlich Platin oder Weißgold war. Es war der reinste Schlagring, eine stets bereite Waffe, und Barry erinnerte sich, daß Carol sich bewundernd über Gordons Gewalttätigkeit ausgelassen hatte. Er sah aus wie ein Ganove, ein Gangster. Man erzählte sich, er habe auf seine erste Frau geschossen, die, zum Glück für ihn, an der Verletzung nicht starb, sich aber scheiden ließ.

Als Kostas Barry erblickte, begrüßte er ihn, indem er seine schmutzig aussehende Hand ein paar Zentimeter vom Knie hob. Dennis Gordon drehte sich um und sah wieder weg. Er fragte Carol, ob er ihr irgendwie helfen könne, denn er wolle alles in seiner Macht Stehende für sie tun, sie brauche ihm nur zu sagen, was sie wolle. Es breche ihm das Herz, wenn er sich vorstelle, daß sie ganz allein sei.

Carol hatte ihm wahrscheinlich das Märchen von ihrem Untermieter erzählt. «Sie ist nicht allein», sagte Barry. «Sie hat mich.»

Dennis Gordon hielt sich die Faust vor den Mund und biß auf den großen Platinklumpen. Seine Zähne knirschten ein bißchen.

«Ich hab dich im Fernsehen gesehen», sagte er zu Carol. «Du warst echt Klasse.»

«Ach, wirklich?» fragte Carol und sah geschmeichelt aus.

«Du bist einfach toll fotogen. Die sollten dir einen Job im Studio geben.»

Barry verschwand in die Küche, um sich nach etwas Eßbarem umzusehen. Er machte sich eine Tasse Tee, ging damit aber nicht ins Wohnzimmer. Er konnte sich nicht vorstellen, daß die beiden irgendwann Tee tranken. Dennis Gordon sah aus wie die Typen, die sich praktisch von unverdünntem Brandy ernährten. Als Barry wieder ins Wohnzimmer ging, waren die beiden fort, und Iris war gekommen. Auch Iris trank nie Tee. Sie machten den Riesling auf.

«Sie suchen den Kanal mit Schleppnetzen ab, hab ich eben gesehen», sagte Iris.

Carol sah sie aus großen Augen an und preßte die Hand auf den Mund. Barry hätte Iris am liebsten umgebracht.

«Das ist reine Routine», sagte er. «Sie haben mir gesagt, es sei reine Routine.»

Iris zündete sich eine Zigarette an. Sie hatte nikotingelbe Finger und zeigte ihre gelben Zähne, als sie die Zungenspitze herausstreckte, um einen Tabakkrümel loszuwerden. «Manchmal sind Schwäne auf dem Kanal. Er war ein kleines Äffchen und wollte immer zu den Schwänen hinunter.»

Sie sprach, als sei Jason nicht mehr am Leben. Barry fragte sich manchmal, ob sie überhaupt Gefühle hatte, ob es überhaupt jemanden gab, dem sie Zuneigung oder Interesse entgegenbrachte, um den sie sich sorgte, ängstigte. Vielleicht waren ihr diese Empfindungen während ihrer Ehe verlorengegangen. Carol nahm sich eine Zigarette aus der Packung ihrer Mutter, zündete sie an, und ein wenig Farbe kam in ihre Wangen zurück. Sie hatte sich nicht die Mühe gemacht, Make-up aufzulegen, und Barry wußte, daß das ein verläßliches Zeichen für ihren Zustand war. Ihre Angst um Jason hatte sie von Barry entfernt, und sie hatten sich seit Mittwoch nicht mehr geliebt. In Jeans und dem grauen Pullover, den er nicht mochte, kauerte sie, die Arme um die hochgezogenen Knie geschlungen, in einem Sessel und sah ungefähr wie fünfzehn aus. Sie hatten kein einziges Foto von Jason, das sie der Polizei geben konnten. Carol hatte Leatham sehr direkt angesehen und gesagt: «Ich habe kein Geld für Fotoapparate», aber die Zeitungen hatten das wieder wettgemacht, indem sie die Fotos abdruckten, die sie von ihr schossen. In einigen Zeitungen war sie sogar auf der Titelseite erschienen und hatte genauso ausgesehen wie jetzt – jung, unglücklich und schön. Barry hatte die beiden Titelseiten wegen der Fotos aufgehoben. Nie werde ich sie wegwerfen, dachte er.

Vielleicht klang das gefühllos, doch die Wahrheit sah so aus, daß er Jasons wegen zwar beunruhigt war, seine Angst und seine Sorge jedoch Carol galten. Er konnte nicht ehrlich behaupten, daß er Jason liebte, und er litt nicht so, wie wenn er Jasons Vater gewesen wäre. Ihm war nur um Carols willen darum zu tun, daß der Junge wieder heil nach Hause kam. Er blickte von Iris zu Carol und betrachtete dann den lächelnden David in seinem Rahmen auf dem Bord über dem Heizkörper und dachte zum erstenmal über Jasons Vater nach. Er mußte einen Vater haben, irgend jemand mußte sein Vater sein, schließlich war er nicht von einem unbekannten Spender in einer Retorte gezeugt und später Carol in die Gebärmutter eingepflanzt worden.

Als Jason noch bei ihnen gewesen war, hatte Barry nie darüber nachgedacht, wer sein Vater sein mochte, doch nun, da der Junge fort war, belastete ihn der Gedanke. Irgendwie schien jetzt die Identität von Jasons Vater an Bedeutung gewonnen zu haben. Früher oder später – und wahrscheinlich früher – würde dieser Mann, wer immer er war, in Carols Leben zurückkehren, weil Jason verschwunden war. Schließlich war Jason nicht nur Carols Sohn, sondern auch der seine.

Barry faßte den Entschluß, Carol ohne Umschweife zu fragen, wer dieser Vater war. Hoffentlich ging Iris bald, damit er mit Carol allein sein konnte.

9

Mopsa war stolz auf sich. «Ich habe auch seine Kinderkarre mitgenommen. Ich habe sie zusammengelegt und im Kofferraum verstaut.»

«Wo ist sie jetzt?»

«Du meine Güte, sie liegt noch drin!»

«Du hast wirklich geglaubt, jedes Kind wäre gut genug für mich. Ich habe mein Kind verloren, also wäre jedes andere ein vollwertiger Ersatz. Man mußte mir nur ein neues besorgen. Als ob ein Hund stirbt und man sich einen neuen Welpen kauft.»

«Es war nicht irgendein Kind», protestierte Mopsa. «Ich habe einen Jungen für dich gefunden. Ich habe einen kleinen blonden Jungen für dich gefunden.»

«Einen Welpen von derselben Rasse», sagte Benet mit schwacher, erstickt klingender Stimme.

Jason kam zu ihr, damit sie ihm den Mantel auszog. James' Mantel. Zwei Jungen, beinahe gleich groß, beinahe vom selben Typ. Zwei angelsächsische Jungen. Sie dachte an das geflügelte Wort von Gregory – keine Angeln, sondern Engel. Mopsa hatte ihn im Vorbeifahren auf einer Mauer entdeckt ...

Sie nahm Jason bei der Hand und ging hinunter. Mopsa schlich hinter ihnen her. Sie schlich wirklich, trat leise und verstohlen auf, als könne eine falsche Bewegung, ein lautes Geräusch Benets Zorn wecken. Auf Zehenspitzen ging sie durch die Küche und beobachtete Benet aus den Augenwinkeln. Ihr Gesicht wirkte heute merkwürdig schief, als leide sie an einer Fazialisparese oder spanne die Benet zugewandte Wange absichtlich an. Jason fand seine Zeichenstifte und ein sauberes Blatt Papier.

Die Polizei des ganzen Landes sucht ihn, dachte Benet, man vermutet das Schlimmste, man glaubt, er sei entführt, verletzt, ermordet worden. Und dabei war er die ganze Zeit hier, zeichnet, geht spazieren, sieht fern – sieht seine Mutter im Fernsehen und bemüht sich dann verzweifelt, sie aus dem Apparat herauszuholen.

Eine schüchterne Hand legte sich ihr auf den Arm. Mopsa drehte den Kopf herum, bis er ihre Schulter berührte, und sah zu Benet auf. Es war die groteske Parodie eines um Verzeihung bettelnden Kindes. Mopsas Augen waren getrübt, der Blick völlig verschwommen.

«Ich hab's für dich getan, Brigitte.»

«Ich weiß. Das hast du schon einmal gesagt.» Benet bemühte sich, freundlich und ruhig zu sprechen. Ich darf meine Mutter nicht hassen ... «Die Frage ist nur, ob ich die Polizei anrufen und ihn abholen lassen oder ob ich ihn in den Wagen setzen und selbst mit ihm zum Polizeirevier in Rosslyn Hill fahren soll. Vermutlich letzteres. Es wäre wohl schwierig, die Sache am Telefon zu erklären.»

«Das darfst du nicht tun», sagte Mopsa. «Das tust du doch nicht, oder?»

«Was? Nicht anrufen oder nicht hinfahren?»

«Du darfst ihn überhaupt nicht zurückgeben. Du weißt, was sie sagen werden.» Ein unbeschreiblich listiger Ausdruck breitete sich auf Mopsas Gesicht aus. Wenn sie ihre Züge so anspannte, blähten sich ihre Nasenflügel und wurden ganz weiß. Sie ging zu Jason hinüber, der auf dem Boden saß und zeichnete, und stürzte sich auf ihn. Sie riß ihn mit Zeichenpapier und Buntstift in die Arme, und er zuckte zusammen, als erwarte er einen Schlag. Mopsa umklammerte ihn, setzte sich ihn aufs Knie und hielt ihn fest, als sei er ein Requisit, das sie für ihre Rolle brauchte. «Du weißt, was sie sagen werden, nicht wahr? Sie werden sagen, du hättest ihn gestohlen, weil du deinen Jungen verloren hast. Das ist nichts Neues, das tun Frauen oft, denen ein Kind gestorben ist. In der Presse liest man immer wieder von einem solchen Fall. Und du bist berühmt – nun, zumindest bekannt, und viele Leute haben schon von dir gehört. Es wird in allen Zeitungen stehen, daß du ihn entführt hast.»

Jason wollte von Mopsas Schoß herunter. Er schaffte es, ihr zu entkommen, ging zur Tür und begann dann die Treppe hinaufzusteigen. Zurück zum Fernseher und einem neuen Versuch, seine Mutter zu finden, wie Benet vermutete.

«Aber ich habe ihn nicht entführt», sagte sie. «Du hast es getan.»

«Das wird niemand glauben.»

«Selbstverständlich werden sie es glauben. Ich werde es ihnen sagen. Es tut mir leid, aber ich habe keine andere Wahl. Ich werde ihnen sagen müssen, daß – daß du früher zeitweise geistig gestört warst und ihn mitgenommen hast.»

Zum Glück war Jason nicht im Zimmer und sah daher nicht, was als nächstes passierte. Obwohl er Mopsas Schreie hören mußte, war er wenigstens nicht dabei. Mopsa öffnete einfach den Mund so weit wie möglich und stieß Schreie von entsetzlicher Lautstärke aus. Sie stand da und schrie Benet ins Gesicht. Benet hatte so etwas noch nie gesehen oder gehört, und im ersten Augenblick blieb sie wie gelähmt stehen und konnte nichts anderes tun, als die Hände an die Ohren pressen. Sie wußte, daß man jemanden, der einen hysterischen Anfall hatte, kräftig ins Gesicht schlagen mußte, doch sie brachte es nicht fertig. Ihr Arm war so schwach wie der eines Menschen, der im Traum versucht zuzuschlagen.

«Mutter, hör auf. Bitte hör auf...»

Mopsa schrie weiter. Sie fiel auf die Knie, schlang die Arme um Benets Beine, drückte sie fest an sich und schrie, jetzt schon schwer atmend und heiser vor Erschöpfung. Sie kauerte auf dem Boden und scharrte an Benets Schuhen herum.

«Mutter, ich halte das nicht aus. Hör bitte auf.»

Einen Herzschlag lang hatte sie sich gefürchtet. Im Nacken hatte ihr die Haut geprickelt, und sie hatte gefühlt, wie sich ihr buchstäblich die Nackenhaare aufstellten. Sie hatte sich vor der bemitleidenswerten, halb verrückten Mopsa gefürchtet. Sie bückte sich, packte Mopsa an den Schultern und schüttelte sie, jedoch ohne Erfolg. Mopsa riß sich von ihr los, trommelte mit den Fäusten auf den Boden und schrie: «Sie werden mich in eine Anstalt stecken, sie werden dich dazu bringen, daß du mich in eine Anstalt bringst, man wird mich für geisteskrank erklären, und dann komm ich nie wieder raus, ich werde dort sterben.»

«Aber nein, Mutter, das lasse ich nicht zu.»

«Wenn du es ihnen sagst, kannst du es nicht verhindern. Das Gericht wird mich einweisen. Man wird mir den Prozeß machen, und das Gericht wird verfügen, daß ich in einer Anstalt untergebracht werde, und dann komme ich nie wieder raus.»

Sie fing wieder an zu schreien. Und sie hatte ja recht. Sie wußte sehr gut Bescheid. Welcher Idiot hatte behauptet, die Geisteskranken wüßten nicht, daß sie verrückt sind? Mopsa wußte es sehr gut, und sie wußte auch, was passieren konnte. Wenn sie wegen der

Entführung von Jason Stratford verurteilt wurde, konnte das Gericht sie zur psychiatrischen Behandlung in eine Klinik einweisen und ihre spätere Entlassung verhindern.

«Bitte hör auf zu schreien, Mutter.»

Wieder versuchte Benet, sie aufzuheben. Jason öffnete die Tür und spähte furchtsam herein. Es schien Benet plötzlich unverzeihlich, daß er hier festgehalten und überdies einer solchen Szene ausgesetzt wurde. Sie hob ihn auf und sagte ihm, es sei alles in Ordnung, er brauche sich nicht zu fürchten, obwohl sie nicht hundertprozentig überzeugt war, daß das wirklich zutraf. Sie war gar nicht so sicher, ob es nicht das beste wäre, Mopsa einzusperren, damit sie keinen Schaden mehr anrichten und kein Chaos mehr verursachen konnte. Mopsa schluchzte jetzt, kroch zu einem Stuhl und versuchte sich daran aufzurichten. Sie ist meine Mutter, dachte Benet, ich kann meine eigene Mutter doch nicht in ein Irrenhaus stekken. Ein Gefühl der Hilflosigkeit überkam sie, das Bewußtsein, daß sie der Situation nicht gewachsen war, in die Mopsa sie gebracht hatte. Und Jason, der sich an sie kuschelte wie früher ihr Kind, auf dem Arm zu halten, war ihr plötzlich so widerwärtig, daß sie ihn am liebsten fallen gelassen hätte.

Natürlich tat sie es nicht. Sie stellte ihn auf den Boden, so sanft sie konnte. Das Verlangen, das sie überkommen hatte, als Mopsa ihn brachte, überkam sie jetzt stärker und drängender von neuem. Warum sollte sie nicht fortgehen, in ein Hotel gehen, irgendwohin verschwinden, vielleicht sogar ins Ausland, und die beiden hier zurücklassen? Sollte Mopsa sehen, wie sie mit der Sache allein fertig wurde. Und sollte sie, bevor sie abflog, vom Flugplatz aus die Polizei anrufen und sagen, wo Jason Stratford war?

Aufrecht auf dem Stuhl sitzend, schlang Mopsa ihre Füße um die Stuhlbeine. Sie rang die Hände und zerrte mit den Fingern an den Daumen.

«Ich habe keinen Führerschein.»

«Was soll das heißen?»

«Er ist abgelaufen, bevor wir nach Spanien umzogen. Ich habe ihn nie erneuern lassen. Dein Vater hat gesagt, es sei zu gefährlich, mich ans Steuer zu lassen.» Mopsas Benehmen war jetzt das eines boshaften kleinen Mädchens. «Sie werden wissen, daß ich keinen Führerschein habe. Ich sage ihnen auch, daß ich gar nicht fahren kann. Und außerdem merken sie ja, daß ich nicht kräftig genug bin, um einen so großen Jungen zu tragen.» Weil Benet nicht antwortete, begann Mopsa mit den Absätzen zu trommeln. «Warum sollte ich ihn auch nehmen? Ich mag keine Kinder. Ich habe ihn nicht genommen, ich hab's nicht getan, und du kannst mich nicht zwingen zu sagen, daß ich es war. Wie kannst du es wagen zu behaupten, ich sei es gewesen!»

Jetzt, zu spät, erkannte Benet, daß es ein Fehler gewesen war, Mopsa zu sagen, sie wolle zur Polizei gehen. Sie hätte es einfach tun sollen. Sie hätte Jason in die Kinderkarre setzen und sagen sollen, sie gehe einkaufen. Mit Mopsa energisch zu sprechen, nur einen energischen Satz zu ihr zu sagen, hatte diese schreckliche Wirkung. Man hatte es Benet gesagt, selbst erlebt hatte sie es noch nie.

«Ich habe ihn nicht genommen, Brigitte. Ich hab's nicht getan.»

«Nein, du hast ihn nicht genommen.»

«Du hast es getan und versuchst mir die Schuld in die Schuhe zu schieben.»

«In Ordnung», sagte Benet. «Wie du willst, ganz wie du meinst.»

Ich darf meine Mutter nicht hassen ...

Sie holte zwei Valium für Mopsa und machte ihr eine Tasse Kaffee. Jason würde Hunger haben, und auch wenn Mopsa und sie keinen Appetit hatten, er wollte bestimmt seinen Lunch. Sie machte das Backrohr auf. Auf dem Rost stand eine Kuchenform mit Teig. Eine Welle der Hysterie packte sie, als sie die Kuchenform sah. Mopsa hatte den Kuchen vergangene Woche ins Rohr gestellt, aber den Herd nicht eingeschaltet. Kleine blaßgrüne Schimmelflecke bedeckten die vertrocknete Kruste der Backmischung. Benet drehte den Kaltwasserhahn auf und klatschte sich Wasser ins Gesicht. Es gelang ihr, sich zu beherrschen, nur ein leichter Kopfschmerz blieb zurück. Sie hatte keine Ahnung, was sie tun sollte, und verdrängte jeden Gedanken daran, sie konzentrierte sich auf den Lunch und darauf, daß Mopsa ruhig blieb und der Junge zufrieden war.

Jason schlief, und dann machten sie alle einen langen Spaziergang über die Heide. Seit Benet wußte, wer er war, erwartete sie stündlich, daß die Polizei anrief oder ins Haus kam, und als sie draußen war, glaubte sie, hinter jedem Gebüsch Polizisten lauern zu sehen. Zehn Minuten nachdem sie nach Hause gekommen waren, klingelte es an der Haustür, und sie wußte, daß es zwei Kriminalbeamte waren, ein älterer und ein jüngerer, und einer der beiden würde einen Haussuchungsbefehl zücken und einen Fuß in die Tür stellen. Sie wappnete sich, zögerte einen Moment und öffnete dann. Es war eine Zeugin Jehovas, eine sympathische junge Frau mit einem Kind, das nicht viel älter war als Jason.

Mopsa war von den Ereignissen des Tages erschöpft. Sie schlief vor dem Fernseher ein. Im letzten Bericht in den Nachrichten wurde gezeigt, wie die Polizei den Kanal in Winterside Down mit Schleppnetzen absuchte. Im Hintergrund erkannte Benet die Rückseiten der Häuser in der Winterside Road, wo sie mit Mary und Antonia gewohnt hatte und Tom Woodhouse ihr nächster Nachbar gewesen war. Sie schienen Jason nichts zu sagen. Falls er die Chinesische Brücke, die grünen Rasen und den Turm erkannte, ließ es ihn im Moment kalt. Die schlafende Mopsa schien ihn viel mehr zu interessieren. Ihr Mund war leicht geöffnet, und hin und wieder stieß sie einen leisen Schnarchlaut aus. Jason wartete gespannt auf das nächste Schnarchen, und wenn es kam, wandte er sich Benet zu und lachte.

Seine Schlafenszeit war gekommen. Vermutlich mußte sie ihn jetzt baden. Warum nicht? Morgen früh wollte sie ihn zur Polizei bringen, ohne Mopsa etwas zu sagen. Sie wollte ihn zur Polizei bringen und dort so vernünftig wie möglich erklären, wie es um Mopsa stand. Und gleichgültig, wie die Konsequenzen aussehen würden, sie mußten sie beide auf sich nehmen. Wahrscheinlich hatte sie auch schon etwas Schreckliches getan, weil sie Jason einen Tag länger als nötig seiner Mutter vorenthalten hatte. Sie dachte an James und daran, was sie empfunden haben würde.

Im Bad setzte sie sich Jason auf den Schoß und begann ihn auszuziehen. Er war ungeduldig, wollte ins Wasser. Sie zog sein Unterhemd aus, der Atem stockte ihr, und sie schrie unterdrückt auf.

Alte blaue Flecke, inzwischen gelb verfärbt, bedeckten die linke Seite seines Rückens, die Körperseite und die Innenseite seines Arms. Am Arm hatte er außerdem eine jetzt verschorfte Abschürfung. Auf dem Rücken, rechts neben der Wirbelsäule, war eine große Narbe, die, noch nicht verblaßt, so aussah, als stamme sie von einem Metallgegenstand mit scharfen Kanten, und darüber, fast zu sehen, wenn man den Kragen eines Hemdes oder Pullovers ein Stückchen wegzog, war die tiefe Narbe einer kleinen, kreisrunden Brandwunde. Als sie in der Winterside Road wohnte, hatte ein

Mann, von dem es hieß, er nehme harte Drogen, auf seinem Handrücken eine brennende Zigarette ausgedrückt, ohne zu merken, was er tat. Die Wunde hatte genauso ausgesehen.

Benet hob Jason ins Wasser. Sie konnte den Anblick seines Rükkens nicht ertragen und wandte das Gesicht ab. Zu ihrem Erstaunen – denn was sie gesehen hatte, hatte sie zuerst geschockt und dann mit blindem Zorn erfüllt – traten ihr Tränen in die Augen und liefen ihr über die Wangen. Eine heftige Gemütsbewegung, die nichts mit ihrem Kummer zu tun hatte, hatte sie zum Weinen gebracht. Endlich weinte sie um James. Sie legte die Arme auf den Rand des Waschbeckens, vergrub das Gesicht in den Händen und weinte.

Jason stand auf, schlug mit den Fäusten auf das Wasser und schrie: «Nein, nein, nein, nein!»

Er wollte nicht, daß sie weinte. Sie rieb sich das Gesicht mit einem Handtuch trocken und holte ein paarmal tief Atem. Er beobachtete sie sehr genau, wartete, bis sie wieder ruhig war, nahm dann die Seife aus der Seifenschüssel, reichte sie ihr feierlich und gab ihr zu verstehen, daß sie ihn waschen sollte. Sein so ungewöhnlich reif wirkendes Gesicht war sehr ernst.

Oben im anderen Bad lagen noch James' Badetiere. Während sie Jason wusch und seine Verletzungen dabei sehr vorsichtig behandelte, dachte sie, daß es ihm vielleicht Spaß gemacht hätte, damit zu spielen. Doch ihr hätte es – gelinde, sehr gelinde ausgedrückt – keinen Spaß gemacht, ihn damit spielen zu sehen. Trotz der blauen Flecke und des vernarbten Rückens kehrte ihre Abneigung gegen ihn zurück. Er hatte ihr so viele Schwierigkeiten gebracht, es würde eine Erleichterung sein, ihn loszuwerden, ihn der Polizei zu übergeben. Die Konsequenzen waren ihr völlig egal.

Ganz früh am Morgen, als Mopsa und Jason, wie sie vermutete, noch schliefen, fuhr sie zur Hampstead Station und kaufte sich eine Zeitung. Die Story über den vermißten Jungen wurde in einem Dreispalter auf einer inneren Seite fortgesetzt. Darin hieß es, Jasons Mutter habe noch zwei Kinder, die in einem städtischen Heim untergebracht seien. Sie sei seit fast vier Jahren Witwe und lebe seit sechs Monaten mit einem um acht Jahre jüngeren Mann zusammen. In dem Artikel stand nichts davon, daß man die Möglichkeit eines Mordes in Betracht zog oder daß jemandem eine solche Tat zur Last gelegt wurde oder zur Last gelegt werden würde.

Benet fand ein Café, das schon geöffnet hatte, setzte sich hinein, bestellte einen Kaffee, las die Zeitung und versuchte einen Toast hinunterzuwürgen. Es erinnerte sie an jene längst vergangenen Tage in der Winterside Road, als sie – bevor sie Edward kennenlernte und nicht einmal im Traum an James dachte – freischaffende Journalistin gewesen war. In Cafés herumzusitzen, war ein fester Bestandteil ihres ungeregelten Lebens gewesen, gehörte zum Ablauf jener Tage, in denen Zeit und Zeitdruck für sie unbekannte Größen waren. Aber sie war nicht in jene Zeit zurückgekehrt, sie konnte James nicht ungeschehen machen, und wenn sie ihre Vorstellungskraft noch so sehr bemühte.

Als der High Hill Bookshop öffnete, ging sie hinein und fand in der Abteilung für Soziologie zwei Paperbacks. Das eine hatte den Titel *Das Syndrom des mißhandelten Kindes* und *Die endlose Kette: Einige Aspekte der Kindesmißhandlung*. Das Gefühl, daß die Polizei auf sie wartete, sie beobachtete, sie vielleicht sogar beschattete, war verschwunden. Sie fühlte sich ganz anders als gestern, die Welt sah ganz anders aus. Sie hatte einen entsetzlichen Traum gehabt, den sie vergessen wollte: Sadistische Polizisten wollten Mopsa zu einem Geständnis bringen, indem sie sie mit brennenden Zigaretten folterten.

Im Vale of Peace saß Jason auf dem Boden des Souterrainzimmers und zeichnete etwas, das entfernt an eine Frau mit lockigem Haar erinnerte. Mopsa bearbeitete die Möbel mit einem Polituspray und einem Tuch und summte vor sich hin. Sie unterbrach sich und sagte völlig ruhig, sie und Jason hätten sich schon gefragt, wo Benet sein könnte. Sie hätten sich Sorgen gemacht, weil sie sich nicht vorstellen konnten, wohin sie gegangen war.

Was soll ich nur tun? dachte Benet. Ich brauche Zeit zum Nachdenken. Man wird meine Mutter vor Gericht bringen, und in allen Zeitungen wird stehen, daß sie meine Mutter ist. Soll ich zusehen, wie man sie in eine Anstalt bringt? Das stehe ich nicht durch. Sie setzte sich in den Sessel am Fenster und begann *Das Syndrom des mißhandelten Kindes* zu lesen. Die geschilderten Fälle waren entsetzlich und furchtbar bedrückend. In einem der längsten und sehr ins Detail gehenden Berichte hatte der Autor, um die Identität des Kindes nicht preiszugeben, dem Jungen den schließlich ziemlich häufig vorkommenden Namen James gegeben. Mopsa zog ihren blauen Regenmantel an, band sich ein Tuch um den Kopf und ging mit Jason spazieren.

Das Telefon klingelte zweimal, aber Benet meldete sich nicht. Im Moment war es ihr unmöglich, mit einem Außenstehenden zu sprechen, mit jemandem, der nichts mit Jason und Mopsa zu tun hatte. Oder mit jemandem – und das waren alle –, die nicht wußten, was mit James geschehen war.

«Wann denkst du daran, nach Hause zu fahren?»

Mopsa machte ein gekränktes Gesicht. «Du willst mich wohl loswerden?»

«Mußt du noch einmal ins Krankenhaus?»

«Am Freitag vormittag.»

«Dann wäre es am besten, wenn du Samstag fährst. Ich möchte nicht unfreundlich sein, und ich will dich auch nicht loswerden, Mutter. Aber wir müssen etwas wegen dieses Kindes unternehmen. Ich dachte mir, daß ich deinetwegen warte, bis du in der Maschine sitzt, und ihn dann der Polizei übergebe. Ich werde damit warten, bis du fort bist. Und wenn es dich tröstet, kann ich dir versichern, daß wir mit Spanien wahrscheinlich kein Auslieferungsabkommen haben. Sie können dich nicht zurückholen.»

«Aber ich habe schon das Ticket für den Rückflug – und zwar für nächsten Mittwoch.»

«Ich kaufe dir eins für eine Maschine, die am Samstag geht.»

«Komisch, daß du so viel Geld hast, ein Flugticket kaufen zu können wie andere Leute einen Busfahrschein», sagte Mopsa.

Benet antwortete nicht. Sie wunderte sich über ihr Verhalten. Noch gestern morgen hatte sie nicht im entferntesten daran gezweifelt, daß Jason sofort zu seiner Familie zurückgebracht werden mußte, während sie jetzt ganz gelassen den Entschluß gefaßt hatte, ihn noch vier Tage zu behalten. Um Mopsas willen? Ja, zum Teil. Mopsa der Demütigung und den Schrecken eines Prozesses auszusetzen, hätte keinen sinnvollen Nutzen, weder einen gesellschaftlichen noch einen moralischen. Es konnte nur dazu führen – und sogar hier hatte Benet erhebliche Zweifel –, daß Mopsa zur Behandlung in eine Anstalt eingewiesen wurde. Doch sie wurde schon behandelt, zumindest wurden Pläne zu ihrer Behandlung entwikkelt. Dazu dienten ja die Tests im Royal Eastern Hospital. Aber sie hatte noch einen anderen Grund, Jason nicht sofort und übereilt zurückzubringen.

Während sie gestern versucht hatte, Mopsa zur Vernunft zu bringen und zu beruhigen, hatte sie ununterbrochen an Jasons Mutter denken müssen, an diese Frau, die genauso alt war wie sie, und im Fernsehen einen ergreifenden Appell an einen eventuellen Entführer gerichtet hatte, ihr das Kind gesund zurückzubringen. Es war unrecht von ihr, unglaublich grausam, diese Frau auch nur eine Stunde, einen einzigen Moment länger im ungewissen zu lassen. Dann hatte sie Jason gebadet und seine Narben gesehen. Sie hatte die Bücher gelesen. Sollte sie ihn wirklich dorthin zurückschicken?

Sie dachte dabei weniger an Carol Stratford, sondern ausschließlich an den zwanzigjährigen Barry Mahon, ihren Freund. In vielen dieser Fälle war von jungen Stiefvätern oder jungen Freunden der Mutter die Rede. Benet hatte sich ein Bild von diesem Barry Mahon gemacht. Sie stellte sich ihn als großen, grobschlächtigen, gutaussehenden und wahrscheinlich des Lesens und Schreibens unkundigen Klotz vor. Ungeduldig mit Kindern. Gewalttätig. Vielleicht ein Trinker. Sie sagte sich, sie habe nicht den geringsten Grund, so von ihm zu denken – aber hatte sie den wirklich nicht? Hatte sie nicht die Brandnarbe von einer Zigarette und die von einem Metallgegenstand herrührende große Narbe gesehen?

Sie brauchte Zeit, sie mußte nachdenken. In diesen vier Tagen konnte sie sich überlegen, wie sie Jasons Rückkehr in die Wege leiten sollte. Irgend jemand mußte darauf aufmerksam gemacht werden, daß Jason mißhandelt wurde. Sie würde zwar in keiner sonderlich starken Position sein, doch irgendwie mußte sie es schaffen, damit der Junge nie wieder dahin zurückgeschickt wurde.

Sie hatte ihr Herz gegen Carol Stratford verhärtet. Ihre Sorge mußte Mopsa, sich selbst und Jason gelten, der ein hilfloses Opfer gewesen war, nicht aber Carol Stratford, der man schon zwei Kinder weggenommen hatte – und das mit Recht.

10

Jason wurde seit einer Woche vermißt. Es war wieder Mittwoch, und er war seit einer ganzen Woche fort. Barry mußte wieder zur Arbeit gehen. Es wäre vielleicht etwas anderes gewesen, wenn Jason sein Kind oder er mit Carol verheiratet wäre. Doch wie die Dinge lagen, hatte er keine wirkliche Entschuldigung dafür, daß er Ken im Stich ließ. Außerdem würde er so schnell keinen neuen Job bekommen. Zwar glaubte er nicht, daß Ken sich Ersatz für ihn suchen würde, doch es war durchaus möglich, daß er zu dem Schluß kam, er brauche überhaupt keinen Mitarbeiter.

Barry bat Carol, ihn zu heiraten. Es war nicht das erste, eher das vierte oder fünfte Mal. Sie hatten sich voneinander entfernt, er fühlte es. Er hatte den Eindruck, daß sie ihm, seit Jason verschwunden war, immer weiter entglitt. So hatten sie sich zum Beispiel seither nicht mehr geliebt. Er wollte sie nicht berühren, es schien ihm unrecht, solange sie ihm nicht deutlich zu erkennen gab, daß sie es wollte. Der Arzt hatte ihr Schlaftabletten gegeben, und sie schlief manchmal schon, bevor er ins Bett kam. Oft saß er einfach da und sah sie an, saß eine ganze Stunde da, beobachtete sie und fragte sich, was für Erfahrungen sich während des Schlafs in das Gehirn unter den weichen blonden Babylöckchen einprägten. Wenn er so dachte, fühlte er einen Abstand zwischen sich und ihr, fühlte sich wie ein Fremder, als könne sie jeden Moment aufwachen und ihn fragen, wer er sei und was er in ihrem Schlafzimmer tue.

Als er am ersten Abend nach Jasons Verschwinden nach Hause gekommen war, war sie wieder schick angezogen, frisiert und geschminkt gewesen. Sie sah wie die Carol aus, die er von Anfang an gekannt hatte. Jetzt hinderte sie ja auch nichts mehr daran, abends auszugehen. Er dachte es, sprach es aber nicht aus und war entsetzt, daß er es fast gesagt hätte. Sie aßen, was er aus der türkischen Imbißstube mitgebracht, und tranken den Wein, den er unterwegs besorgt hatte.

«Laß uns heiraten, Carol», sagte er. «Wenn wir uns jetzt entschließen, können wir in drei Wochen verheiratet sein.»

Sie antwortete nicht, hob nur langsam die Schultern und ließ sie wieder fallen.

«Wenn ich dein Mann wäre, könnte ich besser für dich sorgen, könnte dir ein bißchen von deiner Last abnehmen.»

«Ich begreife nicht, was das ändern sollte», sagte sie.

Er versuchte sie zu überreden. Nach einer Weile sagte sie ein bißchen unlogisch und unfair: «Es ist ja nicht dein Kind, das vermißt wird, das wahrscheinlich ermordet wurde.»

Sie hatte ihn verletzt. Sie konnte ihn viel leichter verletzen als sonst jemand. Doch er hatte nicht nachgegeben. «Aber so gut wie», sagte er. «Wenn wir verheiratet wären, wäre es so gut wie meins.»

Sie gab ihm eine vernichtende Antwort, die ihm den Mund verschloß.

«Ein Baby ist ein Teil von seiner Mutter und ein Teil von seinem Vater, das ist alles. Und daran läßt sich nichts ändern.»

Am nächsten Tag hielt er es ihr vor. Es war früher Abend, und sie kamen vom Arzt. Der Arzt hatte gesagt, sie solle in einer Woche wiederkommen. Er hatte Carol Tranquilizer verschrieben. Sie klammerte sich an Barrys Arm, als sie nach Winterside Down kamen. Zum erstenmal seit einer Woche hatte sie ihn von sich aus berührt, und er schämte sich, weil es ihn so glücklich machte.

«Ist das, was du gestern abend über die Kinder gesagt hast, deine ehrliche Meinung?» fragte er. «Fühlst du wirklich, daß sie ein Teil von ihrem Vater sind? Nun ja, ich verstehe natürlich, daß du bei Dave so empfindest. Irgendwie siehst du Dave in Ryan und Tanya ...»

«Und warum sollte ich in Jason nicht seinen Vater sehen?»

Warum hatte er nur gefragt? Warum es überhaupt erwähnt? Bevor Barry Carol begegnet war, hatte er nicht gewußt, daß ein paar gleichgültig geäußerte Worte Glück, Frieden und Zufriedenheit zerstören konnten. Aber ich habe kein Recht, glücklich zu sein, dachte er, und das ist nur meine gerechte Strafe.

Plötzlich umklammerte ihre Hand seinen Arm noch fester, und er glaubte, sie wolle ihn trösten, vielleicht sogar sagen, es tue ihr leid. Er wandte ihr das Gesicht zu. Sie sah jedoch starr geradeaus. Beatie Isadoro mit Kelly im Kinderwagen und Karen und Dylan an der Seite kam ihnen entgegen.

Carol hatte Beatie nicht mehr gesehen, seit Jason verschwunden war. Beaties riesige Gestalt in einem pinkfarbenen Regenmantel über einem grünen Kittel, den sie wiederum über einem braungestreiften Kleid oder Rock trug, nahm fast den ganzen Gehsteig ein.

«Geh mir aus dem Weg, du fette Kuh», sagte Carol.

Beatie starrte sie an. «Die Polizei war heute bei mir, und ich habe ihr einiges über die schlimmen Narben erzählt, die ich an dem armen kleinen Baby gesehen hatte, das du so vernachlässigt hast.»

Barry wußte nicht, was sie meinte. Seine Eltern hatten sich in die Mittelschicht hinaufgearbeitet, und zu dem sozial angepaßten Verhalten dieser Schicht gehörte die Furcht vor öffentlichen Szenen. Selbstverständlich litt auch Barry unter dieser Furcht, doch noch bevor er Carol wegziehen konnte, hatte sie sich auf Beatie gestürzt, schlug mit den Fäusten auf sie ein, kratzte und riß sie an den Haaren. Karen schrie. Barry packte Carol und zerrte sie weg. Ihre langen Fingernägel hatten aber schon drei tiefe, blutende Kratzer auf Beaties schwartiger Wange hinterlassen, und Beatie hatte ihr einen Tritt gegen das Schienbein versetzt. Carol schluchzte in Barrys Armen. In Vorgärten und auf Haustürschwellen standen Leute und sahen zu, stumm, gleichgültig, neugierig. Die meisten waren nicht in England geboren, aber wie Schwämme hatten sie unbewußt englische Verhaltensweisen aufgesogen. Sie beobachteten die Szene mit vager, kalter Neugier. Barry brachte Carol nach Hause. Er legte den Arm um sie und führte sie fürsorglich, als sei sie krank. An der Ecke von Shinwell Close standen die Motorrad-Freaks, Wiedehopf, Blauhaar und der Jamaikaner, den sie, wie Barry gehört hatte, Schwarze Schönheit nannten. Ohne sich umzuschauen, fühlte Barry, daß sie Carol und ihm nachsahen.

Ein Glück, daß sie die Tranquilizer hatten. Sie beruhigten Carol. Sie telefonierte mit Alkmini in der Wein-Bar, als Iris und Maureen kamen. Sie hatten eine Abendzeitung mit einem Artikel über alle in den letzten fünf Jahren in London vermißten Kinder mitgebracht, die nie wieder gefunden worden waren. Jasons Verschwinden war der Anlaß zu dieser Chronik des Schreckens. Jasons Name war auch der erste, der erwähnt wurde.

Maureen fühlte sich nur in ihrem eigenen Heim wohl. Sie zog den Mantel nicht aus. Es war derselbe von oben bis unten zugeknöpfte, gerade geschnittene rehfarbene Regenmantel, den sie fast immer trug. Sie hatte flache braune Schuhe an, und der Mantel reichte ihr bis zu den Waden. Ihr Haar, dachte Barry, sieht aus, als ob sie den Kopf unter den Wasserhahn hält, das Haar dann mit einem Gummi so straff wie nur irgend möglich nach hinten zerrt und es so trocknen läßt. Obwohl sie kein rastloser Mensch, sondern in ihren Bewegungen ziemlich langsam und bedächtig war, schien sie nicht imstande, sich zu entspannen, sondern wanderte im Zimmer umher und nahm dies und das in die Hand, als wolle sie kontrollieren, ob darunter Staub lag. Sie nahm Daves Foto auf und betrachtete es. Man hätte denken können, sie habe es noch nie gesehen.

Ihre Stimme war ohne Modulation, leise und leblos.

«Warum hast du nicht abtreiben lassen?» sagte sie zu Carol.

Carol sah sie an und fragte, was sie damit meine – in jenem schleppenden, gefährlich klingenden Ton, den sie, wie Barry sehr hoffte, nie bei ihm anwenden würde.

«Als David noch lebte, hast du mir gesagt, daß du keine Kinder mehr willst. Du hättest abtreiben lassen können.»

«Sie hatte Angst», sagte Iris mit der Miene eines Menschen, der eine sehr vernünftige Erklärung vorbringt, gleichzeitig jedoch weiß, daß sie nicht wahr ist. «Man braucht sich ja nicht unbedingt eine Narkose geben zu lassen.»

Es liegt einzig und allein an den Tranquilizern, daß Carol jetzt nicht auf Maureen losgeht, dachte Barry. Sie hatte unlustig in der Zeitung geblättert und legte sie jetzt aus der Hand.

«Morgen gehe ich wieder arbeiten», sagte sie. «Irgendwann muß ich ja anfangen. Es hat keinen Sinn, hier herumzuhängen und Trübsal zu blasen.»

«Da hast du ganz recht», sagte Iris. «Das bringt Jason auch nicht zurück.»

In einem dunklen Winkel seines Bewußtseins fürchtete Barry, daß Jason nicht mehr lebte, und er wußte, daß Carol dasselbe empfand, aber Iris sprach, als gebe es keinen Zweifel mehr an seinem Tod. Sie schien ihn sogar mit fröhlicher Sachlichkeit als gegeben hinzunehmen. Sie zündete sich eine Zigarette an.

«Die Arbeit wird mich ablenken», sagte Carol.

Für Barry war es ein Schock. Irgendwie hatte er sich eingebildet, sie werde nie wieder arbeiten gehen. Man würde Jason finden, tot oder lebendig, und sie würde entweder zu Hause bleiben müssen, um darüber hinwegzukommen, oder um ihn zu versorgen. Ihm kam der schreckliche, durch nichts begründete, völlig irrationale Gedanke, daß sie Jason vielleicht überhaupt nicht finden würden.

Er wollte nicht, daß Carol in die Wein-Bar zu all den Männern zurückging. Aber er war nicht ihr Mann und hatte keine Rechte, hatte nicht einmal das Recht, eine Meinung zu äußern. Wie kamen andere, ältere Männer mit diesen Dingen zurecht, wie kamen sie mit der Eifersucht zurecht? Carol gefiel ihm besser, wenn sie geschminkt war, die Nägel lackiert hatte und das gestohlene schwarzweiße Kleid trug, aber dann gefiel sie auch den anderen besser. In dem alten grauen Pullover war sie weniger gefährdet, gehörte mehr ihm.

Nachdem Iris und Maureen gegangen waren, saßen sie nebeneinander auf der Couch und sahen fern. Er nahm ihre Hand, und sie ließ es zu, daß er sie festhielt. Das Programm war nicht besonders interessant, und seine Gedanken schweiften zu Jason. Er dachte sehr viel an Jason, wo er sein und was mit ihm geschehen sein mochte. Maureens Frage hatte ihn geschockt, obwohl er schon selbst manchmal darüber nachgedacht hatte. Warum hatte Carol keinen Schwangerschaftsabbruch vornehmen lassen? Hatte sie Jasons Vater geliebt?

Barry und Ken arbeiteten in dem neuen Bürogebäude in der Nähe der Finchley Road. Es war reines Glück, daß der Direktor ein mit afrikanischem Mahagoni getäfeltes Büro haben wollte, und ein noch größeres Glück, daß Ken den Auftrag bekommen hatte. Sie arbeiteten höchstens eine halbe Stunde, als die Polizei Barry holen kam. Nicht Treddick diesmal, sondern Detective Inspector Leatham und ein Mann, den Leatham Sergeant Dowson nannte. Ken sagte nichts, als sie erklärten, sie wollten Barry mitnehmen, weil er ihnen bei ihren Ermittlungen helfen müsse, aber er machte ein ungläubiges Gesicht.

Im Wagen schwiegen sie. Barry merkte, daß der Fahrer den Weg durch die Delphi Road und Rudyard Gardens zum Revier nahm, und er dachte, sie wären schneller dagewesen, wenn sie direkt durch die Lordship Avenue gefahren wären. Barry selbst ging nie durch die Rudyard Gardens. Es war eine erbärmliche Straße, Häuserreihe um Häuserreihe, Türen und Fenster mit Wellblech verschlagen – eine vernünftige und sichere Methode, Stadtstreicher, Methylalkoholtrinker und Klebstoffschnüffler fernzuhalten, aber trotzdem ein düsterer Anblick. Doch Jason oder Jasons Leiche war in keinem dieser Häuser zu finden. Am vergangenen Wochenende war jedes einzelne geöffnet worden, hatte man die Metallplatten von den Hintereingängen abgenommen wie Deckel von Büchsen und die kleinen, feuchten, dumpf riechenden Räume durchsucht.

Die Straße war abschnittweise gesperrt worden, damit die Suche ungestört verlief, und Barry, der in der Lordship Avenue für Carol eingekauft hatte, hatte sich unter die Zuschauer gemischt.

«Was meinen Sie dazu, Barry», begann Dowson, als sie in einem der Vernehmungszimmer saßen, «wenn ich Ihnen sage, daß man am vergangenen Mittwoch nachmittag einen jungen Mann in den Rudyard Gardens beobachtet hat, den man uns so beschrieben hat, daß man glauben könnte, Sie sind's gewesen?»

Es war das erste Mal, daß sie ihn beim Vornamen nannten. Doch möglicherweise war das einfach Dowsons Verhörtechnik. Barry war über die Frage erstaunt. Wer hatte ihn gesehen?

«Das war ich nicht. Ich gehe nie durch Rudyard Gardens. Eben bin ich mit Ihrem Wagen zum erstenmal durchgefahren, seit ich hier wohne.»

«Aber Sie wissen, welche Straße es ist?» mischte sich Leatham ein.

Selbstverständlich wußte er es. Bog man nicht direkt gegenüber von Winterside Down aus der Lordship Avenue in die Rudyard Gardens ab? Schließlich war er mit Carol dort gewesen, als die Polizei Jasons Lamm gefunden hatte.

«Was stimmt nicht mit der Straße, daß Sie sie nie benutzen? Es wäre für Sie doch der kürzeste Weg in die Green Lanes.»

Barry wußte, warum er nie durch Rudyard Gardens ging – die leerstehenden, verkommenen Häuser bedrückten ihn. Delphi Road oder das Kanalufer, obwohl es dort auch nicht viel mehr gab als Fabriken, Lagerhäuser und Speicher, wirkten irgendwie fröhlicher. Doch Barry wußte nicht, wie man so etwas Männern wie Leatham und Dowson erklärte. Sie betrachteten ihn beide mit gleichgültigem Interesse. Wie sollte er ihnen erklären, daß Rudyard Gardens für ihn eine tote Straße war, von Häuserleichen mit blinden Augen gesäumt? Sie werden glauben, daß ich mir im Fernsehen zu viele Horrorfilme ansehe, dachte Barry.

«Es ist dort so bedrückend», sagte er. «Kein Mensch unterwegs, nichts zu sehen. Ich mag ein bißchen Leben um mich herum.»

«Ein bißchen Leben?» Aus Leathams Mund klang der Satz nach Sünde und Laster. Barry zuckte unter seinem Blick verlegen zusammen, obwohl er keinen Grund hatte, verlegen zu werden oder ein schlechtes Gewissen zu haben.

«Na ja, ich möchte eben, daß ein bißchen was los ist», korrigierte er sich und hatte das Gefühl, alles noch schlimmer gemacht zu haben.

Sie wollten es nicht dabei belassen. Sie weigerten sich, ihn zu verstehen. Barrys Mutter hatte ihn vor Jahren «viel zu sensibel» genannt, und er wußte, daß er viel Phantasie und ein Gespür für Atmosphäre hatte. Er wußte aber auch, daß man bei einem gewöhnlichen Arbeiter keine Sensibilität erwartete. Das war etwas für die Mittelschichten oder für Frauen. Sie fragten ihn immer wieder nach den Rudyard Gardens. Woher wußte er, daß die Straße bedrückend war, wenn er sie nie benutzte? Hatte er es vielleicht einmal versucht? Ein- oder zweimal? Es wurde Mittag, und er dachte, sie würden ihn gehen lassen, aber sie brachten ihn nur in ein anderes Verhörzimmer, wo sie ihn bei einem Detective Constable ließen, der am Schreibtisch saß, Formulare ausfüllte und kein Wort mit ihm sprach. Nach einer halben Stunde brachte ihm jemand auf einem Tablett etwas zu essen – eine Cornwall-Fleisch-Pastete, ein paar Biskuits, ein bißchen Käse in einer Frischhaltepackung und eine Plastiktasse Kaffee.

Leatham und Dowson kamen wieder, als Barry eben genug Mut gefaßt hatte, um dem Detective Constable zu sagen, er gehe jetzt, er könne es sich nicht leisten, den ganzen Tag hier zu vertrödeln.

«Sie haben erklärt», sagte Leatham, als habe es keine Gesprächspause gegeben und als seien inzwischen nicht zwei Stunden vergangen, «daß Sie es mögen, wenn ein bißchen was los ist. Aber das Leben mit Mrs. Stratford und dem kleinen Kind im Haus kann nicht besonders aufregend gewesen sein.»

«Er ist ein braver Junge», sagte Barry. «Man hat keine große Mühe mit ihm.»

«Aber, aber, Barry! Ein Kind von noch nicht zwei Jahren und keine große Mühe? Ich habe selber einen Sohn in diesem Alter und weiß daher sehr genau, wieviel Mühe sie machen. Und ich bin daran gewöhnt.»

«Wir hätten abends ohnehin nicht ausgehen können», sagte Barry. «Carol – Mrs. Stratford arbeitet am Abend.»

«Da hat sie wohl gedacht, sie holt sich ein nettes, kleines unbezahltes Kindermädchen ins Haus, als sie Sie auflas, wie?»

Barry fühlte, wie er feuerrot wurde. Er faßte sich an die brennende Wange. Leatham schien keine Antwort zu erwarten. Er war vollauf damit zufrieden, daß Barry rot geworden war, lehnte sich zurück und kreuzte die Arme.

«Ich lege jetzt meine Karten auf den Tisch, Barry», sagte Dowson.

«Wir versuchen nicht, Sie hereinzulegen. Ehrlichkeit ist immer die beste Politik, finden Sie nicht?»

Genau an diesem Punkt fiel bei Barry der Groschen – er vergaß es nie. In diesem Augenblick begriff er zum erstenmal, daß sie glaubten, er habe Jason ermordet. All diese Fragen und die Fragen, die sie ihm bei früheren Vernehmungen gestellt hatten, sollten nicht dazu dienen, etwas über Jason oder darüber zu erfahren, wohin er gegangen sein mochte. Sie waren einzig und allein auf ein Ziel gerichtet: Er, Barry Mahon, sollte gestehen, Carols Kind ermordet zu haben. Er begann am ganzen Körper zu schwitzen, und der Schweiß wurde eiskalt auf seiner Haut. Er fürchtete sich nicht, er war nur schwer erschüttert und empört. Er ertappte sich dabei, daß er den Tischrand vor sich umklammerte, als habe er die Absicht, den Tisch umzukippen.

Sie glaubten, daß er Jason ermordet hatte. Stumm und wie betäubt starrte er die Polizisten an.

«Wir haben Jasons Leiche nicht gefunden», sagte Dowson. «Vielleicht finden wir sie nie. Und wenn wir sie finden, wird es vielleicht zu – nun, sprechen wir es aus – wird es zu spät sein, um festzustellen, was auf dieser Leiche zu finden ist, wie wir wissen: Brandmale, Barry, blaue Flecke, Narben.»

Beatie Isadoro. Hatte sie das gemeint, als er und Carol sie auf der Straße getroffen hatten?

«Mr. Leatham hat Sie eben Kindermädchen genannt, und ich habe nicht die Absicht, es ihm gleichzutun, weil ich nicht darauf aus bin, Sie irgendwie herabzusetzen. Aber weil das Wort nun mal so praktisch ist, wollen wir mal sagen, Sie waren in den letzten fünf oder sechs Monaten das Kindermädchen des kleinen Jason. Kindermädchen werden manchmal böse, nicht wahr? Es wird ihnen einfach zuviel, schließlich sind sie auch nur Menschen, und dann schlagen sie schon mal zu.»

«Ich habe ihn nie angerührt», sagte Barry. «Nie.» Und auch sonst hatte es niemand getan. Er dachte daran, wie Carol unter Knapwells Mißhandlungen gelitten hatte. Als ob sie, nachdem sie das erlebt hatte, auch nur im Traum daran gedacht hätte ... «Er ist oft hingefallen und hat sich weh getan», sagte er. «Er stolperte immer über irgendwas oder fiel irgendwo runter. Im Sommer hat er sich ein blaues Auge geschlagen, weil er in einen Schlüssel rannte, der in einer Tür steckte.» Carol hatte es ihm erzählt. Er erinnerte sich noch sehr deutlich an die näheren Umstände. Sie hatten alle unter der Hitzewelle gelitten, die damals herrschte, und er und Carol wollten zum Schwimmen gehen. Er war Milch, Beefburger und Brötchen einkaufen gegangen, die sie zum Lunch mitnehmen wollten, und als er zurückkam, war Jasons Auge zugeschwollen und fing an, sich blau zu verfärben.

«Komisch, daß manche Kinder so unfallgefährdet sind und andere nicht», sagte Leatham. «Sehr komisch. Und die unfallgefährdeten sind immer diejenigen, die das Jugendamt später in ein Heim oder in Pflege geben muß, sie sind diejenigen, die mit Wunden, Narben und blauen Flecken übersät sind, von den gebrochenen Gliedern ganz zu schweigen. Also ich glaube nicht, daß einer von meinen Jungen auch nur den kleinsten Unfall hatte. Komisch, nicht wahr? Da kann man schon nachdenklich werden.»

Barry wurde nicht nachdenklich. Er hatte keine Ahnung, worauf Leatham hinauswollte. Er litt furchtbar unter dem unausgesprochenen Verdacht gegen ihn. Dowson begann ihn wieder zu fragen, was er am Mittwoch nachmittag getan hatte, und Barry schilderte ihm noch einmal – jetzt allerdings widerspenstig und schroff –, daß er im Kino gewesen war und sich *Der dunkle Kristall* angesehen hatte. Er war darauf vorbereitet, ihnen die Handlung des Films zu erzählen, doch sie wollten sie gar nicht hören, sie sagten, er hätte sich den Film ja einen Tag früher oder einen Tag später ansehen können. Hatte er die abgerissene Kinokarte aufgehoben?

«Nein, hab ich nicht. Warum denn?»

«Das müssen schon Sie uns sagen, Barry. Es wäre gut für Sie, wenn Sie sie noch hätten.»

Barry antwortete nicht.

«Wie die Dinge liegen», sagte Leatham, «sieht es ganz so aus, als seien Sie nicht einmal in der Nähe dieses Kinos gewesen. Sie gingen durch die Rudyard Gardens nach Hause und fanden Jason, der dort auf der Mauer saß. Er war nicht zum erstenmal allein auf der Straße abgestellt worden, nicht wahr? Auf gut Glück abgestellt, irgend jemand würde ihn schon abholen – oder auch nicht. Es sieht so aus, als hätten Sie ihn gefunden, in seine Karre gesetzt und irgendwohin gefahren. Vielleicht nach Hause. Oder vielleicht in den Lordship Park oder hinaus in die Marschen. Was hat er getan, Barry? Ist er zu weit gegangen? Hat er Sie zu sehr geärgert? Hat er angefangen zu schreien und wollte nicht still sein? Haben Sie ihn zum Schweigen gebracht und sind dabei zu weit gegangen, Barry?»

Er hatte sie nie gefürchtet – nie. In seiner völligen Arglosigkeit war er überzeugt, daß sie ihm nichts tun konnten. Aber er war gekränkt. Er zog sich in ein verbittertes, beleidigtes Schweigen zurück, das sie vielleicht als Schuldbewußtsein interpretierten. Um halb sechs ließen sie ihn gehen. Um diese Zeit hatten sie zweifellos selbst genug und wollten auch nach Hause. Er wäre gern zu Fuß nach Winterside Down gegangen, doch sie bestanden darauf, ihn mit dem Wagen hinzubringen. Auf dem Bevan Square lungerten wie üblich Wiedehopf und Schwarze Schönheit und der Junge mit dem Nasenring herum, ihre Maschinen waren bei der Skulptur abgestellt, die den Fortschritt der Menschheit verkörperte. Sie sahen dem Polizeiauto nach, in dem Barry saß. Spicer, der sich in den Marschen einen Sack voller Kaninchenfutter geholt hatte, öffnete gerade seine Gartentür. In ihrem weißen Witwensari wusch Lila Kupar, mit der niemand sprach und die nie mit jemandem sprach, ihre Fenstersimse, schaute von ihrer Arbeit auf und starrte. In Winterside Down war es nie ganz dunkel. Die hohen Lampen bescherten ihm ein düsteres, fast unheimliches, endloses Tageslicht.

Aber aus den Zeitungen, die am nächsten Tag erschienen, hätten sie ohnehin zwei und zwei zusammenzählen können. Auf der Titelseite prangte eine kleine Meldung, in der stand, die Polizei habe einen Mann, der ihr bei ihren Ermittlungen helfe, den ganzen Tag festgehalten. Das allein hätte nicht genügt, doch die Reporter ließen dieser Meldung einen langen Bericht über die beklagenswerte Mrs. Carol Stratford folgen, die Tag für Tag, von Ungewißheit gepeinigt, in ihrem Heim warte, das sie mit dem zwanzigjährigen Barry Mahon teile. Dann hieß es, der Mann, der bei den Ermittlungen helfe, sei zwanzig, wohne in Winterside Down und sei im Baugewerbe tätig. Barry zuckte zusammen. Er kaufte die Zeitung im Papiergeschäft auf dem Bevan Square und spürte genau, daß Mr. Mahmud, der Zeitungshändler, und seine hübsche Tochter mit dem langen schwarzen Zopf ihn mit größerem Interesse musterten als sonst.

Am nächsten Tag holte die Polizei ihn schon wieder. Es war Samstag, daher war er zu Hause. Auf dem Revier bombardierten sie ihn mit Fragen, wie gehabt: Waren viele Leute im Kino? War es nur halb voll? Waren noch weniger Leute da? Wie viele Leute? Hatte er geraucht? Auf welcher Seite hatte er gesessen, um rauchen zu dürfen? Barry antwortete ruhig, er brauchte nichts zu erfinden, und wenn er sich nicht mehr erinnern konnte, gab er es offen zu.

Sie fragten ihn, ob er jähzornig war? Was er von körperlicher Züchtigung hielt? Hielt er es für möglich, daß man ein Kind erziehen konnte, ohne es zu schlagen? Barry antwortete mechanisch. Er fragte sich, wieso er der einzige Mann war, den man dieser Inquisition aussetzte. Doch vielleicht war er es gar nicht. Vielleicht hatten sie auch Ivan, Maureens Mann, zum Verhör aufs Revier geholt. Vielleicht hatten sie Jerry und Louis Isadoro vernommen. Aber über sie hatten die Zeitungen nicht berichtet, daß sie der Polizei bei den Ermittlungen halfen ...

Es gab in Jasons Leben noch einen Mann. Hatten sie sich nach ihm erkundigt? Hatten sie Carol gefragt, wer er war? Jason hat einen Vater! hätte Barry sie am liebsten angeschrien. Fast hätte er es auch getan. Doch am Ende brachte er aus Loyalität und Respekt gegen Carol nicht fertig. Er ließ ihre Fragen über sich ergehen, antwortete ja oder nein und manchmal überhaupt nicht. Auf eine seltsame Weise hatte er das Interesse verloren, genauso wie ihm am Tag vorher die Angst abhanden gekommen war.

Diesmal ging er zu Fuß nach Hause. Carol war ausgegangen. Sie hatte ihm aber einen Zettel hingelegt, mit zwei Kreuzchen darauf, die Küsse bedeuteten, also durfte er nicht böse sein. Er versuchte sich auf das Spiel Arsenal-Ipswich zu konzentrieren, das im Fernsehen übertragen wurde, doch es gelang ihm nicht, er konnte nur an eins denken. Ein Zusammengehörigkeitsgefühl mit Dave – etwas, das er bisher noch nie empfunden hatte – ließ ihn nach der gerahmten Fotografie greifen. Er sah sie sich sehr genau an. Dave sah so glücklich aus, lächelte so sorglos. Einen Monat, nachdem das Bild aufgenommen worden war, war er tot, sein Körper irgendwo in den kroatischen Bergen im Wrack seines Lasters zerquetscht. Barry fiel es schwer, sich ihn, Carol, Tanya und Ryan als ganz durchschnittliche glückliche Familie vorzustellen. Er wußte nicht warum, aber er konnte es sich nicht vorstellen, konnte Carol nicht als Teil dieser Familie sehen. Und doch sagte sie, genauso sei es gewesen. Und hinterher? Wie war sie hinterher mit ihrem Leben umgegangen?

Die Kinder waren ins Heim gekommen, und sie war allein gewesen. Nur war Carol viel zu schön, um lange allein zu bleiben. Wer hatte Daves Platz eingenommen? Barry wußte kaum, was ihm lieber wäre – hundert oder nur einer. Er fragte sich, was in ihr vorging, wenn sie allein war, was für Gedanken ihr jetzt durch den Kopf gingen, wenn sie zum Beispiel einen Schaufensterbummel machte oder mit Iris und Jerry im Pub saß. Wenn schon er so viel an Jason dachte, mußte sie sich doch die ganze Zeit mit ihm beschäftigen – mit Jason, wie er vor einer Woche gewesen war, mit Jason als Baby, sie mußte an seine Geburt und an die Monate vor seiner Geburt denken. Es konnte gar nicht anders sein. Wenn er eine Frau wäre, wenn er Carol wäre, würde er so denken, das wußte Barry. Und wie sollte er das Denken anderer beurteilen, wenn nicht danach, wie er selbst dachte? Sie mußte an die Zeit denken, in der ihr klar geworden war, daß sie ein Kind bekam, und an die Umarmungen, die dazu geführt hatten. Vielleicht waren sie sich nicht mehr so nahe wie früher, weil sie sich mit diesen Dingen beschäftigte.

Aus einem Impuls heraus beschloß er, dafür zu sorgen, daß sie einen besonders schönen Abend miteinander verleben sollten. Ihre Gedanken sollten sich wieder ihm zuwenden. Wein, dachte er, und ein Brathuhn ... Ein Huhn braten konnte er, und er wollte zur Abwechslung einmal richtig kochen. Als er Winterside Down durch den Haupteingang verließ, sah er niemanden, den er kannte. Es wurde schon sehr früh dunkel, besonders wenn der Himmel bewölkt war wie heute den ganzen Tag. Die Leute kamen von ihren letzten Wocheneinkäufen zurück und schleppten schwer an ihren Taschen. Als er mit seinen Einkäufen zurückkam, brannten die gelben Lichter schon.

Die verschwommene Idee, mit Maureen zu sprechen, führte ihn auf dem Rückweg durch die Winterside Road zum Kanal und über die Chinesische Brücke. Er ging an Maureens Haus vorbei, blieb nicht einmal an der Gartentür stehen. Sie würde ihm nichts sagen, wahrscheinlich wußte sie es selbst nicht, und außerdem war Samstag und Ivan zu Hause. Auf der Brücke gab es ein frisches Grafitti, mit roter Farbe aufgesprüht – *Chicken Rules*. Eigentlich müßte ich wissen, was das bedeutet, dachte Barry, jung genug wäre ich ja. Aber wahrscheinlich war er eben doch zu alt geworden.

Die Motorrad-Freaks hatten sich am Winterside Down-Ende der Brücke versammelt. Eigentlich durften sie mit ihren Maschinen den Weg nicht benutzen und noch viel weniger die Rasenflächen. Doch wer sollte sie daran hindern? Durch den Rasen zogen sich kreuz und quer tiefe Reifenspuren. Der Wiedehopf trug neues eisvogelblaues Lederzeug.

Einer der Burschen – Barry glaubte, daß es der Nasenring war – rief ihm etwas hinterher, als er an ihnen vorbei war. Das war alles. Er kam über die Brücke, und sie versuchten nicht, ihn aufzuhalten, sie belästigten ihn überhaupt nicht, aber als er vorbei war, rief der Nasenring etwas hinter ihm her, das er nicht verstand. Das war ihm zum erstenmal passiert. Er wußte, daß sie den Mädchen dreckige Bemerkungen und den alten Leuten andere Dinge nachriefen. Er hatte Blauhaar zu Mrs. Spicer, die in engen Hosen umherstolzierte, sagen hören: «Für 'ne alte Tante hast du aber einen knackigen Arsch.»

Doch daß sie auch über ihn herzogen, obwohl er ein Mann war und zur selben Generation gehörte wie sie, ärgerte ihn fast genauso wie die Tatsache, daß die Polizei es auf ihn abgesehen hatte. Er hatte nicht mitbekommen, was Nasenring ihm zugerufen hatte, und er wollte es auch nicht wissen. Aber er fühlte ihre Blicke im Rücken, als er den Weg zwischen den grünen Rasenflächen entlangging. Ihre Blicke, die ihn früher gleichgültig oder mit einer gewissen Toleranz gestreift hatten, verfolgten ihn jetzt mit derselben Verachtung, die sie, wie er bemerkt hatte, anderen entgegenbrachten. Doch harte Blicke und harte Worte taten nicht weh. Die Lichter an den Hinterfronten der Häuser in der Summerskill Road tauchten auf. Er zählte die Häuser vom Ende der Reihe an, und auch im achten – in Carols Haus – brannte Licht. Sie war zu Hause. Er ging rascher.

Hinter ihm heulten die Motoren auf, und dann fuhren die Maschinen, eine nach der anderen, ganz langsam und ganz dicht an ihm vorbei, sechs schwere Maschinen brummten mit voller Absicht langsam und fast auf Tuchfühlung vorüber.

Im Haus gab es viele Spiegel. Carol stand vor dem Dielenspiegel und hantierte an ihrem Haar herum. Dazu benutzte sie etwas, das Barry bei sich «irgendsoein Friseur-Dings» nannte, und das sie an die Steckdose über der Fußleiste angeschlossen hatte.

«Was ist denn das?» fragte Barry, blieb hinter ihr stehen und legte ihr die Hände auf die Taille.

«Ein elektrischer Frisierstab. Ich hab ihn in einem dieser Neppläden in Brent Cross mitgehen lassen.»

Sie lächelte ihm durch den Spiegel zu. Sie war wieder normal, war ganz wie früher. So wie sie sich anfühlte, und der prickelnden Elektrizität nach zu schließen, die von ihr ausging, wußte er, daß sie heute nacht miteinander schlafen würden – vielleicht sogar schon früher. Lächelnd rollte sie eine Haarsträhne nach der anderen auf den Stab und ließ sich weich gegen Barry zurückfallen.

«Ich habe ein Huhn und zwei Flaschen Wein besorgt», sagte er. «Oder wolltest du ausgehen?»

«Was dir lieber ist», sagte sie verträumt.

Er brachte die Einkaufstüte in die Küche. Er mußte lächeln, weil sie es nicht hatte erwarten können, ihre neueste Errungenschaft auszuprobieren, die um so kostbarer war, weil sie nicht dafür bezahlt hatte. Das war typisch für Carol, die alte Carol, ins Haus zu stürzen und den Mantel auf den Boden zu werfen, weil sie nicht warten konnte. Er hob den Mantel, die Handtasche, die Handschuhe und einen Plastikbeutel auf und trug die Sachen ins Schlafzimmer hinauf. Aus dem Bündel, ob aus der Manteltasche, der halb offenen Handtasche oder dem Plastikbeutel wußte er nicht, fiel ein Kassenzettel von Boots. Auf der Rückseite stand: Terry, Spring Close 5, Hampstead. Es war nicht Carols, es war eine Männerhandschrift. Sie hatte also einen Mann wiedergesehen, den sie von früher her kannte, und er war umgezogen, seit sie sich das letzte Mal gesehen hatten. Das war Barry völlig klar. Er wußte jetzt, warum sie erregt und liebevoll und so wie früher war.

Dieser Mann hätte ihr nicht seine Adresse aufgeschrieben, und sie hätte sie nicht genommen, wenn sie nicht die Absicht hätte, ihn wiederzusehen. Barry beschloß, sie danach zu fragen, ebenso wie er sie fragen wollte, wer Jasons Vater war. Ihm kam der ihm äußerst unangenehme Gedanke, daß dieser Terry und Jasons Vater vielleicht ein- und derselbe waren.

Aber er wollte sie erst später fragen, nachdem sie sich geliebt hatten. Er steckte den Zettel mit der Adresse in ihre Handtasche und machte sie zu.

Zweites Buch

11

Bis zum letzten Augenblick hatte er geglaubt, Freda werde nicht ohne ihn reisen. Es war höchst unwahrscheinlich, und seine eigenen Erfahrungen sprachen ebenfalls dagegen. Eine Vierundfünfzigjährige, die das Glück hatte, sich einen Zweiunddreißigjährigen zu angeln, fuhr nicht auf unbestimmte Zeit allein in die Karibik, wenn sie es sich ohne weiteres leisten konnte, ihn mitzunehmen. Und sie war nicht einmal eine gut erhaltene Vierundfünfzigjährige und konnte nie besonders attraktiv gewesen sein. Sogar die Erinnerung daran war jetzt demütigend, aber am letzten Tag, am Tag bevor sie reiste, hatte er fest damit gerechnet, daß sie ihn mit einem Flugticket überraschen würde.

Sie waren beim Essen gewesen, zu Fredas Haus in Spring Close zurückgefahren, und sie fing an, ihren Handkoffer zu packen.

«Ich glaube, ich sollte jetzt wohl auch packen», sagte er. Er hatte sich nie ganz daran gewöhnen können, die Dinge im Haus so selbstverständlich zu benutzen, als gehörten sie ihm. «Kann ich einen von den braunen Koffern nehmen?»

Sie lächelte. Irgend etwas machte sie sehr glücklich. «Schäfchen», sagte sie, «das haben wir doch vorige Woche alles besprochen, ich dachte, die Sache sei ausgestanden. Ich fahre allein, und du bleibst hier und paßt auf das Haus auf. Ich weiß, du glaubst, daß ich dich gern überrasche, und das habe ich bisher ja schon ein paarmal getan, aber nicht diesmal. Tut mir leid, Schäfchen.»

«Nenn mich nicht so!»

«Entschuldige, Terence. Vor einem Monat habe ich dir gesagt, daß ich nach Martinique fliege und du hierbleibst und dich um das Haus kümmerst. Und du warst einverstanden. Hast du wirklich gedacht, daß ich nur rumspiele?»

«Du brauchtest nicht so verdammt glücklich auszusehen.»

«Ich freue mich auf die Sonne und auf das Meer, Terence. Ich freue mich darauf, alte Freunde wiederzusehen. Warum sollte ich nicht glücklich sein?»

Die Aussicht, als eine Art Hausmeister hier allein zu bleiben, bedrückte ihn schon jetzt. Als sie herunterkam, versuchte er noch einmal, sie umzustimmen. Sie hörte ihm nicht einmal zu. Es war, als sei sie schon fort. Ihr Körper mochte noch hier sein, doch ihr Herz und ihre Seele waren schon in der Boeing 747 und flogen gen Westen.

Sie schliefen in dieser Nacht in verschiedenen Zimmern. Er auf der unteren Ebene des ersten Stockwerks. Das Haus hatte lauter versetzte Ebenen und war die Verwirklichung eines abenteuerlichen Architektentraums mit Teakholz, Fußböden aus Schieferplatten, italienischen Keramiken und getöntem Glas. Die Fenster hatten keine Vorhänge, sondern nur Jalousien, überall lagen schwarze langflorige Teppiche, die Sitzmöbel waren aus purpurfarbenem Leder und Chrom. In den beiden Bädern waren die Wannen in den Boden versenkt, und das eine war zu einer Marmorgrotte ausgebaut. Am Fuß der Treppe stand auf der Säule des Treppengeländers eine schwarze weibliche Marmorstatue, die statt eines Gesichts ein Loch im Kopf hatte. Und am Rand der steinernen Einfassung des Wintergartens in der Halle balancierte ein einbeiniger Mann, der sich anschickte, eine Art Teller zu schleudern.

Fünf weitere Häuser, Arbeiten desselben Architekten, bildeten die Enklave von Christchurch Hill. Das einzige, was Terence bisher daran gefiel – sein Geschmack waren Landhäuser aus dem 18. Jahrhundert –, war die Aussicht aus dem «Spielzimmer» im Penthouse. Von dort aus konnte man fast ganz Hampstead Village, East Heath, die Teiche, die Wälder und das Vale of Peace überblicken.

Diese Aussicht bewunderte Terence nicht um ihrer Schönheit willen, und er war auch unempfindlich gegen das Wunder, daß so viele alte Gebäude und unberührte Landschaft erhalten geblieben waren. Für ihn war das, was er sah, nur ein Äquivalent für Reichtum. Für ihn war es eine «reiche» Aussicht, vermutlich die reichste auf den Britischen Inseln. Wenn er darauf hinuntersah, konnte er sich zwar noch nicht sagen, daß er am Ziel, aber daß er ganz gewiß auf dem Weg dorthin war. Welten trennten ihn von der Sozialwohnung seiner Mutter in der Brownswood Common Lane, seinem Zimmer in Holloway, dem möblierten Holzhaus in Rockhampton, in dem er mit vier anderen Typen gewohnt hatte, als er für die Eisenbahn in Queensland gearbeitet hatte. Hier war das Geld zu Hause, alles quoll von Geld über.

«Dir läuft der Speichel aus dem Mund, Lämmchen», hatte Freda vor noch nicht allzulanger Zeit gesagt.

«Was?»

«Du weißt, was das heißt, Lämmchen. Dir läuft das Wasser im Mund zusammen. Immer wenn ich von Geld spreche, fließt dir ein Tropfen Speichel aus dem Mundwinkel. Ehrlich. Ich scherze nicht.»

Hatte sie es deshalb abgelehnt, ihn zu heiraten? Weil er nicht verbergen konnte, wie gern er das Geld hatte? Er konnte nicht anders, er hatte sein Leben lang zu den Benachteiligten gehört. Was wußte sie denn, eine Witwe, die nie gearbeitet und die von ihrem Mann alles bekommen hatte, was er sich wünschte?

Am nächsten Morgen begleitete er sie bis zur Heath Street, um ihr das Taxi zum Flugplatz zu holen. Zu streiten, hatte jetzt wohl keinen Sinn mehr. Er durfte in dem gräßlichen Haus wohnen, und er wollte das Beste daraus machen. Er küßte sie sogar, allerdings nicht auf den Mund, denn den hatte sie sich reichlich mit glänzendem Fuchsienrot geschminkt, das genau auf ihr Reisekostüm abgestimmt war.

Genauso wie er am Abend vorher bis zum letzten Augenblick erwartet hatte, daß sie ihm ein Flugticket überreichte, erwartete er jetzt das nötige Kleingeld, von dem er bis zu ihrer Rückkehr leben konnte. Sie konnte das nicht über einen Anwalt erledigt haben, dann hätte er irgend etwas unterschreiben oder vielleicht mit ihr zur Bank gehen müssen. Aber ein Barscheck, vielleicht sogar Bargeld ...

«Bekommst du noch Arbeitslosengeld, Lämmchen?»

«Nenn mich nicht so, Freda. Nein, Arbeitslosengeld bekomme ich nicht mehr, nur noch Arbeitslosenhilfe. Dreiundzwanzig Pfund fünfzig wöchentlich, wenn du's genau wissen willst.»

«Ach, tatsächlich?» sagte sie. «So viel? Für die Arbeitslosen wird in diesem Land wirklich gut gesorgt, nicht wahr? Ich glaube, die Leute wissen das gar nicht zu schätzen.»

Er sah sie an, sah ihre dunkelrot bemalten Lippen auf- und zuklappen. Dieses Gerede war wirklich unglaublich. Es machte einen total fertig. Was sollte man dazu sagen?

«Ich habe dich nach dem Arbeitslosengeld gefragt, weil ich dir kein Geld gebe», sagte sie. «Die Steuern sind für sechs Monate im voraus bezahlt, Gas, Strom und Telefon werden von meinem Konto abgebucht. Du darfst das Telefon benutzen, soviel du willst, Terence, und du darfst auf keinen Fall frieren, also immer schön einheizen, ja?»

Mit leeren Händen ging er ins Haus zurück. Er hatte sich geirrt, als er es für selbstverständlich hielt, daß sie ihn heiraten werde, weil er zweiundzwanzig Jahre jünger war. Zum Teufel damit, die Aussicht war ohnehin nicht verlockend, das Geld natürlich um so verlockender. Als einmal aus irgendeinem Grund vom nächsten Jahr die Rede gewesen war, hatte er wie nebenbei erwähnt, daß sie dann wahrscheinlich längst verheiratet sein würden. Sie hatte ihm einen sehr merkwürdigen langen Blick zugeworfen, und er hätte schwören können, daß ihr die Tränen in die Augen traten. Er hatte erwartet, daß sie ihm in die Arme fliegen würde. Als sie das nicht tat und nur langsam den Kopf schüttelte, hatte er eine ihrer witzigen Bemerkungen erwartet, die er so unerträglich fand. Doch alles, was sie gesagt hatte, war: «Nein, Schäfchen, das glaube ich nicht. Das wird wohl nie möglich sein.»

Er fühlte sich verraten und verkauft. Kam sich wie ein Fisch auf dem Trockenen vor, der idiotisch nach Luft schnappte. Er hatte zwar das Haus auf dem Hals, aber keine Mittel, um etwas damit anzufangen. Er konnte es sich nicht einmal leisten, eine Party zu geben. Sie bestrafte ihn, das war ihm klar, strafte ihn in ihrer leichten, halb lachenden Art dafür, weil es ihn amüsiert hatte, wenn die Leute sie für seine Mutter hielten, bestrafte ihn für die Stunden, in denen er sie allein gelassen hatte, um mit einem Mädchen herumzuziehen, bestrafte ihn für seine Ungeduld, wenn sie es nicht aushielt, bis drei Uhr morgens wachzubleiben, und bestrafte ihn schließlich dafür, daß er die Brauen hochzog, wenn sie eine Hitzewallung bekam.

Allein im Haus, beschloß er, keine Zeit zu vergeuden. Er beabsichtigte, alles mitgehen zu lassen, was er finden konnte und was ihm brauchbar erschien – jeden Penny, der irgendwo herumlag, jeden Gegenstand, den er verkaufen konnte. Er begann damit, daß er über den schwarzen Teppich – der lockig und glänzend war wie das Fell eines Cocker Spaniels – zu den Bücherregalen hinüberging, die am Ende der oberen Ebene eine ganze Wand einnahmen. Hier bot ein Panoramafenster Ausblick auf einen gepflasterten Platz mit erhabenen Blumenbeeten und großen Steinkrügen, um den die sechs Häuser herumgebaut waren. Terence drehte an dem patronenförmigen Knauf am Ende der Jalousienschnur, bis die Lamellen halb geschlossen waren und er nicht mehr gesehen werden konnte.

Freda kaufte jeden neuen Roman, der irgendwie Aufsehen erregte. Zwischen *Die vertrackte Ehe* von Benet Archdale und dem neuesten Dick Francis stand ein Morris L. West in einem wunderbaren Einband. Terence wußte, daß der Einband tatsächlich ein französisches Wörterbuch enthielt, aus dem in der Mitte der Seiten ein würfelförmiges Loch ausgeschnitten war, ungefähr von *devoir* – Aufgabe – bis zu *mille* – tausend. Es war Fredas Geheimkasse für Notfälle. Als sie einmal nicht gemerkt hatte, daß er sie beobachtete, hatte sie eine Fünfzigpfundnote herausgeholt. Aber als er das Buch jetzt aufschlug, war das Versteck leer. Vergeblich schüttelte er jede einzelne Seite aus.

Er stieg die Stufe hinunter, ging über den Teppich und auf der anderen Seite die Stufe wieder hinauf in die Wohneinheit, wo rotlackierte Balken die spitz zulaufende Decke stützten. Die Fenster waren so schmal, daß sie den Schlitzen glichen, durch die man in alten Schlössern Pfeile abgeschossen hatte. Gegenüber dem auf roten Ziegeln aufgeschütteten Zimmerbeet mit Rizinuspflanzen und Farnen stand Fredas Schreibtisch. Er war bestimmt abgeschlossen und der Schlüssel irgendwo versteckt. Terence machte sich auf die Suche nach dem Schlüssel. Er sah in glänzenden, schwarzen rhombenförmigen Vasen nach, grub in der Erde um die Rizinusölpflanzen und schaute unter dem Teppich nach, der nur bis an die polierte Holzstufe reichte. Ein einziges Mal bisher, während er mit Fredas Vorgängerin zusammenlebte – als Generalprobe für Freda, sozusagen –, hatte er eine Kreditkarte besessen. Sie war jetzt wahrscheinlich abgelaufen. Da Freda seine Rechnungen nicht bezahlen wollte, war die Kreditkarte auch nie erneuert worden. Er hatte sie behalten, weil er gelesen hatte, man könne mit einer Kreditkarte einfache Schlösser öffnen. Schließlich entdeckte er in Fredas Schlafzimmer eine alte Kreditkarte von ihr.

Er durchsuchte ihren Schrank, den Toilettentisch und die Kommodenschubladen, bevor er wieder hinunterging. Er fand kein Geld, und ihr Schmuck lag irgendwo in einem Safe. Würde er den Mut haben, die silbernen Bürsten mit den Schildpattrücken zu verkaufen, die zweifellos dem verschiedenen John Howard Phipps gehört hatten. Darüber wollte er nachdenken, nachdem er ihren Schreibtisch durchsucht hatte.

Es war sehr schwierig, ihn zu öffnen. Der Trick mit der Kreditkarte gelang ihm nicht. Am Ende benutzte er Hammer und Meißel und schlug so lange unbarmherzig auf das Schloß ein, bis er es splittern hörte. Die Rolltür fiel klappernd hinunter. Von Anfang an war er überzeugt, daß er kein Geld finden werde. Er durchsuchte die vier Schubladen und die beiden Fächer. Er fand einzig und allein einen Briefumschlag mit ein paar Münzen, zwei amerikanische Vierteldollar und einen Nickel, 350 Lire und 10 Schweizer Franken. Außerdem lag in der Schublade noch ein Sparbuch, das einmal ein Guthaben von 5000 Pfund ausgewiesen hatte, aber aufgelöst worden war, bevor er Freda kennengelernt hatte. Damals hatte ihr Mann noch gelebt.

Unter dem Sparbuch lag ein Sparbon-Buch der Nationalbank mit einem grünen Pappdeckelumschlag. Es enthielt zwei Sparbons mit je hundert Einheiten, beide vor fünf Jahren für 500 Pfund gekauft und heute, dem Kleingedruckten darauf zufolge, insgesamt 1400 Pfund wert. Der Name des Inhabers stand auf der Rückseite, und daneben lag die Kundenkarte des Inhabers, die seine Unterschrift trug. Der Inhaber war Fredas verstorbener Mann.

Terence hatte noch nie etwas wirklich Kriminelles getan. Er hatte nicht die Nerven, es zum Beispiel mit Ladendiebstählen zu versuchen. Als er Carol Stratford vor ein paar Tagen oben in Brent Cross beobachtet hatte, wie sie den Frisierstab klaute, hatte er ihren Mut und ihre kühle Selbstsicherheit bewundert. Sie hatte das Ding aus dem Regal genommen, in ihren Plastikbeutel gesteckt und war fröhlich aus dem Laden marschiert. Er hatte im Flur auf sie gewartet und geriet in Versuchung, ihr die Hand auf die Schulter zu legen und zu sagen: «Entschuldigen Sie, Madam, aber ...» Doch er hatte nicht das Herz. Er hatte Carol immer gern gehabt, und sie hatte jetzt ohnehin ihr Päckchen zu tragen. Diese Geschichte mit ihrem Jungen ...

Also hatten sie nur bei einer Tasse Kaffee ein bißchen miteinander geschwatzt, weil die Pubs erst eine Stunde später öffneten. Er hatte ihr seine Adresse aufgeschrieben, obwohl er geglaubt hatte, er werde nicht mehr lange hier zu erreichen sein. Damals hatte er noch gedacht, Freda werde ihn mitnehmen. Carol war recht vergnügt. Sie sagte, sie sei anfangs ganz erledigt gewesen, doch jetzt habe sie das Gefühl, daß es Jason gutgehe und er bald wiederkomme.

«Auf einmal wird er wieder da sein wie ein Bumerang», sagte sie.

Carol war es gewesen, die ihm vor zwei oder drei Jahren den Coup in Golders Green vorgeschlagen hatte. Sie war damals schon Witwe, obwohl nicht älter als fünfundzwanzig. Ein paar Wochen bevor Terence sie nach langer Zeit wiedergesehen hatte, war ihr Mann bei einem Verkehrsunfall ums Leben gekommen und hatte sie mit zwei Kindern zurückgelassen.

Carol hatte schon eine Menge leichter krimineller Delikte auf dem Kerbholz. Sie war eine gute Ladendiebin und war nie erwischt worden. Einmal hatte sie es sogar geschafft, unter ihrem Mädchennamen Arbeitslosengeld zu beziehen, und zugleich unter dem Namen ihres Mannes zwei Jobs auf einmal zu haben. Sie hatte immer Ideen, wie sie zu Geld kommen konnte, ohne zu arbeiten, oder irgendein Ding zu drehen, doch die meisten dieser Ideen waren zu phantastisch, um ernst genommen zu werden. Aber diese Sache war anders gewesen. Sie würde sie ja am liebsten selber machen, hatte sie gesagt, nur habe sie leider nicht das richtige Geschlecht.

Er hatte nichts anderes zu tun, als jeden Tag beim Krematorium in Golders Green herumzustehen und die Trauergäste der einzelnen Beerdigungen im Auge zu behalten. Wenn er einen dunklen Anzug trug, würde man ihn auch für einen Trauernden halten. Er mußte sich die Witwen ansehen, bis er eine entdeckte, die seinen Anforderungen entsprach. Sie mußte wohlhabend, nicht zu alt und am besten kinderlos sein. Carol hatte gesagt, er werde schnell begreifen, und sie hatte recht gehabt. Terence trieb sich bei zehn Beerdigungen von Männern herum, und dann fand er seine Beute. Wieder hatte Carol recht gehabt, als sie sagte, daß die Männer fast immer jünger starben als Frauen. Zufällig war er auch zweimal dabei gewesen, als Frauen beerdigt wurden, doch sie waren beide über achtzig gewesen.

Zu dieser Zeit hatte er schon ein gewisses Geschick darin entwikkelt, Reichtum zu erkennen, und Jessica Mason aufs Korn genommen. Sie trug bei der Beerdigung ihres Mannes einen Zobelmantel. Terence stellte sich ihr nach der Feier vor, als sie die Blumenspenden bewunderten. Er sagte, ihr Mann und sein Vater seien früher einmal enge Freunde gewesen. Es waren nur vier andere Leute anwesend, anscheinend war der verschiedene Roy Mason nicht besonders beliebt gewesen. Terence fand heraus, wo Jessica wohnte, und war von der Adresse tief beeindruckt. Eine Woche später rief er an. Ungefähr einen Monat nach Roy Masons Tod lebte Terence schon bei der Witwe in dem nachempfundenen Tudorhaus an der Grenze zwischen Cricklewood und Golders Green.

Mit Jessica war alles in Ordnung. Sie war erst fünfundvierzig und hatte keine Kinder. Sie besaß sogar noch viel mehr Geld, als er vermutete, doch sie war die herrschsüchtigste und anspruchsvollste Frau, die er je gekannt hatte. Als sie erfuhr, daß er sich noch manchmal mit Carol traf, ging sie mit einem Küchenmesser auf ihn los. Sie wollte ihn und dann sich selbst töten. Terence traf sich nicht mehr mit Carol und blieb noch ein paar Monate bei Jessica. In dieser Zeit nutzte er die Barclay-Kreditkarte weidlich aus, die Jessica ihm besorgt hatte, und übte sich nebenbei darin, ihre Unterschrift zu fälschen. Er wurde ein wahrer Experte darin, hatte jedoch nie den Mut, einen Scheck von Jessica mit der gefälschten Unterschrift zu versehen, und sich auf diese Weise Geld zu beschaffen.

Während sie eines Nachmittags die Mutter einer Freundin im Krankenhaus besuchte, verschwand Terence. Er ging einfach und nahm in einem Koffer, der ihr gehörte, alle Kleider mit, die sie ihm gekauft hatte. Auf der Schwelle zögerte er kurz und dachte daran, zurückzugehen und ein paar von ihren Schmuckstücken und auch sonst noch einige Kleinigkeiten mitgehen zu lassen. Wieder ließen ihn seine Nerven im Stich. Er war nicht sehr mutig, und das wußte er. Wann immer er so etwas tat – als er Jessica zum Beispiel die Brieftasche aus der Handtasche geklaut und ihr eingeredet hatte, sie müsse sie in dem Trubel der Untergrundbahnstation am Oxford Circus verloren haben –, war ihm zum Sterben übel und er wachte nachts in kalten Schweiß gebadet auf. Wie alle Briten huldigte Terence der nationalen Überzeugung, daß Entschlossenheit durch blasse Gedanken angekränkelt werden kann. Er ließ Schmuck und die anderen Kleinigkeiten, wo sie waren, und begab sich in sein neues Heim nach Spring Close. Denn inzwischen hatte er, im Zuge neuerlicher Erkundungstätigkeit in Golders Green Freda Phipps kennengelernt, sich bei ihr eingeschmeichelt und auch schon mit ihr geschlafen.

Als er jetzt das Sparbuch ihres verstorbenen Mannes betrachtete, überkam ihn Bitterkeit. Freda hätte die Sparbons sofort einlösen können, nachdem das Testament rechtskräftig geworden war – vermutlich auch schon früher, da es außer ihr keine Erben gab. Es war ihr jedoch nicht der Mühe wert gewesen, sie hatte auch ohne diese 1400 Pfund genug.

Wenn er schon dabei war, konnte er gleich auch die anderen Papiere in den beiden Fächern durchsehen. Im oberen lagen nur Protokolle von Firmenkonferenzen. Warum hatte sie denn die aufgehoben? Im unteren entdeckte er eine Abschrift von John Howards Testament, seine Geburtsurkunde und den Totenschein. Fredas Geburtsurkunde und der Trauschein lagen ebenfalls da, zusammen mit mehreren Versicherungspolicen für Haus und Auto und anderen Dokumenten. Unbrauchbar. Für ihn genauso unnütz wie die Firmenprotokolle.

Er suchte sich ein Blatt Papier und begann John Howard Phipps' Unterschrift zu üben. Er schrieb ein dutzendmal John H. Phipps und versuchte es dann schneller und mit einem feinen Schnörkel. Die Schwierigkeit lag darin, daß er die Unterschrift vor den Augen eines Postbeamten leisten mußte.

Viel später im Lauf dieses Tages setzte er sich, nachdem er im *King of Bohemia* ein Glas getrunken, zum Lunch eine Dose gebakkene Bohnen aufgemacht, ein Spiegelei gebraten und über einen weiteren Versuch in Golders Green nachgedacht hatte, wieder mit der Feder in der Hand an den Schreibtisch. Er mußte diese 1400 Pfund kassieren, es war seine einzige Chance, denn die Idee, Jessica anzurufen und zu ihr zurückzukehren, erschien ihm höchst unrealistisch.

Wie alt war John Phipps gewesen? Freda hatte das Alter ihres verstorbenen Mannes nie erwähnt. In dem grünen Sparbuch war keine Eintragung, die auf das Alter des Inhabers schließen ließ, es sei denn, daß es irgendwo einen codierten Hinweis gab. Es wäre wohl kaum günstig, das Buch bei einem Postamt vorzulegen und zu erfahren, daß der Inhaber fünfundsechzig war. Ihm war klar, daß ihn seine Nerven wieder einmal im Stich ließen.

«Der Jammer mit dir ist, Terence Wand», hatte Carol einmal zu ihm gesagt, «daß du ein weitverbreitetes Leiden hast – keine Courage.»

Aber unter den Papieren hatte er doch irgendwo die Geburtsurkunde des Mannes gesehen. Er zog einen braunen Umschlag heraus, in dem seiner Meinung nach der Geburtsschein stecken mußte, sah jedoch, daß er den falschen erwischt hatte. Er war mit *Eigentumsurkunde über das Haus Spring Close 5, Hampstead* beschriftet.

Terence betrachtete den Umschlag, dann nahm er das Dokument heraus. Die Urkunde, dickes, liniertes pergamentähnliches Papier nannte für dieses Haus, das vor fünf Jahren gekauft worden war, nur einen Eigentümer. Die Urkunde hätte es auch als gemeinsames Eigentum von John Howard und Freda Phipps ausweisen, oder Freda hätte es nach dem Tod ihres Mannes auf ihren Namen ins Grundbuch eintragen lassen können. Nichts von alldem war der Fall. John Howard, obwohl schon gestorben, war noch immer der einzige rechtmäßige Eigentümer.

Die geradezu abenteuerliche Idee, die Terence kam, das ungeheuer Verbrecherische daran, machte ihn krank vor Angst. Winzige Schweißtropfen traten ihm auf die Stirn. Fremde Sparbons zu kassieren, war nichts im Vergleich dazu. Es war unmöglich, er konnte nicht einmal im Traum daran denken, so etwas zu tun – oder doch?

12

Jason saß im Fond des Wagens in James' Kindersitz und drückte das weiße Stoffkaninchen an sich, das Mopsa ihm gekauft hatte. Benet stellte Mopsas Gepäck in den Kofferraum, zu Jasons alter Kinderkarre, die dort lag, seit Mopsa den Jungen gestohlen hatte. Er sah gut und gesund aus, seine Gesichtsfarbe war nicht mehr so rot und sein Gesichtsausdruck lebhafter. Bilde ich es mir nur ein, dachte sie, oder sieht er tatsächlich hübscher aus? Wenn Mopsa fort war, die in ein oder zwei Stunden abflog, und sie auslöffeln mußte, was Mopsa ihr eingebrockt hatte, konnte wenigstens niemand sagen, Jason habe in ihrer Obhut gelitten. Sie konnten ihn nur beglückwünschen, weil er sich so erholt hatte.

«Diesen Tag wird Daddy sich im Kalender rot anstreichen», sagte Mopsa. «So lange waren wir nämlich noch nie getrennt.»

Sie hatte die langen Perioden vergessen, die sie in psychiatrischen Kliniken verbringen mußte. An diesem Morgen war sie ein Musterbeispiel sachlicher Vernunft in ihrem grauen Kostüm, einem roten Schiffonschal um den Hals und vorsichtig aufgetragenem Lippenstift im gleichen Farbton, weil sie nicht zu auffallend aussehen wollte. Benet bezweifelte jedoch, daß ihr Vater über Mopsas verfrühte Rückkehr so erfreut war wie sie sich einbildete. Am Telefon hatte er ziemlich vorwurfsvoll zu Benet gesagt:

«Du hättest deine Mutter doch wirklich einen ganzen Monat bei dir behalten können, wie es ausgemacht war!»

Und Mopsa selbst hatte alles noch schlimmer gemacht, als sie Benet den Hörer aus der Hand genommen und jammernd erklärt hatte, daß es in London nichts gab, was sie hielt, nachdem alle Tests negativ ausgefallen waren. Sie wolle, hatte sie gesagt, nicht so lange bleiben, bis sie nicht mehr gern gesehen sei.

John Archdales Stimme hatte sein ganzes unausgesprochenes Elend verraten. Du hast sie drei Wochen gehabt, hatte er Benet zu verstehen gegeben, ich habe sie ein Leben lang. Ich beklage mich nicht, ich nehme es auf mich, und alles, worum ich gebeten hatte, waren vier kurze Wochen. Mopsa, dachte Benet, wäre unter den gegebenen Umständen kein Stein aus der Krone gefallen, wenn sie dem armen Mann gesagt hätte, sie freue sich darauf, nach Hause zu kommen.

Jetzt, im Wagen, wurde es offensichtlich, daß sie sich wirklich freute. Erstens des Klimas wegen. Die Temperaturen waren in Spanien mindestens zwanzig Grad höher als in England. Die Sonne würde scheinen, und sie würde wieder in ihrem kleinen, gemütlichen Heim schalten und walten, das Benet nur einmal gesehen hatte und anscheinend nicht wiedersehen wollte. Sie schwatzte über die Vorzüge Südspaniens im Winter, wenn die meisten Touristen abgereist waren, über das Ehepaar aus High Wycombe, das sich ebenfalls dort niedergelassen hatte, und mit dem sie Bridge spielten, und über den Strand. Jason hatte sie offenbar vergessen. Seit Tagen hatte sie ihn buchstäblich ignoriert und es Benet überlassen, für ihn zu sorgen. Einmal hatte sie ihn James genannt.

«Sollte James nicht schon längst im Bett sein?»

Die Spitze, immer gezückt, um Benet bei jeder Gelegenheit mit Erinnerungen zu quälen, hatte voll getroffen. Aber Mopsa hatte es nicht mit Absicht gesagt. James als eigenständiger Mensch hatte sie nie interessiert und Jason noch viel weniger. Für sie schienen die beiden ineinander übergegangen, eins geworden zu sein, kleine Jungen, die nie mehr gewesen waren als Geschöpfe eines Stammes mit einer Gruppenseele. Nur noch einmal hatte Benet versucht

Mopsa zu erklären, was sie Jasons wegen unternehmen wollte, aber Mopsa hatte nur mit den Schultern gezuckt.

«Ich bin dann nicht mehr hier. Wozu erzählst du mir das?»

Am Bücher- und Zeitungskiosk in Heathrow stand eine Pyramide von *Die vertrackte Ehe* im Schaufenster. Der Anblick des glänzenden Schutzumschlags mit dem Bild einer Frau, die einen juwelenbesetzten Kopfschmuck trug, erinnerte Benet an das, was sie erwartete, wenn sie Jason zurückbrachte. Mopsa war niemand. Mopsa wäre nur für kurze Zeit – vielleicht einen einzigen Tag lang – ins Licht der Öffentlichkeit gerückt. Aber sie war Benet Archdale, Bestsellerautorin, ein berühmter Name, wenn auch kein berühmtes Gesicht, so doch eine Persönlichkeit. Was immer sie in Zukunft schreiben, tun, erreichen würde, daß sie einmal ein Kind entführt hatte, würde nie in Vergessenheit geraten. Sollte eines Tages jemand ihre Biographie schreiben, würde es auch darin enthalten sein. Man würde dem Fall ein ganzes Kapitel widmen. Die geistige Labilität ihrer Mutter würde ebenso angeführt werden wie die Tatsache, daß Benet Archdale ein Kind gehabt hatte, das mit zwei Jahren gestorben war. Aber sie brauchte gar nicht abzuwarten, bis jemand in ferner Zukunft ihre Biographie schrieb. Ende der Woche schon würde alles in den Zeitungen breitgetreten werden.

Sie kaufte eine Zeitung. Der Fall Jason machte wieder Schlagzeilen auf der Titelseite. Der Artikel am unteren Ende der Seite war zweispaltig: ein weiteres Interview mit Carol Stratford ...

«Du hast Geburtstag!» rief sie Jason zu. «O Jay, du bist heute zwei Jahre alt geworden.»

Sie hatte es sich angewöhnt, ihn Jay zu nennen. Schließlich nannte er sich selbst so. Sie nahm ihn auf den Arm und sah ihm ins Gesicht.

«Wie schrecklich, du hast Geburtstag, und wir lassen ihn sang- und klanglos vorübergehen.»

«Er weiß es nicht», sagte Mopsa. «Er ist noch zu klein, um zu wissen, was ein Geburtstag ist.»

«Ich wünsche dir alles, alles Gute, Jay.»

«Ich habe nächste Woche Geburtstag, und mir ist nicht aufgefallen, daß du deshalb aus dem Häuschen gerätst.»

Mopsa war mürrisch und schmollte. Sie fürchtete sich jetzt vor dem Flug und schluckte Valium mit schwarzem Kaffee. Jason bekam ein Eis, weil er Geburtstag hatte. Benet, die ihn beobachtete, wunderte sich, wie ihre Abneigung gegen ihn allmählich verblaßt war. Aber wie konnte man überhaupt Abneigung gegen ein kleines Kind empfinden, das nicht viel älter war als ein Baby? Würde man ihr vielleicht erlauben, ihn ab und zu zu besuchen, um zu sehen, wie er sich entwickelte? Vielleicht, wenn es ihr gelang, ihnen begreiflich zu machen, wie alles gekommen war, wenn sie nicht zu grob mit ihr umsprangen ...

Der Flug nach Malaga wurde aufgerufen. Obwohl Mopsa nur widerwillig ein Flugzeug bestieg, machte sie sich schon beim ersten Aufruf bereit. Die Maschine flog sonst vielleicht ohne sie ab. Vielleicht bekam sie Schwierigkeiten, weil sie sich verspätet hatte. Schließlich war ihr Ticket erst vor vier Tagen gekauft worden.

Benet begleitete sie so weit sie konnte. Sie verabschiedeten sich an der Paßkontrolle. Mopsa, die sie während der letzten Tag kalt behandelt und ständig herumgenörgelt hatte, umarmte Benet und küßte sie heftig.

«Du weißt gar nicht, wie sehr du mir fehlst, Brigitte. Du bist mein einziges Kind, und es ist bitter, Hunderte von Meilen von dir getrennt zu sein.»

Benet versprach, anzurufen und zu schreiben. Sie erinnerte Mopsa nicht daran, daß sie an der Trennung schuld war, daß sie es war, die unbedingt in Spanien leben wollte. Von Jason verabschiedete sich Mopsa nicht. Sie nahm keine Notiz von ihm. Benet war überrascht, wie sehr sie sich darüber ärgerte, wieviel Verbitterung es in ihr zurückließ. Es ist nur deshalb, weil ich weiß, daß sie James genauso behandelt hätte, dachte sie.

Ich darf meine Mutter nicht hassen ...

Mopsa betrat den Korridor. Das letzte, das Benet von ihr sah, war die Geste, mit der sie ihre Handtasche auf das Förderband des Durchleuchtungsapparates warf.

Da sie wußte, daß Jason Geburtstag hatte – Carol Stratford hatte es der Zeitung mitgeteilt und tief bedauert, daß sie keine Party für ihn geben konnte –, fühlte Benet sich verpflichtet, ihm ein Geschenk zu kaufen. Auch wenn er heute wahrscheinlich den letzten Tag bei ihr war, wollte sie ihm etwas schenken. Er würde es wohl behalten dürfen. Warum auch nicht?

Jason schien keinen besonderen Wunsch zu haben, doch am liebsten hätte er den ganzen Spielwarenladen mitgenommen. Benet erinnerte der Laden lebhaft an das Spielzimmer im Krankenhaus. Ein Teil der Spielsachen dort stammte offenbar von hier. Sie sah sich wieder auf einem niedrigen Kinderstuhl sitzen und darauf warten, daß das Telefon frei wurde und sie Mopsa anrufen konnte. Vor ihr, die ganze Wand einnehmend, der Händebaum ... Damals lebte James noch, und die unzähligen erhobenen Hände schienen um etwas zu flehen, aber um was? Um was?

Sie kaufte ein Schaukelpferd. Es war groß und schön, ein Apfelschimmel. Es sollte am nächsten Morgen ins Vale of Peace geliefert werden, aber Benet wollte nicht, daß Jason darauf warten mußte. Ihr Wagen parkte in der Nähe, und sie nahm es gleich mit. Mit dem in braunes Papier eingeschlagenen Schaukelpferd beladen, überquerte Benet mit Jason die Straße. Sie waren ungefähr in der Mitte des Zebrastreifens, als Benet auf der anderen Straßenseite Ian Raeburn entdeckte. Bei seinem Anblick überkam sie ein sonderbares Gefühl.

Ihr war auf einmal, als habe sie ihn schon immer gekannt – nein, es war mehr als das –, es war, als sei er ein enger Freund oder Verwandter und das unerwartete Wiedersehen mit ihm eine freudige Überraschung. Ihr war, als gehöre er zu den wenigen Menschen, die sie liebten, so daß seine Augen aufleuchten würden, sobald er den Kopf wandte und sie sah. Dieses Gefühl dauerte nicht länger als ein paar Sekunden. Es überkam sie blitzartig und war ein Moment reinen Glücks. Der erste, den sie seit James' Tod erlebte. Und er wurde sofort von Furcht verdrängt. Die einzige Möglichkeit, die ihr blieb, war die, rasch vorüberzugehen und zu hoffen, daß er sie nicht gesehen hatte. Tiefes Bedauern überkam sie. Sie griff nach Jasons Hand und half ihm auf den Gehsteig hinauf.

Ian Raeburn kaufte Obst. Zwei Kiwis und eine Tüte Orangen. Er nahm sein Wechselgeld entgegen, drehte sich um, begegnete ihrem Blick und erkannte sie sofort. Er wundert sich bestimmt, daß ich mit einem Kind an der Hand vor ihm stehe, dachte sie. Ich, die ich mein Kind verloren habe. Die Erklärung, die Mopsa ihr gegeben hatte und die eine Zeitlang glaubwürdig gewesen war, lag sehr nahe.

«Eine Freundin hat ihn mir anvertraut», sagte sie. «Ich habe ihr versprochen, mich um ihn zu kümmern, solange sie verreist ist.»

«Darf ich Ihnen das abnehmen?» fragte er.

Sie überließ ihm das Schaukelpferd, dessen bemalte Hufe aus der Verpackung herausschauten.

«Hilft es Ihnen?» fragte er ruhig.

Er meinte, daß sie Jason versorgen mußte, er meinte, ob es ihr half, einen Jungen um sich zu haben, der etwa im selben Alter war wie James.

«Ich weiß nicht.» Sie überraschte sich mit dieser rückhaltlos ehrlichen Antwort selbst. «Ich weiß es wirklich nicht.» Noch vor einer Woche hätte sie nur «nein, nein, nie!» schreien können.

«Ich habe ein paarmal angerufen, um mich zu erkundigen, wie es Ihnen geht. Ich nehme an, Ihre Mutter hat es Ihnen ausgerichtet.»

Mopsa hatte es nicht ausgerichtet. Doch wenn sie es getan hätte, hätte das auch nichts geändert.

«Meine Mutter ist heute abgereist.»

«Macht es Ihnen nichts aus, allein zu bleiben?»

Sie schüttelte den Kopf. Er hob den Kofferraumdeckel und legte das Schaukelpferd neben die gestohlene Kinderkarre.

Gleich würde er sie fragen, ob er sie wiedersehen dürfe, sie wußte es, sie fühlte es in der Spannung, die zwischen ihnen hing. Aber das war unmöglich, sie hatte keine Zukunft, ihr blieb nichts, nachdem sie Jason zurückgebracht haben würde. Dann würde Ian Raeburn nichts mehr mit ihr zu tun haben wollen. Denn dann war sie verloren, viele Leute würden sie für verrückt halten, so verrückt wie Mopsa.

Sie bückte sich und nahm Jason auf den Arm. Er liebte Abschiede und hatte schon angefangen zu winken und auf Wiedersehen zu sagen.

«Ein großzügiges Geschenk für das Kind einer Freundin», sagte Ian Raeburn und schlug den Kofferraumdeckel zu. «Ist er Ihr Patenkind?»

«Es ist nicht für Weihnachten. Er hat heute Geburtstag.»

Daß sie das gesagt hatte, bereute sie sofort. Es war ihr einfach herausgerutscht. Denn angenommen, auch er hatte den Artikel auf der Titelseite der Zeitung gelesen?

Er sah sie an, in seinem Blick lagen Güte und Verstehen. Und dennoch verstand er nicht. Wie sollte er auch? Er glaubte nur zu verstehen. Man verachtet diejenigen, die behaupten, einen zu verstehen, obwohl ihre Vermutungen weit am Ziel vorbeigehen. Sie verachtete Ian nicht, aber sie wollte fort von ihm. Schroff sagte sie auf Wiedersehen und stieg in den Wagen.

Das Telefon klingelte, als sie das Haus betrat. Es war Antonia, die sie zum Abendessen einlud. Sei es eigentlich schwierig, da, wo sie jetzt wohne, einen Babysitter für James zu bekommen?

Einen Augenblick brachte Benet kein Wort heraus. Dank Mopsas Lügen würden die Leute so mit ihr reden, als sei James noch am Leben. Sie war jedoch nicht imstande, Antonia die Wahrheit zu sagen. Ihre eigene Stimme klang ihr schwach und fremd in den Ohren, als sie erwiderte, nein, sie könne nicht ausgehen, sie kenne hier noch niemanden und habe keine Ahnung, woher man einen Babysitter bekommen könne. Jason kam zu ihr, zog sie am Ärmel und wollte, daß sie das Pferd auspackte. Sie legte auf.

Er kletterte auf das Pferd und begann zu schaukeln. Sie mußte über seinen Gesichtsausdruck lächeln, der großes Entzücken, Staunen und eine Art Lust verriet. Sie begann sich das Gespräch auszumalen, das sich zwischen ihr und dem Polizisten oder mehreren Polizisten entwickeln würde, wenn sie Jason ablieferte. Jede Erklärung, die sie für Mopsas und ihr daraus resultierendes Verhalten geben konnte, kam ihr jetzt verrückt, irrwitzig und – das vor allem – unglaubwürdig vor. Warum hatte sie Jason nicht sofort zurückgebracht, als ihr klar wurde, wer er war? Das würde man sie fragen. Das war eine der Fragen, mit denen sie immer und immer wieder auf sie einhämmern würden. Und sie konnte nur antworten, sie habe so und nicht anders gehandelt, damit Mopsa aufhörte zu schreien. Wenn sie jetzt zurückblickte, verstand sie sich selbst nicht mehr. Vielleicht war nicht nur Mopsa geistig verwirrt gewesen ...

Es gelang ihr nicht, einen einzigen Dialog zwischen ihr und der Polizei zu konstruieren, der nicht damit endete, daß man sie beschuldigte, Jason entführt zu haben. Die Tatsachen, die Beweise sprachen alle gegen sie. Sie kannte das Stadtgebiet, sie hatte früher in Winterside gewohnt. Der Wagen, in dem das Kind entführt worden war, gehörte ihr. Sie hatte vor kurzem ihr Kind verloren. Und mehr als das: Sie hatte – so mußte es wenigstens aussehen – den Tod ihres Kindes allen Freunden und Bekannten verheimlicht.

Benet gab Jason sein Abendessen. Es war ein besonders gutes Essen, weil er ja Geburtstag hatte. Sie setzte sich ihn auf den Schoß und las ihm *Peter Rabbit* von Helen Beatrix Potter vor, obwohl er noch zu klein war, um die Geschichte zu verstehen. Er liebte Bilder.

Schien sie mehr und mit größerer Begeisterung zu lieben als andere Kinder seines Alters. Wenn ich seine Mutter wäre, dachte sie, würde ich glauben, daß er einmal Maler wird – Kunstmaler natürlich.

Seine Mutter ... Diese hübsche, kleine blonde Frau, diese lebendige Puppe. Und der brutale Junge, kaum den Teenagerschuhen entwachsen, mit dem sie lebte. Sie mußten Jason zurückbekommen. Daran gab es keinen Zweifel. Es stand Benet nicht zu, über sie zu Gericht zu sitzen und ein Urteil zu sprechen. Sie konnte nur versuchen dafür zu sorgen, daß Jason nicht mehr geschlagen wurde, wenn sie ihn wiederhatten.

Die blauen Flecke waren fast verschwunden, wie sie feststellte, als sie Jason in die Wanne hob. Nur die Haut, die sich fest über die untersten Rippen spannte, war noch gelblich verfärbt. Das Brandloch würde natürlich nie verschwinden, es würde noch da sein, wenn er ein alter Mann war. Aber sie konnte nicht beweisen, daß es von einer Zigarette stammte. Und die Polizei wird es nicht glauben wollen, dachte sie. Sie wird den zusätzlichen Scherereien aus dem Weg gehen. Denn zusätzliche Scherereien wären unvermeidlich, wenn sie ihr glaubten.

Sie brachte Jason ins Bett und deckte ihn zu. Das weiße Kaninchen war verschwunden, und sie hatten es im ganzen Haus gesucht. Hatte Mopsa es vielleicht aus Versehen eingepackt und nach Spanien mitgenommen. Sie überlegte, biß die Zähne zusammen, öffnete James' Spielschrank, holte James' Tiger heraus und gab ihn Jason. Ihn damit zu sehen, tat weh, aber der Schmerz war zu ertragen. Glücklich und widerspruchslos akzeptierte Jason den Ersatz für sein Kaninchen, steckte sich eines der runden goldbraunen Ohren des kleinen Tigers in den Mund und schlief ein.

Um diese Zeit hätte Jason schon nicht mehr bei ihr sein sollen. Am Tag vorher hatte sie den festen Entschluß gefaßt, ihn um drei Uhr zur Polizei zu bringen. Sie hatte sich sogar eingeredet, sie freue sich darauf. Es würde eine Erleichterung für sie sein, die Sache hinter sich zu bringen, von ihm frei zu sein. Wieder allein zu sein und nur für sich selbst verantwortlich. Sie mußte sich selbst überzeugt haben, daß sie ihre Geschichte akzeptieren, daß sie ihr glauben würden, wenn sie ihnen schilderte, welche Rolle Mopsa dabei gespielt hatte und daß sie fast die Alleinschuldige war. Jetzt mußte aber noch eine Nacht vergehen, bevor sie Jason zurückbringen konnte, und die Tatsache, daß sie es nicht sofort nach Mopsas Abreise getan hatte, sprach sehr stark gegen sie.

Sie stieg die Treppe hinunter, ging im Souterrainzimmer auf und ab, zum erstenmal allein, seit James gestorben war, und wußte plötzlich, daß sie Jason nicht zur Polizei bringen würde. Allein der Gedanke daran – ganz realistisch und ohne Winkelzüge betrachtet – machte sie krank und jagte ihr entsetzliche Angst ein. Es nutzte nichts, sich Gespräche auszudenken und zu überlegen, auf welche Weise sie die Polizei überzeugen konnte. So war die Polizei nicht. Sie ließ sich nicht überzeugen, sie würde ihr nicht glauben. Nach drei Minuten auf dem Polizeirevier, würde man sie zur geisteskranken Kriminellen abgestempelt haben. Und am nächsten Tag würde alles in den Zeitungen stehen, und sie würde, schwarz auf weiß gedruckt, mit der Tatsache von James' Tod konfrontiert.

Sie würde es nicht tun.

Nachdem sie sich zu diesem Entschluß durchgerungen hatte, war sie erleichtert. So erleichtert, daß sie sich ganz schwach und schlapp fühlte. Nein, sie würde Jason nicht zur Polizei bringen. Es würde keine Ausreden, Geständnisse, Erklärungen geben, die arme Mopsa nicht in die Sache hineingezogen werden.

Das bedeutete nicht, daß Jason bei ihr bleiben sollte. Natürlich mußte er seiner Mutter und seiner Familie zurückgegeben werden, und das so bald wie möglich. Benet ging hinauf zum Barschrank und schenkte sich einen doppelten Whisky pur ein – etwas, das bei ihr nur sehr selten vorkam. Seit sie sich von Edward getrennt hatte, war das ihr erstes Glas. Sie setzte sich mit ihrem Drink in den Sessel am Fenster und begann zu überlegen, wie sie Jason am besten zurückbringen konnte. Es mußte eine narrensichere Methode sein, ungefährlich für sie und geheim.

13

Die Fotografien in den Fenstern des Immobilienmaklers zeigten Häuser in jeder erdenklichen Bauart – vom erstklassig erhaltenen georgianischen Haus bis zu modernen Studiohäusern, in denen es keine Türen gab und ein Raum in den anderen überging. Terence sah sich die Bilder und den Begleittext mit Beschreibung und Preisangabe an. Er hatte nicht geahnt, wie teuer die Häuser in Hampstead waren, und ihm wurde ein wenig schwindlig. Aber es war kein unangenehmes Gefühl.

Jetzt mußte er nur noch einen Makler in der Heath Street aufsuchen. Terence schlenderte bis an die Ecke der Church Row und blieb vor dem Schaufenster stehen. Er hatte nicht die Absicht, hineinzugehen. Es war besser, diese Dinge telefonisch zu erledigen. Es war ein aufschlußreicher Vormittag gewesen, doch als er den Hügel wieder hinaufstieg, fragte er sich, ob er sich die Mühe nicht deshalb gemacht hatte, weil sie notwendig war, sondern um den ersten schicksalhaften Schritt noch weiter hinauszuschieben.

Fast eine Woche war verstrichen, seit er den Kaufvertrag und die anderen Urkunden für das Haus Spring Close 5 gefunden hatte. Seither hatte er kaum an etwas anderes gedacht, als an seinen Plan, und falls Freda nicht plötzlich nach Hause kam oder ein Agent oder Anwalt John Phipps zufällig persönlich kannte – oder wußte, daß er tot war – oder die Nachbarn etwas erfuhren – wie sollten sie? – konnte eigentlich nichts schiefgehen. Aber er war innerlich ganz starr vor Angst. Er hatte Angst, weil alles so einfach schien, ein Kinderspiel, sobald es in die Wege geleitet war. Doch so einfach konnte es nicht sein, irgendwo mußte der Haken stecken. Es war unmöglich, daß er so leicht zu – wieviel? – 100000 oder 150000 Pfund kommen konnte.

Jessica und Freda nahmen beide regelmäßig Valium. Jessica nahm jeden Morgen eine, um den Tag überhaupt beginnen zu können. Terence hatte, als er ging, eine Hunderterpackung in eine Mülltonne geworfen.

«Sie sind billiger als Alkohol», pflegte Freda zu sagen. Sie hatte ihm fast zweihundert dagelassen. Er war reichlich versorgt, und trotz allem, was die Ärzte und Apotheker behaupteten, schienen sie nicht abhängig zu machen. Er nahm zwei mit einem Glas Wasser und fügte, nachdem er kurz überlegt hatte, einen Schuß von Fredas Chivas Regal hinzu. Er schüttelte sich, als er ihn trank, denn er hatte sich noch nie viel aus Alkohol gemacht.

Der Immobilienmakler, den er ausgesucht hatte, meldete sich sofort, als er anrief, und er wurde an einen Mr. Sawyer weitergereicht. Mr. Sawyers Akzent ähnelte stark dem seinen. In Nord-London geboren und in die Schule gegangen, äfften sie, wenn sie daran dachten, die Ausdrucksweise der Fernsehsprecher nach. Terence hatte sich den ersten Satz immer wieder laut vorgesagt. Er hatte sich sogar dabei ertappt, daß er ihn im Schlaf murmelte. Jetzt war es soweit, jetzt mußte er die Feuerprobe bestehen.

«Ich möchte gern mein Haus verkaufen», sagte er.

Die Summe, die Sawyer ihm als Verhandlungsbasis nannte, waren 140000 Pfund, oder im Jargon der Immobilienmakler 139995.

«Wann würde es Ihnen passen, daß wir zum Ausmessen kommen, Mr. Phipps?»

«Zum Ausmessen?»

«Ja. Wir messen die Räume aus, um in unseren Verkaufsinformationen genaue Angaben machen zu können. Und ein Foto hätten wir auch gern. Ich kenne das Objekt natürlich. Ein sehr schöner Besitz.»

«Wie wär's, wenn Sie gleich heute nachmittag kämen?»

«Wunderbar. Um drei? Halb vier?»

Sie einigten sich auf drei Uhr. Bring es so schnell wie möglich hinter dich, dachte Terence. Er hatte über Fredas Nachbarn noch nie viel nachgedacht. Wenn er zum Beispiel um zwei Uhr morgens Fredas Wagen in die Garage fuhr und den Motor noch einmal laut aufheulen ließ, wenn er ausstieg und die Tür zuknallte, schienen die Nachbarn für ihn nicht zu existieren. Er blickte aus dem mittleren der schießschartenähnlichen Fenster hinaus. Eine magere, verbraucht aussehende Frau pflanzte etwas um den Stamm des Trompetenbaums herum, der in der Mitte des Hofes stand. Sie schien eine von der neugierigen Sorte zu sein, aber was sollte er dagegen tun? Angenommen, sie oder jemand anders sah, daß Sawyer das Haus fotografierte. Und immer vorausgesetzt, daß sie wußten, wer Sawyer war, würde die- oder derjenige einfach annehmen, daß Freda das Haus verkaufen wollte. Vielleicht wußten die Leute nicht einmal, daß sie verreist war.

Die einzige Gefahr lag darin, daß jemand hörte, wie Sawyer ihn Phipps nannte. Das durfte nicht passieren, darauf mußte er achten. Nachdem der erste Schritt getan war, war er längst nicht mehr so nervös. Was hatte er schließlich schon getan? Er hatte sich zu nichts verpflichtet, er konnte sich noch immer zurückziehen, es sich anders überlegen. Und falls doch jemand hörte, daß Sawyer ihn Phipps nannte – er konnte ja ohne weiteres ein Kusin des verstorbenen John Howard sein. Ein viel jüngerer Kusin. John Howard war mit einundfünfzig Jahren gestorben, wie Terence dem Totenschein entnommen hatte.

Sawyer kam pünktlich, sogar zwei Minuten zu früh. Bevor er vor der Haustür noch ein großes Trara machen und lauthals verkünden konnte, wie bezaubernd und geschmackvoll die kleine Enklave doch sei, holte Terence ihn schnell ins Haus, indem er sagte, Sawyer solle bitte schnell die Tür schließen, da er glaube, er habe sich erkältet.

«Der Markt», sagte Sawyer, mit dem Maßband auf den Knien liegend, «ist sozusagen moribund.»

Es klang wie ein Wort, das er eben erst gelernt hatte. Terence glaubte, es heiße, die Geschäfte gingen gut oder etwas ähnliches. Der Nachmittag kam ihm irgendwie unwirklich vor.

«Stadthäuser», fuhr Sawyer fort, «sind im Augenblick nur schwer zu verkaufen, aber ein Besitz wie dieser unterliegt natürlich eigenen Gesetzen. Ihn als Stadthaus zu beschreiben, würde auch einen völlig falschen Eindruck vermitteln. Der Verkauf muß sehr sorgfältig in die Wege geleitet werden. Ich werde mir da etwas überlegen müssen. Darf ich fragen, ob Sie schon etwas anderes haben?»

«Wie bitte?»

«Ich meine, ob Sie dabei sind, sich etwas Neues zu kaufen?»

«Darüber brauchen Sie sich keine Sorgen zu machen. Ich gehe ins Ausland. Und ich möchte, daß es schnell geht mit dem Verkauf. Ich habe keine Lust, noch lange hier herumzusitzen.»

Er fragte Sawyer, ob er etwas dagegen habe, allein hinauszugehen, lief dann in den ersten Stock hinauf und beobachtete ihn beim Fotografieren. Soweit er es beurteilen konnte, sah außer ihm selbst niemand zu. Sawyer steckte die Kamera ein und schlenderte unter dem Torbogen hindurch, der in die älteren kopfsteingepflasterten Regionen von Hampstead führte.

Terence erwartete nicht, daß sich in den nächsten Wochen etwas tun würde. Doch als er zwei Tage später Mut faßte, um in die Heath Row zu gehen und festzustellen, ob das Foto schon im Fenster von Steiner & Wildwood auslag und was er empfand, wenn es tatsächlich da war, rief Sawyer an und sagte, Mr. und Mrs. Pym würden sich das Haus gern ansehen. Sei es Mr. Phipps recht, wenn sie in etwa einer Stunde kämen?

Freda hatte die Hausarbeit selbst erledigt. Sie sagte, erstens habe sie dann etwas zu tun, und zweitens möge sie keine Putzfrauen im Haus. In einer gewissen Beziehung war Terence froh darüber. Eine Putzfrau hätte sich bestimmt lebhaft für alles interessiert, was er tat, hätte geklatscht, vielleicht sogar Briefe nach Martinique geschrieben. Aber irgendwie hatte er es für selbstverständlich gehalten, daß das Haus sauber war und wie durch Zauberkraft sauber blieb. Seit fast vierzehn Tagen hatte es kein Staubtuch mehr gesehen und war nicht gerade blitzblank. Aber es war zu spät, um sich darüber den Kopf zu zerbrechen. Terence nahm zwei Valium und empfing die Pyms heiter und gelassen.

Sie blieben nicht lange. Als sie feststellten, daß der Garten ungefähr so groß war wie das kleinste Schlafzimmer, verloren sie das Interesse. Aber es war ein Anfang. Terence holte den Staubsauger heraus, fand ein paar Staubtücher und machte sauber. Er holte ein Spinngewebe von einem der roten Balken herunter und polierte den Diskuswerfer. Es war das allererste Mal, daß er sich als Hausmann betätigte, doch er fand es nicht schwierig. Ich könnte mir damit sogar meinen Lebensunterhalt verdienen, wenn alles andere schiefgeht, dachte er.

Das Foto, das Sawyer gemacht hatte, lag nicht bei Steiner & Wildwood im Schaufenster. Wahrscheinlich hatten sie es zu den Maßen und den anderen Unterlagen getan, die sie den Kaufinteressenten vorlegten. Es beruhigte ihn. Er wäre sich irgendwie preisgegeben vorgekommen, wenn das Foto im Fenster gewesen wäre und jeder Vorübergehende es gesehen hätte.

Seit Freda abgereist war, lebte er wie ein Einsiedler. An diesem Abend brach er aus und ging in eine Kneipe, *Smithy's* in Maida Vale, wo er hin und wieder mit Jessica gewesen war, und wo man die ganze Nacht trinken konnte. Im *Smithy's* las er ein Mädchen namens Teresa auf, dem er sagte, er heiße John Phipps. Er nahm ein Taxi, und Teresa fuhr mit ihm nach Hause. Sie war tief beeindruckt, ja, sogar überwältigt und sagte immer wieder, nach einem solchen Haus habe er wirklich nicht ausgesehen. Sie lagen am nächsten Vormittag noch im Bett, als Sawyer anrief. Eine Mrs. Goldschmidt wollte sich um zwei Uhr das Haus ansehen.

Da blieb ihm Zeit genug, Teresa loszuwerden. Er ertappte sie dabei, daß sie sich Fredas Telefonnummer aufschrieb, die auf der Wählscheibe stand, doch es schien ihm nicht wichtig. Sobald sie aus dem Weg war, schluckte er zwei Valium und um halb zwei eine dritte. Mrs. Goldschmidt verspätete sich, und als sie klingelte, hatte er sie schon fast aufgegeben. Er zwang sich, ganz langsam zur Tür zu gehen, um zur Abwechslung sie warten zu lassen.

Sie war eine ungewöhnlich gut aussehende Frau, derselbe Typ wie Carol Stratford, aber zwischen ihr und Carol war ein so großer Unterschied in Klasse und Stil wie – laut Sawyer – zwischen dem durchschnittlichen Stadthaus und Spring Close 5. Sie hatte sehr kurzes, zurückgekämmtes blondes Haar, ihre Haut war leicht gebräunt und hatte einen gesunden Schimmer, und ihr Mund glich dem Fruchtfleisch einer reifen Erdbeere. Sie trug einen hellgrauen Wildledermantel, gelbe Lederstiefel und einen langen gelben Schal. Frauen wie sie stiegen nie vor den Stufen eines Krematoriums aus einem Daimler.

Er hatte keine Erfahrung im Kauf oder Verkauf von Häusern, doch Instinkt oder Telepathie sagten ihm, daß sie das Haus haben wollte. Sie sprach nicht viel, während er sie von Zimmer zu Zimmer führte, sie sagte überhaupt kaum etwas, aber sie ließ sich viel Zeit, sie war sehr gründlich und nickte manchmal zufrieden vor sich hin.

Als sie fertig war, war es halb vier. Um diese Zeit konnte man niemandem einen Drink anbieten, und er hatte keine Lust, ihr eine Tasse Tee zu machen. Tee paßte nicht zum Image von Spring Close 5. In gewisser Weise war es ein Jammer, daß ihr das Haus gefiel, denn das setzte einen Schlußpunkt hinter die Idee, sie mit Hilfe dieses Images näher kennenzulernen.

Sie hatte eine monotone, zombie-ähnliche Stimme, die Terence sehr anziehend fand. «Ich möchte, daß mein Mann es sich ansieht.»

«Wunderbar. Jederzeit.»

«Ich sage bei Steiner Bescheid, wann wir kommen.»

Trotz des Valiums mußte Terence seine Nerven beruhigen. Er holte den Staubsauger heraus und bearbeitete die flauschigen Teppiche noch einmal gründlich, damit alles tipptopp aussah, wenn Goldschmidt kam. Danach übte er eine Stunde lang John Howards Unterschrift. Seine Hand war sicher und ruhig, er atmete tief. Er durchsuchte noch einmal den Schreibtisch und fand zwei alte Scheckbücher mit den Scheckabschnitten. Eins enthielt noch einen einzelnen ungebrauchten Scheck. John Howard war ganz plötzlich an einem Herzinfarkt gestorben. Es war schon merkwürdig, wenn man bedachte, daß er keine Ahnung gehabt hatte, daß Scheck Nr. 655 399 nie benutzt werden oder 655 398 – an die North Thames Gas über einen Betrag von fünfundneunzig Pfund dreiundvierzig – der letzte war, den er je ausstellen sollte. Sechs Tage später hatte er einen Termin in Golders Green gehabt...

Derartige fatalistische Überlegungen sahen Terence eigentlich nicht ähnlich, und er schob sie auch bald beiseite. Fredas Mann hatte sein Konto bei der Barclay-Bank in der High Street von Hampstead gehabt, und mehr hatte er nicht wissen wollen. Er wollte nur in Erfahrung bringen, welche Zweigstelle welcher Bank er meiden mußte.

Goldschmidt kam am nächsten Tag und am übernächsten noch einmal. Er war fett, dunkel und kahlköpfig und trug eine starke Brille mit einer wuchtigen Fassung. Seine Frau trug ein schwarzes Lederkostüm mit einem Nerzschal, den sie sich locker um den Hals geschlungen hatte.

«Das ist mein Traumhaus», sagte sie mit der Stimme eines Menschen, der eben aus dem Koma erwacht ist.

«Darf ich Ihnen mein Angebot nennen?»

Terence sagte, wie von Sawyer instruiert: «Diese Dinge müssen Sie mit Steiner & Wildwood erledigen.»

Schon nach einer knappen Stunde rief Sawyer an. Terence stellte fest, daß er fast keine Stimme hatte, ein häufiges Symptom bei ihm, wenn er nervös war.

«Noch immer erkältet, Mr. Phipps?»

Terence krächzte etwas, das wie eine Bestätigung klang.

«Mr. Goldschmidt bietet Ihnen 130 000 Pfund für das Haus.»

Das war akzeptabel, und Terence wäre einverstanden gewesen. Sawyer riet ihm dennoch zu handeln. Vierundzwanzig Stunden verstrichen, und Terence traute sich nicht aus dem Haus, weil er Angst hatte, Sawyer könnte inzwischen anrufen. Außerdem war ihm ständig übel, und er ahnte, daß die Kälte – es war bitterkalt geworden – ihm so zusetzte, daß er tatsächlich krank werden würde. Er war in Fredas Bad, als das Telefon klingelte, und er sprang aus der Wanne und stürzte an den Apparat, wobei er sich nicht einmal die Zeit nahm, sich in ein Badetuch zu wickeln. Der Hörer rutschte ihm fast aus der nassen Hand.

«Das erscheint mir ein Kompromiß, den beide Parteien akzeptieren können, finden Sie nicht, Mr. Phipps?»

Terence nickte. Dann fiel ihm ein, daß Sawyer ihn nicht sehen konnte, und er setzte das Nicken in ein abgehackt gekrächztes «Ja. Klar. Fein. Gut. Ja» um.

Es sah so aus, als habe er Freda Phipps' Haus für 132950 Pfund verkauft oder sei auf dem besten Weg, es für diesen Preis zu verkaufen.

14

Es regnete, obwohl es kalt genug war, um zu schneien. Ein eisiger Wind pfiff durch die Straßen. Barry, der die Samstagseinkäufe erledigte, sah Maureen mit einem dünnen Buch unter dem Arm die Stufen der öffentlichen Bibliothek herunterkommen. Sie trug schwarze Gummistiefel und ihren langen bräunlichen Regenmantel. Sie blieb auf den Stufen stehen, um einen großen schwarzen Regenschirm aufzuspannen, der vermutlich Ivan gehörte.

Barry hatte sie einmal allein erwischen wollen und folgte ihr in den Supermarkt. Sie hatte den Regenschirm und das Bibliotheksbuch (*Fortgeschrittene Do-It-Yourself-Methoden für den Heimwerker*) in ihren Einkaufswagen gelegt. Als sie Barry sah, veränderte sich ihr Gesichtsausdruck genausowenig wie beim Anblick einer Pyramide aus Dosenfutter für Hunde.

«Ich habe gehört, daß du der Polizei bei den Ermittlungen hilfst», sagte sie und im selben Tonfall: «Reich mir eins von den Flash-Paketen runter. Ich kann's nicht erreichen.»

«Hast du Zeit für einen Kaffee, Maureen? Oder für einen Drink?»

Sie kratzte sich am Nasenflügel. «Wozu?»

«Ich möchte dich etwas fragen und hab mir gedacht, wir könnten uns irgendwohin setzen ...»

«Ich wasche die Wände in unserem Wohnzimmer ab und wollte mir nur einen Schwamm besorgen.»

«Das macht nichts», sagte Barry, der wußte, daß sie damit sagen wollte, sie sei für ein Lokal nicht richtig angezogen.

Nebeneinander gingen sie zur Kasse. Wie ein Paar mit Kinderwagen, das zur Baby-Klinik unterwegs ist, dachte Barry. Ihm fiel ein, daß Carol gesagt hatte, Maureen sei kein menschliches Wesen. Irgendwie fiel es ihm dadurch leichter, mit ihr über Dinge zu sprechen, die nur allzu menschlich waren. Er sagte rasch und ohne Umschweife:

«Weißt du, wer Jasons Vater ist, Maureen?»

«Wer was ist?»

Er wiederholte die Frage, erklärte und unterbrach sich dann, weil das Mädchen an der Kasse mithören konnte. Maureen trottete über den Gehsteig und las die Gebrauchsanweisung auf dem Flash-Paket. Barry hielt den Regenschirm über sie beide. Er versuchte es noch einmal.

«Es hat mich nachdenklich gemacht, weißt du? Ich meine, vielleicht hängt sie noch an Jasons Vater, empfindet Jasons wegen vielleicht etwas ganz Besonderes für ihn.»

Maureen sah nicht auf, befaßte sich weiterhin mit der grünen Druckschrift. «Sie hatte viele Kerle. Da gab's einen, der in einem Strandbuggy rumkurvte und den Typen aus der Autoreparaturwerkstatt drei oder vier Häuser die Straße runter, und dann war da noch ein Schwarzer. Ich und Ivan waren entsetzt. Ach ja, und noch einen Kerl gab's, einen gewissen Sowieso Wand, Terry Wand. Mutter war mit seiner Mutter befreundet, sie wohnt auf'm Brownswood Common.» Maureen sah Barry zum erstenmal an, seit sie den Laden verlassen hatten. «Ich war nie mit einem anderen als mit Ivan zusammen», sagte sie. «Das würd ich nie tun. Ich begreife nicht, wozu das gut sein soll. Aber das zeigt wieder mal, wie verschieden Schwestern sein können. Kann ich den Beutel haben, in dem du deine Butter hast? Wenn das Zeug hier naß wird, gibt's eine schöne Schweinerei.»

Er verabschiedete sich auf der Brücke von ihr. Eigentlich war sie sehr glücklich. Sie hatte, was sie wollte. Sie und Ivan sprachen kaum miteinander. Wenn er nicht bei der Arbeit war und sie nicht im Haus herumwirtschaftete, saßen sie Hand in Hand vor dem Fernseher. Sie würden nie Kinder haben, sich nie trennen, umziehen, auf Urlaub fahren, sich mit anderen Leuten anfreunden, eifersüchtig sein, leiden. Eines Tages würden sie aufwachen, feststellen, daß sie sechzig waren und nichts sich verändert hatte. Fast beneidete er sie um dieses Leben.

Terence Wand war der einzige Name, an den Maureen sich erinnerte. Nach allem, was sie über ihn erzählt hatte, schienen Carol und er von Kind an befreundet gewesen zu sein. Die anderen Männer – nun, Maureen hatte keine Beweise, sie und Ivan vermuteten nur. Kein Wunder, daß die Männer hinter Carol her gewesen waren. Männer würden immer hinter Carol her sein. Mit Terence Wand war es anders, er war eine Ausnahme. Barry spürte intuitiv, daß er Jasons Vater war. Vater zu sein, verlieh einem eine gewisse Würde, machte einen gewichtiger. Man wurde nicht so schnell vergessen. Es war der Name von Jasons Vater, an den Maureen sich erinnert hatte.

Carol hatte angefangen, am Samstag zu arbeiten. Ohne Mittagspause und den ganzen Abend. Das hatte sie bisher nie getan, doch gleich nachdem sie wieder anfing, hatte Kostas sie gefragt, ob sie auch am Samstag arbeiten würde, und sie war einverstanden gewesen. Das Haus duftete nach ihrem Parfum, das sie neuerdings immer nahm – ein schweres, nach Moschus riechendes französisches Eau de Toilette, das, wie Barry wußte, zwölf Pfund die Flasche kostete. Es war ihr Geld, sie verdiente es und hatte das Recht, es auszugeben wie sie wollte. Barry hätte keinen Gedanken daran verschwendet, wenn er sicher gewesen wäre, daß sie sich das Parfum selbst gekauft hatte.

Er packte die Einkäufe aus, legte die Sachen in den Kühlschrank und begann sich dann mit Gedanken zu beschäftigen, die ihn immer wieder heimsuchten, wenn er allein im Haus war. Er bildete sich ein, Jason sei noch hier, daß nichts wirklich geschehen sei, was sich in den letzten Wochen ereignet hatte, und dann drehte er sich rasch um und sah Jason auf der Schwelle stehen. Es fiel ihm nicht schwer, das Gesicht des kleinen Jungen gewissermaßen heraufzubeschwören, er wußte noch ganz genau, wie er aussah. Jason hatte ein ungewöhnliches Gesicht, überhaupt kein Babygesicht und Carol gar nicht ähnlich. Es war wirklich komisch und fast eine Ironie, daß Carol, die mit achtundzwanzig noch ein Babygesicht hatte, einen Jungen zur Welt bringen konnte, der mit zwei Jahren, wenn auch nicht das Gesicht eines Erwachsenen so doch eines hatte, das für sein Alter irgendwie fertig und sehr reif wirkte.

Das bedeutete, daß er so aussehen mußte wie sein Vater. Er war keinem von den Knapwells ähnlich, die Barry kannte, und auch nicht seinen Halbgeschwistern. Barry war plötzlich fest davon überzeugt, daß er Jasons Vater erkennen würde, wenn er ihn sah. In diesem Fall war bestimmt keine Blutuntersuchung nötig, man würde es auf den ersten Blick erkennen. Barry stellte sich einen großen, kräftigen Mann mit blondem Haar, scharfen Zügen und einer hellen Haut vor, die nie bräunte, sondern in der Sonne nur rot wurde. Seine Augen waren dunkler als die von Carol, mit mehr Grün darin.

Barry wanderte ins Wohnzimmer und fragte sich, was er mit dem restlichen Tag anfangen sollte. Er konnte am Abend natürlich zu Kostas gehen. Aber ein paar Stunden mit Dennis Gordon zu verbringen, der nur zwei Themen kannte, Geld und seine Heldentaten, war keine besonders angenehme Vorstellung. Dennis Gordon behandelte Barry, als glaube er wirklich daran, daß er Carols Untermieter sei – oder eben ein Junge, der gelegentlich kleinere Arbeiten für sie verrichtete und dafür bei ihr wohnen durfte. Er war verrückt nach Carol, das war unverkennbar, aber er war auf Barry nicht eifersüchtig. Dazu nahm er ihn nicht ernst genug.

Ein Polizeiauto hielt vor dem Haus. Die Spicers kamen mit zwei Wäschesäcken aus dem Waschsalon, und im selben Moment stieg Leatham aus dem Wagen. Barry schloß kurz die Augen. Er hätte wissen müssen, wie er den Rest des Tages verbringen würde.

Sie hatten Jasons Leiche gefunden. Sie sagten es ihm, als sei es wahr, endgültig, als gebe es keine Zweifel. Trotzdem verlangten sie von ihm, daß er das Ding identifiziere, das sie in Finchley in einem Garten ausgegraben hatten.

Zuerst brachten sie ihn aufs Revier. Chief Superintendent Treddick war da und schlug einen wissenden Ton an, als wolle er sagen, Barry sei sehr schlau, er verstehe und bewundere ihn sogar. Barry müsse jedoch begreifen, daß die Polizei noch schlauer sei. Er sprach, als sei Barry ein überführter Mörder, und deutete durch die Blume an, daß die Polizei sehr freundlich und nachsichtig mit ihm sein werde, wenn er nur gestand – wenn er sich Zeit ließ und alles gestand, auch die geringste Einzelheit. Leatham war schroffer und unfreundlicher. Sein rötliches Gesicht, die Hakennase und das wellige gelbe Haar brachten Barry wieder auf das, woran er gedacht hatte, nachdem er vom Einkaufen zurückgekommen war. Vom Typ her hätte Leatham Jasons Vater sein können, aber er war nicht hübsch genug.

Der Hausbesitzer in Finchley hatte in seinem Garten ein Loch gegraben, um einen Baum zu pflanzen. In einer Tiefe von etwa sechzig bis neunzig Zentimetern war er auf ein faulendes Bündel gestoßen. Er wohnte erst seit einer Woche hier, vorher hatte das Haus ein halbes Jahr leer gestanden. Haus und Garten waren ungefähr hundert Meter – einen Steinwurf weit, sagte Treddick – von dem Gebäude entfernt, in dem Ken und Barry das Büro täfelten.

«Wir arbeiten erst seit einer Woche dort», sagte Barry.

«Vor sechs Wochen waren Sie dort, um sich den Raum anzusehen, weil Sie einen Kostenvoranschlag einreichen sollten», sagte Treddick.

Aber Barry war nicht dort gewesen. Die Kostenvoranschläge machte immer Ken. Barry bemühte sich, es ihnen zu erklären, aber es schien wirkungslos von ihnen abzuprallen. Ihnen genügte die Tatsache, daß er das Viertel vom Hörensagen kannte.

«Ich war nie dort», protestierte er. «Ich habe nie mit Ken darüber gesprochen. Sie könnten genausogut behaupten, ich hätte mir die Straße auf dem Stadtplan gesucht.»

«Vielleicht haben Sie das getan», sagte Leatham.

Sie waren unlogisch, gingen an die Dinge nicht mit Vernunft heran. Das bereitete ihm größeres Unbehagen als die Beweise, die sie ihrer Meinung nach gegen ihn hatten. Sie fragten ihn nach der Straße, in der das tote Kind gefunden worden war, wollten wissen, was er und Ken in der Lunchpause machten, wo sie aßen, wie er nach Finchley kam, mit welchem Verkehrsmittel, und dann gingen sie mit ihm ins Leichenschauhaus.

Bis dahin hatte er nicht gewußt, daß dieses Gebäude das Leichenschauhaus war. Sein Leben lang war es für ihn nur eine rote Backsteinmauer mit hoch angesetzten Fenstern gewesen, hinter denen man weiße Fliesen sah. Sie führten ihn durch eine Eingangstür mit einer auf Hochglanz polierten Messingklinke. Das Bild dieses glänzenden Stück Messings prägte sich seinem Gedächtnis unauslöschlich ein, und er zuckte von da an immer zusammen, wenn er irgendwo schön poliertes Messing sah. Im Haus roch es sehr scharf, nicht nach Tod und Verwesung, sondern nach einem Desinfektionsmittel, doch wenn Barry später etwas Ähnliches roch, brachte er es sofort mit dem Tod in Verbindung.

Seiner Meinung nach benahm er sich im Leichenschauhaus so, als habe er es tatsächlich getan, als habe er Jason wirklich ermordet. Sie schlugen das Tuch zurück, und Barry sah das Gesicht. Die Kehle schien ihm in den Rachen zu rutschen, verkrampfte sich, würgte ihn. Er schlug die Hände vor die Augen und taumelte zurück. Jemand mußte ihn aufgefangen haben. Er wußte nichts mehr und kam erst wieder zu sich, als er, den Kopf zwischen den Knien, auf einem Stuhl saß.

Wenn sie versuchen sollten, Carol zu zwingen, das schreckliche Ding unter dem Tuch zu identifizieren, werde ich wirklich zum Mörder, dachte er. Dann bring ich sie alle um. Dann wären aber sie selber schuld. Doch sie holten nicht Carol, sie ließen Maureen kommen. Er sah, wie sie sie hineinbrachten, ausdrucksloses Gesicht, das Haar unter einem Kopftuch versteckt, und er sah sie genauso ruhig und gelassen wieder herauskommen. Sie fuhren ihn in die Summerskill Road zurück. Zwei Reporter waren bei Carol, die aus der Wein-Bar nach Hause geholt worden war. Aber vorher mußte er wieder unzählige Fragen über sich ergehen lassen – dieselben ermüdenden Fragen. Wie gut kannte er diesen Teil von Finchley? Wie oft war er dort gewesen. Im Vorgarten des Hauses, in dem die Kinderleiche gefunden worden war, hatte monatelang eine Tafel des Immobilienmaklers gestanden. Die Seitenpforte hatte, aus den Angeln gehoben, am Zaun gelehnt. An dem Tag, an dem Jason verschwunden war, hatte Barry in Wood Green gearbeitet, nicht wahr? Es war nicht schwierig, mit dem Bus von Wood Green nach Finchley zu kommen. Er hätte Jason in den Rudyard Gardens abholen, nach Finchley mitnehmen, umbringen und im Garten begraben können und wäre trotzdem noch pünktlich um fünf in Highgate gewesen . . .

In dieser Nacht konnten Carol und er nur schlafen, weil sie beide betrunken waren. Sie hatten erst gar nicht zu Wein gegriffen, sondern zusammen eine Flasche Gin geleert. Barry wachte mit rasenden Kopfschmerzen auf, sein Mund war trocken und pelzig. Carols Gesicht auf dem Kissen war jung, porzellanrosa und weiß und schweißfeucht. Er ließ sie schlafen und holte eine Sonntagszeitung. Er wollte wissen, was sie über ihn schrieben, und ob schon feststand, wer das tote Kind war.

Mr. Mahmud im Papiergeschäft war immer ein bißchen zurückhaltend, und seine Tochter lebte in einer eigenen Welt, daher fiel es Barry kaum auf, daß sich der Zeitungshändler nicht bedankte, weil er den richtigen Betrag für den *Sunday Mirror* und den *Express* auf den Zahlteller legte und keinen großen Schein wechseln ließ. Die pakistanische Familie war bekannt für die Schweigsamkeit, mit der sie ihre Kunden bediente. Aber als er den Laden verließ, traf Barry zwei Mädchen, die diesen Ruf durchaus nicht hatten. Stephanie Isadoro und ein Mädchen, das – wie er glaubte – Diane Fowler hieß, die Schwester von Blauhaar, überquerten den Platz, in Regenmänteln, mit hochhackigen Sandalen an den Füßen, Arm in Arm. Barry hatte die Schlagzeilen gelesen, so erleichtert, weil es nichts Neues gab, daß er es sogar fertigbrachte, sich von dem großen, schönen Foto von Carol ablenken zu lassen, das der *Mirror* auf der Titelseite brachte. Doch jetzt blickte er auf und sagte zu den beiden Mädchen hallo.

Diese Mädchen kicherten gewöhnlich ununterbrochen. Karen hatte Barry sogar einmal erzählt, daß Stephanie in ihn verknallt sei. Falls das je zugetroffen haben sollte, war sie jetzt jedenfalls drüber weg, denn sie wandte betont den Kopf ab und schaute auf die andere Seite. Und Diana tat es ihr nach. Irgendwie war es schon komisch, er hatte oft gedacht, die meisten dieser Leute könnten nicht lesen, aber die Zeitung lasen sie, und vor allem hatten sie gelesen, daß er der Polizei bei den Ermittlungen half.

Carol stand erst zum Lunch auf. Das Telefon klingelte ein paarmal, doch die Anrufer mußten sich immer verwählt haben, denn wenn er sich meldete, wurde sofort wieder aufgelegt. Es sei denn, dachte er, daß jemand Carol zu erreichen versucht, der mit mir nicht reden möchte, jemand, der nicht will, daß ich von seinen Anrufen erfahre. Und dieser jemand war natürlich ein Mann. Er räumte die Küche auf, spülte die Gläser vom Abend vorher und die Tassen und Untertassen ab, aus denen die Reporter Tee getrunken hatten. Dann trug er den Müllsack zur Abfalltonne neben der Hintertür.

Es war kalt aber trocken, kälter jedoch als am Morgen. Ihm fiel auf, wie grün Winterside Down war, all die kleinen Gartenrechtecke, die Rasenflächen, Böschungen und Abhänge. Es war ein leuchtendes, hartes, grelles Grün ohne Bäume. Es war ein Grün, das den Augen weh tat. Mrs. Spicer stellte Schüsseln mit einer dampfenden, breiartigen Masse in die Kaninchenställe. Sie drehte sich um, lächelte Barry zu, sagte guten Morgen und daß es heute besser sei als gestern, nicht wahr, kälter zwar aber wenigstens trokken. Er war ihr ganz unvernünftig dankbar dafür, daß sie mit ihm sprach, ihn freundlich begrüßt hatte. Er hätte sie küssen können.

Carol sagte, sie ertrage es nicht, noch einen Abend mit ihm allein zu sein, sie drehe durch. Sie badete lange und genußvoll mit Avocado- und Pfirsichbadeöl im Wasser und einer Kräutermaske auf Gesicht und Hals. In dem schwarzweißen Kleid und Mrs. Fylemons abgelegtem Fuchsmantel aus synthetischem Pelz – nach dem Motto: Schönheit ohne Grausamkeit – war sie wieder die alte Carol, seine Liebste, seine Kindfrau und Mutter dreier Kinder. Sie hatten Tanya und Ryan seit Jasons Verschwinden nicht mehr gesehen. Aber daran wollte Barry nicht denken, er schob es beiseite, seine Probleme waren auch so groß genug. Er und Carol wollten sich mit Iris und Jerry im *Bulldog* treffen, doch als sie eben gehen wollten, klingelte das Telefon. Diesmal ging Carol an den Apparat. Barry wartete schon an der Haustür. Sie war ins Wohnzimmer zurückgegangen, um das Gespräch entgegenzunehmen, und nachdem sie «hallo» und dann weniger unpersönlich «oh, hi», gesagt hatte, zog sie die Wohnzimmertür zu. Sie schloß sich mit dem Telefon ein und ließ ihn allein in der Diele stehen. Er hatte plötzlich das Gefühl, in die tiefste Einsamkeit zu stürzen, die er je erlebt hatte. Er begann zu frieren. Carol telefonierte nur ein paar Minuten, höchstens drei. Sie kam heraus, nahm seinen Arm und sagte, es sei Alkmini gewesen.

Iris und Jerry saßen mit einem Paar an einem Ecktisch, das, wie sie erklärten, ein Stück weiter unten in ihrer Straße wohnte. Barry dachte sofort an die Mutter von Terence Wand. Ob sie das vielleicht war? Iris stellte nie jemanden vor. Sie setzte voraus, daß man die Leute kannte. Carol wußte, wer die Frau war, sie nannte sie Dorothy. Barry studierte das sechzigjährige, schlaffe Gesicht mit der auffallenden Kriegsbemalung, den kühn geschminkten Mund, das mit Henna gefärbte graue Haar und suchte nach einer Ähnlichkeit mit Jason. Sie schien ihm möglicherweise in der Nase und in den Augen vorhanden, die jetzt blaß, aber früher einmal vielleicht kornblumenblau gewesen waren. Er zerbrach sich den Kopf, wie er herausfinden konnte, wer sie war, als sie und ihr Mann oder Freund oder was immer er war, ganz plötzlich aufstanden und sagten, sie müßten gehen. Barry war ziemlich enttäuscht. Erst später ging ihm auf, daß die beiden einen Blick gewechselt hatten und so brüsk aufgestanden waren, nachdem Iris ihn zum erstenmal an diesem Abend mit seinem Vornamen angesprochen hatte.

Eine Locke um den Finger wickelnd, sah Carol sich in der Salon-Bar um. Sie war ein großer, höhlenartiger Raum mit geätzten

Scheiben aus der Zeit König Edwards, rotem Plüsch und einer Decke, deren Stukkatur vom Nikotin dunkelbraun verfärbt war. Jerry saß stumm und vom Gin benebelt da, das Gesicht bläulich verfärbt. Die klauenartige Hand auf Barrys Arm legend, wies Iris mit einer bezeichnenden Kopfbewegung zu ihren im Abmarsch begriffenen Nachbarn hinüber.

«Mach dir nichts draus, Barry. Manche Leute werden nun mal ein bißchen komisch, wenn sie mit jemandem zusammentreffen, der mit der Polizei zu tun hat.»

Das ihr eigene selbstgefällige halbe Lächeln umspielte ihren Mund. Es war das Lächeln einer dicken Frau im Gesicht einer dünnen. Iris steckte sich zwei Zigaretten zwischen die lächelnden Lippen, zündete sie an und reichte eine an Carol weiter.

Auf dem Heimweg nahm Barry Carols Arm, zog ihn durch den seinen und fragte, ob Dorothy mit Familiennamen Wand hieß. Carol war geistesabwesend, aber das wunderte ihn nicht. Er fragte sie noch einmal und sah ihr diesmal ins Gesicht dabei, obwohl er das in Winterside Down bei Dunkelheit nur ungern tat. Das gelbe, farbverzehrende Licht meinte es auch mit dem hübschesten Gesicht nicht gut. Es verwandelte Gesichter in Totenschädel und ließ die Augenhöhlen leer erscheinen.

«Was hast du gesagt?» fragte sie.

«Ich dachte, daß sie vielleicht eine Mrs. Wand ist.»

«Ist sie nicht, sie ist eine Mrs. Bailey. Wieso bist du plötzlich so neugierig?»

Der einzeln stehende Hochhausblock, der die Siedlung beherrschte, war vom Erdgeschoß bis unter das Dach beleuchtet. Er sah aus wie ein Schornstein voller Löcher, durch die Flammen schlugen. Sie gingen über den Bevan Square, wo Wiedehopf und Schwarze Schönheit, Nasenring und ein paar Mädchen mit schwarzen Lippen und Fingernägeln – oder Lippen und Fingernägeln, die in diesem Licht schwarz wirkten – vor dem türkischen Imbißlokal standen und Pommes frites aßen. Wiedehopf sagte etwas, als Carol und Barry vorübergingen, aber er sagte es nicht laut, und das einzige, was Barry auffing, war das Wort «Frau».

«Sie wissen's eben nicht besser», sagte Carol laut genug, daß sie es hören konnten. «Damit muß man sich abfinden, wenn man hier lebt, mit ungebildetem Abschaum und Pöbel, wie die zwei es sind.» Sie zitterte am ganzen Körper, und Barry war von einem geradezu leidenschaftlichen Stolz erfüllt, weil sie seinetwegen so zornig war. Leise, nur für ihn bestimmt, fuhr sie fort: «Ich würde alles tun, um hier rauszukommen. Ich hasse dieses Loch. Manchmal glaube ich, daß ich hierbleiben muß, bis ich alt bin, bis ich sterbe.»

«Carol», antwortete er, «Carol – ein Jahr oder zwei, gib mir nur ein Jahr oder zwei. Ich werde Geld verdienen. So viel, daß wir die Anzahlung für ein Haus leisten können ...»

Sie wandte das Gesicht ab. «Du könntest es auch nur mühsam zusammenkratzen, nicht wahr?» erwiderte sie rauh, aber nicht unfreundlich. «Ich will ans große Geld, ich hab's satt, zu knausern und zu sparen. Mit meinem Mann hätte ich eine Chance gehabt, aber er mußte natürlich sterben.»

«Ich bin noch jung. Ich kann genausoviel verdienen wie Dave. Laß uns heiraten, Carol. Wenn du ‹mein Mann› sagst, möchte ich damit gemeint sein.»

«Wie kann ich heiraten?» fragte sie. «Ich kann nicht heiraten, solange wir nicht wissen, ob Jason lebt oder tot ist.»

Ihre Stimme klang aufrichtig, aber Barry hatte das Gefühl, daß sie etwas ganz anderes sagte, daß hinter diesem Vorwand etwas viel Schwerwiegenderes steckte.

Die Polizei erschien am nächsten Morgen und teilte Carol mit, daß es sich bei dem toten Kind nicht um Jason handle, das stehe einwandfrei fest. Carol antwortete nicht, zuckte nur gleichgültig mit den Schultern. Sie hatten sie gerade noch erreicht, bevor sie zu Mrs. Fylemon aufbrach. Es war ihr erster Arbeitstag nach Mrs. Fylemons Rückkehr aus Tunesien. Der Detective Sergeant sagte, der Junge, dessen Leiche man gefunden habe, sei nicht zwei, sondern fast drei Jahre alt gewesen, und an Hand seines Schädels habe man festgestellt, daß er einem negriden Rassekreis angehört habe. Außerdem war er seit mindestens sechs Wochen tot, eine Tatsache, die Barry nicht überraschte, wenn er an das Gesicht dachte.

Er hatte das unvernünftige Verlangen – unvernünftig nur deshalb, weil er wußte, sie würden nicht einmal im Traum daran denken, es zu tun –, die Polizei zu bitten, in ganz Winterside Down Plakate und Transparente mit der Aufschrift «Barry Mahon ist unschuldig» anzubringen. Vielleicht sollten sie mit einem Lautsprecherwagen umherfahren, wie vor den Wahlen, und laut verkünden, daß er es nicht getan hatte, daß er entlastet war. Seine Phantasie ging mit ihm durch, das wußte er. Ohne ein Wort gesagt zu haben, sah Barry dem Sergeant nach, als er wieder ging.

Es war ja auch egal. Stock und Stein, bricht mein Gebein, aber Worte tun nicht weh. Das hatte ihm seine Mutter beigebracht, als er noch klein war und man ihn auf dem Schulhof verspottet hatte. Er hatte es nie vergessen. Es war nicht wichtig, daß eine alte Schachtel mit gefärbtem Haar im Pub nicht mit ihm an einem Tisch sitzen wollte, oder daß Wiedehopf ihm nachrief, gewisse Leute würden es nicht wagen, sich draußen sehen zu lassen, wenn sie sich nicht hinter dem Rockzipfel einer Frau verstecken konnten. Barry war inzwischen sicher, daß es dem Sinn nach genau das gewesen war, was er gestern abend hinter ihm und Carol hergesagt hatte.

Aber als er mit Carol zur Bushaltestelle ging, konnte er an nichts anderes denken, obwohl heute morgen niemand da war, vor dem sie ihn «beschützen» mußte. Auf dem Pfad zur Chinesischen Brücke trafen sie nur den Alten mit dem Sherlock Holmes-Hut, der an den meisten regnerischen Morgen unter einem grünen Regenschirm am Kanal saß und angelte. Barrys Bus kam als erster. Er wollte nicht nach Finchley, er wollte nie wieder dorthin. Außerdem kam er ohnehin schon Stunden zu spät.

Den Bus nach Wood Green nehmen und dann in einen anderen umsteigen. Was für ein kurioser Zufall führte den Doppeldeckerbus mit der Aufschrift Anfänger an dieser Haltestelle vorbei? Kein Bus, der nach oder durch Hampstead fuhr, nahm diese Strecke. Dieser aber, auf einer Übungsfahrt, hatte vorn das Schild «Hampstead». Barry erinnerte sich an den Zettel mit der Adresse, der aus Carols Tasche gefallen war. Spring Close 5, Hampstead. Terence Wand. Auf dem Zettel hatte Terry gestanden, aber Barry wollte nicht als Terry an ihn denken, das klang seinem eigenen Namen viel zu ähnlich, rückte es in dieselbe Namensklasse. Terence. Terence Wand, der in Hampstead unter einer vornehmen Adresse lebte, durch Welten von Winterside Down getrennt, das Carol «dieses Loch» nannte.

Barry stieg in den nächsten Bus, suchte sich einen Platz auf dem Oberdeck und musterte alle Männer, wobei er nach einem ganz bestimmten Typ Ausschau hielt. Er saß auf dem Vordersitz und betrachtete die Männer auf der Straße. Es schienen ihm um diese Zeit mehr unterwegs zu sein, als noch vor ein paar Jahren. Das lag natürlich an der Arbeitslosigkeit. Barry wollte nicht an Arbeitslosigkeit denken, dabei lief es ihm eiskalt den Rücken hinunter.

Viele dieser Männer waren Schwarze, Inder oder irischer Abstammung wie er. Letzteres erkannte er instinktiv: dunkel, mit wilden Gesichtern und einem Licht in den Augen. Einige waren blond und hatten scharfe Gesichtszüge, aber keiner sah wie ein erwachsener Jason aus. Um seinen Seelenfrieden wiederzufinden – und wenn nicht den Frieden, dann wenigstens Erleichterung –, würde er nach Hampstead fahren, Spring Close suchen und sich Terence Wand ansehen müssen. Ein vager Gedanke zuerst, doch er nahm immer festere Formen an.

15

Benet hatte ein merkwürdiges Gefühl, als sie in der Zeitung von dem Leichenfund in Finchley las. Wenn sie das Kind als Jason identifizierten, brauchte sie ihn nicht zurückzugeben. Aber in ihrer Hypothese waren zwei schwerwiegende Fehler: erstens konnte die Kindesleiche nicht Jason sein, weil Jason ein oder zwei Meter von ihr entfernt sein Schaukelpferd mit Zuckerstückchen fütterte; zweitens war nichts verhängnisvoller für sie und nichts für ihre Arbeit und ihr Leben schlechter als das Gefühl, sie sei verpflichtet, Jason zu behalten. Doch auf eine sehr seltsame Weise hatte sie sich darüber gefreut, daß die Leiche gefunden worden war. Sie verachtete sich zwar dafür, aber es war dennoch so. Es war entsetzlich und unrecht, so zu empfinden, denn der kleine Leichnam war einmal ein Kind gewesen, ein Kind, das man ermordet oder zu Tode gequält und dann in einem schmutzigen Vorstadtgarten verscharrt hatte.

Ebenso wie sie sich fast darüber gefreut hatte, als man den Leichnam gefunden hatte, war sie auf eine unklare und vernunftwidrige Weise enttäuscht, als er als Martin M'Boa identifiziert wurde, ein nigerianisches Kind, das seit mehr als drei Monaten vermißt wurde. Das brachte Benet zu einem Problem zurück, das sie auf die lange Bank geschoben hatte, solange Zweifel an der Identität des Kindes bestanden – sie mußte einen Entschluß fassen. Obwohl schon eine Woche vergangen war, seit sie sich dafür entschieden hatte, Jason heimlich zurückzubringen, war ihr noch immer nicht eingefallen, wie sie es anstellen sollte. Jason hatte neuerdings die Gewohnheit, nachts wach zu werden, nur ein einziges Mal aufzuwachen und nach ihr zu rufen. Als er das erste Mal «Mami» rief, hatte sie Entsetzen verspürt, denn als seine Stimme sie weckte, war er einen Herzschlag lang James gewesen. Sie hatte nicht zu ihm hineingehen, hatte statt James nicht ihn sehen wollen. Aber sie war gegangen. Es war nicht seine Schuld, er war nicht verantwortlich für das, was geschehen war, und er nannte sie nur so, wie er jede junge Frau nennen würde, die für ihn sorgte. Nachdem sie ihn beruhigt hatte, lag sie lange wach und dachte über sich und über das nach, was mit ihr geschehen war. Mopsa war natürlich verrückt. Aber war sie durch den Schock und den Kummer nicht auch ein bißchen verrückt gewesen, weil sie Jason so lange behalten hatte, obwohl sie wußte wer er war? Aber jetzt dachte sie klar und vernünftig, sie schrieb sogar wieder, und die Arbeit ging ihr gut von der Hand, nachdem sie Jason ins Bett gebracht hatte. Aber es war zu spät. Ihre Vernunft war zu spät zurückgekehrt. Sie mußte Jason zurückbringen, das stand fest. Aber die Ideen, wie sie das bewerkstelligen sollte, waren alle so verrückt, daß sie von Mopsa stammen konnten: sie wollte Jason wieder auf die Mauer setzen, von der Mopsa ihn fortgeholt hatte; wollte ihn in einem überfüllten Kaufhaus einer Verkäuferin übergeben und erklären, er müsse im Gewühl der Weihnachtseinkäufer seine Mutter verloren haben; wollte ihn auf der Straße einfach dem ersten besten Polizisten in die Arme drücken und davonrennen wie ein Hase. Mopsa-Ideen, eine wie die andere. Wenn es ihr gelungen wäre, Mopsa zu überreden, Jason zurückzubringen, hätte sie sich so etwas ausgedacht. Es waren Ideen, für die ihre wiedererwachte Vernunft nur Verachtung übrig hatte.

Mopsa hatte nicht mehr mit Benet gesprochen, seit sie wieder in Marbella war. Ihr Vater hatte sie angerufen, um ihr zu sagen, daß Mopsa gut angekommen sei, einen angenehmen Flug gehabt habe, bester Laune sei und ununterbrochen von ihrem Besuch in London rede. Benet fragte sich, ob Mopsa sich etwas ausgedacht hatte, um ihm Jasons Anwesenheit im Haus zu erklären. Falls sie ihn überhaupt erwähnt hatte. Sie mußte etwas gesagt haben, denn ganz zum Schluß, bevor er auflegte, fragte John Archdale: «Wie geht's dem Jungen?»

Benet begriff erst ein paar Stunden später, daß er James gemeint hat.

Sie brauchte einen Menschen, dem sie sich anvertrauen konnte. Merkwürdigerweise hatte Mopsa auf unbefriedigende und unzulängliche Weise diese Rolle ausgefüllt. Inmitten dieser übervölkerten Stadt wurde sich Benet ihrer Isolierung bewußt, einer Einsamkeit, die sie sich selbst geschaffen hatte und die sie aufrechterhalten mußte, bis Jason wieder fort war. Seit Antonias Anruf hatte das Telefon nur noch ein einziges Mal geklingelt. Ian Raeburn hatte sie zum Essen eingeladen.

Benet wäre sehr gern mitgegangen. Daß sie so schroff zu ihm gewesen war, daß sie ihn so kalt behandelt hatte, als sie ihn mit Jason und dem Schaukelpferd auf der Straße traf, bekümmerte sie und nagte seither an ihr. Ohne Jason, in einem Restaurant und später allein, konnte sie ihn besser kennenlernen. Sie war überrascht, wie sehr sie sich das wünschte. Aber sie durfte Jason nicht allein lassen, und es gab auch niemanden, den sie bitten konnte, ihn zu hüten. Alle Leute, die ihr einfielen, waren früher Babysitter bei James gewesen. Sie mußte Ian sagen, sie habe am Abend schon etwas anderes vor.

«Dann ein andermal?» fragte er. «Wie wär's mit nächster Woche?»

«O ja, bitte!» sagte Benet wie ein Kind, dem man etwas versprochen hatte. Nie vorher hatte sie so mit einem Mann gesprochen.

Jetzt war die nächste Woche da, und sie wartete darauf, daß er anrief. Wenn er anrief, war sie gezwungen, wegen Jason etwas zu unternehmen. Um drei Uhr morgens wach im Bett zu liegen und darüber nachzudenken, kam ihr durchaus vernünftig vor. Wenn sie sich zum Beispiel für Donnerstag abend mit Ian zum Essen verabredete, hieße das, daß sie Jason am Mittwoch loswerden mußte. Als sie Jason am nächsten Morgen anzog, ihm sein Frühstück gab und mit ihm über den vor ihnen liegenden Tag sprach, empfand sie jedoch ganz anders. Ihr Verantwortungsgefühl kehrte zurück, ihre Sorge um Jasons Wohlergehen und seinen Status als menschliches Wesen, den man respektieren mußte. Dennoch wartete sie auf Ians Anruf wie ein junges Mädchen, das zum erstenmal auf einen Freund wartete. Ständig bildete sie sich ein, sie höre das Telefon klingeln, obwohl es gar nicht geklingelt hatte. Und als sie eines Tages feststellte, daß der Hörer seit Stunden neben dem Apparat lag, weil Jason damit gespielt hatte, mußte sie sich große Mühe geben, um ihren Ärger zu unterdrücken.

An diesem Nachmittag riß sie eine weitere Schranke nieder und schloß James' Spielschrank auf, damit Jason das Telefon in Ruhe ließ.

Methodisch wie ein Erwachsener holte Jason die Spielsachen heraus und untersuchte sie. Ein Malkasten, den James nie benutzt hatte, weil er noch viel zu klein gewesen war, interessierte Jason sehr, obwohl er nicht wissen konnte, was oder wozu die Farben in den kleinen, viereckigen Schalen dienten. Vielleicht liebte er Farben einfach. Es war für Benet interessant zu beobachten, wie groß seine manuelle Geschicklichkeit war. Er ließ nur selten etwas fallen, aß sauber und ordentlich. Jetzt nahm er einen Pinsel heraus, fuhr mit der Spitze seines linken Zeigefingers über das weiche Kamelhaar. Dann sah er mit seinem breiten und strahlenden Lächeln zu ihr auf. Eine Weile später entdeckte er das Xylophon mit der Regenbogenoktave. Es waren die Farben, das Spektrum und das Gold, die ihn faszinierten. James, erinnerte sie sich mit einem schmerzlichen Gefühl, hatte die Töne der Tonleiter hören wollen, das hatte ihm Spaß gemacht. Aber nach einiger Zeit griff auch Jason zu einem Holzstab und spielte langsam und nachdenklich ein *do-re-mi-fa-so-la-si-do* ...

Die Haustürklingel unterbrach sie. Benet hörte, wie die Gartenpforte zufiel, hörte Schritte auf dem kurzen gefliesten Weg, dann wieder die Klingel. Sie sprang auf und ging zum Fenster. Noch nie war jemand an die Haustür gekommen. Die Polizei hätte keine Hemmungen, dachte sie, und ihr Mund wurde trocken.

Um sechs Uhr war es schon dunkel. Die Straßenbeleuchtung im Vale of Peace war anheimelnd und altmodisch, wie überall in Hampstead. Benet schaute durch die Schlitze der Jalousie hinaus. Kein Polizeiwagen, überhaupt kein fremder Wagen. Nur ihr eigener und die ihrer Nachbarn, die immer hier parkten. Dann fiel ihr ein, daß der Besucher möglicherweise Ian war. Vielleicht wohnte er in der Nähe. Ihr kam gar nicht zu Bewußtsein, daß man aus dem Vale ja nur in die dunkle, unbewohnte Heide gelangte. Und hätte er nicht vorher angerufen? Nun ja, schließlich hatte Jason das Telefon stundenlang blockiert.

Es klingelte wieder, lange und anhaltend diesmal. Benet lief hinauf. Die ganze Zeit dachte sie: Hoffentlich ist er es, hoffentlich ist er es! Bei einer Tasse Tee mit ihm und Jason in ihrem warmen Souterrainzimmer zu sitzen und zu schwatzen, war das schönste, das sie sich vorstellen konnte. O bitte, hoffentlich ist er es ...

Sie knipste das Licht in der Halle an und öffnete die Haustür. Es war nicht die Polizei, und es war nicht Ian.

Es war Edward.

Die Anwaltsfirma, die von Terence beauftragt wurde, seine Interessen wahrzunehmen, arbeitete in Cricklewood. Er sah den Namen in vergoldeten Lettern an einer Fensterreihe über den Büros einer Baugesellschaft. Cricklewood erschien ihm sicherer als Hampstead. Er nahm die Dokumente mit. Inzwischen hatte er sich daran gewöhnt, Mr. Phipps genannt zu werden, und er verspürte auch keine Angst mehr, etwas unterschreiben zu müssen, weil er John Howards Unterschrift jeden Tag geübt hatte.

Terence war auf eine Unmenge von Fragen gefaßt, aber der Anwalt wollte nur den Namen des Immobilienmaklers wissen. Er schien überrascht, als Terence ihm die Eigentumsurkunde vorlegte.

«Wir werden darauf drängen, daß der Kaufvertrag schnell unterschrieben wird und gleichzeitig zehn Prozent der Kaufsumme hinterlegt werden», erklärte der Anwalt.

Als Terence die Treppe hinunterging, dachte er über das nach, was der Anwalt gesagt hatte. 13295 Pfund. Wenn er die Nerven verlor, wenn ihm die ganze Sache über den Kopf wuchs, konnte er sich mit diesem Geld aus dem Staub machen. Konnte ganz einfach die Fliege machen. Der Gedanke war tröstlich, und sein rebellierender Magen kam zur Ruhe. Als er nach Hause kam, lag ein Brief für ihn auf der Matte. Es war einer der wenigen Briefe, die er bekommen hatte, seit er in Spring Close wohnte, der erste, seit Freda abgereist war.

Er erkannte ihre Schrift auf dem Umschlag.

«Lieber Terry» – eigentlich hätte er erwartet, daß sie «liebstes Schäfchen» schrieb, obwohl er noch nie einen Brief von ihr bekommen hatte. Die Anrede schien ihm unheilverkündend. Er las schnell, weil er fürchtete, sie könnte zurückkommen. Doch diese Gefahr bestand nicht. Sie schrieb zwar nicht viel über das, was sie tat, aber immer wieder kam der Name Anthony darin vor. Am Ende dann eine kurze Erklärung, wer Anthony war: «... ein alter Freund, den ich schon vor meiner Ehe kannte. Wir hatten uns jedoch im Lauf der Jahre aus den Augen verloren. Er hat hier ein Haus ...» Terence verstand endlich. Deshalb war sie allein gefahren. Dieser Anthony hatte ihr geschrieben, sie vielleicht sogar eingeladen. Irgendein alter, reicher Mann. Geld will zu Geld, dachte er. Wahrscheinlich würde sie Anthony heiraten.

Er ärgerte sich über den Brief. Wie es ihm ging, war ihr offensichtlich gleichgültig. Sie schrieb ihm tatsächlich so, als sei er ihr Hausmeister. «Die Heizung müßte noch vor Weihnachten überholt werden. Ruf bitte die zuständige Firma an und verabrede einen Termin. Ich habe einen Wartungsvertrag, also brauchst Du Dir wegen der Kosten keine Sorgen zu machen ...» Gleichzeitig freute er sich über den Brief. Sie kam nicht zurück und konnte nicht herumschnüffeln. Wenn er nur die Nerven behielt, cool blieb, dann brauchte er auch nicht bei Nacht und Nebel mit dreizehntausend Pfund flitzen und konnte in aller Ruhe abwarten, bis er das Zehnfache bekam.

Er rief Steiner & Wildwood an und nannte Sawyer den Namen seines Anwalts. Im Lauf des Gesprächs erwähnte Sawyer, daß Steiner & Wildwood drei Prozent Provision bekamen. Er hatte es Terence schon zu Beginn ihrer Geschäftsbeziehungen gesagt, aber es war ärgerlich, daran erinnert zu werden. Eine angenehmere Nachricht war, daß Mr. und Mrs. Goldschmidt nicht erst ihr Haus verkaufen mußten, um die Kaufsumme für Spring Close 5 aufbringen zu können.

«Ein glücklicher Umstand», sagte Sawyer, «es ist nämlich kein Kettenverkauf.»

«Kein Kettenverkauf?»

«Nun ja, das heißt, daß Mr. und Mrs. Goldschmidt nicht darauf angewiesen sind, zuerst ihren jetzigen Besitz an jemanden zu verkaufen, der wiederum zuerst an jemanden verkaufen muß, der ebenfalls ... Und so weiter und so fort.»

«Ich verstehe. Das ist großartig. Ausgezeichnet.»

Es schien Terence ein Grund zum Feiern. Er erwog ernsthaft, auch John Howards Sparbons zu Geld zu machen. Er zweifelte nicht daran, daß er die Unterschrift inzwischen perfekt nachahmen konnte. Und er brauchte sie ja nur auf einem Auszahlungsschein zu fälschen. Er hatte entdeckt, daß er nicht einmal selbst auf dem Postamt erscheinen mußte. Aber waren 1400 Pfund auch nur das geringste Risiko wert? Wie wäre ihm hinterher wohl sein Leben lang zumute, wenn er für etwas mehr als ein Hundertstel die 150 000 Pfund aufs Spiel gesetzt und verloren hätte?

Nein, für den Augenblick mußte er sich mit dem begnügen, was ihm der Staat in seiner Großmut zukommen ließ. Er rief Teresa an und ging mit ihr ins Kino. Sie gingen ins *Screen on the Hill* und waren kurz nach zehn wieder in Spring Close. Terence hatte zum erstenmal Fredas Wagen benutzt. Es war höchste Zeit, daß er wieder gefahren wurde. Die Batterie war fast leer, und Terence mußte ihr lange gut zureden, bevor der Motor ansprang. Weil er den Wagen wieder in der Garage geparkt hatte, betraten Teresa und er das Haus durch den Hintereingang.

Teresa fragte, ob sie baden dürfe. Fredas Bad erinnerte sie an ein Foto, das sie in der Zeitschrift *Heim und Garten* gesehen hatte, als sie beim Zahnarzt wartete, um sich den Zahnstein entfernen zu lassen. Terence ging ins Schlafzimmer, um die Jalousie herunterzulassen. Sie war aus schwarzer Seide mit einem chinesischen Gemälde darauf. Es war weder Schüchternheit noch Prüderie, die ihn davon abhielten, vorher Licht zu machen, sondern eine natürliche Abneigung dagegen, die Aufmerksamkeit der Nachbarn auf sich zu ziehen. Wenn sie einen nackten Mann und ein nacktes Mädchen in Fredas Schlafzimmer sähen, hieße das selbstverständlich nicht, daß sie sofort Steiner & Wildwood informieren würden, aber man würde über ihn reden, und das schien ihm zum gegenwärtigen Zeitpunkt absolut nicht wünschenswert, wie Sawyer es ausdrücken würde.

Unter dem Torbogen, durch den man zu den sechs Häusern von Spring Close gelangte, stand ein Mann. Terence sah ihn im Licht der nachempfundenen Kutschenlaternen auf den beiden Torpfosten. Es war ein junger, ein sehr junger Mann, fast noch ein Jugendlicher, wie Zeitungen und Fernsehen diese Altersgruppe nannten. Im Licht der Laternen erkannte Terence, daß er dunkelhaarig war, ein gutaussehender Ire, sehr schlank und schlaksig, mit schmalen Hüften. Er trug Jeans, eine Lederjacke und einen Pulli mit einem hohen Polokragen. Terence fand, daß er angezogen war wie ein junger Kriminalbeamter, der für einen herumlungernden Jungen gehalten werden wollte.

Terence bekam so starkes Herzklopfen, daß er das Gefühl hatte, regelmäßig einen Schlag gegen die Rippen zu bekommen. Kein Zweifel, der junge Mann beobachtete dieses Haus. Terence ging allen Schwierigkeiten am liebsten aus dem Weg und konnte sich sehr schnell einreden, daß schwarz weiß und die Dinge genau andersherum waren. Diesmal kam er jedoch nicht darum herum, eindeutig festzustellen, daß sich der Mann unter dem Torbogen ausschließlich für Spring Close 5 interessierte. Ihre Blicke trafen sich, aber Terence wußte, daß der Mann ihn nicht sehen konnte, denn er hatte schon selbst ab und zu im Dunkeln unter dem Torbogen gestanden und herübergeschaut.

Was machte der Kerl dort? Hatte die Polizei irgendwie erfahren, was er vorhatte? Dieser Anwalt, dachte er, und der Schweiß brach ihm aus allen Poren. Wahrscheinlich war der Anwalt ein Freund von John Howard Phipps gewesen. Terence tappte zum Nachttisch hinüber und schluckte zwei Valium. Er hörte Teresa im Bad planschen. Warum sollte die Polizei das Haus beobachten? Wenn sie etwas wüßte, würde sie ihn doch wohl gleich festnehmen?

Vielleicht war der Mann dort draußen genau deswegen hier, glaubte aber, es sei noch niemand zu Hause. Doch das würde er, Terence, bald wissen, er mußte es erfahren. Was hatte er schon getan? Er würde sagen, er sei Fredas Vetter, und sie habe ihn gebeten, in ihrer Abwesenheit das Haus zu verkaufen. Und wenn sie Freda fragten, würde sie ihn in diesem Stadium nicht verraten. Sie würde ihn vielleicht hassen, nie wieder ein Wort mit ihm sprechen, aber sie würde ihn nicht der Polizei verraten. Er holte tief Atem, knipste das Deckenlicht an und zog sofort die Jalousie herunter.

Vom Duft von Fredas «Opium»-Badeöl umweht, kam Teresa aus dem Bad getänzelt. Ihre wohlriechende Nacktheit hatte auf Terence nicht die geringste Wirkung, und er hoffte inbrünstig, daß sich das später änderte. Jetzt war er an der Reihe, ins Bad zu gehen. Er putzte sich die Zähne, dann stellte er sich auf den Rand von Fredas Bidet und schaute aus dem Fenster.

Der Hof war leer, bis auf eine weiße Katze, die unter dem Trompetenbaum saß. Der Mann war verschwunden.

Im Licht der Verandabeleuchtung sah er blaß und viel dünner aus als vor drei Jahren. Er trat wortlos ein, als werde er erwartet. Und als er sich aus seinem langen Schal wickelte und seine Jacke aufhängte, begriff sie, daß zumindest er überzeugt war, erwartet zu werden. Wahrscheinlich gehörte er zu den Leuten, die angerufen hatten, als sie in ihrem Zimmer lag und Mopsa alle Gespräche entgegennahm. Weiß Gott, was sie alles erzählt hatte. Ihn hatte sie natürlich aufgefordert, Benet zu besuchen. Gewiß war es ein Lieblingswunsch von

Mopsa, daß Benet und Edward heirateten, gleichgültig, was sie füreinander empfanden, um den Schein zu wahren, aus Gründen der Schicklichkeit, James zuliebe, der nicht mehr lebte.

«Ich nehme an, meine Mutter hat dich eingeladen?»

«Deine Mutter hat gesagt, du wolltest, daß ich komme.»

«Wie meinst du das, um Himmels willen?»

«Du warst krank, als ich anrief. Sie erklärte, sie wisse genau, daß du mich sehr gern sehen möchtest, du hättest es ihr schon ein paarmal gesagt, aber ich solle ein oder zwei Wochen warten, bis es dir wieder besser gehe. Sie sagte auch, du würdest mich anrufen, wenn es dir am Mittwoch nicht passe.»

Hatte seine Stimme schon immer so mürrisch geklungen? Es war die Stimme eines Paranoikers.

«Ich hab dich nicht eingeladen. Ich wußte nicht einmal, daß du angerufen hattest.»

«Ich hatte schon auf dem Weg hierher das sonderbare Gefühl, daß ich nicht mit offenen Armen empfangen werden würde», antwortete Edward.

Er hatte sich weder im Verhalten noch im Aussehen verändert. Er zog sich auch noch an wie früher, so exzentrisch wie ein athletischer Teenager: Jeans, über der Brust ein offenes weißes Hemd, Lederjacke und gestreifter Schal, der ihm bis an die Knie reichte. Das Jungenhafte hatte er sich auch noch bewahrt; die blonde Locke, die ihm in die Stirn hing, war noch da und der sensible Mund mit den leicht nach oben gezogenen Winkeln. Doch die Natürlichkeit der Jugend war dahin, die Züge wirkten angespannt, der Prozeß des Alterns hatte begonnen. Seine Nase wirkte schärfer, wurde einer Adlernase immer ähnlicher. Aber das wunderschöne Blau seiner Augen war so intensiv wie eh und je.

«Komm, und trink was», sagte Benet.

Sie wollte ihn ins Wohnzimmer führen, wo der Barschrank war, doch dann erinnerte sie sich an Jason. Jason war allein im Souterrain, und in der Küche gab es alles mögliche, was ihm gefährlich werden konnte: der elektrische Wasserkessel, die Gashähne, Messer. Benet wandte sich zur Treppe, die hinunterführte. Edward folgte ihr. Er ging immer leise und federnd, hatte einen Gang wie eine Katze, als bewege er sich nur auf den Fußspitzen vorwärts. Er ist wie eine Katze, dachte Benet. Wenn solche Vergleiche gezogen werden, denkt man immer an dunkelhaarige Menschen, nur Edward ist blond. Aber er ist wie eine Katze, ein langer, schlanker, heller Kater ...

Für Jasons Anwesenheit mußte sie ihm die gleiche Erklärung geben wie Ian Raeburn. Warum auch nicht? Sie würde ihn ohnehin nicht interessieren. Früher hatte er oft gesagt, daß er Kinder nicht mochte.

«Ich habe dein Buch gelesen», sagte er. «Es hat mir gefallen. Es ist ein großartiges Buch und hat den Preis verdient, den du dafür bekommen hast.»

Sie war erstaunt und gerührt, wandte ihm das Gesicht zu und sagte: «Also, daß du das sagst, finde ich riesig von dir, Edward.»

«Worauf ich besonders stolz bin, ist, daß du es zum größten Teil mir verdankst.»

Dazu gab es nichts zu sagen. Er hatte ihr den Atem abgeschnitten.

«Die Tatsache, daß du überhaupt nach Indien gegangen bist, zum Beispiel. Daß du Zutritt zu Orten hattest, die du ohne mich nie zu sehen bekommen hättest. Ganz zu schweigen von dem, was ich dir über das Schreiben beigebracht habe. Dafür hättest du mich wirklich entschädigen können, mit einer Widmung, mit ein oder zwei Zeilen: ‹Für Edward Greenwood, ohne dessen Hilfe ...› und so weiter und so fort.»

«Ach, der Stolz, den du empfunden hast, war keine angemessene Entschädigung? Du wolltest ein Honorar?»

Benet rannte die letzten sechs Stufen hinunter. Ihr Herz schlug wild, so zornig war sie. Jason, der sich für eine Weile von James' Xylophon getrennt hatte und James' Schubkarre mit James' Bausteinen belud, blickte auf und lächelte, als er sie sah. Die Freude darüber, daß sie wieder da war, leuchtete ihm aus dem Gesicht. Er hatte gewartet, er hatte nicht geweint, aber er war fast überschwenglich erleichtert, weil sie wieder da war. Er kam zu ihr und streckte die Arme aus. Sie nahm ihn auf, es beruhigte sie, ihn zu fühlen, ihr Zorn kühlte sich ab.

Edward betrachtete sie und das Kind. Das Blut war ihm in die Wangen geschossen. Er sagte in seiner mürrischen Art: «Das ist also mein Sohn?»

Das hatte sie nicht erwartet. Als sie mit Edward ins Souterrainzimmer hinunterging, hatte sie daran nicht mehr gedacht, obwohl sie es natürlich hätte vorhersehen müssen. Es wäre so leicht gewesen, jetzt ja zu sagen, der leichteste Ausweg. Schließlich würde sie Edward selten sehen, dafür wollte sie sorgen. Sie konnten nicht einmal mehr «Freunde» werden, es war ganz einfach unmöglich. Auch wenn James noch lebte, wenn das Kind auf ihrem Arm James gewesen wäre, wäre es dennoch unmöglich. Da James tot war, gab es überhaupt nichts mehr, was sie verband.

Sie brauchte nur zu nicken. Ein Achselzucken, ein einfaches Schweigen, und alles wäre überstanden. Um allen Fragen, Erkundigungen, jedem Verdacht ein Ende zu setzen, brauchte sie jetzt nur zu nicken, einen Schritt vorwärts zu machen und dieses hübsche, blonde, blauäugige Kind diesem hübschen, blonden, blauäugigen Mann zu reichen. Sie konnte es nicht. Es kam ihr fast wie ein Verbrechen vor. Also bedeutete Edward ihr noch etwas? Oder bedeutete ihr es noch etwas, was zwischen ihr und Edward gewesen war? Genug jedenfalls, damit es ihr unmöglich wurde, ihm ins Gesicht zu sehen und ihm zu sagen, das sei sein Kind.

«Nein. Er ist das Kind einer Freundin, um das ich mich ein paar Tage lang kümmere.»

Er glaubte ihr nicht. «Laß das, Benet. Du hast dich mir entzogen, hast mir dein Buch und deinen Erfolg vorenthalten. Du mußt die bösartigste Frau sein, die es gibt. Und jetzt möchtest du sogar leugnen, daß mein Sohn mein Sohn ist.»

«Ich leugne gar nichts, Edward. Das ist nicht James.»

Sie setzte Jason auf das Schaukelpferd und versetzte es in Schwung. Aber Jason hatte genug von Schaukelpferden, Xylophonen und Schubkarren. Er rieb sich die Augen mit den Fäusten.

«Jay möchte Saft.»

Das sagte er immer, wenn er müde war. Sie trug ihn zum Kühlschrank, nahm das Fläschchen mit Apfelsaft heraus und hielt es unter den Warmwasserhahn, um es etwas anzuwärmen. Jason saß rittlings auf ihrer Hüfte. Edward folgte ihr und blieb dicht vor ihr stehen.

«Wenn das nicht James ist, wo ist James dann?»

Um Mut zu fassen, um die Kraft zu haben, das Wort aussprechen zu können, tat sie etwas sehr Merkwürdiges. Sie drückte Jason fest an sich, um seine Wärme zu fühlen.

«James ist tot, Edward.»

«Was?»

«Ich habe es deutlich gesagt. Du hast mich gehört. James ist tot. Er starb vor ungefähr sechs Wochen im Krankenhaus.»

«Heutzutage sterben Kinder nicht mehr», sagte er. «Kinder sterben nicht.»

«Das dachte ich auch. Ich habe mich geirrt. Sie sterben.»

Jason trank seinen Saft am liebsten selbst. Sie setzte ihn in den großen Windsorsessel und stopfte ihm ein paar Kissen in den Rükken. Edward starrte ihn an.

«Ich glaube dir nicht, Benet. Es wäre typisch für dich, dir irgendeine List auszudenken, um mich von meinem Sohn ganz fernzuhalten. Ich habe ohnehin keinen gesetzlichen Anspruch. Aber die Tatsache, daß er mein Sohn ist, genügt vermutlich, um dich zu beunruhigen. Du würdest sogar versuchen, das aus der Welt zu schaffen.»

Sie hob die Schultern. «Ich zeige dir den Totenschein», sagte sie tonlos.

Als Mopsa an jenem Spätnachmittag nach Hause gekommen war, an dem Benet das erste Mal das Bett verlassen hatte, konnte sie sehen, wie ihre Mutter einen langen gelben Umschlag in ein Schreibtischfach legte. Sie hatten nicht darüber gesprochen, aber Benet wußte, was er enthielt. Sie nahm den Totenschein heraus und reichte ihn Edward, ohne einen Blick darauf zu werfen. Er las und sah sie aus plötzlich leblos wirkenden Augen an.

«Wie konntest du nur zulassen, daß ihm das passierte? Wie konntest du zulassen, daß er – daß er erstickt ist?»

Das also war als Todesursache genannt? Sie wollte es nicht sehen. Kalter, verächtlicher Zorn gegen Edward packte sie. Was wußte er denn? Was kümmerte es ihn? Er vergrub das Gesicht in den Händen. Sie hoffte und betete darum, daß er endlich ging. Daß er seine kleine Schau abzog und ihr einen Kummer vorspielte, den er nicht empfinden konnte, weil er das Kind nicht gekannt hatte, und dann ging – natürlich nicht ohne ihr vorher zu drohen, sie zu beleidigen und zu beschuldigen. Er hob den Kopf, und seine Augen waren rot unterlaufen.

«Vor einer halben Stunde hast du mir einen Drink angeboten. Als du vorhin oben warst, habe ich gedacht, daß du mir einen holst, es wäre das mindeste gewesen. Nach dem, was du mir gesagt hast, brauche ich einen Drink.»

Sie wußte jetzt, an wen er sie erinnerte. An Mopsa. War das immer so gewesen? War etwas in ihrem Wesen, das eine Mopsa brauchte, ein parasitäres Geschöpf, das von ihr schmarotzte, sie beleidigte und mit seiner skrupellosen Selbstsucht immer wieder überraschte? Darüber mußte sie lachen, nicht ironisch, sondern mit echter Belustigung.

«Vor drei Jahren dachte ich, du könntest nicht noch härter sein», sagte er. «Aber ich habe mich geirrt. Ich hatte gehofft, du hättest dich verändert. Ich dachte, wir könnten wieder zusammenkommen. Dachte sogar, wir könnten vielleicht heiraten.»

«Doch jetzt hast du alle Illusionen verloren, oder?» Jason war eingeschlafen. Sie nahm ihm vorsichtig die Flasche weg. «Wenn du einen Drink willst, Edward, mußt du ihn dir schon selber holen. In dem Zimmer über uns, im Schrank am Fenster. Ich muß den Jungen ins Bett bringen.»

Barry ging den Hügel hinunter zur Untergrundbahn-Station Hampstead. Er war völlig durcheinander. Wie hätte er auch voraussehen können, was geschehen würde. Das Haus war den ganzen Abend dunkel gewesen, und als er eben die Hoffnung aufgegeben hatte, sich noch heute Gewißheit verschaffen zu können, entdeckte er plötzlich ein schwaches Licht. Nicht in einem der vorderen Räume, sondern irgendwo im hinteren Teil des Hauses. Barry hatte es nur bemerkt, weil es durch einen offenen Bogen oder eine offene Tür fiel. Terence Wand war also durch die Hintertür ins Haus gegangen. Barry wäre gar nicht auf die Idee gekommen, daß es einen Hintereingang gab, aber bevor er den Weg zur Untergrundbahn einschlug, hatte er sich umgesehen und die Garagen entdeckt. In der mit der Nummer fünf stand ein kleiner blauer Volvo.

Nachdem das Licht angegangen war, hatte er wieder eine Zeitlang gehofft, Terence Wand zu sehen und als Jasons Vater zu identifizieren. Er rechnete damit, daß Wand sich am Fenster zeigen würde, und das hatte er auch getan, aber auf erschreckende, ja fast schreckliche Weise. Barry fragte sich, wie lange Terence Wand schon gewußt hatte, daß er unter dem Torbogen stand? Und anscheinend auch gewußt hatte, wer er war, und wie er und Carol zueinander standen? Denn Terence Wand mußte es gewußt haben, das hatte er durch sein Verhalten unmißverständlich verraten.

Falls Barry im Hinblick auf Terence Wand überhaupt noch Zweifel gehabt hatte, waren sie jetzt verschwunden. Ihm war völlig klar, was Wand mit Jason verband, wie seine Beziehung zu Carol gewesen war und wieder sein würde, wenn er die Chance bekäme. Wand hatte ihn mit seinem kurzen Macho-Auftritt lächerlich machen wollen. Das Haus war bis auf den schwachen Schimmer in den hinteren Regionen dunkel gewesen. Irgendwie schien diese Dunkelheit unbelebt und fortdauernd. Seine Aufmerksamkeit hatte für kurze Zeit nachgelassen, und er beobachtete eine weiße Katze, die von einer niedrigen Mauer sprang und auf den Baum in der Mitte des Hofs zulief. Warum hatte er eigentlich noch einmal zu den glänzenden schwarzen Fenstern hinübergeschaut? Gewiß nicht, weil er spürte, daß sich an dem Haus etwas veränderte. Vielleicht sagte ihm sein sechster Sinn, daß er den Kopf heben und aufblicken sollte.

Das Licht hinter einem Fenster ging an, und in der plötzlichen Helligkeit stellte sich für einen Moment ein nackter Mann spöttisch zur Schau. Sein Haar schimmerte golden, und er wirkte so groß wie eine Statue. Dann fiel die Jalousie, eine schwarze Kaskade, und der Spuk war verschwunden.

Barry ging über die Chinesische Brücke nach Hause. Wo der Fußpfad von der Summerskill Road abzweigte, blieb er stehen und zählte die Häuser, aber Carols Fenster waren dunkel. Es war erst kurz nach elf, und die Wein-Bar schloß nie früher.

Winterside Down machte einen ungewöhnlich leeren Eindruck. Nicht einmal die Motorrad-Freaks waren unterwegs. Lila Kupar, die nie ihre Vorhänge schloß, bügelte in ihrem spärlich eingerichteten Zimmer einen weißen Sari. Dicht über ihrem Kopf hing eine nackte, viel zu grelle Glühbirne. Barry schloß auf und betrat das Haus. Die Spicers hatten den Fernseher laut aufgedreht, und das hohle Konservengelächter war in Carols Diele zu hören. In der Dunkelheit sah Barry Terence Wands Gesicht vor sich. Zwar hatte er es nur ganz flüchtig erblickt, doch er war überzeugt, daß es sich seinem Gedächtnis für immer und ewig eingeprägt hatte. Es war das Gesicht eines ungefähr dreißigjährigen Jason, das er heraufbeschwor.

Barry besaß keine Handschuhe. Er zog Carols Gummihandschuhe an, die in der Küche auf dem Rand der Spüle lagen, und suchte dann den Kugelschreiber. Carol und er benutzten ihn, um sich gegenseitig – oder auch dem Milchmann – kurze Nachrichten zu schreiben. Dann holte er das Schulheft, das Tanya einmal zu Hause vergessen hatte. Das Kuvert mußte er morgen kaufen. Sehr sorgfältig begann er mit Druckbuchstaben einen Brief zu schreiben.

16

Den anonymen Brief bekam Detective Inspector Tony Leatham von Superintendent Treddick, nachdem er von den Beamten der Spurensicherung ergebnislos auf Fingerabdrücke und andere eventuelle Hinweise untersucht worden war. Das linierte Papier, aus einem Schulheft oder -block herausgerissen, war stark zerdrückt und ziemlich lappig. Leatham kannte den Inhalt bereits. Man hatte wegen dieses Briefes eine Besprechung abgehalten.

DER VATER VON JASON STRATFORD IST TERENCE WAND, SPRING CLOSE 5, HAMPSTEAD.

Offenbar wollte sie der Schreiber glauben machen, dieser Wand habe seinen Sohn entführt und halte ihn irgendwo versteckt. Wahrscheinlich steckte nichts anderes als ganz gewöhnliche Rachsucht dahinter. Jemand wollte Wand in Schwierigkeiten bringen. Treddick glaubte natürlich, Jason sei tot und zwar seit dem Tag, an dem er verschwunden war. Mit an Sicherheit grenzender Wahrscheinlichkeit war er tot gewesen, bevor sein Verschwinden der Polizei gemeldet wurde. Er war ermordet und irgendwo vergraben worden, wie das afrikanische Kind in Finchley, und eines Tages würde man auch seine Leiche finden.

Leatham war sich dessen nicht ganz so sicher. Er hielt es noch immer für möglich, daß Jason entführt worden war. Mit den Jahren zäh und hart geworden, hielt er nicht mehr allzuviel von den Menschen, hoffte aber immer noch für Jason. Er liebte Kinder. Seit Jason verschwunden war, betrachtete er seine Söhne oft mit dem Beschützerinstinkt des leidenschaftlichen Vaters, einem Gefühl, das ihm früher nie bewußt geworden war.

Treddick hatte es auf Barry Mahon abgesehen. Er glaubte, es sei nur eine Frage der Zeit, bis er ihn soweit hatte, daß er gestand. Eines Tages würde sich Barry verraten, würde sie wahrscheinlich zu Jasons Grab führen, und Treddick war geduldig, er konnte warten. Tony Leatham war der Meinung, daß sie nicht die Spur eines Beweises gegen Barry hatten. Daß er diesen Brief geschrieben hat, ist wahrscheinlich das einzige Vergehen, dessen er schuldig ist», dachte Leatham. Er war beinahe überzeugt, daß Barry ihn geschrieben hatte. Und Treddick war der gleichen Ansicht. Er sagte, Barry habe damit den Verdacht auf einen anderen abwälzen wollen.

Leatham war das ziemlich gleichgültig, er verlor allmählich das Interesse. Er hatte nur den Wunsch, daß Jason heil und gesund wiedergefunden wurde – möglichst von ihm –, und dann sollte man Vergangenes vergangen sein lassen. Ein anderer Fall, mit dem er im Sommer zu tun gehabt hatte, beschäftigte ihn stärker. Der Mann, um den es ging, ein Bankräuber, war aus der Untersuchungshaft ausgebrochen und um die halbe Welt geflohen. Erst in Melbourne konnte man ihn wieder festnehmen, und seit die australische Regierung sich bereit erklärt hatte, Monty Driscoll auszuliefern, hoffte Leatham, man würde ihn hinüberschicken. Eine solche Abwechslung vom täglichen Einerlei gab es sehr selten für ihn. Er setzte alle Hebel in Bewegung, damit man ihn nach Melbourne beorderte, um Driscoll abzuholen.

Doch bis es soweit war, mußten sie sich um Terence Wand kümmern. Sie konnten sich über den Brief nicht einfach hinwegsetzen.

Mrs. Goldschmidt rief am frühen Morgen an und fragte, ob sie sich das Haus noch einmal ansehen und ein paar Maße nehmen dürfe? Terence wollte nicht, daß sie kam, wußte jedoch nicht, wie er ablehnen sollte. Es war riskant, jemand anders als ganz persönliche Gäste im Haus zu haben. Er nahm zwei Valium.

Mrs. Goldschmidt erschien um halb elf, diesmal in einem pinkfarbenen Ledermantel mit Pelzkragen. Bisher hatte Terence sie nur in Leder oder Pelz zu sehen bekommen. Heute hatte sie das blonde Haar in wuscheligen Löckchen nach vorn gekämmt, ihr Make-up war malvenfarben, die Lippen damaszenerblau. Sie benahm sich wie jemand, der Beruhigungsmittel schluckte, und daher klang ihre erste Bemerkung sarkastisch.

«Ich bin ganz hingerissen, daß wir Ihr Haus bekommen.»

Sie sprach in dem farblos monotonen Tonfall eines Menschen, der ununterbrochen über das schlechte Wetter oder eine chronische Krankheit klagt. Terence ging mit ihr im Haus herum. Im Schlafzimmer mit dem *Futon* zog sie den Mantel aus und warf ihn auf einen niedrigen japanischen Tisch. Unter dem Mantel trug sie ein sehr kurzes pinkfarbenes Strickkleid mit einem riesigen Polokragen.

«So ist es besser.»

Sie stieg auf einen Hocker, um die Fenster für Vorhänge auszumessen.

«Ich finde, Jalousien ohne Vorhänge wirken so kalt», sagte sie.

Sie streckte Terence die Hand entgegen, damit er ihr herunterhalf, obwohl der Hocker nur ungefähr dreißig Zentimeter hoch war. In Strümpfen kletterte sie auf die Ottomane, die in der Fensternische des Hauptschlafzimmers stand. Sie streckte sich mit dem Maßband, verlor das Gleichgewicht und wäre gefallen, wenn Terence sie nicht aufgefangen hätte. Er faßte sie um die Taille und hielt nicht etwa einen starren, abwehrenden Körper fest, sondern einen weichen, sogar nachgiebigen. Er fragte sich, was da vorging? Etwas ging vor, das war ihm klar. Er wußte, daß Frauen ihn anziehend fanden – das war schließlich das Kapital, von dem er seinen Lebensunterhalt bestritt, wie jemand, der ein graphisches oder kaufmännisches Talent besaß, daraus einen Beruf machte –, aber was an ihm so unwiderstehlich war, wußte er nicht. Er war etwas unter mittelgroß, nicht besonders gut aussehend und ziemlich farblos – wie eine Maus. Carol Stratford hatte ihn einmal gefragt, ob er eigentlich ein Mann oder eine Maus sei, und wie eine Maus fühlte er sich oft – klein, braun und nervös. Vielleicht gefiel den Frauen gerade das.

Er löste die Hände von Mrs. Goldschmidts Taille und gab ihr einen leichten Klaps auf den Oberschenkel. Er fragte sich, was er tun, wie er reagieren sollte, wenn sich die Atmosphäre erhitzte. Gefährdete eine Ablehnung den Verkauf des Hauses, oder verlor er seine Chance, wenn er nachgab? Tief in Gedanken warf er einen Blick aus dem Fenster, und im selben Moment betraten zwei Männer durch den Torbogen den Hof, blieben stehen und betrachteten die fünf Häuser.

Terence wußte noch nicht genau, wie er den Mann einordnen sollte, der vor einigen Tagen das Haus beobachtet hatte, aber daß diese beiden Polizisten waren, stand für ihn fest. Er gehörte zu den Menschen, die für Polizisten eine Nase haben. Niemand sonst hatte so müde, trübe Augen; Gesichter wie Gummimasken, Kleider, die an ihnen schlotterten, als hätten die Träger an Gewicht verloren, und ungeputzte Schuhe. Sie standen da und musterten die fünf Häuser. Dann überquerten sie den Hof zu Nummer eins. Terence atmete tief aus. Er hatte gar nicht gemerkt, daß er den Atem anhielt. Mrs. Goldschmidt reichte ihm die Hand, damit er ihr von der Ottomane half, schien aber zu erwarten, daß er ihr die Hand vorher küßte.

Als sie hinuntergingen, warf Terence einen Blick durch die Fensterschlitze, durch die Licht auf die Treppe fiel. Die Polizisten waren in Nummer eins verschwunden, aber die Tür stand noch offen. Das gefiel Terence ganz und gar nicht. Er wollte, daß Mrs. Goldschmidt ging. Sie nahm langsam, lässig eine Stufe nach der anderen, ließ die Hand über das Treppengeländer gleiten und sah einmal mit einem wehmütigen Lächeln über die Schulter zu Terence zurück. In der Halle blieb sie bei der Statue mit dem Loch im Kopf stehen und notierte etwas mit großer, linkslastiger Schrift in ihren Schreibblock.

«Oh, ich habe meinen Mantel vergessen! Im Zimmer mit dem Futon.»

Sie geht hinauf, holt ihn, dachte Terence, und dann ruft sie mich und ...

«Ich hole ihn», sagte er.

Er rannte zur Treppe. Durch das Schlafzimmerfenster sah er die beiden Polizisten auf der schmalen Terrasse vor Nummer drei im Gespräch mit der Frau, die dort wohnte. Er packte den pinkfarbenen Ledermantel. Wieder unten, hielt er ihr den Mantel, damit sie hineinschlüpfen konnte, nahm sogar ihren rechten Arm und schob ihn durch das Armloch. Er mußte seinen ganzen spärlichen Mut zusammennehmen, um die Haustür zu öffnen. Die Polizisten waren da, ungefähr drei Meter entfernt, sahen die Tür an und jetzt ihn.

Etwas schnürte ihm die Kehle zusammen, sein Herz machte einen Sprung und schlug plötzlich in der Mitte seiner Brust. Irgendwie waren sie ihm auf die Schliche gekommen. Irgend jemand, vielleicht ein Nachbar, hatte erfahren, daß das Haus verkauft werden sollte, war ein Freund von Sawyer, korrespondierte mit Freda ... Mrs. Goldschmidt trat langsam aus dem Haus, ging die Stufen hinunter, streckte ihren Schwanenhals, lächelte vage. Terence begriff, daß die Polizisten unbeweglich stehenbleiben und nichts sagen würden, bis Mrs. Goldschmidt aus dem Weg war. Das war ihre Auffassung von Takt. Als wäre es ihm nicht egal! Schließlich konnte sogar sie es gewesen sein, die ihm die Typen auf den Hals gehetzt hatte. Woher sollte er wissen, daß dem nicht so war?

Sie drehte sich einmal um. «Auf Wiedersehen, und vielen Dank», sagte sie.

Nenn mich nicht Phipps! schrie er lautlos. Nenn mich bitte nicht Phipps!

«Vielleicht rufe ich Sie wieder an. Vielleicht komme ich noch einmal!»

Es klang unerbittlich, es klang wie eine ernste Drohung. Er hatte nichts zu sagen und hätte auch keinen Ton herausgebracht, selbst wenn er gewollt hätte. Seine Stimme hätte wie ein Piepsen geklungen. Sie ging an den Polizisten vorbei, als seien sie nicht da oder gehörten zur Ausstattung des Gartens, als seien sie Bäume oder steinerne Amphoren. Mit kleinen Schritten rückwärtsgehend, begutachtete sie das Haus, das sie eben verlassen hatte. Erst als sie sich wieder umdrehte, nachdem sie Terence mit geschlossenen Lippen noch einmal zugelächelt hatte, und gemessenen Schrittes auf den Torbogen zuschlenderte, setzten sich auch die Polizisten in Bewegung. Sie stiegen die Stufen hinauf und der ältere, rötliches Gesicht, hellhaarig, im flatternden Regenmantel mit baumelnden Gürtelenden, sagte in einem unaufdringlich leisen Gesprächston: «Mr. Wand? Mr. Terence Wand?»

Terence nickte. Er kam sich vor wie ein vom Wind getriebenes Blatt. Die Haustür schloß sich mit einem leisen, vornehmen Klikken. Sie sahen sich in Fredas Halle um, musterten die Statuen, die Modigliani-Kopie, den schwarzen Spanielteppich – sahen sich um, wie es eben Polizisten-Art ist, als würden sie selbst von einer undankbaren Gesellschaft dazu verurteilt, für immer und ewig in Sozialwohnungen aus der Vorkriegszeit zu hausen. Terence öffnete die zweiflügelige Tür zum Wohnzimmer. Er wünschte, er hätte zum Frühstück keine Cornflakes, kein Ei und auch nicht das Croissant gegessen, weil er überzeugt war, sich im nächsten Moment entschuldigen und auf die Toilette rasen zu müssen, um sich zu übergeben.

Sie traten ein und sahen sich wieder forschend um. Als Terence gerade nach Worten suchte, um sich zu entschuldigen und ins Bad zu flüchten, sagte der jüngere Beamte: «Jason Stratford, Mr. Wand. Wir sind wegen des kleinen Jason Stratford hier.»

Im ersten Moment wußte Terence mit dem Namen überhaupt nichts anzufangen. Er empfand nur eine gewisse Bestürzung, weil er ja etwas ganz anderes erwartet hatte.

«Dürfen wir uns setzen?»

Wieder nickte Terence. Er selbst blieb stehen. Er hielt sich sehr ruhig und blieb innerlich gespannt, weil er noch immer fürchtete, sich übergeben zu müssen, wenn er sich bewegte.

«Sie wissen natürlich, daß der kleine Jason vermißt wird. Ich glaube, daß es inzwischen kaum noch jemanden gibt, der es nicht weiß. Wenn ich richtig informiert bin, sind sie mit seiner Mutter, Mrs. Carol Stratford, befreundet?»

Erleichterung überkam Terence. Ihm war, als drücke ihm jemand ein weiches Kissen auf das Gesicht. Er bekam kaum Luft. Um was es hier auch ging, mit seinem betrügerischen Plan, Freda Phipps' Haus zu verkaufen, hatte es nichts zu tun. Er fragte sich, ob er schon sprechen konnte, wagte aber noch immer keinen Versuch.

«Unseren Informationen zufolge besteht die Möglichkeit, daß Sie Jason Stratfords Vater sind.»

Wenn irgend etwas Terence die Sprache zurückgeben konnte, dann das. Seine Stimme klang schrill.

«Ich?»

Sie sagten nichts. Sie sahen ihn nur an, wenn auch nicht gerade unfreundlich.

«Hat sie ihnen das gesagt?» fragte Terence schroff und empört, der Sprache nun wieder völlig mächtig.

«Nein, Mr. Wand. Wir dürfen Ihnen unsere Informationsquelle zwar nicht verraten, aber ich denke, wir können Ihnen sagen, von wem die Information nicht stammt. Und sie stammt nicht von Mrs. Stratford.»

Terence glaubte ihm nicht. Er traute es Carol durchaus zu, so etwas zu behaupten. Bestimmt wollte sie Jasons Vater schützen, weil er auf irgendeine krumme Tour reiste oder den Jungen tatsächlich hatte. Bei Carol mußte man auf beinahe alles gefaßt sein, sie war völlig skrupellos und unaufrichtig. Er verstand jetzt, warum sie bei den Nachbarn geklingelt hatten. Sie hatten gefragt, ob in letzter Zeit ein fremdes Kind in Spring Close aufgetaucht war.

«Ich wußte nicht mal, daß der Junge existierte», sagte er. «Hab's erst durch das Fernsehen erfahren, nachdem er verschwunden war.»

Die Polizisten blieben höflich, zurückhaltend. Terence wußte, daß der größere, hellhaarige sich fragte, warum er so nervös gewesen war, wenn er nichts zu verbergen hatte.

«Sie haben wohl nichts dagegen, wenn wir uns ein bißchen im Haus umsehen?»

So konnte man das auch ausdrücken! Der jüngere Beamte sagte, das Haus sei wirklich hübsch. Terence widersprach nicht, denn ihm war klar, daß das sehr unklug gewesen wäre. Aber er ging hinter ihnen die Treppe hinauf. Im Bad neben dem großen Schlafzimmer entdeckten sie Teresas Lidstift auf der gläsernen Ablage unter dem Spiegel.

«Sind wohl jetzt verheiratet, Mr. Wand?»

Terence schüttelte den Kopf. Er gab keine Erklärung ab. Der Ausdruck in den Augen des jüngeren Polizisten schien zu besagen, das bestätige nur seinen Verdacht, daß es überall von unehelichen Kindern wimmle, die Terence in die Welt gesetzt hatte und von denen er nichts wußte. Terence fühlte wachsenden Groll gegen Carol Stratford. Doch sie sollte nicht ungeschoren davonkommen, dazu würde er ihr ein paar Worte sagen.

Die Polizisten durchsuchten das Haus nicht gründlich. Sie warfen nur einen Blick in jedes Zimmer. Dann baten sie Terence um seinen Paß, und er fürchtete ein paar entsetzliche Sekunden lang, daß sie ihn einbehalten wollten. Aber sie gaben ihn wortlos zurück und gingen bald darauf. Terence nahm zwei Valium und schenkte sich einen mächtigen Whisky ein. Er setzte sich mit seinem Drink nieder und begann ernsthaft darüber nachzudenken, ob er die Kraft hatte, seinen Plan durchzuführen. Nicht daß es sich nicht gelohnt hätte. Es lohnte sich sehr wohl, um hundertdreißigtausend Pfund in die Hände zu bekommen, lohnte sich fast alles. Nein, die Frage war nicht, ob es sich lohnte, sondern ob er durchhielt?

Terence kannte sich. Er machte sich selbst nichts vor – eine sehr seltene Eigenschaft bei Menschen. Der Schrecken dieses Vormittags hatte ihm eine neue Selbsterkenntnis gebracht. Seine Angst war so groß gewesen und hatte so lange angehalten, daß er sich wunderte, keinen Herz- oder irgendeinen anderen Anfall bekommen zu haben. Wenn er schon so reagierte, weil zwei Polizisten bei ihm erschienen, wie würden sein Körper und seine Nerven sich verhalten, wenn er den Kaufvertrag unterschrieb, den Scheck über diese riesige Geldsumme ausgehändigt bekam, das Geld von der Bank abhob und damit floh? Wie sollte er es durchstehen, mit dem Geld in einer Reisetasche zum Flugplatz zu fahren und in ein Flugzeug zu steigen?

Wie, wenn er vor Angst tot umfiel?

Wäre es nicht klüger, sich mit der Anzahlung von dreizehntausend Pfund zufriedenzugeben und dann Schluß zu machen? Goldschmidts Scheck zu nehmen und zu verschwinden? Goldschmidts Scheck ... Ein eisiges Frösteln durchrieselte Terence. Er stellte sein Glas ab.

Daran hatte er überhaupt noch nicht gedacht, hatte es sträflich vernachlässigt, daran zu denken. Goldschmidts Scheck oder der Scheck seiner Anwaltsfirma, auf John H. Phipps ausgestellt, würde bestimmt ein Verrechnungsscheck sein, und Terence würde ihn bei der Bank einreichen müssen, bei der John H. Phipps sein Konto hatte. Aber er hatte kein Konto. Er existierte nicht.

Nun gab es natürlich nichts, was Terence abhalten konnte zur – nun ja, zum Beispiel zur Midland Bank in der West End Lane zu gehen und im Namen von John Howard Phipps ein Konto zu eröffnen. Das Vorhaben mußte jedoch scheitern, weil die Bank Referenzen erwartete. Irgend jemand, vorzugsweise ein Kunde derselben Bank, wenn nicht gar derselben Filiale, würde dafür bürgen müssen, daß er eine respektable und kreditwürdige Person war. Und zwar als John Howard Phipps. Terence kannte sich da aus. Jessica hatte bei der Anglian-Victoria Bank auf dem Market Place im Vorort Hampstead Garden ein Konto für ihn eröffnet und selbstverständlich für ihn gebürgt.

Es gab keinen Menschen auf der Welt, der bereit wäre zu bezeugen, daß Terence Wand, der sich als John Howard Phipps ausgab, eine respektable, vertrauenswürdige Person war. Und ganz nebenbei, wer wäre schon bereit, einer Bank weiszumachen, Terence Wand sei John Phipps?

Niemand. Er hatte keinen Komplicen, und er konnte sich auch keinen verschaffen. Mit einem Komplicen zu arbeiten, hieße zwangsläufig, das Geld mit ihm zu teilen, wahrscheinlich sogar fünfzig zu fünfzig. Viel lieber lasse ich die ganze Sache sein, dachte er, ehe ich das tue.

In der Nacht hatte es ein wenig geschneit. Der Schnee lag wie ein dünnes, durchlöchertes Gazetuch auf den Häuser- und Autodächern, aber auf den Gehsteigen hatten die Pendler und der Briefträger schon braune Fußspuren hinterlassen. Von den Dachrinnen tröpfelte es. Über der Heide hing grauer Nebel.

Nach dem Frühstück setzte sich Jason auf den Boden und

zeichnete. Er zeichnete das Xylophon und nahm für die verschiedenfarbigen Stäbe jeweils den richtigen Buntstift. Für einen Zweijährigen ist das wirklich eine sehr gute Zeichnung, dachte Benet. Man sieht ganz deutlich, was es sein soll.

Jason war schon angezogen. Er trug die Sachen, die sie für ihn gekauft hatte. Sorgfältig hatte sie alle Etiketten daraus entfernt, damit man nicht zurückverfolgen konnte, woher sie stammten. Er trug eine blaue Kordsamthose, ein blauweiß gestreiftes T-Shirt und einen Pullover aus ungefärbter Wolle, hellbraune Socken und halbhohe braune Lederschnürstiefel. Benet setzte sich Jason auf den Schoß, um ihm den Mantel anzuziehen, einen braunen Tweedmantel mit Kapuze und Knüppelverschlüssen, mit schwarzem Karostoff gepaspelt. Wegen dieses Mantels war sie ein wenig in Sorge. Sie hatte ihn in Hampstead in einem exklusiven, teuren Laden gekauft und war mit Jason ziemlich lange dort gewesen, während er Mäntel anprobierte. Würde die Verkäuferin sich an sie erinnern? Benet wollte jedoch, daß er den Mantel behielt. Er mußte das Schaukelpferd, das Xylophon und seine Malsachen bei ihr lassen, aber den warmen Wintermantel sollte er unbedingt behalten.

Er fuhr so leidenschaftlich gern Auto, daß er ihr nie Schwierigkeiten machte. Wie würde er wohl reagieren, wenn sie in die Lordship Avenue kamen, würde er sich erinnern? Und würde er sich an dieses Haus im Vale of Peace erinnern? Damit meinte sie nicht, daß er den Leuten jetzt sagen würde, wo er gewesen war. So viel konnte er noch immer nicht sprechen. Aber würde er, wenn er als Erwachsener nach Hampstead kam – vielleicht von South End Green herauf – oder von der Heath Street herunterkam ein *déjà vu*-Gefühl haben? Würde er plötzlich denken: Hier war ich doch schon? Und würde er sich, sofern man ihm von den sechs Wochen seines Lebens erzählt hatte, in denen er verschwunden gewesen war, würde er sich fragen, ob er diese sechs Wochen hier verbracht hatte?

Für sich selbst befürchtete Benet eigentlich nichts. Sie glaubte nicht, daß sie in ernsthafter Gefahr war. Sie gehörte nicht zu dem Personenkreis, gegen den sich der Verdacht der Polizei richten würde. Wenn sie Frauen vernommen hätten, die vor kurzem ein eigenes Kind verloren hatten, wären sie schon bei ihr gewesen. So viele konnten es nicht sein. Nein, sie hatten diesen Aspekt entweder übersehen oder es für völlig unwahrscheinlich gehalten, daß eine so bekannte und wohlhabende Schriftstellerin die Lordship Avenue kannte. Und deshalb glaubten sie sie über jeden Verdacht erhaben. Wenn man sie also schon nicht verdächtigte, solange Jason verschwunden war, würde sich das wohl nicht ändern, wenn er wieder auftauchte.

An einer roten Ampel blickte Benet über die Schulter zurück, um sich mit Jason zu unterhalten.

«Geht's dir gut, Jay?»

«Weiß», sagte er. «Schnee.»

«Er schmilzt schnell, aber es wird noch mehr schneien, und dann kannst du einen Schneemann bauen.»

«Schneemann», sagte Jason. Das Wort gefiel ihm. «Schneemann. Schneemann.»

Sie begann ihm laut ihre Gedanken auseinanderzusetzen.

«Ich bringe dich in die öffentliche Bibliothek in der Lordship Avenue, Jay, in die Filiale, die Winterside heißt. Vielleicht warst du schon mal mit deiner Mutter dort oder mit – mit Barry? Ich erinnere mich an die Bibliothek. Als ich noch in der Winterside Road wohnte, bin ich häufig da gewesen. Es gibt dort eine Kinderabteilung mit einem Tisch und Stühlen drumherum. Ich werde dich auf einen Stuhl setzen, dir ein Buch holen, das du dir ansehen kannst, und dann lasse ich dich allein. Aber vorher werde ich dir einen Zettel an den Mantelaufschlag stecken, auf dem steht, wer du bist. Ich hab ihn schon geschrieben, den Zettel. ‹Ich bin Jason Stratford› steht darauf.»

«Mantel», sagte Jason. «Jays Mantel.»

«Das ist richtig, ich stecke den Zettel an Jays Mantel. Und wenn die Leute in der Bibliothek sehen, daß du allein bist, werden sie den Zettel lesen und deine Mutter holen.»

Und die Polizei, dachte sie. Sie versuchte sich die Szene vorzustellen, das Geschrei und Gezeter, doch es gelang ihr nicht. Mit Jasons Rückkehr war die Welt zu Ende.

«Mami», sagte Jason freundlich. «Mami.»

Benet fuhr nach Osten, die Rudyard Gardens entlang und hielt Ausschau nach einem Parkplatz. Seit sie hier gewohnt hatte, war das Parkplatzproblem schlimmer geworden. In der Lordship Avenue herrschte jetzt totales Parkverbot. Sie wollte den Wagen irgendwo in der Nähe der Bibliothek abstellen. Die Winterside Road lag recht günstig, nur durfte man aus der Lordship Avenue nicht in die Winterside Road abbiegen. Sie mußte einen langen Umweg fahren, durch die Canal Street, an der Garage von Woodhouse und an dem Haus vorbei, in dem sie früher gewohnt hatte. Direkt vor der Tankstelle war eine Parklücke frei, doch angenommen, Tom Woodhouse war da, kam heraus und sah sie?

Die gekappten Platanen waren um diese Jahreszeit ein gräßlicher Anblick, ihre Stämme sahen wie alte Knochen aus. Der schwere graue Himmel hing voller Schnee. Benet hatte Edward in einem schneereichen Winter kennengelernt, und es war ein harter, kalter Winter oder fast schon Frühling gewesen, als sie sich von ihm trennte. Sie hatten in Tufnell Park gewohnt, und er war damals ausgezogen und hatte hier in der Nähe ein Zimmer oder eine Wohnung gefunden. Brownswood Common Lane? Oder Brownswood Dale? Sie konnte sich nicht erinnern, und er war jetzt ohnehin nicht mehr da. Die Adresse, die er ihr gegeben hatte, lag irgendwo in Kentish Town. Er hatte ihr gesagt, er hasse sie, sie sei stahlhart, und sie hätten ohnehin nie zueinander gepaßt, und dann hatte er einen seiner seelischen Purzelbäume geschlagen, hatte versucht, sie in die Arme zu nehmen und von ihr verlangt, ihm zu versprechen, zu ihm zurückzukehren, ihn zu heiraten.

Sie entdeckte auf der Winterside Down-Seite der Straße einen freien Parkplatz, direkt neben dem Pfad, der zur Chinesischen Brücke führte. Sie verdrängte Edward aus ihren Gedanken. Er wohnte nicht mehr hier und war wohl der letzte, der ihr über den Weg laufen würde.

Die Rasen von Winterside Down zeigten ihr frisches Dezembergrün. Jemand hatte die Zweige einer norwegischen Rottanne mit einer weihnachtlichen Lichterkette geschmückt. Benet nahm Jasons Kinderkarre aus dem Kofferraum und überlegte, ob sie auch sie zurückgeben sollte. Sie war alt und schäbig, doch sie gehörte Carol Stratford, und Benet hatte nicht das Recht, sie zu behalten. Andererseits war es vielleicht verboten, einen Kinderwagen in die Bibliothek mitzunehmen, und man würde sie auffordern, ihn zusammenzufalten und draußen stehenzulassen. Damit würde sie jedoch nur unerwünschte Aufmerksamkeit auf sich ziehen. Sie beschloß, die Karre in den Kofferraum zurückzulegen und dort zu lassen. Die Kleider, die Jason trug, waren eine ausreichende Entschädigung, sie hatten viel mehr gekostet als eine neue Karre.

Sie hob Jason aus dem Wagen. Er sah nach Winterside Down hinüber, musterte die Reihe der roten Backsteinhäuser, die weißen

Fahrwege, das einzelne Hochhaus. Seine Wangen wurden in der kalten Luft feuerrot. Im Gehen hielt er den Kopf ständig zur Seite gewandt, den Blick auf die Siedlung gerichtet, blieb zurück, ließ sich von Benet weiterziehen. Dann zeigte er hinüber. Er sah sie groß an und stellte dann die Frage in der einzigen Frageform, die er kannte.

«Wasis das?» sagte er. «Wasis das?»

«Dort hast du früher gewohnt, Jay, und dort wirst du bald wieder wohnen.» Sie hob ihn auf und setzte ihn rittlings auf ihre Hüfte. «Es tut mir leid, Jay», fuhr sie fort, denn es war ihre letzte Chance, das zu sagen. «Es tut mir alles sehr leid. Am Anfang war es nicht meine Schuld. Du und ich, wir waren Opfer der Umstände. Nun ja, eigentlich waren wir Opfer der armen, kranken Mopsa. Und später? Ich konnte es Mopsa nicht antun, nicht wahr? Ich habe keine Entschuldigung dafür, daß ich dich nach ihrer Abreise noch so lange behalten habe. Ich weiß wirklich nicht, warum ich's tat. Wahrscheinlich bin ich ein Feigling, sonst wäre ich mit dir schnurstracks zur Polizei gegangen. Dann würde ich dich jetzt zu deiner Mutter bringen. Aber ich kann's nicht. Ich habe nicht den Mut dazu, ich bin ein Feigling. Deshalb tut es mir leid, und ich hoffe nur, du warst nicht unglücklich, ich hoffe, es hat dir nicht geschadet.» Er sah sie nicht an. Er runzelte die Stirn und hatte die Unterlippe vorgeschoben. «Komm, Jay, sag etwas. Ein freundliches Wort genügt mir.»

«Hund», sagte Jason und zeigte auf den Dobermann, der vor der Fischhandlung an Packkisten schnupperte. Dann drückte er sich fest an sie. «Mami!»

Die Winterside-Bibliothek war in einem viktorianischen Gebäude mit holländischer Fassade untergebracht. Über dem Eingang auf einer roten Sandsteintafel stand die Inschrift: ÖFFENTLICHE BIBLIOTHEK. Mit Jason auf dem Arm, ging Benet die Stufen hinauf. Ein älterer Mann, ein Rentner mit einem Bücherstapel, hielt die Tür für sie offen.

Zwei Bibliothekarinnen standen zwischen den beiden Schaltern mit den Schildchen «Rückgabe» und «Ausleihe». Die eine stempelte ein Buch, das eben ausgeliehen wurde, die andere blätterte in einem Katalog. Benet sah, daß das Buch, das der Kunde mitnahm, ihr Roman in der großen, schön gebundenen Ausgabe war. Auf der Rückseite des Schutzumschlags war ihre Fotografie, ein junges, herzförmiges, leicht lächelndes Gesicht, ohne die geringste Ähnlichkeit mit der hageren Frau, die eben mit einem Kind hereingekommen war. Die dunkle, glänzende Haarfülle hatte sie unter einem Kopftuch versteckt.

Die Kinderabteilung war noch vorhanden, wenn auch verändert, bunter, fröhlicher, die kleinen Stühle verschiedenfarbig, an der Wand ein Poster, eine Collage, bei deren Anblick Benet unwillkürlich lächeln mußte. War das vielleicht ein immer wiederkehrendes Motiv bei einem Lehrerseminar? Oder hatte eine der beiden Bibliothekarinnen ein Kind, das im selben Krankenhaus gewesen war wie James? Das Poster, obwohl viel einfacher in der Ausführung, obwohl kleiner, kärglicher und bei weitem nicht so kühn wie das im Krankenhaus: war ein Händebaum.

Ihn hier wiederzufinden, schien Benet wie ein Omen. Aber wofür? Sie glaubte nicht an ein Omen. Also setzte sie Jason auf einen türkisblauen Stuhl und suchte ihm ein Bilderbuch aus dem Regal heraus. In der Bibliothek war es still, man hörte nur die leisen Schritte zweier Leser, die zwischen den Regalen hin und her gingen, und im Lesesaal räusperte sich ein Mann, der die heutige Zeitung las. In der Kinderabteilung waren sie allein. Jason blätterte die dikken Pappdeckelseiten seines Bilderbuchs um, betrachtete einen Hund, eine Katze, zwei schwere Zugpferde.

«Was is das?»

Benet legte zuerst einen Finger auf ihre und dann auf Jasons Lippen, wie es ihre Gewohnheit war, wenn sie ihm sagen wollte, er müsse ganz leise sein. Die Hände am Händebaum glichen alle den ihren – waren dünn, braun, ringlos, waren alle gleich, zeigten alle nach unten. Ihre eigenen Hände waren wie sie, als sie in ihre Handtasche griff, um Zettel und die Sicherheitsnadel herauszuholen.

Jason zeigte auf das Buch. Er flüsterte, weil sie ihn gebeten hatte, leise zu sein.

«Was is das?»

«Du weißt, was das ist. Es ist ein Hund.»

Er sagte den ersten ganzen Satz seines Lebens – langsam, perfekt artikuliert, und er mußte wissen, was für ein Triumph es war, denn schon beim ersten Wort lächelte er stolz.

«Ich mag keine Hunde», sagte er und lachte trotz der Aussage vergnügt glucksend in sich hinein.

Benet hielt den Zettel in der linken, die Sicherheitsnadel in der rechten Hand. Ihr war übel, sie fürchtete fast, ohnmächtig zu werden. Plötzlich war ihr zum Bewußtsein gekommen, was sie jetzt tun wollte, plötzlich sah sie vor sich, was danach kam – der Nachmittag, der Abend, die Verlassenheit, das Alleinsein. Und sie sah, als sei es das erste Mal, mit ganz anderen Augen, den blonden, kräftigen kleinen Jungen an, dessen Beine im Sitzen noch nicht auf den Boden reichten, der entzückt über seine eigene Klugheit lachte, dessen Narben nie ganz verschwinden würden. Sie konnte ihn nicht mit einem Etikett versehen wie ein Paket und dann hier zurücklassen. Sie wollte ihn nie verlassen. Wie hatte sie sich das nur einreden können? Wie war es möglich, daß sie nicht begriffen hatte, was mit ihr geschah, als die Tage mit ihm zu Wochen wurden und ihre Abneigung sich in Duldung verwandelte, Duldung in Billigung, Billigung in Kameradschaft und Kameradschaft schließlich in ...

Aber ich könnte ja gar nicht mehr ohne ihn leben, dachte sie. Jason rutschte von seinem Stuhl hinunter. Er gab ihr das Buch und streckte die Arme aus. Er hatte genug von der Bibliothek, er wollte nach Hause.

17

Letzte Weihnachten hatte Carol Tanya und Ryan nach Hause geholt. Barry fragte sich, wer außer Iris, Jerry und den Kindern noch mit Carol gefeiert hatte. Terence Wand vielleicht oder einer von den anderen, die Maureen erwähnt hatte. In diesem Jahr wollte Carol nicht einmal über Weihnachten sprechen, sie sagte, sie wolle an den Feiertagen arbeiten, sie habe nichts zu feiern. Was hatte es für einen Sinn, ihr vorzuschlagen, Tanya und Ryan nach Hause zu nehmen, wenn Carol kaum da sein würde?

Wäre sein Job ein bißchen sicherer gewesen, hätte er sie vielleicht überreden können, nicht so oft bei Kostas zu arbeiten. Doch er hätte nicht darauf wetten mögen, daß er nächstes Jahr um diese Zeit überhaupt noch einen Job hatte. Dieser Auftrag in Finchley war der letzte, den Ken Thompson hatte, und sie waren fast fertig. Sie ließen sich bei der Arbeit sogar viel Zeit, denn danach kam nichts mehr, es sei denn, jemand brachte ihnen innerhalb der nächsten zwei Tage einen neuen Auftrag. Normalerweise konnte Ken ihn natürlich nicht entlassen, konnte ihn ohne ausreichenden Grund nicht hinauswerfen, doch es war natürlich etwas anderes, wenn er nachweisen konnte, daß keine Arbeit vorhanden war. Barry konnte Carol also nicht sagen, sie solle nicht mehr so viel arbeiten, wenn er selbst vielleicht bald arbeitslos sein würde.

Kens Verhalten gegen ihn hatte sich ohnehin verändert, obwohl er eigentlich gar nicht so genau sagen konnte, wie er auf den Gedanken kam. Ihm war nur aufgefallen, daß Ken ihn nicht mehr beim Vornamen nannte. Früher hatte es Barry hier und Barry da geheißen, und jetzt redete er ihn überhaupt nicht mehr direkt an. Und wenn Barry sich während der Endphase ihrer Arbeiten im Büro zufällig umdrehte, ertappte er Ken oft dabei, daß er ihn beobachtete. Nicht rachsüchtig oder angewidert, nein, wirklich nicht. Ken, fand er, sah ihn an wie etwas, das nicht ganz der menschlichen Rasse angehörte, wie die Abart eines Affen vielleicht oder das Bild eines Urzeitmenschen.

Wenigstens war die Polizei nicht mehr wiedergekommen. Hatte das sein Brief bewirkt? Das war durchaus möglich. Er stellte sich vor, wie man Terence Wand den langen, gräßlichen Verhören mit Treddick und Leatham unterzog, wie man Terence Wand fragte, ob er sich als Kindermädchen sehe oder Kinder mißhandle. Es würde ihn ganz schön fertig machen, wenn man ihn mit einem Polizeiauto aus seinem schicken Haus wegholte. Barry überlegte, wie jemand mit Terence Wands Herkunft in den Besitz eines solchen Hauses gelangen konnte? Er mußte sich in sehr jungen Jahren selbständig gemacht und ein Geschäft angefangen haben. Barry wußte, daß man es auf diese Weise schaffen konnte, und er sehnte sich danach, es auch so zu machen, Carol ein solches Haus und einen Wagen schenken zu können. Nur war jetzt nicht die richtige Zeit dafür. Noch vor zehn Jahren sei alles anders gewesen ... Es hatte keinen Sinn, sich selbständig zu machen, wenn Ken, der ein eingeführtes Geschäft hatte, keine Aufträge bekommen konnte.

Winterside Down zeigte Barry die kalte Schulter. Die Spicers von nebenan verhielten sich nicht so wie die Isadoros oder die Leute in den Läden auf dem Bevan Square, sie starrten ihn nicht an und wandten dann den Kopf ab, so daß er die Absicht merken mußte – die Spicers taten einfach so, als hätten sie ihn nicht gesehen. Barry mußte am Abend etwas unternehmen, er konnte nicht die ganze Zeit allein zu Hause sitzen und fernsehen. Er gewöhnte es sich an, gegen sieben in den *Bulldog* zu gehen und ein Glas zu trinken. Der

Bulldog war von Winterside Down weit genug entfernt, so daß die Leute dort nicht wußten, wer er war.

Eines Abends traf er Iris und Jerry, die aus der entgegengesetzten Richtung kamen, aber demselben Ziel zustrebten. Das heißt, er sah die beiden schon von weitem. Sie gingen Arm in Arm, Iris in ihren wackeligen Sandalen mit überhohen Absätzen größer als Jerry. Barry hätte nicht einmal im Traum daran gedacht, daß er eines Tages glücklich sein würde, sich mit Iris und Jerry unterhalten zu können. Er winkte nicht, denn er hatte nicht das Gefühl, daß sie sich jemals so nahegestanden hätten, um sich gegenseitig zuzuwinken, aber er ging ein wenig schneller. Der *Bulldog* war auf dieser Straßenseite, jetzt nur noch wenige Meter entfernt. Die Brauerei hatte ein neues Schild anbringen lassen, eine Bulldogge mit einer Zigarre in der Schnauze und einer Matrosenmütze auf dem Kopf. Barry sah, daß Iris Jerry am Ärmel zupfte und ihm etwas ins Ohr flüsterte. Obwohl weit und breit kein Fußgängerüberweg war, überquerten sie die Straße, kamen bis in die Mitte der Fahrbahn und mußten an der weißen Linie warten, so sehr waren sie darauf versessen, ihm aus dem Weg zu gehen. Barry konnte es kaum glauben. Carols eigene Mutter! Sie konnte doch nicht wirklich denken, daß er Jason ermordet hatte. Sie war für sein Verschwinden genauso verantwortlich wie alle anderen. Er war am Eingang des *Bulldog* angelangt, blieb jetzt aber stehen und ging nicht hinein. Er sah Iris und Jerry auf der anderen Seite der Lordship Avenue, wo sie so taten, als betrachteten sie ein Schaufenster, bestimmt beobachteten sie durch die Scheibe nur, ob er tatsächlich das Pub betrat.

Offensichtlich dachte Iris genauso wie die anderen. Er hörte förmlich, wie sie mit ihrer leisen, gleichgültigen, quengelnden Stimme ihre sogenannten Vernunftgründe ins Feld führte.

«Schließlich heißt es nicht umsonst, wo Rauch ist, ist auch Feuer, Barry.»

Nur würde sie ihn nicht mehr beim Vornamen nennen, ebensowenig wie Ken. Rasch ging er die Lordship Avenue hinunter. Er mußte eine Meile zwischen sich und Winterside Down legen, um nicht mehr das Gefühl zu haben, daß jeder Vorübergehende «Kindsmörder, Kindsmörder» dachte. Er wollte in der Wein-Bar etwas trinken. Carol würde einiges zu sagen haben, weil Iris ihn auf diese Weise geschnitten hatte. Er stellte sich vor, wie sie seinetwegen zornig wurde und ihn vor allen Leuten «Liebster» nannte.

Da er schon so weit zu Fuß gegangen war, lohnte es sich nicht mehr, einen Bus zu nehmen. Man konnte das Neonschild der Wein-Bar schon von weitem sehen, da sie an einer Kurve lag, an der die Straße nach rechts abbog. Es war schon komisch, daß er Carols Lichter immer schon von weitem sah und sich magnetisch davon angezogen fühlte.

Die Wein-Bar lag an der Ecke einer kleinen Seitenstraße namens Java Mews. Am anderen Ende gab es ein Pub, das *Java Head*. Es war Ken Thompsons Stammlokal. Barry wollte jetzt nicht mit Ken zusammentreffen. Verlegenheit und Spannung wären stärker als bei der Arbeit. Dennis Gordon wollte er zwar genausowenig sehen, doch das ließ sich nicht vermeiden. Der silbrig-blaue Rolls, wie ein Diamant auf einem Abfallhaufen, parkte ein Stückchen weiter unten in den Mews direkt unter einer Laterne, als sei die Laterne eigens dort, um das Prachtstück ins rechte Licht zu rücken. Dennis Gordon stieg eben in den Wagen, setzte sich hinter dem Steuer bequem zurecht, aber die Hand mit dem großen, schimmernden Ring hielt noch die Tür offen.

Er stieg wieder aus und winkte Barry, der nicht verstand, warum er das tat. Es sei denn, er wollte sich und den cremefarbenen Ledertrenchcoat zur Schau stellen, den er trug. Er hob mit einer kleinen lockeren Bewegung aus dem Gelenk heraus die Hand in Barrys Richtung, beugte sich dann über die Windschutzscheibe und kratzte ein Staubkorn oder eine winzige verschmierte Stelle vom Glas ab.

Barry nickte ihm weder zu noch nahm er von seinem Winken Notiz. Er kam nicht auf die Idee, Dennis Gordon dafür dankbar zu sein, daß er sich herabließ, ihn zur Kenntnis zu nehmen. Der Rolls fuhr leise an, elegant wie ein schnittiges Schiff, das einen durch Docks und Kais zwangsläufig schmutzigen Hafen verläßt. Wie viele Leute mit Geld es doch gibt, dachte Barry. Da waren Ken, Mrs. Fylemon, Kostas, Terence Wand, Dennis Gordon ... Manchmal war sein Verlangen nach Geld oder einer Möglichkeit, viel Geld zu verdienen, größer als sein Verlangen nach Carol. Er hatte es im Gefühl, daß er sie für immer behalten könnte, wenn er Geld hätte.

In der Wein-Bar gab es eine Unmenge Grünpflanzen mit Luftwurzeln, Bilder von der See, Poster von Tempelruinen, es wirkte alles sehr griechisch. Alkmini, rund, dunkel, mit schweren Brauen, schwarz gekleidet ohne eine Spur von Weiß oder Bunt, bediente allein hinter der Bar. Hinterher war Barry froh – sofern er überhaupt noch froh sein konnte –, daß er sich nicht verraten und nach Carol gefragt hatte. Als er ihn sah, hob Kostas seine magere braune Hand ein paar Zentimeter vom Knie hoch, und Alkmini fragte, bevor Barry auch nur ein Wort sagen konnte: «Sie haben vergessen, daß heute Mittwoch ist, Barry?»

Er antwortete nicht sofort. Irgend etwas bewegte sich ganz willkürlich in seiner Brust. Sein Gesicht begann zu brennen. Mit dem Einfühlungsvermögen des Liebenden begriff er sofort, was Alkmini ihm sagen wollte. Carol arbeitete noch in der Wein-Bar, arbeitete auch an den Samstagen, hatte aber die Mittwochabende aufgegeben. Und sie hatte es ihm nicht gesagt.

«Hab ich total vergessen», erwiderte er.

Es war ihm ziemlich gleichgültig, ob sie die Ausrede durchschauten oder nicht. Und als er über die Schulter zurückblickte und Alkmini mit einem Gast flüstern sah, war es ihm auch egal, ob sie über ihn redete: «Das ist der Freund von Carol Stratford, der – nun, Sie wissen schon.»

Wenn Carol ihm nichts gesagt hatte, dann wollte sie nicht, daß er erfuhr, wohin sie an den Mittwochabenden ging. Er konnte es natürlich unschwer erraten. Er stieg in einen Bus, den ersten, der vorbeikam, wußte kaum, wohin er fuhr, wollte nur einen möglichst großen Abstand zwischen sich und Winterside Down bringen. Ein seltsamer Gedanke kam ihm – aber einer, den er sehr rasch beiseiteschob –, der Gedanke, daß Carol ihn lieben mußte, daß es ihr nicht gleichgültig war, was er dachte und fühlte, sonst hätte sie sich kaum die Mühe gemacht, ihn anzulügen und zu hintergehen. Sie wollte ihn nicht verletzen.

Er versuchte sich zu erinnern, was sie heute morgen angehabt hatte. Doch selbst wenn er sich erinnert hätte, hätte es nichts zu bedeuten gehabt, denn wenn sie mit Terence Wand ausgehen wollte, war sie bestimmt nach Hause gekommen, um sich umzuziehen, nachdem sie bei Mrs. Fylemon fertig gewesen war. Das Zandra Rhodes-Kleid vielleicht oder das schwarzweiße Zickzackkleid mit dem synthetischen Pelz darüber, es war heute abend kalt genug dafür. In Camden Town stieg er aus dem Bus und ging zur Untergrundbahn-Station. Als er in Hampstead an der Heath Street den Zug verließ, schneite es leicht, fiel hin und wieder eine Flocke vom rauchigen schwarzen Himmel.

Hampstead war wie ein Museum voller alter Dinge, schön, gut erhalten, unwirklich. Der Reichtum, der selbst an diesem winterlichen Abend überall zu spüren war, die Mauern, hinter denen Geld hauste, bedrückten ihn. Er schlenderte durch gewundene Gäßchen und kleine Alleen, bis er an die Mauer kam, die Spring Close einfriedete wie ein Schloß. Und das war es natürlich auch, das Schloß eines reichen Mannes, das ihn vor der rauhen Welt abschirmte. Barry blieb unter dem Torbogen stehen. Der Lampenschein im Hof war ganz anders als das grelle, farbenfressende Licht, das Winterside Down bleichte. Er schien die braunroten Klinker zu streicheln, das helle, glatte Mauerwerk, das dunkle, glänzende Holz, das Glas. Es war auch hell genug, um den Schatten des Baumes auf die Steinfliesen zu werfen, einen Schatten, der aussah wie eine verzweigte Koralle. Es hatte aufgehört zu schneien.

Das Haus von Terence Wand war stockdunkel. Sie waren zusammen ausgegangen, natürlich waren sie das, doch vielleicht hatten sie die Absicht, später hierher zurückzukommen. Was hätte er außerdem tun können, wenn sie jetzt hiergewesen wären? Er konnte nicht hineinmarschieren, den Mann niederschlagen, Carol packen und mitzerren. Er war nicht ihr Mann. Sie hatte ihm nicht einmal versprochen, daß er eines Tages ihr Mann sein würde.

Er ging einmal um den Spring Walk herum. Die Garage von Nummer 5 war leer. Sie waren mit dem Wagen weggefahren. Er ging nach Hampstead zurück, bog in die Heath Street ein, dann in die High Street und trank im *King of Bohemia* ein Bier. Im Lokal war es warm, und es herrschte großes Gedränge. Carol muß um halb zwölf zu Hause sein, wenn ich weiterhin glauben soll, daß sie in der Wein-Bar gearbeitet hat, dachte er. Jetzt war es fast zehn Uhr. Die Kälte traf ihn wie ein Schlag, als er die warme Bar verließ. Es war dumm, nach Spring Close zurückzugehen. Aber Barry ging zurück.

Mit dem Eintreffen des Polizeiautos war seine Wache zu Ende. Es glitt in den Torbogen hinein, ein kleines, schnittiges blauweißes Auto mit dem orangefarbenen Schild auf dem Dach. Barry wurde von den Scheinwerfern aufgespießt wie ein Stück Wild auf einer Landstraße. Sein erster Gedanke war, daß sie ihn wieder zu einem Sechsstundenverhör abholten, daß man ihm hierher gefolgt war, jeden Schritt beobachtete, den er tat, die Verkehrsmittel, mit denen er fuhr, und daß sie ihn jetzt wieder in irgendein Verhörzimmer schleppen würden, um ihn erneut zu demütigen.

Aber der junge uniformierte Beamte, der ausstieg und auf ihn zukam, fragte nur höflich, was er hier tue? Barry wußte nicht, was er sagen sollte. Er wußte ja selbst nicht, was er hier tat.

«Ich habe mich nur ein bißchen umgesehen», antwortete er mit unsicher klingender Stimme. «Ich wußte nicht, daß es hier auch moderne Häuser gibt, also bin ich reingegangen, um sie mir näher anzusehen.»

«Sie haben aber sehr lange dazu gebraucht.»

Wahrscheinlich hatte einer der Bewohner von Spring Close sie gerufen. Jemand aus einem der erleuchteten Häuser mußte die Polizei angerufen und gemeldet haben, es treibe sich jemand im Hof herum.

«Ich an Ihrer Stelle würde nach Hause gehen», sagte der Polizist. «Es ist ein bißchen zu spät, um herumzulungern und sich fremde Häuser anzusehen. Wir werden Sie ein Stückchen begleiten. Sie wissen, wo die U-Bahn-Station ist?»

Sie hatten ihm natürlich sofort angesehen, daß er nicht nach Hampstead gehörte. Sie überzeugten sich, daß er auch tatsächlich zur Station ging. Sie beobachteten ihn aus dem Wagen, und als er am Scheitelpunkt des Christchurch Hill angelangt war, hörte er den Wagen hinter sich herkriechen, fühlte die Scheinwerfer im Rücken. Inzwischen war es schon nach halb zwölf. Wenn er sich nicht beeilte, verpaßte er noch in King's Cross den letzten Zug der Picadilly Line. Aber er kam ohnehin schon zu spät nach Hause. Jetzt durfte sich Carol zur Abwechslung einmal den Kopf zerbrechen, wo er war. Das Polizeiauto folgte ihm die Heath Street hinunter und entfernte sich auf der Fitzjohn's Avenue, nachdem die Beamten gesehen hatten, daß er in der U-Bahn-Station verschwunden war.

Er erwischte wahrscheinlich den letzten Zug und stieg gegen halb eins an der Turnpike Lane aus. Jetzt hatte er noch einen weiten Weg vor sich. Die einzigen, die außer ihm noch unterwegs waren, waren junge Männer seines Alters, allein oder in Gruppen. Keine einzige Frau war zu sehen. Es gab nur wenig Verkehr. Während er im Zug gesessen hatte, hatte es stark geschneit, und der Schnee war zu großen Pfützen geschmolzen. Ein junger Schwarzer mit einem Transistorradio, das sehr laute Rockmusik spielte, ging an Barry vorbei.

Barry bog in die Winterside Road ein und nahm den Pfad zur Chinesischen Brücke. Er zählte die Häuser, doch diesmal nicht mit Freude im Herzen. Ihre Lichter würden ihn zu ihr ziehen, aber er würde nicht laufen, und glücklich würde er auch nicht sein.

Sie brannten, im ersten Stock und im Erdgeschoß. Er begann zu überlegen, was er zu ihr sagen würde. Er konnte es nicht einfach hingehen lassen. Die grünen Rasen schienen im Licht der Natriumdampflampen khakibraun, und der Himmel schimmerte rötlich, wie immer über London. Die Lampen am Anfang und am Ende des Fußpfades waren so geschaltet, daß sie um Mitternacht automatisch ausgingen. Der Durchgang selbst war finster und wurde erst am Ende wieder hell, wie ein Höhleneingang aus dem Innern der Höhle gesehen. Plötzlich kam Barry der Gedanke, daß er sie vielleicht die ganze Zeit zu Unrecht verdächtigte, daß sie sich vielleicht nur diesen Mittwochabend freigenommen und vergessen hatte, es ihm zu sagen. Alkmini hatte nichts gesagt, woraus er auf etwas anderes schließen konnte. Vielleicht war sie, als sie bei Mrs. Fylemon fertig war, noch in eines der Einkaufszentren gegangen, die bis acht Uhr geöffnet hatten. Das tat sie häufig. Er war um sieben weggegangen. Jetzt war sie zu Hause. Sie kann schon stundenlang zu Hause sein und auf mich warten, dachte er.

Barry wollte das so gern glauben. Wenn Carol mir diese oder eine ähnliche Geschichte erzählt, will ich ihr glauben und glücklich sein, dachte er. Er betrat die Gasse zwischen den hohen Zäunen, und zur gleichen Zeit tauchten am anderen Ende zwei Männer auf. Ihre Körper sperrten das Licht aus, so daß Barry nur die Umrisse ihrer Gestalten sehen konnte, nicht aber ihre Gesichter. Im ersten Moment dachte er sich nichts dabei. Zwei Männer kamen ihm entgegen, das war alles.

Er ging weiter, wurde jedoch langsamer, als ihm plötzlich doch etwas merkwürdig vorkam. Es war verdächtig, daß sie noch immer nebeneinander hergingen, einer nicht zurückgeblieben war, um ihn vorbeizulassen. Sie gingen immer noch Seite an Seite, gingen auf ihn zu, als hätten sie die Absicht, ihn anzurempeln.

Barry fühlte Gefahr, und ein eiskalter Schauer lief ihm über den Rücken. Er drehte sich um. Ein dritter Mann, mager, schlaksig, schwarze Lederkleidung, stand glänzend im schwachen Licht, das von der Straße auf den Weg fiel. Dieser Dritte war absichtlich leise über den Rasen gekommen und stand jetzt mit vor der Brust gekreuzten Armen wartend da.

Es waren natürlich keine Männer. Es waren Jungs. Barry erkannte den mit den gekreuzten Armen, denn ihn konnte er genau sehen. Es war Blauhaar. Sie mußten ihm aufgelauert haben und hatten darauf gewartet, daß er einmal spät abends oder nachts allein unterwegs war. Er drehte sich wieder um wie ein in die Enge getriebenes Tier, und Wiedehopfs heißer, kebab-stinkender Atem strich ihm über das Gesicht. Die Schwarze Schönheit neben ihm hatte Pockennarben unter den Wangenknochen, als habe einmal eine Schrotladung sein Gesicht getroffen.

«Laßt mich vorbei», sagte Barry.

«Du verdammter Babykiller!»

Barry wußte, daß er dran war. Egal, was er tat, egal ob er sich krümmte, jammerte oder bettelte, also würde er sich nicht krümmen. Daß ausgerechnet diese Bande sich zum Bewahrer sozialen Gewissens aufwarf, war bittere Ironie. Er hob den rechten Arm und stieß Wiedehopf mit dem Ellenbogen aus dem Weg. Er benutzte beide Ellbogen und war so schnell, daß es ihm bei Wiedehopf fast gelang. Aber der schwarze Junge packte Barry bei der Schulter, riß ihn herum und schlug ihm mit der flachen Hand ins Gesicht. Barry schlug zurück. Er schlug nach der Schwarzen Schönheit und trat nach Wiedehopf. Adrenalin strömte ihm ins Blut, und für einen Augenblick, einen Sekundenbruchteil, war es gut, er trat und schlug und gewann. Aber nur für einen Augenblick.

Blauhaar, der darauf gewartet hatte, machte einen Satz, als setze er zu einem Weitsprung an, rannte los und warf sich mit fliegenden Fäusten auf Barry. Er trug mit kurzen Metallspikes besetzte Lederhandschuhe. Schwarze Schönheit, dem Barry das Knie fest in die Leisten gerammt hatte, packte Barrys Arme, drehte sie nach hinten und hielt sie fest, während Blauhaar auf ihn eindrosch, hauptsächlich auf den Kopf und ins Gesicht.

Schwarze Schönheit hielt Barry noch lange aufrecht, obwohl er schon längst zusammengebrochen war. Er hielt ihn fest, damit Blauhaar und Wiedehopf ihn als Punchingball benutzen konnten. Schwärze senkte sich wie ein Vorhang auf ihn herab, und sein Mund füllte sich mit Blut, als ihm ein Zahn ausgeschlagen wurde. Schwarze Schönheit ließ ihn fallen, vielleicht um sich nicht mit Blut zu besudeln. Barry stürzte, prallte gegen den Zaun, der heftig vibrierte. Wiedehopf trat Barry mit dem spitzen Stiefel in die Seite. Aber es war sein rechter Fuß, und Wiedehopf war linksfüßig. Er zog das linke Bein zurück und versetzte Barry mit ganzer Kraft einen Tritt in die Rippen.

Das letzte, was Barry bemerkte, war, daß im ersten Stock des Hauses hinter dem Zaun ein Fenster geöffnet wurde und eine Stimme etwas rief, das er nicht mehr wahrnahm.

Drittes Buch

18

Diese Vereinbarung wird geschlossen zwischen John Howard Phipps, Spring Close 5, Hampstead, London, NW 3 (später «der Verkäufer» genannt) einerseits und Morris und Rosemary Catalina Goldschmidt, seiner Ehefrau, beide wohnhaft The Dale 102, Cricklewood, London NW 2 (später «der Käufer» genannt) andererseits.

Terence überflog die ersten beiden Absätze nur flüchtig und kam dann zu Punkt drei, dem einzig wichtigen:

Der Kaufpreis beträgt 132.950 Pfund, und der Käufer leistet zugunsten des Verkäufers nach Unterzeichnung dieses Vertrags eine Anzahlung in Höhe von 13.295 Pfund an Lewis & Plummer, Anwälte des Verkäufers, per Verrechnungsscheck, Bausparkassenscheck oder Bankscheck.

Bedeutete das vielleicht, daß dieser Anwalt Goldschmidts Scheck nicht herausgab, bevor die Transaktion nicht abgeschlossen war, und das Geld vielleicht sogar investierte? Terence wäre nicht überrascht gewesen, so etwas war für solche Leute typisch, für diese Haie und Geldsäcke. Doch alles in allem würde auch das schlimmstenfalls einen Aufschub von einem Monat bedeuten. Wenn es ihm nicht gelang, bis Ende des Monats ein Bankkonto zu eröffnen, mußte er es bis zum endgültigen Termin unbedingt schaffen.

Der Vertrag trug noch kein Datum, aber in seinem Begleitschreiben hatte der Anwalt den 15. Februar vorgeschlagen. Mr. Phipps solle so freundlich sein, in seinem Antwortbrief zu erwähnen, ob ihm dieses Datum genehm sei. Terence rief an. Der Anwalt war nicht da, und Terence sprach mit einer Sekretärin.

«Es wird gewöhnlich so gehandhabt, daß eine solche Anzahlung bis zur endgültigen Abwicklung des Verkaufs beim Anwalt des Verkäufers verbleibt, Mr. Phipps.»

Terence wollte keinen Verdacht erregen, indem er andeutete, er sei knapp bei Kasse, obwohl er dringend Geld brauchte. Er beendete das Gespräch. Er hatte sich überlegt, daß es nicht unklug wäre, sich ungefähr eine Woche vor der endgültigen Abwicklung ein Flugticket zu besorgen, und noch am selben Tag abzufliegen. Was für ein Tag war der 15. Februar überhaupt? Hinter der Küchentür hing ein Kalender für dieses Jahr, aber im ganzen Haus fand sich keiner für das nächste. Er mußte die Tage an den Fingern abzählen. Dem Himmel sei Dank, der 15. Februar war ein Dienstag! Schreckliche Vorstellung, es wäre ein Freitag, Goldschmidt würde den Scheck erst am Nachmittag bringen, und Terence könnte vor Montag nicht an das Geld heran.

Hatte er die Courage, bis zu diesem Dienstag zu warten und erst dann den Flug nach – nun ja, zum Beispiel Südamerika zu buchen? Das hieße, es haarscharf darauf ankommen zu lassen. Terence, dessen Angstneurose eher von seiner Angst vor der Angst herrührte als von der Angst selbst, konnte sich sehr gut vorstellen, wie gelähmt seine Zunge sein, wie stark er unter den jämmerlichsten Sprachhemmungen leiden würde, wenn er mit einem Koffer voller Bargeld von Flugschalter zu Flugschalter irrte und versuchte, ein Tikket zu erstehen. Mit flackerndem Blick, der kaum etwas erfaßte und starr geradeaus gerichteten Augen. Seine Kehle würde so trocken sein, daß er nicht sprechen konnte, seine Hände zitterten, wenn er versuchte, die Kofferschlösser zu öffnen. Nein, er mußte im voraus buchen. Da er sich so gut kannte, wußte er, daß er zu diesem Zeitpunkt noch heiter und gelassen sein könnte, da er bis dahin noch nicht gravierend gegen das Gesetz verstoßen haben würde. Vor allem hätte er noch keinen Penny von Goldschmidts Geld angerührt.

Aber wie sollte er ohne Goldschmidts Geld ein Flugticket kaufen? Ein einfacher Flug an ein so weit entferntes Ziel, wie es ihm vorschwebte, kostete wahrscheinlich kaum weniger als 500 Pfund. Er hatte keine Lust mit Chartermaschinen zu fliegen, zu denen man bis Amsterdam anreisen mußte. Die Summe von fünfhundert Pfund, die er seiner Schätzung nach ausgeben mußte, war das Limit, mit dem er sein Barclay-Kreditkonto belasten durfte. Seit er bei Jessica ausgezogen war, hatte er die Karte nie mehr benutzt. Barclaycard wußten nicht, daß seine Adresse sich geändert hatte, aber die Karte war wahrscheinlich ohnehin nicht mehr gültig.

Oder vielleicht doch? Terence hatte nicht die geringste Ahnung, wo die Karte sein konnte. Er war nur ganz sicher, daß er sie nicht weggeworfen hatte. Er warf nie etwas weg, das sich eines Tages eventuell – und wenn die Möglichkeit auch noch so weit entfernt war – als Geldquelle erweisen konnte. Er ging hinauf und begann nach ihr zu suchen, sah in allen Mantel-, Anzug-, Jackett- und Hosentaschen nach, fand aber nichts als ein paar Kupfermünzen, ein gebrauchtes Papiertaschentuch und ein Stück Kaugummi. Mit Büchern hatte er sich nie viel abgegeben, und er besaß auch keine. Was war aus dem Koffer geworden, den er sich von Jessica ausgeliehen hatte, um seine Sachen hineinzupacken?

Bestimmt war er mit den übrigen Koffern und Reisetaschen in dem großen Schrank neben dem Gästebadezimmer. Er schaute hinein und fand ihn, einen braunen Revelation-Koffer mit einer Reißverschlußtasche im Futter, in der eine Menge Papiere waren. Eine Nummer des *Knave*-Magazins, ein Brief von Freda, den sie ihm unvorsichtigerweise an Jessicas Adresse geschickt hatte, eine Rechnung von Brian in der Brook Street für zwei Hemden, ein Bankauszug – und die Barclaykarte. Sie war noch nicht abgelaufen, wurde erst im Februar des nächsten Jahres ungültig. Jetzt erinnerte er sich wieder. Jessica hatte ihm die Karte im Vorfrühling vor fast zwei Jahren gegeben, und er hatte sie drei oder vier Monate später verlassen. Er konnte sein Glück kaum fassen. Er mußte sofort an Barclay schreiben und ihnen seine neue Adresse mitteilen, damit sie ihm rechtzeitig eine neue Karte zuschicken konnten.

Sobald er die neue Karte hatte, war alles ganz einfach. Daß sein Kreditlimit 550 Pfund betrug, war Nebensache. Er konnte das Ticket durch ein Reisebüro bestellen, eine Anzahlung leisten und den Rest mit dem Kredit des nächsten Monats begleichen. Barclaycard rechneten immer um den Zwanzigsten eines jeden Monats ab, wie er sich erinnerte. Auf diese Weise würde er nicht einmal die Kreditgebühren von 10 oder 12 Pfund bezahlen müssen, da er den Kredit nicht vor dem Achtzehnten des Monats beanspruchen und am Fünfzehnten des nächsten Monats über alle Berge sein würde.

Terence kehrte an den Schreibtisch zurück, schrieb an Barclaycard, gab seine neue Adresse an und ersuchte die Firma, ihm eine neue Kreditkarte auszustellen. Gerade noch rechtzeitig hielt er sich selbst davor zurück, mit John Howard Phipps zu unterschreiben. Anschließend schrieb er seinem Anwalt und bestätigte den fünfzehnten Februar als Erfüllungsdatum. Dann wappnete er sich, um den Vertrag zu unterzeichnen. Zum Glück brauchte er keinen Zeugen.

Ein Drink wäre keine schlechte Idee. Aber nur einer. Ein einziger, um seiner Hand die nötige Festigkeit zu geben und die wahnwitzige Angst zu beschwichtigen, die ihn packte, wenn er über diesen Schritt nachdachte, mit dem er sich praktisch festlegte und verpflichtete, Fredas Haus zu verkaufen. Vier Finger breit Whisky und dieselbe Menge Wasser. Die Wirkung des Valiums, das er nach dem Lunch genommen hatte, hatte schon wieder nachgelassen. Manchmal glaubte er, er habe schon so viel von dem Zeug geschluckt, daß es gar nicht mehr richtig wirken konnte. Obwohl es noch Nachmittag war, wurde es allmählich dunkel. Er knipste ein paar Lampen mit schwarzen und ein paar mit weißen Schirmen an, ging auf dem schwarzen Spanielteppich auf und ab und trank seinen Whisky.

Im Hof blinkten und flimmerten die bunten Lichter, mit denen jemand den Trompetenbaum geschmückt hatte. Zuerst brannten die grünen und gelben, dann die blauen und die roten, dann die weißen und schließlich alle auf einmal. Entschlossen ging Terence zum Schreibtisch, setzte sich und unterschrieb den Vertrag. Er holte zwei-, dreimal tief Atem, umfaßte fest den Füller und zeichnete das Dokument mit John Howard Phipps. Es war die beste Unterschrift, die er je zustande gebracht hatte ... Beinahe besser als das Original, wenn so etwas möglich wäre, dachte er.

Die Post ging zwar erst morgen früh heraus, aber er konnte die Briefe genausogut gleich einwerfen und auf dem Rückweg im *White Bear* etwas trinken. Ein paar Pfund hatte er ja noch. Als er im Pub bei einem Glas Bier in einer Ecke saß und vor sich hingrübelte, fiel ihm der Kontoauszug ein, den er in der Reißverschlußtasche von Jessicas Koffer gefunden hatte. Er war so aufgeregt gewesen, als er die Kreditkarte entdeckte und feststellte, daß sie noch gültig war. Den Kontoauszug hatte er überhaupt nicht beachtet. Angenommen, er hatte noch ein bißchen Geld auf dem Konto? Angenommen, es waren 20 Pfund? Das war durchaus möglich. Nachdem er Jessica verlassen hatte, hatte er nie mehr etwas abgehoben. Das mußte er unbedingt nachprüfen. Auf keinen Fall wollte er der Anglian-Victoria Bank in Golders Green eine beträchtliche Geldsumme hinterlassen, wenn er außer Landes ging. Gleich morgen früh wollte er zur Bank gehen und diskret nach dem Kontostand fragen. Ebenso diskret würde die Antwort der Bankangestellten sein: sie notierte den Betrag auf einen Zettel, den sie ihm mit der Schrift nach unten zuschob. Aber nicht morgen. Morgen war der erste Weihnachtsfeiertag.

Also eben nächste Woche. Er mußte vor allem darüber nachdenken, wie er irgendwo ein Bankkonto für John Howard Phipps eröffnen konnte. Die niederträchtige Hinterlist des Anwalts hatte ihn der Notwendigkeit enthoben, sich sofort um das Konto kümmern zu müssen, aber nicht für lange. Der Bankscheck über 132000 Pfund, den Goldschmidt am 15. Februar hinterlegen würde, mußte irgendwo eingezahlt werden. Terence konnte seinen Anwalt nicht bitten, ihm die Summe bar auszuzahlen. Vielmehr, er konnte es natürlich schon, aber er wagte es bestimmt nicht, dieses Risiko wollte er nicht eingehen.

Und plötzlich wußte er es. Er wußte, wie es gemacht werden konnte. Er blickte in sein Glas mit der klaren goldgelben Flüssigkeit und der dünnen, bläschentreibenden Schaumschicht wie in eine Kristallkugel. Das Bier verwandelte sich in ein Lebenselixier oder einen Born der Weisheit. Er trank es aus und bestellte ein neues.

«Fröhliche Weihnachten», sagte er zu dem Mädchen hinter der Bar, ging aber nicht so weit, ihr einen Drink zu spendieren.

Der Traum einer Weihnachtsparty für Jason war am Ende darauf hinausgelaufen, daß drei Kleinkinder mit ihren Müttern vor Speisen und Getränken saßen, die für mehr als die doppelte Anzahl von Gästen gereicht hätten. Außerdem schienen sie durch die üppige Weihnachtsdekoration und die Fülle von Geschenken ein wenig verwirrt. Aber die Party war auch ein Erfolg gewesen. Sie hatten viel Spaß gehabt, und Chloe und ihre zweijährige Tochter Kate, die James ein halbes Jahr nicht gesehen hatten, zweifelten nicht daran, daß Jason James war. Die anderen, ein Junge und ein Mädchen mit ihren Müttern, die im Vale of Peace wohnten, hatten natürlich keine Ahnung, daß es irgendeinen Zweifel geben könnte. Sie riefen ihn alle Jay, obwohl Chloe, als sie die Abkürzung seines Namens hörte, eine Augenbraue hochzog.

Als alle nach Hause gegangen waren und Jason im Bett lag, saß Benet im Souterrainzimmer inmitten von schmutzigen Tellern und Tassen, Weihnachtspapier, bunten Bändern und anderem glitzernden Tand und betrachtete die beiden Bäume – den Weihnachtsbaum mit den Lichtern und den Baum, den sie an die Wand gemalt hatte, und der mit grünen, gelben und scharlachroten Händen geschmückt war. An jeder Hand hatte ein geschickt befestigtes kleines Geschenk für Jason gehangen: ein Spielzeugauto, eine Orange, eine Murmel, ein Magnet, ein Päckchen mit Nüssen. Benet wußte, daß sie maßlos gewesen war. In Zukunft mußte sie sich vor Übertreibungen hüten. Sie durfte ihn nicht verhätscheln, weil sie so glücklich gewesen war, ihn zu finden. Doch an diesem ersten Weihnachtsfest mit ihm hatte sie einfach nicht anders können. Es war nicht nur für ihn, sondern auch für sie ein Fest der Freude gewesen. Und er hatte sich gefreut, er war selig gewesen. Ihr Leben lang würde sie sein allmählich aufdämmerndes fröhliches Lächeln nicht vergessen. Immer würde sie ihn vor sich sehen, wie er langsam auf den Händebaum zuging und im letzten Moment zu ihr aufsah und mit diesem Blick um Erlaubnis bat, die vielen Hände zu plündern. Dennoch hatte sie den Baum für sich selbst an die Wand gepinselt, hatte es getan, um diesen Ausdruck auf seinem Gesicht zu sehen, sich daran zu freuen. Seit dem Tag in der Bibliothek wärmte die Freude sie von innen her, wärmte sie im wahrsten Sinn des Wortes. Es war, als fühle sie die Kälte der dunklen Dezembertage nicht. Oft zog sie, wenn sie hinausging, nur eine leichte Jacke an, weil sie innerlich vor Glück förmlich glühte.

An dem Tag, an dem sie ihn in die Winterside Bibliothek gebracht und wieder mitgenommen hatte, und auch noch ein paar Tage danach, hatte sie entsetzliche Angst gehabt – Angst, die manchmal zu Panik wurde –, daß sie sich und Jason verraten hatte, daß man ihr auf der Spur war und es nicht mehr lange dauern konnte, bis die Polizei erschien. Doch als niemand kam und gleichzeitig alle Artikel und Notizen über Jason aus den Zeitungen verschwanden, wurde ihre Angst von glücklicher Ruhe abgelöst. Sie versetzte sich selbst in ein liebliches Wolkenkuckucksheim, das keine Vergangenheit und über die nächste Woche hinaus auch keine Zukunft kannte. In ihrem Narrenparadies war es ihr auch nicht gestattet, daran zu denken, daß es nicht ewig so weitergehen konnte und die Wahrheit eines Tages ans Licht kommen mußte. Sie war glücklich, sie war heiter und ausgeglichen, und sie arbeitete. Sie wußte, daß sie unverwundbar war, daß keine Zurückweisung, keine Ablehnung ihr etwas anhaben konnten, und in dieser

Stimmung rief sie im Krankenhaus an und lud Ian Raeburn zu sich ein.

Er kam noch am selben Abend. Jason war schon seit ungefähr einer Stunde im Bett. Und dann geschah etwas sehr Seltsames. Benet hatte ähnliches noch nie erlebt. Es war, als wüßten sie beide, was sie zu tun hatten, als hätten sie sich schon unendlich lange auf diese Weise begrüßt. Sie fielen sich in die Arme und küßten sich leidenschaftlich. Sie waren beide überrascht, hatten es nicht erwartet, es hatte sie überrumpelt, und sie sahen sich an und lächelten. Aber das Lächeln dauerte nicht lange, denn Leidenschaft ist nicht vergnügt, es sei denn, sie ist schon altgewohnt. Sie hielten sich gegenseitig fest, und Benet wußte, daß sie nichts sagen, nichts erklären und sich nicht entschuldigen, sondern, ohne sich loszulassen, in ihr Schlafzimmer hinaufgehen würden. Dann weinte Jason und rief mit seiner verängstigten Alptraumstimme:

«Mami! Mami!»

Es zerstörte, was zwischen ihr und Ian gewesen war. Sie lief die Treppe hinauf zu Jason und wußte, daß es nur vorübergehend gestört war, daß sehr bald nach Erfüllung drängen würde, was heute zwischen ihnen begonnen hatte, aber nicht heute abend, nicht jetzt. Sie nahm Jason auf, drückte ihn an ihre Brüste, die schmerzten, einen Körper, in dem halbvergessene, schwache Pulse klopften. Aber als sie wieder hinunterkam und Ian im Souterrainzimmer fand, setzte sie sich nur neben ihn und nahm seine Hand. Und es war besser so, besser, mit Vorsicht in das hineinzugleiten, was sie zu fühlen begann, vielleicht konnte es fürs Leben sein.

Er fragte sie, ob sie den kleinen Jay in Pflege genommen hatte, weil sie ihn eventuell adoptieren wollte, und sie klammerte sich an den Strohhalm, den er ihr hinhielt und sagte ja. Ja, das wolle sie.

«Er ist kein Ersatz für James. Das ist er ganz und gar nicht. Ich weiß nicht, ob du das verstehen kannst.»

«Ich will's versuchen.»

«Es ist, als hätte ich zwei Söhne gehabt, und einer sei gestorben. Ich werde ihn nie vergessen, und der Platz, den er in meinem Leben eingenommen hat, wird immer leer bleiben. Ein leerer Stuhl an meinem Tisch, wenn das nicht zu sentimental klingt.»

«Nicht für mich.»

«Wahrscheinlich kann man keinen Menschen ersetzen. Man kann nur andere Menschen finden. Ich will damit nicht sagen, daß ich Jay mehr oder weniger liebe, als ich James geliebt habe. Ich liebe ihn nicht einmal anders. Es ist dieselbe Art von Liebe, aber zu einem anderen Menschen.»

«Ich freue mich für dich», sagte Ian. «Du hast etwas sehr Kluges, etwas sehr Wichtiges für dich getan.»

Ein Frösteln überlief sie, als sie sich fragte, was er denken würde, wenn er die Wahrheit wüßte? Das Unbehagen verflog, ging im Glück unter.

«Wir werden uns jetzt sehr oft sehen, nicht wahr, Benet?»

«Sehr oft, ja», sagte sie.

«Und ist es das, was ich denke?»

«O ja, ich glaube, das ist es.»

Sie lachten sich an. «Jeden Abend?» fragte Benet.

«Jeden Mittag und jeden Nachmittag», antwortete er. «Während der nächsten vierzehn Tage jedenfalls. Ich habe Nachtdienst.»

«Und ich habe vergessen, daß ich einen Roman schreibe.»

«Hast du das meinetwegen vergessen?» fragte er.

Von da an hatten sie sich jeden Tag gesehen – mit Jason. Über Weihnachten war Ian zu seinen Eltern nach Inverness gefahren. Um neun Uhr wollte er sie anrufen. Sie begann das Souterrainzimmer aufzuräumen, und das Radio begleitete sie mit leichter Countrymusik. Mit dem neuen Roman kam sie gut voran. Sie schrieb abends, wenn Jason schlief, schrieb manchmal bis Mitternacht. Daran würde sich natürlich etwas ändern, wenn Ian zurückkam und Tagdienst hatte ... Mit einem Tablett voller Geschirr blieb sie stehen. Im Glas spiegelte sich ein volleres, jünger wirkendes Gesicht, wenn sich unter das dunkle Haar auch ein paar weiße mischten, ungefähr zwei bis drei Zentimeter lang. Um diese Länge zu erreichen, brauchte ein Haar ungefähr zwei Monate, und sie wußte, daß sie sie bekommen hatte, als James gestorben war.

Sie griff zum Telefonhörer und wählte die Nummer ihrer Eltern in Spanien, um ihnen ein glückliches neues Jahr zu wünschen. Mopsa meldete sich.

«Das darf man erst an Silvester, sonst bringt es Unglück», sagte sie.

«Unsinn.» Benet war selbst überrascht, daß sie so energisch widersprechen konnte. «Silvester gehe ich wahrscheinlich aus und werde mich amüsieren.»

Schweigen. Dann: «Ich wünschte, ich könnte auch einmal so

selbstsüchtig sein.» Mopsa machte eine Pause und wartete auf Antwort. Als keine kam, fragte sie: «Wie geht es James?»

Benet drehte sich das Herz im Leib um, und im ersten Augenblick war sie nicht fähig, etwas zu sagen. Als sie eine Woche vor Weihnachten angerufen hatte, hatte sie nur mit ihrem Vater gesprochen, und von ihm konnte sie natürlich nicht erwarten, daß er es wußte. Aber Mopsa! Ich darf meine Mutter nicht hassen ...

Die ganz einfache Erklärung jedoch war, daß Mopsa alles vergessen hatte. Da Jasons Entführung nicht gut aufgenommen, geschweige denn mit Beifall begrüßt worden war, hatte sie reagiert, wie sie immer auf Tadel oder Kritik reagierte: Sie hatte das Erlebnis einfach verdrängt, wozu ein seltsamer Mechanismus ihres Geistes sie befähigte. Sie hatte vergessen. Erinnerung war für sie immer wie eine Schrift auf einer Tafel gewesen, jede Art von Unbehagen konnte sie sofort löschen.

«Es geht ihm gut», gelang es Benet zu sagen. «Wir hatten eine Party.»

«Ich kann mich nicht erinnern, eine Einladung bekommen zu haben.»

«Du hast auch keine bekommen. Du würdest kaum achthundert Meilen weit reisen, um bei einer Kinderparty dabei zu sein.»

«Als die Tochter des geschäftsführenden Direktors aus Vaters Firma in Santiago heiratete, schickte sie uns eine Einladung, und bis Santiago sind es ungefähr achttausend Meilen.»

Es war sinnlos, dieses Gespräch weiterzuführen, das wußte Benet. Sie sprach mit ihrem Vater, der ihr müde und bedrückt vorkam. Mopsa weigerte sich, noch einmal an den Apparat zu kommen. Sie sagte, die Verbindung sei so schlecht, daß ihr die Ohren weh täten.

Ich darf meine Mutter nicht hassen ...

Und plötzlich begriff Benet, daß sie Mopsa nicht mehr haßte, daß sie diese Beschwörungsformel nie wieder brauchen würde. Sie würde ihr ewig dankbar sein, und das war nur einen Schritt von Liebe entfernt. Denn ohne Mopsa hätte sie Jason nie bekommen. Mopsa hatte ihn für sie gestohlen und mit einer Weisheit, die niemand in ihr vermutet hätte, vorausgesehen, daß Benet ihn eines Tages lieben würde, wenn man ihr nur genug Zeit ließ. Und um das zu erreichen, hatte sie riskiert, wovor sie sich am meisten fürchtete, hatte riskiert, in eine Nervenheilanstalt gebracht und dort zwangsweise festgehalten zu werden. Sie hatte Jason gestohlen und Benet gegeben und in ihrem methodischen Wahn jede Erinnerung an die Entführung aus ihrem Gedächtnis getilgt, weil sie nicht die einzige Zeugin sein wollte.

«Es macht nichts», sagte Benet zu ihrem Vater. «Grüß sie noch einmal von mir, und sag ihr, daß ich oft an sie denke.»

Die kühle, feuchte Öde, die die Lücken zwischen den Weihnachtsfeiertagen füllt, machte sich in der Finchley High Road deutlich bemerkbar. Am neunundzwanzigsten Dezember hatten viele Läden noch geschlossen, aber die Banken natürlich nicht. Mit einem kleinen Whisky und zwei Valium gestärkt, fand Terence in der Regent's Park Road viele freie Parklücken für Freda Phipps Wagen. Die wenigen Leute, die mit Einkaufstüten unterwegs waren, hatten in den letzten Tagen anscheinend viel gefeiert, so daß sie wie benommen wirkten.

Terence ging ziemlich langsam. Er passierte die Westminster Bank und Lloyds, die Midland und die Barclays Bank und fürchtete allmählich – hoffte es in gewisser Weise auch –, daß es hier keine Zweigstelle der Anglian-Victoria Bank gab, daß die Adresse im Telefonbuch falsch angegeben oder die Bank umgezogen war. Aber dann sah er sie vor sich, das Monogramm A und V auf einer orangefarbenen Tafel zwischen dem Postamt und einer Bausparkasse. Er zögerte, blieb stehen und betrachtete das unbeleuchtete, mit einem Gitter gesicherte Schaufenster einer Herrenboutique, als faszinierten ihn der gelbe Pullover und die beige Kordhose, die er in dem schattigen Halbdunkel nur undeutlich wahrnahm. Es half alles nichts, er mußte in die Bank. Entweder ging er hinein, oder er gab das Ganze auf, ließ das Projekt fallen.

Halb zwölf, und die Pubs hatten geöffnet. Seit dem Fund in Jessicas Koffer war er recht wohlhabend, hatte den größten Teil seiner Lebensmittel, die Mahlzeiten in den Restaurants und seine Drinks mit der noch gültigen Barclay-Karte bezahlt. Er hätte sich ohne weiteres ein paar Gläser Scotch leisten können. Aber er fürchtete, seine Sprache könnte sich verwischen, und ihm könnte die Hand zittern, falls er eine Unterschrift zu leisten, den Namenszug «John Howard Phipps» vor Zeugen entsprechend schwungvoll hinzuwerfen hätte.

Schließlich konnte ihm in der Bank nichts passieren. Sie konnten ihn ablehnen, aber das war auch alles. Sie würden bestimmt nicht die Polizei holen lassen, weil er unter dem Namen Phipps ein Konto eröffnen wollte. Es war kein Verbrechen, sich einen anderen Namen zuzulegen, in diesem Land konnte sich jeder nennen, wie er wollte. Und er hatte eine narrensichere Möglichkeit gefunden, den erforderlichen Bürgen beizubringen, nicht wahr? Sie konnten ihn schlimmstenfalls ablehnen ...

Terence hatte schon oft versucht auf diese Weise gegen seine Paranoia anzukämpfen, mit der anerkannten Methode, sich aufzumuntern, indem man sich so leicht greifbare Sprüche vorbetete wie: «Das meiste, vor dem du Angst hattest, ist nie eingetroffen» oder: «Man braucht nichts zu fürchten als die Furcht selbst» und «Sie können dich nicht fressen» und so weiter. Aber sie hatten ihm nie viel geholfen, sie waren nie zu ihm durchgedrungen. Es waren nur wohlklingende Sätze. Sie stießen nicht in den harten Kern der Angst vor und waren weit entfernt davon, ihn aufzubrechen. Dort in der Finchley High Road überkam Terence an diesem düsteren grauen Morgen nach Weihnachten eine schreckliche Depression, weil er, während er im Schaufenster seine hellbraune Hose anstarrte, plötzlich begriff, daß er sein Leben lang von Angst besessen sein würde, mit ihr leben mußte und von ihr gelähmt werden würde, und daß es auf der ganzen Welt nicht genug Valium und Whisky gab, um diese Angst einzudämmen. Das lohnt sich nicht, dachte er, das lohnt sich doch ganz und gar nicht. Doch was meinte er damit? Was lohnte was nicht? Meinte er, daß sich ein Leben in Angst nicht lohnte?

Aber so zu denken führte zu nichts. Es blieb ihm nichts anderes mehr übrig, als zu handeln, er hatte die Sache schon zu weit vorangetrieben. Er hatte den Vertrag unterschrieben und sich damit festgelegt. Wer A sagte, mußte auch B sagen, und B waren hundertzweiunddreißigtausend Pfund. Er betrat die Bank und verlangte mit heiserer Stimme, von einem Räuspern unterbrochen, jemanden zu sprechen, bei dem er ein Konto eröffnen könne.

«Phipps», sagte er, als man ihn nach seinem Namen fragte.

Er wurde gebeten, Platz zu nehmen, und setzte sich in einen der orangefarbenen Ledersessel, die herumstanden. Nach ein paar Minuten kam jemand und sagte, der stellvertretende Zweigstellenleiter erwarte ihn. Terence ging in ein sehr kleines Büro, das gleichfalls ganz in Orange gehalten war, und schüttelte einem Mann namens Fletcher die Hand.

«Ich möchte ein Konto eröffnen», sagte Terence. Seine Stimme klang wieder normal, aber sein Körper fühlte sich ganz leicht an, wie beim Wassertreten. «Mit 50 Pfund», fügte er hinzu, wobei ihm klar war, daß ein Betrag in dieser Höhe heutzutage nicht besonders beeindrucken konnte. Doch mehr hatte er in drei Wochen von seiner Arbeitslosenhilfe nicht zurücklegen können.

Fletcher wirkte jedoch irgendwie erleichtert. Vielleicht, dachte Terence, hat er geglaubt, daß ich ein Kunde bin, der einen Überziehungskredit haben möchte. «Das dürfte eigentlich kein allzu großes Problem darstellen, Mr. Phipps.»

Er schob ein Formular über den Schreibtisch, das Terence rasch überflog. Seine Kehle verkrampfte sich erneut, obwohl es sich um ganz alltägliche Fragen handelte. Eine eigenhändige Unterschrift unter Fletchers Augen wurde verlangt. Terence unterschrieb «John Howard Phipps», ohne zu zittern, seine Hand schien in verzweifelter Konzentration erstarrt.

Dann kam die Spalte «Name und Adresse» eines Bürgen.

«Sie könnten sich an jemanden wenden, der ein Konto bei Ihrer Zweigstelle in Golders Green hat», sagte Terence. «Geht das in Ordnung?»

«Aber selbstverständlich, Mr. Phipps.»

Also schrieb Terence in die dafür vorgesehene Spalte: «Mr. Terence Wand» und darunter «Gibs House 14, Brownswood Common Lane, London N 15». Es war die Adresse seiner Mutter.

19

Die Waffe sah ganz anders aus, als Barry erwartet hatte. Er wollte irgendeine Pistole, einen Revolver, obwohl er auch davon nur eine ganz verschwommene Vorstellung hatte. Er wollte ein Ding wie das, mit dem Dennis Gordon auf seine Frau geschossen hatte. Diese Waffe sah nach einem Gewehr aus, an dem jemand herumgemurkst und es dann wieder zusammengeflickt hatte. Aber der Mann, der sich Paddy nannte, wollte vierzig Pfund dafür haben, und Barry wußte, daß das für eine echte Waffe nicht viel war.

«Sind Sie sicher, daß sie funktioniert?» fragte er.

«Aber klar doch», antwortete Paddy.

Sein Zimmer war das scheußlichste, das Barry je betreten hatte. Er hatte nicht geahnt, daß es in Hornsey, wo er aufgewachsen war und seine Eltern noch immer wohnten, so etwas gab. Es enthielt kein einziges Möbelstück, auf dem Boden lag eine verdreckte Matratze, und in einem Winkel war ein eingebauter Speiseschrank mit einer Tür aus Maschendraht. Es stank nach Hamburgern, ungewaschenen Kleidern und Urin. Aus dem Speiseschrank hatte Paddy die Waffe geholt.

«Was ist das für ein Fabrikat?» fragte Barry.

Er wollte einen jener berühmten Namen hören, die allen Liebhabern von Kriminalfilmen und Büchern vertraut sind – Luger, Smith & Wesson, Beretta.

Paddy warf ihm einen langen Seitenblick zu.

«Es ist eine abgesägte Flinte, oder?» fragte er.

Er war ein großer, bulliger blonder Mann, sah überhaupt nicht irisch aus und trug den Familiennamen Jones. Behauptete er. Er hatte eine monotone Baßstimme wie ein Zombie. Sein Akzent war ebenfalls nicht irisch. Aber Barry vermutete, daß Paddy im Pub nicht mit ihm gesprochen und ihn auch nicht in seine Wohnung mitgenommen hätte, hätte er Barrys irischen Namen nicht gehört und nicht festgestellt, daß Barry mit seinen schwarzen Haaren, den blauen Augen und der weißen Haut seine Herkunft nicht verleugnen konnte. Er kam unverkennbar aus Connemara.

Barry selbst sah sich als Engländer – nun ja, dann eben als Briten. Und abgesägte Flinten setzte er mit Terrorismus gleich. Aber er mußte die Waffe haben, denn nie wieder wollte er nach Einbruch der Dunkelheit unbewaffnet durch Winterside Down gehen. Eine Attrappe hätte ihm nicht genügt. Außerdem kostete sie beinahe soviel wie die echte Waffe.

«Wir könnten sie wohl nicht irgendwo ausprobieren?»

«Wo, zum Beispiel? Unten in der High Street?»

Barry hatte an den Alexandra Park gedacht, doch auch er war nicht groß genug für ein Probeschießen. Außerdem machte die Waffe, wenn man sie abfeuerte, bestimmt einen furchtbaren Krach.

«Du mußt mir schon trauen», sagte Paddy.

Er sah plötzlich wie ein politischer Fanatiker aus. Wie einer von den Leuten der IRA, deren Gesichter immer wieder in den Fernsehnachrichten gezeigt wurden. Barry nahm die dünne Geldscheinrolle aus der Tasche. Es war praktisch sein letztes Geld, fast der ganze Lohn der letzten Woche, der absolut letzten Woche, denn Ken Thompson war pleite und hatte ihn entlassen.

Paddy packte das Gewehr in einen Lumpen, ein Stück von einer grauen Weste. Er legte Barry das Bündel in die Hände wie ein seltenes und zerbrechliches Geschenk.

«Töte Engländer», sagte er nur mit seiner toten Stimme.

Barry strömte das Blut eiskalt zum Herzen, er war wie gelähmt vom starren Blick dieser hellen Augen, der dumpfen Stimme und dem tödlichen Haß darin. Er konnte das Haus nicht schnell genug verlassen, zwang sich aber dazu, lässig zu schlendern, bis Paddy ihn nicht mehr sehen konnte. Das letzte, was er von dem Waffenhändler sah, war das klobige, aufgedunsene Gesicht mit den starren Schweinsaugen, die ihn über das Treppengeländer hinweg beobachteten, als er die unzähligen Treppen hinunterstieg.

Für einen Besuch bei seinen Eltern war es jetzt zu spät. Carol kam in einer halben Stunde nach Hause. Seit er aus dem Krankenhaus entlassen worden war, war er heute das erste Mal am Abend unterwegs. Er hatte sich geschworen, erst wieder hinauszugehen, wenn er eine Waffe hatte, um sich zu schützen. Blauhaar, Wiedehopf und Schwarze Schönheit hatten ihm einen Zahn ausgeschlagen, zwei Rippen gebrochen, und eine Zeitlang hatten die Ärzte geglaubt, er hätte einen Riß in der Milz davongetragen. Eine solche Chance sollten sie nie wieder haben. Barry betastete die in den grauen Lumpen gewickelte Waffe, die in einer Plastiktüte steckte. Sie war zwar ein bißchen sperrig und hinderlich, aber er wollte sie überallhin mitnehmen, egal, wohin er ging. Er lächelte in sich hinein, wenn er sich vorstellte, wie er über ihre Köpfe hinwegfeuern und sie rennen sehen würde.

Einen Tag nachdem er ins Krankenhaus eingeliefert worden war, war die Polizei erschienen, um ihn zu vernehmen. Ein Sergeant und ein Constable, die er noch nie gesehen hatte. Sie fragten ihn, ob er wisse, wer ihn überfallen hatte, und er zögerte nur eine Sekunde, bevor er nein sagte. Nein, er konnte die Männer nicht identifizieren, er würde sie nicht wiedererkennen, er wußte weder ihre Namen noch woher sie kamen. Was hätte es für einen Sinn gehabt, etwas zu sagen? Ins Gefängnis kämen Blauhaar und die anderen nicht. Sie würden auf Bewährung entlassen oder zum Psychiater geschickt und sich später an ihm rächen.

«Ich habe sie nicht gesehen», sagte er. «Es war stockdunkel. Bevor sie über mich herfielen, habe ich sie weder gesehen noch gehört.»

Barry sah dem Sergeant an, daß er dachte, daß er das, was passiert war, nur für ausgleichende Gerechtigkeit hielt. Die Polizei konnte Barry nicht überführen, sie hatte keine Beweise gegen ihn, also was machte es schon aus, wenn ein paar Wegelagerer ihm eine private Abreibung verpaßten? Sie stellten ihm noch ein paar halbherzige Fragen und gingen. Vielleicht glaubten auch die Ärzte, daß er Jason getötet hatte. Und wenn er wirklich einen Milzriß gehabt hätte, hätten sie ihn sterben lassen und es für das beste gehalten.

Carol und er mußten wegziehen, sie mußte fort aus dieser Gegend. Vielleicht konnten sie mit einem Sozialbau in einem anderen Viertel tauschen. Crouch End gefiel ihm oder Palmer's Green, aber weiter nach Westen wollte er nicht, auf keinen Fall in die Nähe von Hampstead. Wo immer sie wohnen würden, es mußte weit weg von Terence Wand sein, so weit weg wie möglich.

Hatte sie sich mit Terence Wand getroffen, während Barry im Krankenhaus lag? Er wußte es nicht, und er hatte nicht gefragt. Trotz seiner Schmerzen – sein ganzer Körper hatte tagelang höllisch gebrannt, und er hatte qualvolle Schmerzen gehabt, die ihn mit Messerstichen zu durchbohren schienen – war er glücklich und selig gewesen, weil Carol sich um ihn gesorgt hatte, über seine Verletzungen entsetzt gewesen war. Als sie ihn am ersten Tag besuchen kam, war sie zu ihm gelaufen und hatte sich mit einem kleinen hysterischen Aufschrei über das Bett und in seine Arme geworfen. Es hatte verdammt weh getan, doch seine Freude war größer gewesen als der Schmerz. Er hatte mit keinem Wort protestiert, obwohl sie auf ihm lag und ihre Finger sich in ihn hineingruben. Erst als die Schwester kam, flüsterte er ihr zu, sie solle aufstehen, weil es ihm peinlich war.

Nach diesem ersten Tag hatte sie nicht mehr oft kommen können. Die Besuchszeit fiel immer mit ihrer Arbeitszeit zusammen. Das verstand er natürlich. Er lag da und dachte über Terence Wand nach und fragte sich, ob die Polizei etwas wegen des Briefes unternommen hatte? Es war ein alberner Brief gewesen. Schließlich verdächtigte er Terence Wand nicht, Jason entführt zu haben, oder?

Eines Abends kam Maureen. Er war überrascht, sie zu sehen. Sie trug ihren langen Regenmantel. Das straff zurückgekämmte Haar war am Hinterkopf mit einem Gummiband zusammengezurrt. Sie fragte ihn nicht, wie es ihm ginge. Sein rechter Arm, an dem der Schlafanzugärmel aufgerollt war, lag auf der Bettdecke, und sie hob ihn am Handgelenk auf wie einen leblosen Gegenstand, einen Ast oder ein Stück Rohr, und betrachtete gleichgültig die Verletzungen, die sich inzwischen braun und gelb verfärbt hatten.

«Jedenfalls bist du noch hier», sagte sie.

Sie meinte, er war nicht tot.

«Sie haben mich nicht umgebracht, wenn es das ist, was du sagen willst.»

«Mutter meint, das Schlimme war, daß er sich zwischen euch gedrängt hat.»

«Wer hat sich zwischen uns gedrängt?» fragte er, obwohl er wußte, wer gemeint war.

«Jason.»

Er sah sie an, musterte das häßliche runde Gesicht, das dennoch irgendwie Carols Gesicht war, ein bißchen breiter und flacher, aber es genügte, um ihm alle Schönheit zu nehmen. Die leeren blauen Augen begegneten den seinen. Bei dem, was sie dann sagte, blieb ihm die Luft weg, doch diese Wirkung hatten Maureens Äußerungen oft.

«Vielleicht ist es ganz gut so. Vielleicht war es das beste. Tatsache ist, daß niemand ihn wollte, und jetzt ist er wenigstens aus dem Weg.»

Sie glaubte also, daß er ein Mörder war. Der Unterschied war, daß sie es auch glaubte, aber es ihr jedoch gleichgültig war. Sie starrte noch immer seinen verletzten Arm an und schien wieder danach greifen zu wollen. Er hatte das unheimliche Gefühl, daß sie imstande wäre, ihn bei Ellenbogen und Handgelenk zu nehmen und die Unterarmknochen in der Mitte entzweizubrechen. Rasch steckte er den Arm unter die Decke, und nach einer Weile stand sie auf. Im Gehen sagte sie: «Ich an deiner Stelle würde mich mit dem Rauskommen nicht allzu sehr beeilen.»

Seither hatte er sich schon ein paarmal gefragt, was sie damit gemeint hatte. Er sollte nicht auf seine Entlassung aus dem Krankenhaus drängen, das war ihm klar. Er war in der feindseligen Welt von Winterside nicht willkommen. Die Rache, die man an ihm geübt hatte, war irgendwie eine Bestätigung für seine Schuld. Die Leute sprachen noch mit ihm, aber niemand nannte ihn beim Namen, und ihre Augen sahen ihn an, als sei er etwas anderes als sie, als trenne ihn die unaussprechliche Tat, derer man ihn beschuldigte, für immer auch von den Schlimmsten unter ihnen. Daß Carol zu ihm hielt, daß er noch in Carols Haus wohnte, war etwas Wunderbares, etwas das er hüten mußte wie einen Schatz. Er war auf eine geradezu dumme und lächerliche Weise dankbar. Ich benehme mich dumm und lächerlich, weil ich nichts getan habe, dachte er. Ich habe Jason nicht mal mit dem kleinen Finger angerührt, habe im Gegenteil zu den wenigen gehört, die den Jungen wirklich gern hatten. Alle, die ihn verdächtigten, hatten unrecht, und er hatte recht. Auch wenn niemand auf der Welt an seine Unschuld glaubte, blieb er dennoch unschuldig, hatte er dennoch Jason nicht getötet. Aber er lernte, wie hart es war, alleinzustehen, wie schwer, in der Isolation an der Wahrheit festzuhalten, so daß man sogar selbst daran zu zweifeln beginnt, ob es die Wahrheit ist. Im Krankenhaus und auch zu Hause hatte er ein paarmal geträumt, er sei im Garten eines der abbruchreifen Häuser in den Rudyard Gardens und begrabe Jasons Leiche.

Im wachen Zustand mied er die Straße immer noch. Er stieg aus dem Bus und ging die Delphi Road entlang, vorbei an erleuchteten Häusern mit zum Teil noch weihnachtlich geschmückten Fenstern. Auf der Bank vor der Bibliothek saßen zwei oder drei in Leder gekleidete Jungen. Barry krampfte sich der Magen zusammen, und die Kehle wurde ihm eng. Er nahm das Gewehr aus der Tüte und schob es unter seine Reißverschlußjacke. Zu Hause würde er das Taschenfutter aufschneiden, dann konnte er die Waffe immer unter der Jacke tragen und hatte sie trotzdem griffbereit.

Aber die Jungen auf der Bank waren nicht Blauhaar oder Wiedehopf oder ein anderer von der Bande. Es waren Fremde, die ihn kaum beachteten, die noch nicht wußten, wie der Mörder von Jason Stratford aussah. Er zwang sich, über die Chinesische Brücke zu gehen und den Pfad über den Rasen zu nehmen wie an dem Abend, an dem sie ihn überfallen hatten. Früher oder später mußte er den Mut finden, und früher war am besten. Das Gewehr half ihm dabei.

Der Abend war nicht so finster wie damals, und es war auch viel früher. Das Gras glänzte im Mondlicht, und der Frost hatte die Spitzen der Zäune versilbert. Barrys Herz machte einen Sprung, als er sah, daß in Carols Haus das Licht brannte. Nur um sich zu vergewissern, zählte er die Häuser, als er an die Stelle kam, an dem der Pfad zwischen die Häuser einmündete: eins, zwei, drei, vier – ja, im achten Haus von der Ecke brannte Licht.

Im Durchgang zwischen den Zäunen war niemand. Er passierte ihn rasch, zwang sich jedoch, nicht zu rennen, kam an der Stelle vorbei, an der sie ihn niedergeschlagen hatten, und fragte sich, ob auf dem betonierten Boden und am Zaun noch Blut zu sehen war.

Er zeigte Carol das Gewehr nicht und erzählte ihr auch nichts davon. Sie hätte ihm vielleicht Vorwürfe gemacht, weil er so viel Geld ausgab, obwohl er arbeitslos war. Sie saß vor dem Fernseher, hatte die Beine hochgelegt und eine Flasche Rotwein neben sich, aus der sie zwei oder drei Gläser getrunken hatte. Er schenkte sich auch ein Glas ein und setzte sich neben sie. Sie ließ sich von ihm küssen, und ihr Mund bebte leicht unter dem seinen.

Sie trug das schwarzweiße Zickzackkleid. Die schwarze Spitzenstrumpfhose hatte sie in einem eleganten Laden in Highgate von einem Ständer gestohlen, erzählte sie ihm. Hatte sie auch die Uhr an ihrem linken Handgelenk gestohlen, die aussah, als sei sie mit Brillanten besetzt?

Ihr Ärmel war hochgerutscht, und darunter schaute ein breiter roter Striemen heraus. Die Uhr verdeckte das Ende. Innerlich zusammenzuckend, erinnerte Barry sich an die Nacht, in der sie von ihm geschlagen werden wollte, er ihr weh tun sollte, und wie sie das offenbar genossen hatte. Jetzt lachte sie über etwas im Fernsehen und griff nach ihren Zigaretten. Er wußte, daß er es nicht fertigbringen würde, sie zu fragen, woher sie den roten Striemen und die Uhr hatte. Er hatte sie ja auch nicht fragen können, wo sie in der Nacht gewesen war, in der die Motorrad-Freaks ihn fast umgebracht hätten.

20

Terence lag mit Mrs. Goldschmidt im Zimmer mit dem Futon im Bett. Sie waren beide eingeschlafen, und Mrs. Goldschmidt schlief noch. Als er aufwachte, wußte er nicht, wo und kaum wer er war, geschweige denn, wer die nackte Blondine war, die, das Gesicht in den Kissen vergraben, neben ihm lag. Im ersten Moment dachte er an Carol Stratford, doch das war reines Wunschdenken. Es war Mrs. Goldschmidt – oder Rosemary, wie er aus dem Vertrag wußte –, mit der er vor ein paar Stunden ins Bett gegangen war. Sie schlief weiter, wobei sie ab und zu leicht und leise aufschnarchte. Terence wünschte sich heftig und leidenschaftlich, er hätte ihr nicht nachgegeben.

Sie war überraschend gekommen. Terence beunruhigten diese unerwartet auftauchenden Besucher in steigendem Maß. Er hatte den Vormittag damit verbracht, als Terence Wand eine Bankempfehlung für John Howard Phipps zu schreiben, und als es klingelte, erwartete er natürlich, daß es die Polizei war. Sein Magen zog sich zusammen. Terence zwang sich, zur Tür zu gehen und zu öffnen. Er hatte die Zähne zusammengebissen, doch seine Kiefer entspannten sich, als er sah, wer vor der Tür stand, und er lächelte schwach. Sie trug ein hellgrünes Kleid und darüber einen Pelzmantel aus unzähligen kleinen Fellen. Ein paar Tausend winziger Geschöpfe, nicht größer als eine Maus, hatten für diesen Mantel ihr Leben lassen müssen.

Diesmal ließ sie ihn über Sinn und Zweck ihres Besuchs nicht im Zweifel. Sie ging in den ersten Stock hinauf, und Terence trabte hinter ihr her. Auf der obersten Stufe blieb sie stehen, legte die Arme um ihn und küßte ihn wortlos und gierig. Dann ging sie ins Schlafzimmer und ließ den Mantel fallen, der wie ein schlafender Bär auf dem Boden lag. Terence hatte das Gefühl, hilflos von einer Woge des Schicksals mitgerissen zu werden. Manchmal dachte er, es sei seine Schüchternheit, die ihn für Frauen so anziehend machte, das, was Freda seine «Schwäche» nannte. Sie bemächtigten sich seiner, machten mit ihm, was sie wollten, beherrschten, bemutterten oder fraßen ihn.

Mrs. Goldschmidt fraß ihn. Aber konnte er sich dagegen wehren? Wenn er nein sagte, ging sie vielleicht nach Hause und überredete ihren Mann, den Vertrag nicht zu unterschreiben. Er hatte so seine Erfahrungen mit verschmähten Frauen. Andererseits war es natürlich auch möglich, daß sie zu jenen gehörte, die einen Seitensprung ihrem Ehemann beichteten, dann würde Goldschmidt so wütend sein, daß er nicht unterschrieb.

Mürrisch sah er sie an. Rosemary. Der Name paßte nicht zu ihr.

Sein Blick blieb nicht ohne Wirkung. Sie schlug die Augen auf, stieg aus dem Bett und ging ins angrenzende Gästebad. Terence zog die Unterhose an, marschierte hinunter, nahm die Whiskyflasche und eine Flasche Perrier aus dem Kühlschrank und stellte sie zusammen mit zwei Gläsern auf ein Tablett. An der Stelle, an der sich die Treppe im rechten Winkel drehte, blieb er stehen und sah aus dem Fenster in den Hof. Vor einer Woche hatte jemand die Lichterketten vom Trompetenbaum abgenommen. Auf dem Kopfsteinpflaster lag eine weiße Plastiktüte, die der Wind vor sich hertrieb, aus dem Licht in den Schatten und wieder ins Licht. Schließlich blieb sie an einem niedrigen Mäuerchen kleben. Der Himmel war bräunlich und purpurn gefärbt, und die wenigen Sterne waren schmutziggelb und verwischt. Terence hatte den ganzen Tag keinen Fuß vor die Tür gesetzt, aber es sah aus, als sei es grausam kalt. Unter dem Torbogen stand ein junger Mann und schaute zum Haus und zu Terence herüber, so daß es den Anschein hatte, als begegneten sich ihre Blicke. Terence wandte sich rasch ab. Der Beobachter glich dem jüngeren der beiden Polizisten, die bei ihm gewesen waren, doch ob er es tatsächlich war, konnte Terence nicht sagen.

Mrs. Goldschmidt zog sich an, das Licht brannte, die Jalousie war hochgezogen. Terence zog sie rasch herunter.

«Ich dachte, du möchtest vielleicht etwas trinken, Rosemary?»

«Katie.»

«Wie bitte?» sagte Terence.

«Ich werde Katie gerufen.»

Er nickte, weil ihm einfiel, daß sie mit dem zweiten Vornamen Catalina hieß. Er paßte nicht besser zu ihr als Rosemary. Sie schlüpfte in bronzefarbene hochhackige Schuhe und griff nach dem Glas, das Terence ihr reichte. Er nahm seinen ganzen Mut zusammen und fragte, ob sie und ihr Mann schon den Vertrag unterschrieben hatten. Er warte zu Hause, sagte sie. Er sei heute vormittag mit der zweiten Post gekommen, und sie wollten heute abend unterschreiben. Es sei wohl am besten, sie gehe jetzt nach Hause. Dagegen hatte Terence nichts einzuwenden. Sie wickelte sich in ihren Mantel aus unzähligen Mäusefellchen, und dann fiel ihr ein, daß sie Terence das Futon abkaufen wollte, von dem sie begeistert war. Sie fragte ihn, ob er bereit sei, sich von dem seltenen Stück zu trennen, und als er nickte, schrieb sie einen Scheck aus. Er freute sich natürlich über das Geld, hatte jedoch gleichzeitig das Gefühl, direkter als sonst für seine Dienste bezahlt zu werden.

Als Jason sich das erste Mal selbständig am Telefon meldete, war Ian am Apparat. Ian hörte ihn «Mami, Mami, da ist ein Mann!» rufen. Das zweite Mal war es John Archdale aus Marbella, und als Benet den Hörer nahm, glaubte sie aus der Stimme ihres Vaters Staunen und so etwas wie Erleichterung herauszuhören. Anscheinend akzeptierte er jetzt das Kind und betrachtete es nicht mehr als Monster oder als Skelett im Schrank der Familie.

Die erste Nacht, die Benet mit Ian verbrachte, bescherte ihr ein schlechtes Gewissen, weil Jason im Haus war. Als sie am nächsten Morgen sehr früh erwachte, mit dem Rücken an Ian geschmiegt und von seinen Armen umschlungen, überlegte sie sofort, was Jason wohl denken würde, wenn er hereinkam und sie beide so zusammen sah. Das war merkwürdig, denn sie hätte nicht so empfunden, wenn James noch am Leben gewesen wäre und im Nebenzimmer geschlafen hätte. Als sie das Kind erwartete, hatte sie keineswegs beschlossen, enthaltsam zu leben, bis es alt genug war, um von zu Hause fortzugehen. Sie stand auf und ging in Jasons Zimmer.

Ihr erster Gedanke war, daß er sich sehr verändert hatte. Seine Mutter würde ihn zweifellos noch erkennen. Aber sonst niemand. Sie hatte ihm zwei Tage vorher die Haare schneiden lassen, und der symmetrische Schnitt hatte ihn von einem Kleinkind in einen kleinen Jungen verwandelt. Trotzdem, dachte sie, sieht er auf merkwürdige Weise jünger aus. Sein Körper war schlanker, und er war gewachsen, sein Gesicht aber weicher und voller geworden. Außer für das scharfe, einfühlsame Auge einer Mutter, war Jason Stratford so unkenntlich geworden wie jemand, der sich einer plastischen Operation unterzogen hat. In diesem Moment erkannte sie, daß er für sie nie wieder Jason sein würde. Sie ließ das seitliche Gitter des Kinderbetts herunter, beugte sich über ihn und küßte ihn auf die feste, runde, rosige Wange.

Als sie mit einem Tablett und frischem Tee wieder heraufkam, war Jays Zimmer leer, und er war bei Ian im Bett. Benets Leben schien plötzlich übervoll, und ihr stockte der Atem. Sie zögerte nur einen Augenblick, bevor sie zu den beiden ins Bett kletterte. Jay lag zwischen ihnen und kuschelte sich an sie.

Im Lauf des Vormittags klingelte das Telefon. Das Klingeln brach ab, also war Jay an den Apparat gegangen. Als Benet jedoch hinunterkam, lag der Hörer wieder auf der Gabel, und Jay spielte Xylophon. Sie fragte ihn, wer angerufen habe.

Er lächelte und antwortete mit einer eigenen Wortschöpfung, einer Kombination aus «häßlich» und «grauslich» vielleicht. «Hauslich», sagte er.

Sie glaubte zu verstehen, was er meinte. «Jay», fragte sie, und ihr war nicht ganz wohl in ihrer Haut, «legst du immer auf, ohne Mami Bescheid zu sagen, wenn dir die Stimme am Telefon nicht gefällt?»

«Ja», sagte Jay und nickte heftig, um seinen Worten mehr Nachdruck zu verleihen. «Hauslicher Mann.»

Darüber mußte Benet lachen, wenn auch das Unbehagen blieb. Vielleicht hatte sie sich geirrt, als sie glaubte, er sei bisher nur zweimal ans Telefon gegangen. Vielleicht hatte ihm schon oft eine Stimme nicht gefallen, so daß er einfach aufgelegt hatte. Ich darf jetzt auf keinen Fall zu streng mit ihm sein, dachte sie, damit könnte ich großen Schaden anrichten. Sie setzte sich ihn auf die Knie und erklärte ihm sorgfältig, daß er es ihr immer sagen müßte, wenn jemand anrief. Wenn sie oben und dort die Klingel abgeschaltet war, hörte sie das Telefon vielleicht nicht und wußte dann auch nicht, wer angerufen hatte. «Verstehst du das, Jay?»

Am Nachmittag rief der Werbechef ihres Verlags an. Sie sollte im Mai eine längere Reise durch die Vereinigten Staaten machen, um dort die Taschenbuchausgabe ihres Romans vorzustellen. Benet fragte ihn, ob er schon einmal angerufen habe. Ja, einmal, sagte er, aber ihr kleiner Junge sei am Apparat gewesen und habe wieder aufgelegt.

Benet war sofort erleichtert gewesen, obwohl sie nicht genau wußte warum.

Die Frau, deren Umrisse er hinter Terence Wands Fenster gesehen hatte, war bestimmt nicht Carol gewesen, dessen war sich Barry sicher. Sie hatte sich eben angezogen, dabei die weißen Arme über den Kopf gehoben, und er konnte ihr kurzes blondes Haar erkennen. Der Tag hatte zu viele Stunden für ihn, und er wußte nicht, was er damit anfangen sollte. Das redete er sich zumindest ein, damit er einen Grund hatte, nach Hampstead zu fahren.

Er hatte bisher noch keine Arbeit gefunden, dafür hatte Carol einen weiteren Job angenommen, zusätzlich zu Mrs. Fylemon und der Wein-Bar. Sie arbeitete stundenweise am Empfang eines Hotels. Barry starb fast vor Ehrfurcht, denn das roch irgendwie nach Mittelschicht, war schon eher ein Beruf als ein Job. Er kannte kaum einen Menschen, der eine richtige Ausbildung hatte, der an einem Schreibtisch saß, das Telefon beantwortete und Anmeldeformulare ausfüllte.

«Hast du auf ein Inserat geantwortet, Schatz?» fragte er. «Du hast mir nie was davon erzählt.»

Ihre Antwort war nicht sehr klar. «Der Typ, der das Hotel leitet, hat mich in der Wein-Bar gesehen. Er sagte zu Alkmini, er habe geglaubt, ich sei ein Modell.»

Das Getränke auf einem Tablett serviert? Aber das dachte Barry nur, er sprach es nicht aus.

Sie trug ihre Diagem-Armbanduhr und einen Ring mit einem roten Stein, den sie angeblich Weihnachten bei Iris bekommen hatte. Barry hatte jedoch noch nie gesehen, daß jemand aus einem Knallbonbon einen solchen Ring gezogen hätte. «Er sagte», fuhr Carol fort, «er würde alles drum geben, jemanden wie mich im *Rosslyn Park-Hotel* zu haben.»

«Ich hoffe, er bezahlt dich auch entsprechend.»

Um einen Blick hineinzuwerfen und sie zu sehen, hätte er sich von der Untergrundbahn-Station nach links, nicht nach rechts wenden und dann den Hügel zur Heide hinaufsteigen müssen. Aber er war nicht nach Hampstead gekommen, um Carol zu sehen. Warum sollte er? Sie würde nur vermuten, er wolle sie kontrollieren. Er bog also rechts ab und ging nach Spring Close hinauf. Und schon bald darauf konnte er die Frau beim Anziehen beobachten. Deshalb war er nicht lange geblieben. Nachdem er sie gesehen hatte, ging er, ein wenig erregt und ein wenig verlegen. Es war nicht Carol, bestimmt war es nicht Carol, und das mußte er schließlich am besten wissen, er hatte oft genug zugeschaut, wenn sie sich an- oder auszog. Aber als er wieder in der U-Bahn saß und später, als er den Bevan Square überquerte, fragte er sich unwillkürlich doch, wieso er so sicher sein konnte, daß es nicht Carol gewesen war? War er es vielleicht nur deshalb, weil er nicht wollte, daß sie es war?

Wiedehopf, Stephanie Isadoro, Schwarze Schönheit und noch ein paar andere saßen auf den Bänken und aßen etwas Türkisches aus gewachsten Pappschachteln. Immer wenn Barry Wiedehopf sah, erinnerte er sich an den Schmerz, der bei jedem Tritt, den die Stiefelspitze seinen Rippen versetzt hatte, wie ein elektrischer Stromstoß durch ihn hindurchgejagt war. Jetzt beachteten die Typen ihn überhaupt nicht. Er steckte die Hand in die Jackentasche durch das aufgetrennte Futter und betastete die Waffe. Er würde sie nicht brauchen, aber es war tröstlich zu fühlen, daß sie da war, genauso tröstlich wie ein dickes Geldbündel in der Tasche oder ein Wort der Liebe, an das man sich erinnerte.

War die Frau in Terence Wands Schlafzimmer vielleicht doch Carol gewesen? Als er unter dem Torbogen stand, glaubte er, sicher zu sein, aber jetzt war er es nicht mehr. Vielleicht war er's ja auch nur deshalb gewesen, weil er wußte, daß Carol um diese Zeit im *Rosslyn Park-Hotel* arbeitete. Er blickte zum Telefon hinüber, das neben Daves Foto auf dem Bord über der Heizung stand. Zwar wußte er die Nummer des *Rosslyn Park* nicht, doch er konnte sich bei der Auskunft erkundigen. Aber auch wenn Carol jetzt arbeitete, war das kein Beweis dafür, daß sie nicht vor einer Stunde in Spring Close gewesen war.

Er wählte die Auskunft und ließ sich die Nummer des Hotels geben, doch weiter ging er nicht. Es blieb ihm ein Rätsel, warum er plötzlich so guter Laune war, weil er jetzt die Telefonnummer des *Rosslyn Park* hatte, fast als habe er geglaubt, das Hotel existiere gar nicht.

Barry wechselte die Bettwäsche, saugte in den Schlafzimmern Staub und brachte die Wäsche in den Waschsalon.

Sobald er die Mitteilung bekommen hatte, daß die Verträge ausgetauscht, die Anzahlung in den Händen des Anwalts und das Erfüllungsdatum endgültig der 15. Februar war, ging Terence in ein Reisebüro, das nahe bei der Wohnung seiner Mutter lag, und buchte für den Fünfzehnten einen Flug nach Singapur. Als es darauf ankam, hatte Terence der Mut verlassen, er konnte sich nicht vorstellen, daß er mit einem Koffer voller Geld mutterseelenallein in Mittel- oder Südamerika war. Er flog lieber nach Singapur und nahm von dort aus eine Maschine oder ein Schiff nach Bali.

Das hing natürlich davon ab, um welche Zeit die Maschine nach Singapur ging. Goldschmidts Bankscheck würde am Fünfzehnten gegen Mittag auf dem Konto von John Howard Phipps eingehen, dann blieben Terence noch dreieinhalb Stunden, um das Geld wieder abzuheben. Dafür und um nach Heathrow hinauszukommen, mußte er ausreichend Zeit haben. Die Vorstellung, die Nacht vom Fünfzehnten zum Sechzehnten in London zu verbringen, war entsetzlich, das würden seine Nerven nicht aushalten. Der Möbelwagen mit den Möbeln der Goldschmidts würde kurz nach dem Lunch in Spring Close eintreffen. Doch im Haus würden noch Fredas Möbel, in der Garage Fredas Wagen stehen. Das brauchte ihn jedoch kaum noch zu kümmern, wenn er schon unterwegs zum Flugplatz war, sobald die Goldschmidts diese Entdeckung machten.

Es war daher eine große Erleichterung für ihn, als er erfuhr, daß der Quantas-Flug mit Zwischenlandungen in Bahrain und Singapur um 21 Uhr 45 startete. Er ließ einen Platz in der Touristenklasse buchen und bekam noch Rabatt, weil er einen Monat im voraus bezahlte – mit der neuen Barclaykarte, die heute morgen gekommen war. Am gleichen Tag hatte sein Anwalt ihm ein Dokument zugeschickt, das irgend etwas mit der Grundbucheintragung zu tun hatte und das er unterschreiben mußte. Doch diesmal genügte nicht seine Unterschrift allein, er mußte in Gegenwart eines Zeugen unterzeichnen. Terence fuhr den Hügel hinunter in die Wein-Bar, um dort mit Carol Stratford zu essen. Er hatte sie angerufen, nachdem er sich das Dokument angesehen hatte.

«Gibt wohl nichts Neues, nehme ich an?» fragte Terence.

«Nicht die Bohne.» Carol war es inzwischen gewohnt, daß man sie als eine Art Vorspiel zu jeder Unterhaltung fragte, ob sie etwas über Jason erfahren hatte.

«Er war nicht mein Kind, das weißt du, Carol.»

«Das hab ich den Bullen auch nie gesagt. Ich will nicht behaupten, daß ich nicht weiß, wer es war, aber ich war's jedenfalls nicht.»

Terence zuckte mit den Schultern. Er habe sein Haus verkauft, sagte er und fragte, ob sie etwas dagegen hätte, seine Unterschrift auf einem Dokument zu beglaubigen. Carol war der einzige Mensch, den er darum bitten konnte, der einzige, den er kannte und der, wenn man ihn danach fragte – vor dem fünfzehnten Februar natürlich, denn wen kümmerte es schon hinterher? –, hartnäckig lügen würde, weil es ihr Spaß machte zu lügen. Sie war auch die einzige, die das Dokument nicht allzu genau ansehen würde, weil sie eine Nase für krumme Sachen hatte und bestimmt von vornherein annahm, daß hier nicht alles mit rechten Dingen zuging.

Womit sie natürlich recht hatte. Terence hatte das Dokument fotokopiert und wollte die Kopie in Carols Gegenwart mit seinem Namen unterschreiben. Er brauchte ihre Unterschrift nur, um sie später auf dem echten Dokument fälschen zu können, nachdem er selbst mit Phipps unterzeichnet hatte.

Sie unterschrieb mit ihrer runden, linkslastigen Schrift, doch erst nachdem sie ihn eines Besseren belehrt und das Dokument gelesen hatte. An der Stelle, an der der Preis genannt wurde, hielt sie kurz inne.

«Vor drei Jahren», sagte sie, «warst du genauso blank wie ich.»

«Ich hatte ein bißchen Glück», antwortete er vage.

Sie fragte ihn, was er mit dem Geld anfangen würde, und Terence erzählte ihr, daß er eine Weltreise machen wolle. «Hättest du Lust, mitzukommen?»

«Machst du Witze?» fragte Carol, ganz große runde Puppenaugen und Babylöckchen.

Terence gab zu, daß es ein Scherz gewesen war. Doch er reise wirklich. Allerdings sei es mehr eine Geschäfts- als eine Vergnügungsreise. Aber sie gehe doch am Abend vor seiner Abreise mit ihm essen. Auf Barclays Kosten, dachte er.

21

Beim Abendessen in der *Villa Bianca* erzählte Ian ihr von der Stellung, die man ihm in Kanada angeboten hatte. Sie war zum erstenmal abends ausgegangen, seit Jay im Haus war. Sie hatte einen Babysitter aus ihrer Zeit in Tufnell Park angerufen, eine Achtzehnjährige, die James das letzte Mal gehütet hatte, als er vierzehn oder fünfzehn Monate alt gewesen war. Außerdem lag Jay ohnehin schon im Bett und schlief, als sie kam.

«Es ist ein großartiges Angebot», sagte Ian. Er lächelte. «Meine große Chance. Das Krankenhaus ist neu und hat eine Ausstattung, von der man hier nur träumen kann.»

«Wann müßtest du fort?»

«Ich habe noch einen Monat Zeit, um mich endgültig zu entscheiden.» Er zögerte, und Benet ertappte sich dabei, daß sie den Atem anhielt. «Könntest du dir vorstellen, in Vancouver zu leben, Benet?»

Konnte sie es sich vorstellen? Als ihre Eltern nach Spanien gezogen waren, hatte sie kategorisch erklärt, nichts könnte sie je dazu bringen, im Ausland zu leben. Sie hatte damals nicht gewußt, daß sie sich verlieben und dadurch alles anders werden würde. Dann dachte sie an Jay, wie jetzt immer, wenn sie einen Plan oder eine Veränderung erwog. Wenn sie mit ihm ans Ende der Welt ging, bestand natürlich überhaupt keine Gefahr mehr, daß ihn jemand erkannte. Aber sich so ausschließlich und so bald zu verpflichten ... Sie legte ihre Hand über die von Ian.

«Laß mich darüber nachdenken. Laß mir ein bißchen Zeit, ja, Ian?»

«Du sollst soviel Zeit haben wie ich», erwiderte er. «Ich war sicher, du würdest nein sagen. Du machst mich glücklich, weil du nicht sofort nein gesagt hast.»

Sie kamen ein bißchen später zurück, als sie Melanie gesagt hatten, und sie wartete schon und wollte sofort aufbrechen. Benet hatte nur Zeit, ihr zu danken und sie zu bezahlen, dann fuhr Ian sie nach Hause. Neben dem Telefon im Souterrainzimmer fand Benet eine Nachricht: *Edward Greenwood hat um halb neun angerufen.* Als Benet das las, wußte sie sofort, warum ihr so unbehaglich zumute gewesen war, seit sie wußte, daß Jay ans Telefon ging und sie nicht immer rief. Sie fürchtete, daß Edward schon öfter angerufen hatte. Sie hatte ihn seit einem Monat nicht mehr gesehen, doch ihr Unterbewußtsein hatte sich offenbar ständig mit ihm beschäftigt. Wenn sie nach Vancouver ging, entkam sie auch ihm ...

Als Ian zurückkam, sagte sie ihm jedoch nichts davon. Es war ihre letzte Nacht, bevor er wieder Nachtdienst machen mußte. Sie versuchte, Edward aus ihrem Bewußtsein zu verdrängen und glaubte auch, es sei ihr gelungen, aber sie träumte von ihm. Es war ein böser Alptraum, in dem er sie mit einem Messer bedrohte und sie zu überreden versuchte, einen Selbstmordpakt mit ihm zu schließen. Sie erwachte schreiend, verängstigt und suchte Ian. Die andere Hälfte des Bettes war leer. Sie knipste die Nachttischlampen an und rief in panischer Angst nach ihm. Er kam aus Jays Zimmer herübergestürzt.

«Er hat zuerst angefangen zu schreien», sagte er, «und dann hast du eingestimmt.» Er nahm Benet in die Arme. «Was ist mit euch beiden los?»

«Ich weiß es nicht, ich weiß es nicht. Was sollte ich bloß ohne dich tun?»

«Du brauchst gar nichts ohne mich zu tun», antwortete Ian.

Ian ging am Vormittag, nachdem sie verabredet hatten, sich zum Tee zu treffen. Als er fort war, raffte Benet sich auf, wählte die Nummer, die Edward ihr gegeben hatte. Sie dachte, sie könne ihn vielleicht endlich loswerden, wenn sie ihm sagte, sie werde heiraten und gehe nach Kanada. Er meldete sich nicht. Es war auch sehr unwahrscheinlich, daß er um elf Uhr zu Hause war. Bestimmt hatte er einen Job und arbeitete. Hatte sie ihn jetzt angerufen, weil sie wußte, daß er nicht da sein würde? Um ihre Angst und ihre innere Unruhe zu beschwichtigen, um sich selbst sagen zu können: Ich habe ja angerufen, ich hab's versucht.

Sie stand an der Haustür, um jemandem ein Pfund zu geben, der für eine wohltätige Vereinigung sammelte, als sie das Telefon klingeln hörte. Es klingelte zweimal und hörte dann auf. Jay mußte an den Apparat gegangen sein. Aber keine helle Stimme rief aufgeregt: «Mami! Mami!» Benet lief durch den Flur und die Treppe hinunter. Jay saß auf dem Schaukelpferd und schaukelte wild. Der Hörer lag auf der Gabel.

«Te'fon klingeln», sagte er und lächelte sie strahlend entwaffnend an.

Edward trug seine dünnen Sachen und hatte den dicken, langen Schal zweimal um den Hals geschlungen. Sein Gesicht war rot und um die Lippen herum leicht bläulich verfärbt. Ganz wie bei Jay, wenn ihm richtig kalt war, dachte Benet. Er stand hinter ihr, als sie jetzt die Tür öffnete, und klammerte sich an ihren Rock.

«Wenn du ihn an die Tür geschickt hättest», sagte Edward, «hätte er sie mir vor der Nase zugeknallt.»

Sie hatte schon den ganzen Tag geahnt, daß er kommen würde,

und hatte sich darauf eingestellt. «Komm rein», sagte sie. «Es ist kalt.»

Er glaubte, sie wolle damit sagen, daß seinetwegen Kälte ins Haus kam. «Entschuldige, daß ich einen Luftzug verursache.»

«Du weißt, daß ich's nicht so gemeint habe, Edward. Tu nicht immer so, als wär ich eine Hexe. Jay hat ein paarmal Telefonieren gespielt, wenn du angerufen hast, und er hat mir nicht immer Bescheid gesagt. Es tut mir leid.»

«Du solltest den kleinen Teufel nicht an den Apparat lassen.»

Benet schwieg, obwohl es ihr nicht gefiel, daß er Jay einen kleinen Teufel nannte. Jay selbst starrte Edward mit der staunenden Faszination an, mit der sehr kleine Kinder Erwachsene ansehen, die sie nicht mögen. Es war vier Uhr nachmittags. Sie hatte sich mit Ian zum Lunch getroffen und wollte eben mit Jay zu einem Spaziergang aufbrechen. Unterwegs wollte sie sich nach einer Spielgruppe erkundigen, in die sie Jay zweimal wöchentlich schicken konnte, damit er mit anderen Kindern zusammenkam. Sie fragte sich, was Edward zu ihr geführt haben mochte, und als sie die Treppe zum Souterrainzimmer hinuntergingen, fielen ihr zwei Antworten ein. Er wollte Geld. Er wollte das Krankenhaus verklagen, weil Fahrlässigkeit zu James' Tod geführt hatte. Sie traute sich zu, damit fertigzuwerden. Mit jeder dieser Möglichkeiten für sich oder mit beiden zusammen.

Der Händebaum, aller Päckchen beraubt, schmückte noch immer die Wand. Edward betrachtete ihn und musterte dann mit demselben leichten, nachdenklichen Widerwillen den Berg Spielsachen in dieser Ecke des Raums. Von einem Zoo kuscheliger Tiere eingerahmt, lagen auf dem Boden die beiden Zeichenblöcke, die sie Jay gekauft hatte. Die obersten Blätter waren schon mit bunten Zeichnungen von Vögeln, Blumen und Bäumen bedeckt. Nachdem er Edward lange genug angestarrt hatte, kehrte Jay wieder an seine Arbeit zurück und suchte sich lächelnd einen bis dahin unbenutzten leuchtend chromgrünen Buntstift aus.

«Du solltest ihn nicht dauernd herumkritzeln lassen», sagte Edward in demselben Ton, in dem er sie getadelt hatte, weil sie Jay ans Telefon ließ.

Plötzlich erinnerte sich Benet, daß sie Edward, als er das letzte Mal vor fast zwei Monaten hier gewesen war, erzählt hatte, Jay sei das Kind einer Freundin. Aber acht Wochen waren eine lange Zeit, eine unerhört lange Zeit, um ein fremdes Kind zu hüten. Sie füllte den Wasserkessel und steckte dann den Stecker ein. Sie stellte Tassen auf ein Tablett und goß für Jay ein Glas Orangensaft ein. Bestimmt würde Edward jetzt gleich eine Bemerkung über ihn machen, würde fragen, wieso er so lange hier war, und sie würde eine einleuchtende Antwort zur Hand haben müssen. Er hatte sich in den Schaukelstuhl gesetzt und beobachtete Jay. Ein paar Minuten später stand er wieder auf und hob zuerst den Zeichenblock vom Boden auf, den Jay im Moment nicht benutzte, murmelte etwas in sich hinein und nahm dann auch den zweiten an sich, auf den Jay mit seinem leuchtend grünen Bleistift die Umrisse eines Baumes gemalt hatte.

Jay schrie nicht und weinte nicht. Er stand einfach auf und sah wie betäubt vor sich hin. Es war Benet, die Edward am liebsten angebrüllt hätte. Es bedurfte eines immensen Kraftakts an Selbstbeherrschung, um es nicht zu tun. Sie erklärte Edward, daß Jay ihrer Meinung nach ein echtes Zeichentalent hatte, das auf jede nur erdenkliche Weise unterstützt und gefördert werden sollte. Aber schon während sie sprach, war ihr klar, daß durch jedes Wort, das sie sagte, ihre Rolle als zeitweilige Pflegemutter immer unglaubwürdiger wurde. Jays Lippen begannen jetzt zu zittern. Er fing an zu weinen, streckte die Arme nach ihr aus und warf sich gegen sie. Sie nahm ihn auf, drückte ihn an sich und wartete auf Edwards unvermeidliche Fragen: Wer ist dieses Kind? Was bedeutet es dir?

Er stellte sie nicht, zuckte mit den Schultern und legte die Zeichenblöcke wieder auf den Boden. Das Blut, das ihm die Kälte ins Gesicht getrieben und das ihm die Haut gerötet hatte, war zurückgewichen, und er kam ihr blasser vor als sonst. Er wirkte sehr konzentriert. Benet trocknete Jay die Tränen und setzte ihn wieder auf den Boden.

«Hauslich», sagte Jay zu Edward, der zum Glück keine Ahnung hatte, was das Wort bedeutete.

Benet machte Tee und gab einen gestrichenen Teelöffel Zucker in Edwards Tasse.

«Das weißt du noch», sagte er.

«Aber selbstverständlich. Solche Dinge vergißt man nicht.»

Er schwieg. Jay war mit dem Baum fertig und fing an, einen merkwürdigen Vogel mit großen Füßen und roten Beinen zu zeichnen. Benet stellte fest, daß sie nichts zu sagen hatte. Ihr fiel überhaupt nichts ein, was sie zu Edward sagen konnte, um das Schweigen zu überbrücken. Es wurde allmählich peinlich, fast schon greifbar. Er fing schroff an und mit einem für sie höchst erstaunlichen Thema.

«Ich möchte, daß wir wieder zusammen leben, Benet, wie früher. Ich möchte zurückkommen und hier mit dir leben. Das ist das Natürlichste und Nächstliegende für uns. Für uns beide hat es seither niemanden gegeben, der zählt – für mich jedenfalls nicht. Wir gehören zusammen, Benet», schloß er so nachdrücklich, daß sie aufsprang und einen oder zwei Schritte zurückwich.

«Es ist unmöglich», erwiderte sie. «Es kommt nicht in Frage.»

«Warum denn? Wir sind älter geworden. Ich bin älter geworden, wenn du so willst. Ich bin nicht neidisch auf deinen Erfolg, ich habe jeden eigenen Ehrgeiz aufgegeben. Es läuft da ein Englischkurs für ausländische Studenten, ich könnte dort unterrichten. Ich habe mein Examen gemacht. Ich wäre zufrieden, wenn du deine Höhenflüge absolviertest und ich ein bescheidener Lehrer bleibe.»

Fast hätte sie laut aufgelacht, doch das wäre herzlos gewesen. Die Gefahr, daß sie eine Bemerkung über relative Einkommen machte, war bei weitem nicht so groß. Er hatte noch nichts gesagt, um so etwas zu verdienen. Und sie war so ungeheuer erleichtert, daß er nicht gekommen war, um mit ihr über Jay zu sprechen, daß etwas wie echte Zuneigung in ihr aufstieg. Sie ging zu ihm zurück und legte ihre Hand leicht auf die seine.

«Es ist wirklich nicht möglich, Edward. Lieber Edward. Und es ist genausowenig deine Schuld wie die meine. Vielleicht ist es sogar mehr meine. Ich weiß, daß ich dich verletzt, dir unrecht getan habe.» Sie sagte ihm nicht, auf welche Weise, sie war überzeugt, daß er verstand, was sie meinte. «Aber es ist zu lange her.» Sollte sie Ian erwähnen? Es war nicht notwendig, noch nicht. «Ich habe mich verändert und bin dir dadurch nicht nähergekommen – im Gegenteil.»

«Ich sehe keine Veränderung in dir.» Er zögerte. «Wir könnten noch mehr Kinder haben, weißt du. Um deinetwillen könnte ich mich mit Kindern abfinden.»

Ihr Herz verhärtete sich wieder. Jay, der sie beobachtete, spürte – ohne es zu verstehen – die Erregung, mit der die Luft plötzlich geladen schien.

«Ich könnte es nicht, Edward, ich hab dir doch schon gesagt, es ist nicht möglich.»

«Vielleicht habe ich mich nicht klar genug ausgedrückt, Benet. Ich habe gemeint, daß wir heiraten sollen. Ich bitte dich, mich zu heiraten.»

Er sagte es mit der Herablassung eines Menschen, der einem anderen eine große Gnade erweist. Es klang schwülstig, hochtrabend, großspurig. Eine unerhörte Ehre wurde erwiesen, eine Belohnung verteilt. Diesmal lachte sie wirklich.

«Ein Heiratsantrag ist heutzutage für eine Frau kein Anlaß mehr, überschwengliche Dankbarkeit zu empfinden, Edward. Ich wüßte zum Beispiel wirklich nicht, warum ich dich heiraten sollte, aber ich habe einen sehr triftigen Grund, es nicht zu tun: Ich will es nicht.»

Er senkte den Kopf, blickte auf seine Hände hinunter, hob den Kopf wieder und sah ihr in die Augen.

«Dann sage ich dir einen sehr triftigen Grund, warum du's tun mußt.» Er zeigte mit dem Daumen auf Jay. «Glaubst du wirklich, ein Richter würde dir, einer unverheirateten Frau, erlauben, dieses Kind zu adoptieren?»

Irgend etwas krampfte sich in ihr zusammen, wurde eiskalt. Sie spürte, wie sich ihre Muskeln anspannten. Hatte sie ihm denn gesagt, sie habe Jay in Pflege und denke daran, ihn zu adoptieren? Bestimmt nicht, dessen war sie sicher. Als sie Edward das letzte Mal gesehen oder gesprochen hatte, war sie – so unglaublich ihr das jetzt schien – noch immer fest entschlossen gewesen, einen Weg zu finden, um Jay zu seiner Familie zurückzubringen.

«Denn das willst du doch, nicht wahr?» sagte er. «Das planst du.»

Benet nickte, wie hypnotisiert. Bei seinen nächsten Worten glaubte sie, ohnmächtig zu werden. Das Zimmer wurde dunkel, und sie dachte, sie würde im nächsten Moment stürzen wie im Krankenhaus, als man ihr gesagt hatte, James sei tot. Aber sie blieb reglos stehen, den Rücken gestrafft, die Fingernägel in die Handteller gebohrt.

«Ich weiß nämlich, wer er ist», sagte Edward. «Ich habe zwei und zwei zusammengezählt. Es war nicht schwierig. Er ist Jason Stratford, der verschwundene Junge.»

22

Später fragte sie sich, warum sie es nicht geleugnet hatte. Sie hätte bluffen können, aber sie hatte nicht die Nerven gehabt, war nicht cool genug gewesen. Als sie ihn fragte, woher er es wußte – und das war das erste, was sie tat –, hatte sie praktisch alles zugegeben.

«Woher weißt du es?»

«Nun ja, erstens nennst du ihn Jay, magst aber keine abgekürzten Namen. Du bist der einzige Mensch, der mich nicht Ted nennt. Dann seine Haar- und Augenfarbe. Er wurde in der Presse oft genug als blond und blauäugig beschrieben. Deine Situation – Kindesentführerinnen sind oft Frauen, die ein Kind verloren haben. Und dann die Gegend, aus der er kommt. Du hast früher gleich um die Ecke gewohnt. Zufrieden?» fragte er.

Eine wirklich merkwürdige Frage. Sie fühlte sich innerlich wie ausgedörrt und hohl. Sie dachte daran, ihm zu erklären, wie Jay hierhergekommen war, doch hatte das überhaupt einen Sinn? Inzwischen war es doch so, als habe sie Jay selbst entführt, nicht anders, als sei sie mit der Absicht unterwegs gewesen, ein Kind zu stehlen. Außerdem interessierte sie nur, was Edward unternehmen wollte. Gleichzeitig jedoch wußte sie, daß es schon schlimm genug war, weil er alles wußte. Er wußte. Er würde nicht vergessen wie Mopsa. Sein Wissen bedeutete fast das Ende der Welt.

«Was hast du vor?» fragte sie.

«Ich glaube, du hast in einer Art Narrenparadies gelebt, aber du mußt gewußt haben, daß du nicht für ewige Zeiten davonkommen kannst. Wie hast du dir eigentlich die Zukunft vorgestellt?»

Sie hatte nie mehr als ein oder zwei Tage vorausgeschaut.

«Ich glaube, ich dachte, er werde sich mit der Zeit so verändern, daß ihn niemand mehr erkennen würde. Ich dachte daran, mit ihm wegzugehen, weit weg ...» Hatte sie das wirklich? Ihr wurde klar, daß sie jetzt daran dachte. «Schon jetzt würde ihn außer seiner Mutter niemand mehr erkennen.» Sie versuchte kühl zu bleiben, aber ihre Stimme klang wie geborsten, heiser vor Angst. Edward betrachtete sie wie ein Richter, beugte sich vor, runzelte die Stirn.

«Welche Schritte wolltest du unternehmen, um dich zu schützen?»

«Was meinst du mit ‹Schritten›? Ich habe ihn entführt, verschleppt. Ich habe überhaupt keine Rechte, das weiß ich.»

Jay wählte diesen Augenblick, um den Buntstift fallen zu lassen, zu ihr zu kommen und die Arme auszustrecken, damit sie ihn auf den Schoß nahm. Als sie ihn in ihren Armen spürte, schluchzte sie leise auf, preßte aber sofort die Hand auf den Mund, um den Laut zu unterdrücken. Jay begann sie mit der erstaunlichen Kraft eines kleinen Kindes zu umarmen und an sich zu drücken.

«Jay, du erwürgst mich ja, nein, Liebling ...» Sie war fest entschlossen, vor den beiden nicht zu weinen. Ihr Gesicht und ihre Augen fühlten sich an, als seien sie verschwollen. «Bitte, Edward, sag mir, was du tun wirst.»

«Du redest mit mir, als wär ich ein Erpresser», sagte er sarkastisch.

War er denn keiner? Sie begriff erst jetzt, daß sie genau das gedacht hatte. «Edward ...»

«Ich wußte, daß deine Zuneigung zu mir sich in Abneigung verwandelt hat, aber ich wußte nicht, daß du mich so niedrig einschätzt.»

Sie hielt Jay fest. Es war, als sei jemand gekommen, um ihn ihr wegzunehmen, doch sie wußte, daß sie es nicht gewaltsam tun, und ihn nicht ihr entreißen würden. Gleichzeitig war ihr klar, daß sie für Edward ein Bild besessener, irregeleiteter Mütterlichkeit abgeben mußte.

Sanft, aber mit geradezu übermenschlicher Kraftanstrengung zwang sie sich, Jay auf den Boden zu setzen.

«Tut mir leid», sagte sie, «aber du hast mich erschreckt. Trotzdem mußt du die Absicht haben, etwas zu tun, sonst wärst du nicht hergekommen.»

«Glaubst du nicht, daß er einen Vater haben müßte?»

«Zweifellos hat er irgendwo einen. Darüber habe ich mir noch nicht den Kopf zerbrochen.»

Edward sah sie mit seltsamer Intensität an, die eine ganze Reihe von Gefühlen ausdrückte. Sie ließ sogar seine Züge schärfer erscheinen.

«Du betrachtest dich als seine Mutter. Wäre ich dein Mann, könnten wir seine Eltern sein. Wir wären höchst geeignete Adoptiveltern, Benet. Du hast Geld und dieses Haus. Wir sind im richtigen Alter. Wir waren beide noch nicht verheiratet. Ich meine, man würde uns keine Schwierigkeiten machen, wenn wir bei Gericht die Adoption beantragten.»

«Es muß dir ja wahnsinnig viel daran liegen, mich zu heiraten», antwortete sie trocken.

«Das stimmt. Es liegt mir viel daran.»

Ihre Augen ruhten nachdenklich auf Jay. Und wie lange, dachte sie, würde es dauern, bis du anfangen würdest, ihn zu schlagen? Du haßt Kinder.

«Das ist ohnehin unmöglich. Er wurde nicht zur Adoption freigegeben. Er hat Eltern. Ich habe ihn gestohlen. Ich dachte, das hättest du verstanden, hättest mir genau das in Erinnerung bringen wollen.»

«Ich habe gestern den ganzen Tag im Zeitungsarchiv der Bücherei in Conindale verbracht und alles über den Fall Jason Stratford nachgelesen. Es ist ganz offensichtlich, daß seine Mutter sich den Teufel um ihn schert. Ihre beiden anderen Kinder sind in einem städtischen Heim untergebracht, und Jason wäre in einem oder zwei Jahren denselben Weg gegangen. Sie ist Bedienung in einer Bar und ihr Freund arbeitslos. Glaubst du nicht, daß sie dir Jason verkaufen würde?»

Hoffnung kehrte zurück, drängte sich auf, schob sich wie ein kleiner Finger durch eine schmale Öffnung. Benet sah eine saubere, makellose Welt ohne Schuld vor sich, in der jeder die Wahrheit wußte und alle glücklich waren. James' Tod war bekannt, Jays Existenz erklärt, und sie und Edward lebten wieder zusammen. Nachdem sie einen Liebestrank getrunken hatten, der sie verblendete, sahen sie sich gegenseitig mit denselben Augen wie früher – mit den Augen der Illusion. Der Finger schob sich herein, und eine Tür fiel hinter ihm zu, nicht mit lautem Getöse, aber sehr fest, sehr endgültig.

«Ich dachte daran, ihr 20000 anzubieten.»

«Das scheint mir nicht besonders viel zu sein», meinte Benet trocken. «Es kommt mir sehr wenig vor – für ihn. Ich habe für dieses Haus fünfmal soviel bezahlt.» Sie fühlte die Warnzeichen einer drohenden Hysterie, die sie gewissermaßen mit zusammengebissenen Zähnen unterdrückte. «Ein Haus in Hampstead kostet fünfmal soviel wie ein Kind. Da stimmt irgendwo was nicht, Edward.»

«Könnte ich bis auf 50000 hinaufgehen, wenn ich müßte?»

Alles, was ich habe, dachte Benet. Das Haus, meine gesamten Honorare, alles, was ich habe. Selbstverständlich. Das brauche ich doch nicht erst zu sagen. Wieso weiß er das nicht?

«Angenommen, sie geht nicht darauf ein? Angenommen, sie meldet es der Polizei?»

«Das ist ein Risiko, das du in Kauf nehmen mußt.»

«Warum, Edward? Warum soll ich noch weitere Risiken in Kauf nehmen? Du könntest jetzt von hier weggehen, könntest es verdrängen, vergessen, und wir brauchten uns nie wiederzusehen.»

«Lassen wir einmal die Gefühle beiseite und bleiben beim Grundsätzlichen. So etwas kann man nicht verdrängen, nicht vergessen, ich wüßte es, nicht wahr? Und du wüßtest immer, daß ich es weiß. Warum denkst du nicht darüber nach, Benet? Du hast drei Tage Zeit. Ich habe mich mit Carol Stratford verabredet, aber sie weiß nicht warum. Sie weiß nur, daß es um Geld geht, und sie liebt Geld.»

«Du warst ja sehr sicher», sagte sie leise.

«Ich war sicher, ja.»

Drei Tage Zeit, um zu fliehen, drei Tage, um mit Jay zu verschwinden. Sie war ihm fast dankbar, daß er ihr eine Chance gegeben hatte. Die Polizei hätte es nicht getan.

In der Nacht, in der Carol überhaupt nicht nach Hause kam, rief Barry um Mitternacht im *Rosslyn Park* an. Er hatte eine ganze Flasche Wein getrunken, und es war ihm inzwischen egal, was die Leute von ihm dachten. In letzter Zeit war immer Wein im Haus, Carol brachte ihn mit. Die Stimme, die sich am Telefon meldete, sagte, nein, Carol müsse keine Überstunden machen, sie übernachte auch nicht im Hotel, weil es so stark schneie und die Straßen kalt seien – ein Strohhalm, an den Barry sich geklammert hatte –, und sie habe an diesem Abend keinen Dienst gehabt, weil sie überhaupt nicht im *Rosslyn Park-Hotel* arbeite. Barry schlief auf dem Sofa im Wohnzimmer ein.

Er bekam sie den ganzen nächsten Tag nicht zu sehen. Am Spätnachmittag rief ein Mann mit einer vornehmen Stimme an. Barry wollte fragen, ob er Terence Wand sei, aber der andere legte zu schnell auf. Nachdem Barry bei der Arbeitsvermittlung gewesen war, um zu fragen, ob sie etwas für ihn hatten – was natürlich nicht der Fall war –, machte er einen langen Spaziergang, weil er irgend etwas tun mußte. Die Flinte schlug ihm bei jedem Schritt leicht gegen die Brust, während er durch die Straßen wanderte.

Als er am nächsten Morgen aufwachte, war Carol da. Sie lag mit ihm im Bett – das heißt, sie lagen in demselben Bett. Carol war so weit von ihm abgerückt, daß nur die fest unter die Bettkante gestopfte Decke sie davor bewahrte, hinauszufallen. Es war schon spät, zehn oder elf Uhr vormittags. Barry ging hinunter und machte Tee.

Als er wieder ins Zimmer kam, waren die Brillantuhr und der Ring mit dem roten Stein, die sie abgenommen und auf den Nachttisch gelegt hatte, das erste, das ihm ins Auge fiel. Sie war jetzt wach, lag mit weit geöffneten blauen Augen auf dem Rücken.

«Hi», sagte sie, und fügte, als sie das Teetablett sah, hinzu: «Sind Zigaretten im Haus?»

Er wußte es nicht und zuckte mit den Schultern. Er hatte vor ein oder zwei Wochen das Rauchen aufgegeben, ohne es zu wollen, ohne es überhaupt so recht zu merken. An einem Tag hatte er noch zwanzig oder dreißig geraucht, und am nächsten Tag keine einzige mehr. Es fehlte ihm nicht.

Iris nachahmend, sagte Carol: «Du machst ein Gesicht, als hätte es dir die Petersilie verhagelt. Was ist los mit dir? Wenn's deshalb ist, weil ich spät nach Hause gekommen bin, darf ich dir vielleicht erklären, daß ich im *Rosslyn Park* für jemanden einspringen mußte. Ich habe den letzten Bus verpaßt und mußte warten, bis mich jemand mitgenommen hat.»

«Du arbeitest gar nicht dort», sagte Barry. «Du hast nie dort gearbeitet.»

«Okay, also arbeite ich nicht dort.» Sie war noch immer guter Laune. Er roch auch jetzt noch den Brandy in ihrem Atem, doch ihr Gesicht war das eines kleinen Mädchens, frisch, seidig glatt, rosig, weiß und unschuldig. Sie setzte sich auf, und er sah, daß sie ganz nackt war. Ihre Brüste lagen weich auf der Decke. «Wenn du keine Fragen stelltest, bekommst du auch keine Lügen zu hören», sagte sie. «Was geht es dich überhaupt an, wo ich bin und was ich tue? Du bist nicht mein Mann. Aber du bist genauso schlimm wie der verdammte Dave, das bist du! Wo warst du? Mit wem warst du zusammen? Wo bist du gewesen?»

Barry fühlte, daß er an der Schwelle schrecklicher Enthüllungen stand. Nie vorher hatte sie auch nur angedeutet, daß zwischen Dave und ihr etwas anderes als ungetrübte Liebe gewesen wäre. Auf ihren Wangenknochen zeichneten sich zwei feurig rote Flecke ab.

«Ich verlange von dir ja auch nicht, daß du mir über jeden Schritt Rechenschaft abgibst», sagte sie mit einer Stimme, die höher klang als sonst. «Ich gehe dir nicht nach, spioniere dir nicht nach. Ich frage dich nicht, wo du morgens, mittags und abends warst. Das tue ich nicht, bei Gott!»

«Carol», sagte er, «du warst mit dem Typen zusammen, der Jasons Vater ist, nicht wahr? Er ist reich, das weiß ich. Du hast diese Uhr nicht geklaut, und den Ring hast du auch nicht bei deiner Mutter aus einem Knallbonbon gezogen.»

Sie stieg aus dem Bett. Seitlich am Hals hatte sie blaue Flecke, die Eindrücke von spielerisch zubeißenden Zähnen. Aus irgendeinem Grund dachte er an die blauen Flecke, die Jason gehabt hatte, der genauso zart- und weißhäutig war wie sie.

«Laß mir mein Bad ein, ja?» sagte sie.

Ihre harte Stimme, die zugleich spöttisch und befehlend klang, brachte ihn zum Zittern. Aber er rührte sich nicht. Er sah sie an, als sie so vor ihm stand, nackt, den Mund zusammengepreßt, die Fäuste geballt, und zum erstenmal stellte er Unvollkommenheiten an ihr fest. Die schlaffe Haut an den Innenseiten der Schenkel, die Schwangerschaftsstreifen, die aussahen, als habe jemand altes graues Gummiband durch die seidige weiße Haut gezogen.

«Er ist Jasons Vater, nicht wahr?» sagte er.

Carol explodierte, als sei eine Zündschnur bis ans Ende heruntergebrannt. Sie war klein, sie war eine Frau, und sie war nackt, aber sie fürchtete sich nicht vor ihm. Sie kam auf ihn zu, hob die Arme, umklammerte seine Schultern und schrie ihm ins Gesicht. Schrie ihm mit Iris' rauher Stimme ins Gesicht.

«Du willst es wissen? Willst du das wirklich? Du willst wissen, wer sein Vater ist? Schön, dann sag ich's dir. Ich weiß nicht, wer sein verdammter Vater ist. Ich weiß es nicht, und niemand weiß es. In der Woche, in der ich meiner Rechnung nach schwanger wurde, hatte ich acht Männer in sieben Tagen, und es könnte jeder von ihnen sein. Kapiert? Jeder von ihnen oder vielleicht einer von den sieben oder acht, die ich in der nächsten Woche hatte. Ich weiß es nicht, und es ist mir scheißegal.»

«Carol», sagte er. «Carol ...» Er packte sie beim Hals und

drückte an der Stelle zu, an der sie gebissen worden war. «Das ist nicht wahr! Sag, daß es nicht wahr ist.»

«Natürlich ist es wahr. Und laß mich gefälligst los.»

Er lockerte seinen Griff. Er war so entsetzt, als habe er eine verbotene Tür geöffnet und dahinter ein Blutbad entdeckt. Sie riß sich von ihm los und rannte aus dem Zimmer. Er hörte das Rauschen und Klatschen, mit dem das Wasser aus zu heftig aufgedrehten Hähnen in die Wanne schoß. Plötzlich fürchtete er, sie könnte sich vor ihm im Bad einschließen. Er ging ihr nach und blieb, die Tür festhaltend, auf der Schwelle stehen.

Sie beugte sich über die Wanne und ließ Kräuteressenz hineinträufeln. Ein Duftgemisch aus Rosmarin und Dettol stieg aus dem dampfenden Wasser auf. Als sie sich langsam umdrehte und aufrichtete, um ihn anzusehen, schlug eine Welle übermächtigen Begehrens über ihm zusammen. Trotz allem, was sie ihm eben gesagt hatte, wollte er sie. Es war demütigend und irgendwie auch schokkierend, aber er wollte sie in die Arme nehmen und den warmen, nackten weißen Körper mitten zwischen die unordentlich auf dem Boden liegenden Handtücher werfen, und es war ihm egal, daß der Salzwassergeruch des anderen Mannes noch an ihr haftete.

«Was ist nur mit uns passiert?» rief er. «Was ist schiefgegangen, Carol? Können wir es nicht wieder in Ordnung bringen, daß es wieder wird wie früher? Es ist noch nicht zu spät. Ich liebe dich. Ich will dich heiraten, will es noch immer.»

«Das kann nicht dein Ernst sein!» Sie spuckte ihm die Worte fast ins Gesicht. «Ach, du willst es also ‹noch immer›! Also wie find ich denn das? Ich glaub dir gern, daß du's noch immer willst. Ich glaub auch, du denkst noch immer, ich würde den Mann heiraten, der meinen Jason ermordet hat?»

«Was?» fragte er. Es war, als ob sie ihn geschlagen hätte. «Was hast du gesagt?»

«Du hast es genau gehört.»

Wenn sie ihn geschlagen hätte, wäre er damit fertig geworden, aber nicht mit dem, was sie gesagt hatte.

«Das kannst du doch nicht wirklich von mir denken», sagte er wie ein Schuljunge, den man zu unrecht beschuldigt hatte, etwas angestellt zu haben. «Du doch nicht. Du weißt, daß ich's nicht getan habe, daß ich dazu nicht fähig wäre. Was auch alle anderen sagen mögen, du weißt, ich hätte es nie tun können.»

«Natürlich hast du's getan», erwiderte sie. «Ich war nur zu dumm, um es zu begreifen.» Sie drehte die quietschenden Wasserhähne zu. Auf dem Rand der Badewanne stand ein Krug, den sie zum Kopfwaschen benutzte. Barry war zu benommen, um mitzukriegen, was sie tat, als sie sich über die Wanne beugte und den Krug ins heiße Wasser tauchte.

Mit einer sehr raschen Bewegung sprang sie auf, drehte sich gleichzeitig um und schüttete ihm das Wasser ins Gesicht. Er schnappte nach Luft. Sie stieß ihn mit beiden Händen aus dem Bad und warf die Tür zu.

23

Sie sah Ian jeden Tag, und jedesmal, wenn sie sich trafen, wollte sie ihm alles sagen. Sie wollte ihm alles gestehen und sich ihm auf Gnade und Ungnade ausliefern. Eine leise Stimme in ihrem Innern flüsterte, daß es dann schon zwei Menschen wüßten. Und morgen Edward und Carol Stratford.

Außerdem würde Ian ihr sofort raten, Jay aufzugeben, ihn zur Polizei zu bringen. So war er nun einmal. Er würde nicht stillschweigend dulden, was sie tat. Die Ironie der Sache war, daß sie keinen Mann wollte, der stillschweigend geduldet hätte, was sie tat. Das war auch ein weiterer Grund dafür, warum sie Edward nicht wollte.

Ian hatte Nachtdienst, und sie war froh darüber. Sie schlief nur wenig, aber wenn sie schlief, schrak sie jedesmal nach kurzer Zeit aus einem Alptraum hoch. Edward kam am Sonntagabend wieder. Sie fand ihn in ihrem Arbeitszimmer, wo er eine Seite ihres Manuskripts las.

«Wie bist du reingekommen?»

Er lächelte und hielt einen Schlüsselbund in der Höhe. Das Lächeln war weder triumphierend noch anmaßend und alles andere als drohend. Ich bin wieder nach Hause gekommen, sagte es. Er hielt es für selbstverständlich, daß er erwartet wurde.

«Du siehst schlecht aus, Benet.»

Sie zuckte mit den Schultern, sagte nichts.

«Du brauchst dir keine Sorgen zu machen.» Er versuchte sie in die Arme zu nehmen. Sie stand stocksteif da. «Wenn sie ja sagt, sind wir im Geschäft, und wenn sie nein sagt, bist du nicht schlimmer dran als bisher.»

«Wenn sie nein sagt, geht sie auch zur Polizei.»

«Leute wie sie haben eine natürliche Abscheu davor, der Polizei irgend etwas zu sagen, Benet. Vergiß nicht, daß ich die Zeitungsartikel gelesen habe. Nachdem das Kind verschwunden war, hat sie noch einen Tag und eine Nacht gewartet, ehe sie zur Polizei ging.»

«Ich will nicht, daß du mit ihr sprichst, Edward», sagte Benet. «Ich möchte, daß du gehst und uns in Ruhe läßt. Wenn ich bereit wäre, ihr Geld zu geben ...»

Er ließ sie los. «Zwing mich nicht, dich zu erpressen.»

Sie ging ins Wohnzimmer und nahm zwei Gläser und die Whiskyflasche aus dem Schrank. Ihre Hände zitterten beim Einschenken. Jay schlief in seinem Zimmer, zwei Stockwerke höher, doch sie fühlte überall um sich seinen regelmäßigen, leichten Atem.

Ich gehe mit ihm fort, dachte sie. Ich gehe mit ihm irgendwohin, wo niemand uns findet. Edwards Plan war undurchführbar, seine Schlußfolgerungen falsch. Denn wenn Carol nein sagte, würde die Polizei Jay durch Edward aufspüren, und wenn Carol ja sagte, war es unvermeidlich, daß man ihr Jay vorübergehend zurückgab. Wenn vorübergehend, warum dann nicht für immer, da es gegen das Gesetz verstieß, ein Kind zu kaufen? Edward würde ihr eine bestimmte Summe anbieten, damit sie in die Adoption einwilligte, und den Rest sollte sie bekommen, sobald die Adoption abgeschlossen war. Sie wird die erste Zahlung einstecken, dachte Benet, und dann zur Polizei rennen. Aber ich werde mit ihm fortgehen, damit das nicht geschieht. Ich verlasse das Land mit ihm, gehe weit, weit fort, in den Fernen Osten vielleicht. Ich werde mein Geld dazu verwenden, ihn zu verstecken, nicht um ihn zu kaufen.

Sie reichte Edward sein Glas. «Tu, was du willst», sagte sie. «Tu, was dir Spaß macht.»

Nachdem er gegangen war, dachte sie darüber nach, wie es möglich war, daß sie, eine der Mittelschicht entstammende, gesetzestreue Bürgerin, so leicht und unausweichlich zur Kindesentführerin, zur Verbrecherin, zum Flüchtling geworden war. Sie, die sich bis dahin keiner schlimmeren Vergehen schuldig gemacht hatte, als einiger kleiner Verkehrsdelikte. Sie ging zu Jay hinauf und betrachtete ihn. Er hatte sich im Schlaf von einer Seite auf die andere geworfen, die Decke weggestrampelt, und die Schlafanzugjacke war ihm von einer Schulter gerutscht. Sogar noch im Halbdunkel sah sie das Loch, das ihm die Zigarette neben der Wirbelsäule eingebrannt hatte. Sie überwand das fast hysterische Verlangen, ihn aus dem Bett zu nehmen und an sich zu drücken. Fürsorglich deckte sie ihn zu, dann begann sie ganz willkürlich und wie im Fieber Kleider in Koffer zu packen.

Jays Paß kam am nächsten Morgen mit der ersten Post. Sie hatte ihn völlig vergessen gehabt, sie hatte verdrängt, daß sie ohne diesen Paß das Land nicht verlassen konnten. Sie wußte auch noch nicht, wohin sie wollte. Die Koffer hatte sie in Panik gepackt, ohne zu berücksichtigen, ob ihr Ziel in einer warmen oder einer kalten Klimazone liegen würde. Es war ihr hier und jetzt einfach unmöglich, sich Sonne, Wärme, einen klaren Himmel vorzustellen. Leichter, pudriger Schneefall hatte eingesetzt. Sie suchte ihren Paß heraus und legte ihn mit Jays neuem Paß in ihre Handtasche. Jay wachte spät auf. Sie zog ihn an und gab ihm sein Frühstück.

«Schnee», sagte er und preßte das Gesicht an die Fensterscheibe. «Einen Schneemann machen.»

«Wir fahren weit, weit weg vom Schnee, Jay.»

Sie zog ihm den Dufflecoat und die Stiefel an, setzte ihm eine warme Mütze auf, wickelte ihn in einen Wollschal. Während sie das Gepäck in den Wagen lud, spielte er mit Schnee, warf ganze Handvoll in die Luft. Die Kälte rötete ihm das Gesicht und die Nasenspitze, und sie erinnerte sich, daß sie bei Edward die gleiche Wirkung hatte. Ihr kam ein Gedanke, der ihr aber plötzlich zu entsetzlich vorkam, und sie verdrängte ihn sofort, verbot sich geradezu wütend, ihn je wieder in sich aufkommen zu lassen.

Am Montagmorgen war Carol noch immer nicht zurückgekommen. Es war Valentinstag. Kurz nachdem sie sich kennengelernt hatten, hatte Barry eine Geburtstagskarte für Carol gekauft und schon damals an diesen Tag gedacht, hatte sich sogar eine ganz besondere Valentinskarte gemerkt, die er ihr schicken wollte. Mit der Morgenpost kam eine Karte in einem großen blaßrosa Kuvert für sie. Barry machte es auf und erwartete, Terence Wands Namen auf der Karte zu finden, doch sie war nur mit unzähligen Kreuzchen unterschrieben.

Schnee fiel wie ein leichter Schleier. Gegen Mittag war Winterside Down wieder weiß und das Haus vom Widerschein blassen, transparenten Lichts durchflutet. Carol war seit Samstag nicht mehr dagewesen. In Barrys Kopf drehte sich das, was sie gesagt hatte, unaufhörlich im Kreis. Daß es in ihrer Vergangenheit hundert oder tausend Männer gegeben hatte, war nicht mehr wichtig. Das konnte er ertragen. Aber daß auch sie ihn beschuldigte, Jasons Mörder zu sein! Sie, die sich an dem Nachmittag, an dem Jason verschwand, mit ihm getroffen hatte, ihm entgegengelaufen, ihn geküßt und dann in ihrem neuen Kleid eine Pirouette gedreht hatte.

Dafür haßte er sie. Nichts anderes zählte, nicht die Männer, nicht die Lügen, nicht, daß sie ihn ausgenutzt hatte, als wäre er ihr Diener. Aber daß sie ihm den Mord zutraute, das zählte. Solange sie an ihn geglaubt hatte, waren ihm die anderen, die es nicht taten, völlig gleichgültig gewesen. Er saß im Wohnzimmer, in dem der Schnee gedämpfte Helligkeit verbreitete, und dachte daran, wie sie gesagt hatte, daß sie den Mann nicht heiraten konnte, der ihren Jason ermordet hatte. Ihn packte das übermächtige Verlangen, von ihr fortzugehen, sie nie wiederzusehen, Winterside Down für immer zu verlassen und in die Wärme und Geborgenheit seines Elternhauses zurückzukehren. Es war kindisch, es war unreif, doch das war ihm gleichgültig, er wollte es.

Zur gleichen Zeit aber wollte er es auch wieder nicht. Zur gleichen Zeit liebte er sie. Am Valentinstag lernte Barry etwas, von dem er bisher keine Ahnung gehabt hatte – daß es möglich war, zugleich leidenschaftlich zu hassen und leidenschaftlich zu lieben. Als er das begriff, stöhnte er laut auf, preßte aber sofort die Hand auf den Mund, obwohl niemand da war, der ihn sah oder hörte.

Er mußte sie sehen, mußte wieder mit ihr zusammensein. Er mußte sie dazu bringen, zurückzunehmen, was sie gesagt hatte, sie mußte zugeben, daß sie es nur im Zorn gesagt hatte, daß es nicht wahr war. Ein Schneeball schlug gegen die Scheibe, und er sprang auf, überzeugt, daß jemand ihn geworfen hatte, um ihn zu erschrecken. Aber es waren nur kleine Kinder draußen, Isadoros, Kupars und O'Haras, und ihre Schneebälle waren wirklich nur eine Handvoll Schnee und enthielten weder Steine noch Glasscherben.

Die Sonne war herausgekommen, und es taute schon wieder. Carol würde zurückkommen, wenn er lange genug wartete, sie mußte zurückkommen, doch er ertrug es nicht, untätig dazusitzen. Er zog eben die Jacke an und schob die Flinte hinein, als das Telefon klingelte.

Barry meldete sich. Eine Männerstimme fragte vorsichtig, ob Carol da war.

«Nein, sie ist nicht da.»

«Kommt sie ins *Bacchus*?»

Barry hatte den richtigen Namen der Wein-Bar schon so lange nicht mehr gehört, daß er ihn vergessen hatte. «Heißen Sie Wand?» fragte er.

Schweigen, nur von einem tiefen Atemzug belebt. Dann legte der Anrufer auf.

Natürlich war Carol am Montag zur Lunchzeit in der Wein-Bar. Sie würde bis drei Uhr dort sein.

Auf dem Kanal war es eisig kalt und ruhig gewesen. Benet fragte sich, ob Jay schon einmal das Meer gesehen hatte? Er betrachtete es sehr lange und ernsthaft, wandte Benet dann das Gesicht zu und lachte. Nur während unserer ersten Lebensjahre lachen wir über Dinge, über die wir uns ehrlich freuen, dachte sie. Später lachen wir nur noch, wenn wir etwas belustigend finden.

Sie liefen in kaltem, grauem Nebel in Calais ein, als Benet plötzlich wußte, wohin sie fuhr. Hinunter in den Süden Spaniens zu Mopsa und ihrem Vater. Sie war ihre Tochter, und sie hatte einen Sohn. Die Nachbarn, ihr Bekanntenkreis, wußten das inzwischen wohl. Was konnte unauffälliger und normaler sein, als daß Tochter und Enkel sie besuchen kamen?

Großbritannien hatte keinen Auslieferungsvertrag mit Spanien. Sie konnte von dort aus ganz leicht nach Nordafrika übersetzen. Sie sah sich mit Jay in endlose Fernen fliehen. Er war noch zu klein, um huckepack getragen zu werden, er ritt auf ihren Schultern und verkündete laut: «Ich mag das Meer! Ich mag das Meer!»

Sobald sie in Paris waren, wollte sie ihre Eltern anrufen und ihnen sagen, daß sie kam. Vielleicht ließ sie auch den Wagen in Paris stehen und nahm eine Maschine nach Malaga.

Im Haus war es dunkel. Als er unter den Torbogen getreten war, hätte er geschworen, in einem der schlitzartigen Fenster auf der linken Seite ein Licht zu sehen, doch jetzt glaubte er, daß es wahrscheinlich nur der Widerschein von einer Straßenlaterne gewesen war.

Er wollte ohne jede Hemmung bei Terence Wand klingeln. Wenn sie da war und die beiden versuchten, ihn gemeinsam zu verprügeln, war ihm das egal. Er mußte sie finden, mußte sie sehen, mußte ihr gegenübertreten. Wenn nötig, wollte er sie mit seiner Waffe bedrohen. Terence Wand war ihm gleichgültig geworden. Der Mann mochte Jasons Vater sein oder auch nicht, es war bedeutungslos geworden. Barry fragte sich, warum er sich je dafür interessiert hatte, wer Jasons Vater war. Er klingelte einmal, zweimal und dann anhaltend. Vielleicht bildete er sich nur ein, daß im Haus jemand lauerte und sich nicht melden wollte. Woher sollte man das wissen? Man hörte keinen Laut, es herrschte absolute Stille. Als er versuchte, durch ein Fenster zu schauen, sah er nur auf dem auffallend seidig aussehenden dunklen Teppich das gefilterte Licht einer Lampe und die bronzenen Glieder einer Statue. Er ging um das Haus herum nach hinten und schaute durch das Garagenfenster. Der Wagen war da. Er rüttelte an der Garagentür, doch sie war abgeschlossen.

An den Zäunen türmten sich gelbliche, mit Streusand durchsetzte Schneehaufen. Es war sehr kalt geworden. Wo vorher schwarze Nässe gewesen war, glitzerte jetzt Eis. Barry ging zur U-Bahn-Station hinunter. Er wollte es bei Maureen versuchen und, wenn es sein mußte, auch bei Iris.

Als er die Chinesische Brücke hinter sich ließ und über die verharschten Schneereste ging, die auf dem Rasen kleine Inseln bildeten, sah er, daß in Carols Haus Licht brannte. Sein Herz machte einen Sprung wie immer, aber es fehlte die Leichtigkeit, und es tat ihm weh. Obwohl er wußte, daß es Carols Haus war, zählte er von der Ecke aus, um ganz sicher zu sein: zwei, vier, sechs, acht ...

Da er die Waffe hatte, fürchtete er sich nicht davor, den finsteren Durchgang zu benutzen. Bevor er den schwarzen Tunnel betrat, der heute abend rutschig war, holte er die Flinte heraus und hielt sie mit beiden Händen, wie Paddy Jones es ihm gezeigt hatte. Aber er begegnete niemandem, und niemand folgte ihm. Er kam am anderen Ende auf die Straße heraus, und von da konnte er das Licht sehen, daß aus ihrem Wohnzimmer in den kleinen Vorgarten fiel. Dann ging das Licht aus. Er wußte aber nicht, ob alle Lichter im Haus gelöscht wurden, das konnte er von hier aus nicht sehen.

Aus Carols Haus kam eine Frau. Im ersten Moment dachte er, es sei Iris, weil sie wie Iris den Mantel über der Brust zusammenraffte und denselben raschen, beinahe huschenden Gang hatte. Im Licht einer Straßenlaterne sah er ihr Haar, die matt glänzenden naturblonden Locken. Es war Carol. Sie trug Mrs. Fylemons synthetischen Pelz und Sandalen mit sehr hohen Absätzen. Manchmal, fiel ihm ein, kam sie mit blaugefrorenen Füßen nach Hause.

Sie sah sich immer wieder hastig und verstohlen um, als fürchte sie sich vor etwas oder glaubte vielleicht, daß ihr jemand folgen könnte. Barry schmeichelte es nicht, daß sie sich vor ihm fürchtete, aber er folgte ihr. Es schien auf der ganzen Welt nichts anderes für ihn zu tun, keine andere Beschäftigung zu geben. Sie schaute zwar ununterbrochen nach links und rechts, aber nie hinter sich. Am oberen Ende des Bevan Square, an der Ecke bei den Läden, lümmelten sich Schwarze Schönheit und Blauhaar lässig auf ihren Motorrädern, als seien die Sättel Barhocker.

Barry hatte die Flinte wieder unter die Jacke geschoben. Zwar hielt er den Kolben umklammert, aber er holte sie nicht heraus. Einer der beiden sagte etwas, ein undeutlich genuscheltes, wahrscheinlich obszönes Wort, das Barry nicht verstand. Carol glaubte, sie sei damit gemeint, drehte sich blitzartig um und schrie ihnen zu, sie sollten sich verpissen. Barry bewunderte ihren Mut. Die beiden Typen kicherten. Carol lief in Richtung Lordship Avenue weiter.

Barry ging langsamer, er wußte nicht recht, was er tun sollte. Vielleicht wollte sie ja auch nur zu Iris. Aber auch sie wurde langsamer, und an der Ecke, an der die Seitengasse zwischen zwei Wohnblocks in die Lordship Avenue mündete, blieb Carol stehen und wartete – oder trat vielmehr auf der Stelle, drehte sich, die Arme über der Brust verschränkt, auf ihren fast bloßen Füßen langsam im Kreis. Es schneite leicht, und der Schnee, der sehr kalt und so fein wie Staub war, stach Barry ins Gesicht und in die Handrücken. Er schob die Hände in die Jackentaschen. Es herrschte beißende Kälte, aber der Himmel hatte die Farbe des Rauchs über einem brennenden Abfallhaufen.

Der Wagen bog von der Lordship Avenue ein. Er bog ein, wendete und hielt an der linken Bordsteinkante. Barry konnte den Fahrer nicht sehen, aber er glaubte, daß es der Wagen war, den er in Terence Wands Garage gesehen hatte.

Die Beifahrertür schwang auf, Carol sprintete über die Straße, stieg hastig ein – tauchte fast hinein, um der grimmigen Kälte zu entkommen –, und die Tür knallte zu.

Als Barry auf die Hauptstraße kam, war der Wagen verschwunden, aber er glaubte zu wissen, wohin er gefahren war. Am Randstein standen ein paar Leute und sahen auf etwas hinunter, das am Fahrbahnrand lag. Eine Frau löste sich aus der Gruppe, ging weiter und hinterließ eine Lücke in der kleinen Ansammlung. Barry sah, daß ein Lieferwagen ein Tier überfahren hatte und der Fahrer mit einem der Umstehenden stritt – mit einem dieser Leute, die immer auf geheimnisvolle Weise wie Pilze aus dem Boden schießen, wenn irgendwo ein Unfall passiert. Das Ding auf der Straße, schwarz, muskulös, glatt, anscheinend unverletzt, aber tot, war der Dobermann des Gemüsehändlers. Barry wurde bei seinem Anblick leicht übel.

Er hatte zwar zu Fuß gehen wollen, aber als er bei der Haltestelle vor dem Pub war, kam gerade ein Bus. Der Lauf seiner Waffe wölbte seine Jacke über der Brust, als habe er ein deformiertes Brustbein. Die Frau, die ihm gegenübersaß, musterte ihn mit starrem Blick. Er schob die Flinte tiefer und hielt sie fest.

Sie waren nicht in der Bar. Er sah es sofort, er brauchte nicht zu fragen. Alkmini servierte, Kostas saß mit ein paar Griechen in mittleren Jahren – ungefähr so alt wie er – an einem Tisch. Dennis Gordon, beinahe stockbetrunken, das dunkle Gesicht aufgedunsen, hing zusammengesunken über der geschwungenen schwarzen Bartheke. Er sah Barry an, und ihre Blicke trafen sich, aber keiner sagte ein Wort. Dann schweiften Gordons Augen ab. Glasig und blutunterlaufen hefteten sie sich wieder, wie schon vorher, auf Kostas' schwarze Wanduhr, deren Zeiger auf fünf vor neun standen.

Barry hatte gerade noch soviel Geld, um sich einen Drink kaufen zu können, doch er gab es nicht aus. Er ging wieder hinaus. In der Java Mew parkte Dennis Gordons silbrig blauer Rolls an derselben Stelle wie vor ein paar Tagen. Barry hörte, daß die Seitentür der Wein-Bar geöffnet wurde und wieder zufiel, aber er sah sich nicht um. Sein Instinkt hatte ihn in die Irre geführt, sie war nicht bei Kostas, und er fragte sich, wo er sie suchen solle.

Wahrscheinlich waren sie ins West End gefahren. Geh nach Hause, sagte die Stimme der Vernunft in ihm. Geh dahin zurück, wo du warst, bevor du ihr begegnet bist. Früher oder später mußt du's sowieso, warum also nicht gleich? Am Scheitelpunkt des Hügels tauchte ein Bus auf, umrundete schwerfällig wie eine Galeone die Kurve, ein roter Doppeldecker, der nach Hornsey fuhr, und am Ende der Straße vorüberkam, in der Barrys Eltern wohnten.

Er ließ den Bus vorüberfahren. Vielleicht waren sie in einem Pub. Vielleicht waren sie im *Java Head*. Barry ging nicht durch die Mews, sondern um den Block und um den Platz herum, den die Lordship Avenue und die drei kleinen kleinen Straßen bildeten, und schaute im Vorübergehen in die geparkten Wagen.

Es war hier dunkel, denn Lampen gab es nur an den Ecken. Die Gegend war für ihn ungefährlich, hier kannte ihn niemand, aber die beiden Jungen, die unter einer Laterne herumlungerten, sahen doch zu sehr nach Wiedehopf aus, waren zu sehr vom gleichen Typ, um Barry ganz kalt zu lassen. Er griff nach seiner Waffe, und das Blut schien ihm plötzlich rascher durch die Adern zu fließen, Kraft durchströmte ihn. Die Jungen sahen ihn nicht einmal an.

Fast hatte er das Pub erreicht, trat eben in das Licht, das aus dem Fenster der Salon-Bar auf die Straße fiel, als er den ersten Schuß hörte. Er hielt seine Waffe noch immer unter dem Jackenfutter im Anschlag und bildete sich einen wahnwitzigen Moment lang ein, er habe geschossen, habe die Flinte abgefeuert. Es folgten eine ganze Serie von Schüssen und ein Schrei, der die kalte Luft zu zerreißen schien. Barry fing an zu rennen. Hinter ihm flog die Tür des Pubs auf, und die Leute drängten heraus. Barry rannte die Straße hinauf und wußte nicht, ob er vor den Schüssen weg- oder ihnen entgegenlief.

Es folgte noch ein einzelner Schuß. Vor sich auf dem Gehsteig entdeckte Barry Dennis Gordon, eine blindlings vor sich hintaumelnde King Kong-Gestalt, eine Silhouette so schwarz wie ein Gorilla. In der Hand, die riesig war wie eine Pranke, hielt er eine Waffe, halb so groß wie Barrys Flinte. Im nächsten Moment schleuderte er sie in einem weiten Bogen von sich.

Barry wußte nicht, woher plötzlich all die Menschen kamen. Die Kälte hatte sie in den Häusern gehalten, aber Blut und Schreie, die Hitze der Gewalt hatten sie herausgelockt. Überall waren Menschen und unbeschreiblicher Lärm.

Er sah das Einschußloch im Kotflügel des Wagens, bevor er erkannte, wessen Wagen es war. Er drängte sich durch die Menschen, stieß sie mit den Ellenbogen beiseite. Die Beifahrertür, die sich vor seinen Augen für Carol geöffnet hatte, stand wieder offen, und kleine Rinnsale von Blut flossen über den Rand des Sitzes und über die Unterkante des Türrahmens.

Auf dem Boden des Wagens sammelte sich sehr viel Blut und bildete schon eine große Lache. Barry hatte sich oft gefragt, was er tun würde, wenn er Carol in den Armen eines anderen – zum Beispiel in Terence Wands Armen – erwischte. Er sah es jetzt und fühlte plötzlich gar nichts mehr, in ihm war nur noch die totale Leere, die mit dem Schock kommt. Unmöglich zu sagen, ob sie sich schon umarmt hatten, bevor der erste Schuß fiel, oder sich im Tod in die Arme gesunken waren. Auf Carols goldenen Babylöckchen war kein Blut. Der Schuß, der sie getötet hatte, war dicht unter ihrem linken Ohrläppchen in den Kopf gedrungen, wo das stockende Blut einen Ohrring bildete, der aussah wie eine Traube aus dunklen Edelsteinen.

Barry wandte sich ab und schob sich mit Hilfe seiner Ellenbogen durch die Menge bis ans Ende der Straße. Wie ein Automat bewegte er sich den Hügel hinauf – oder wie ein Teilnehmer an einem Geher-Wettbewerb. Polizeiwagen mit heulenden Sirenen und ein überflüssiger Krankenwagen rasten an ihm vorbei und bei Rot über die Kreuzung. Der Abend war plötzlich vom Heulen der Sirenen erfüllt. Barry fühlte nichts, aber die ganze Zeit über sah er Carols Gesicht mit dem roten Schmuck unter dem Ohr vor sich, und er bildete sich ein, daß es nach Zitronen roch – wie im Leichenschauhaus. Mechanisch ging er weiter, die Waffe bewegte sich rhythmisch unter seiner Jacke wie ein fünftes Glied.

Auf dem höchsten Punkt des Hügels angekommen, beugte sich Barry über die Brücke und ließ die Flinte über die Brüstung in den Kanal fallen. Sie klatschte auf, versank, und das aufgewühlte Wasser begann immer weitere Kreise zu ziehen. Es hatte sich noch nicht beruhigt, als Barry in den Bus nach Hornsey stieg.

24

Das Taxi setzte ihn in Golders Green ab. Das war weit genug entfernt, von hier konnte er die U-Bahn nehmen. Er fühlte sich merkwürdig sorglos und beschwingt. Auch körperlich fühlte er sich leicht. Er hatte sich gewogen, bevor er aufbrach, und festgestellt, daß er seit Weihnachten elf Pfund abgenommen hatte. Er hatte seine Vergangenheit abgelegt, und mit ihr schienen auch seine Schwierigkeiten zurückgeblieben zu sein. Er war so entspannt, daß er sich auf dem Bahnhof eine Zeitung kaufte, damit er im Zug etwas zu lesen hatte.

Auf der Treppe zum Bahnsteig warf er einen Blick auf die Schlagzeile der ersten Seite. Warf einen Blick darauf, blieb stehen, las. Der Schock war so groß, daß sich sein Inneres zusammenkrampfte. Wenn er Carol gestern nachmittag nicht angerufen und gesagt hätte, er schaffe es nicht, sich mit ihr zu treffen, dann hätte vielleicht er mit ihr in dem Wagen gesessen, den die Zeitung das ‹Todesauto› nannte. Hätten seine Nerven ihm nicht gesagt, er könne diese letzte Nacht in Spring Close nur überstehen, wenn er allein blieb und sich mit einer Mischung aus Tranquilizern, Alkohol und Beruhigungsmitteln betäubte – dann hätte er es sein können. Sie hätten bestimmt einen Teil des Abends in der Wein-Bar verbracht, man konnte nicht mit Carol ausgehen, ohne dort zu landen. Den Namen des ermordeten Mannes erfaßte er kaum. Edward Greenwood. Keine Ahnung, wer das war. Seine Hand zitterte so stark, daß ein Schloß seines braunen Handkoffers aufsprang.

An Carol dachte er erst viel später. Arme alte Carol. Angenommen, er wäre gestern abend mit ihr ausgegangen, wie sie es ursprünglich geplant hatten? Auch wenn er nicht erschossen worden wäre, wäre er zweifellos in die unangenehme Auseinandersetzung mit dem eifersüchtigen Typen verwickelt worden, mit dem sie mit Unterbrechungen zusammen zu leben schien. Vielleicht war es der, mit dem er gestern telefoniert hatte. Bestimmt wäre dann die ganze Sache mit Fredas Haus herausgekommen und seine Flucht mit dem Geld ins Wasser gefallen. Terence kam zu dem Schluß, daß er einen Schutzengel haben mußte.

Er stieg in Euston aus und ging in das kleine Hotel, wo er für die Nacht ein Zimmer bestellt hatte, um sich am Nachmittag und am Abend darin aufhalten zu können. Dort zählte er sein Geld. Ungefähr zweitausend Fünfzig-Pfund-Noten hätten nicht so viel Platz gebraucht, aber in der Bank hatten sie nicht so viele Fünfziger gehabt und ihm wenigstens die Hälfte des Geldes in Zwanzigern und Zehnern ausbezahlt. Tatsächlich war der Koffer kaum groß genug für die vielen Scheine. Deshalb sprangen immer wieder die Bügel auf, die die Schlösser sicherten.

Er traute sich nicht, das Geld im Hotelzimmer zu lassen, nahm den Koffer mit und ging in die Tottenham Court Road. In einem Laden, der Lederwaren und Souvenirs verkaufte, erstand er einen festen Gurt, den er dem Koffer umbinden konnte, und dann, als er das Geschäft schon verlassen wollte, eine Falttasche aus Nylon.

Wieder im Hotel, überraschte er sich selbst mit dem Übermaß an ängstlicher Sorgfalt, das ihm beim Packen von Koffer und Tasche unerläßlich schien. Am wichtigsten war natürlich, das Geld sicher zu verstauen. Er hatte gepackt, umgepackt und immer wieder umgepackt, als er das ganze Geld schließlich in der Nylontasche und die wenigen Kleider samt seinen Toilettensachen im Koffer untergebrachte. Dann fiel ihm ein, daß wahrscheinlich nur ein Stück Handgepäck erlaubt war. Also nur die Nylontasche. Es war eine jener Taschen, die einen um drei Seiten laufenden Reißverschluß hatten, so daß man sie offen ganz ausbreiten und in ein eigenes integriertes Täschchen zu Taschentuchgröße zusammenfalten konnte. Sie wog praktisch nichts und war viel geräumiger, als er ursprünglich angenommen hatte.

Als er die beiden Gepäckstücke wieder auspackte, fühlte er, daß seine Nerven wieder verrückt zu spielen begannen. Carol, dachte er, Carol, und bemühte sich, Trauer zu empfinden, konnte aber nur an Spring Close 5 und den Möbelwagen der Goldschmidts denken und an die Goldschmidts selbst, die ein Haus voller Möbel und in der Garage den Wagen vorfanden. Das war wohl inzwischen geschehen. Was würden sie tun? Zu Steiner & Wildwood gehen und sich von Sawyer die Nachsendeadresse von Mr. Phipps geben lassen. Sie lautete: per Adresse Wand, Brownswood Common Lane, Tottenham. Terence wußte jedoch, daß seine Mutter den ganzen Tag nicht zu Hause sein würde. Am Dienstag besuchte sie immer ihre Schwester in Palmers Green.

Aber selbst wenn die Goldschmidts in diesem Moment versuchen sollten, ihn aufzuspüren, damit er seine Möbel abtransportieren ließ, würden sie noch lange nicht vermuten, daß ihm das Haus überhaupt nicht gehört hatte. Diese Tatsache und ihre unabwendbaren Folgen würden ihnen vermutlich frühestens in einer Woche oder noch später klar werden. Dennoch saß er, während er die Tasche packte und wieder umpackte, wie auf glühenden Kohlen und beobachtete die Zeiger, die langsam auf halb acht zukrochen. Er fühlte ungeheure Erleichterung, als er endlich, die Nylontasche auf den Knien und einer Fahrkarte nach Heathrow Central in der Tasche in der Untergrundbahn saß.

Detective Inspector Tony Leatham hatte eine schicke Reisetasche – kein Leder, aber so gut wie – aus dunkel cremefarbenem synthetischen Schweinsleder. Es war ihm gelungen, zwei Nächte in Melbourne herauszuschlagen. Monty Driscoll war inzwischen drei Monate dort, also würden ihm zwei Tage mehr auch nicht schaden, während er selbst auf Grund des kurzen Aufenthalts von vierundzwanzig Stunden sehr unter den Folgen des Jet lag – der Zeitverschiebung – gelitten hätte. Was er sich eigentlich unter dem «Jet lag» vorzustellen hatte, wußte er nicht. Seine bisher weiteste Auslandsreise hatte ihn an die Costa del Sol geführt.

Er war fest entschlossen, die Reise zu genießen. Keine Untergrundbahn für ihn. Sie stellten ihm einen Wagen zur Verfügung, der ihn direkt zu Terminal drei brachte. Wie alle ungeübten Reisenden, kam Leatham viel zu früh und checkte als einer der ersten für den Quantas-Flug ein, der um 21 Uhr 45 startete. Er trank eine Tasse Kaffee und kaufte sich ein Taschenbuch. Nicht *Die vertrackte Ehe,* die man jetzt in allen Schaufenstern sah. Er glaubte nicht, daß der Roman seinem Geschmack entsprach, sondern eher eine neue Sammlung von Horrorgeschichten. Weil es dann anscheinend nichts mehr für ihn zu tun gab, zeigte er seinen Paß vor und betrat den Flugsteig, von dem es, hatte man ihn einmal passiert, kein Zurück mehr gab.

Das Mädchen war sein Typ. Es hatte ein kleines, rundes Gesicht und blonde Löckchen, die allerdings nicht Natur, sondern dauergewellt waren. Sie stand vor einem Berg aus Koffern und Taschen. Er konnte sich nicht vorstellen, wie sie das Zeug allein – denn das kleine Kind, das sie bei sich hatte, war bestimmt eher Belastung als Hilfe gewesen – in den Zug gewuchtet hatte. Sie trug Jeans und eine braune Pelzjacke, Kaninchen vermutlich, und zuerst dachte er, daß sie einen gewaltigen Busen haben mußte, unnatürlich groß für ein so zartes Ding. Erst als er sich schon ein paar Minuten mit ihr unterhalten hatte – oder sie sich mit ihm, sie hatte sich seiner bemächtigt, so schnell es nur ging – und sie ihm sagte, sie heiße Jane, merkte er, daß sie ein Baby in einer Art Brustbeutel trug. Sie beugte sich vor, und er sah den winzigen, fast kahlen

Kopf, wo er die Vertiefung zwischen ihren Brüsten zu sehen erwartet hatte.

Zwei Kinder und diese Unmenge Gepäck. Terence wollte sich auf nichts einlassen, aber es war zu spät. Sie hatte schon das Schild gesehen, das am Griff von Jessicas Koffer hing, und auf dem Singapur und der Name des Hotels standen, in dem er wohnen würde. Er sah ihren Augen an, wie erleichtert sie war, daß sie für die nächsten vierundzwanzig Stunden einen Begleiter und Dienstmann gefunden hatte. Es würde ihn ablenken und hatte deshalb etwas für sich. Wenn er sich mit ihr unterhielt, würde er nicht ständig an die Goldschmidts denken. Und wenn sie nach Singapur kamen ...

«Bill muß bis April in Penang bleiben», sagte sie, «aber er hat mir eine *ayah* besorgt.»

Terence vermutete, daß sie damit eine Kinderfrau meinte. Er dachte, er könnte es schlechter treffen, als einen oder zwei Tage ihre Gesellschaft zu genießen, falls ihm das vom Schicksal vergönnt sein sollte. Das ältere Kind, geschlechtslos in einem Velouroverall und mit Kurzhaarschnitt, hieß Miranda. Es kletterte Terence auf den Schoß und begann mit dem Reißverschluß seiner Nylontasche zu spielen. Terence hoffte, daß die *ayah* auf dem Flugplatz wartete, am besten schon auf der Rollbahn.

Er schleppte drei Koffer und schob einen vor sich her, der kleine Räder hatte. Seine eigene Tasche hing an seinem Handgelenk. Jane trug das Baby und zwei weitere Koffer, während Miranda quengelnd am Saum ihrer Jacke hing. An den Abfertigungstischen lungerte keine Polizei herum, wie Terence heimlich befürchtet hatte. Die Erleichterung darüber, die Koffer endlich los zu sein, wurde von der Angst vor der Gepäckkontrolle abgelöst. Er dachte, jetzt sei alles aus, als sie sagten, er solle die Nylontasche aufmachen und sie dann selbst aufmachten, so daß der halbe Inhalt herausfiel. Aber niemand sagte etwas. Sie drehten die Banknotenbündel genauso uninteressiert um wie vorhin die Packung mit den Papierwindeln in Janes Koffer. Jane sah zwar das Geld an, wie er merkte, aber sie sagte nichts.

Sie gingen alle in den Laden mit den zollfreien Waren, und Jane kaufte Parfüm. Terence kaufte nichts. Noch eine Stunde, und er brauchte keinen Whisky mehr. Geschmeckt hatte er ihm ohnehin nie. Sie tranken Kaffee und Miranda aß eine Packung Knusperflokken, und während sie sich noch überlegten, ob sie ein Sandwich bestellen oder warten sollten, bis im Flugzeug etwas serviert wurde, verkündete Quantas, daß die Passagiere des Fluges QF 2 nach Bahrein, Singapur und Sydney an Bord gehen konnten. Es war erst der erste Aufruf, sie hatten noch viel Zeit.

Jane sagte, sie solle vielleicht auf die Toilette oder in den Wickelraum gehen, wenn es einen gebe, und dem Baby die Windeln wechseln. Vielleicht hatte sie später stundenlang keine Gelegenheit mehr, es zu tun. Schließlich wußte jeder, daß man im Flugzeug immer Schlange stehen mußte. Terence dachte, sie werde Miranda mitnehmen, aber sie ließ sie bei ihm zurück, und kaum war ihre Mutter außer Sicht, warf Miranda eine fast volle Kaffeetasse um. Der Kaffee ergoß sich über seine Nylontasche. Er riß den Reißverschluß auf, weil der Kaffe durch den Stoff sickerte, und im selben Moment sprang ihn Miranda – vielleicht reumütig zerknirscht oder auch nur erschrocken – an und umklammerte seinen Hals.

Die Passagiere an den Nebentischen standen jetzt allmählich auf und gingen einzeln oder in kleinen Gruppen zur Tür. Er beschloß, ebenfalls zu gehen, und zum Teufel mit Jane, ihren Gören, ihren Koffern und ihrer *ayah*. Er bemühte sich, auf die Beine zu kommen, aber Miranda hielt ihn noch immer fest, und als er versuchte, sich von ihr zu befreien, sah er plötzlich Inspector Leathams Gesicht vor sich. Sie erkannten sich gegenseitig, und zwar sofort. Terence wurde von derselben Übelkeit, derselben Schwäche und demselben Schwindelgefühl befallen wir damals, als Leatham zu ihm nach Spring Close gekommen war.

Leatham hatte an einem drei oder vier Meter entfernten Tisch gesessen. Er stand auf, kam langsam auf Terence zu, sah zuerst ihn und dann Miranda an und sagte:

«Jason Stratford, wie ich vermute?»

Terence hörte die Worte, doch sie waren für ihn nichts anderes als unverständliche Laute – Laute einer ihm fremden Sprache. Seine Nerven versagten, gaben nach wie eine zu stark und zu lange angespannte Feder. Er stieß einen leisen, unartikulierten Schrei aus, stieß Miranda von sich, packte die offene Tasche und rannte. Die Tasche stülpte sich nach außen und verstreute ihren Inhalt, der Terence' Fluchtweg markierte wie bei einer Schnitzeljagd: Rasierapparat, Zeitung, Unterwäsche, Zahncreme, Tranquilizer und 132000 Pfund ...

25

Sie brachten das Buch zurück. Mit Jay an der Hand, betrat Benet an einem Vormittag im März die Winterside Bibliothek, reichte das Buch durch den Schalter und versuchte zu erklären, wieso sie es hatte. Obwohl kein Mitglied, habe sie sich vor ein paar Monaten zufällig in der Bibliothek aufgehalten, und ihr kleiner Junge habe das Buch mitgenommen. Versehentlich ...

Das Tierbilderbuch war groß und grellbunt und kaum zu übersehen. Doch die Bibliothekarin schien froh, ein fehlendes Buch zurückzubekommen und akzeptierte jede Erklärung. Benet hätte es auch mit der Post schicken können. Sie hatte sich jedoch gezwungen, in diese Ecke von Tottenham zu fahren, durch die Lordship Avenue und Winterside zu gehen, weil sie das Gefühl hatte, wenn sie jetzt nicht den Mut dazu aufbrachte, würde sie es nie tun, würde sie die Gegend immer meiden und die längsten Umwege auf sich nehmen, wenn es erforderlich war, diesen Teil von London zu durchqueren. Das Buch war auch nur ein Vorwand, um einen schmerzlichen, aber dennoch befreienden Blick auf die Umgebung zu werfen, in der Edward gestorben war und Carol Stratford mit ihm.

Wie bei ihrem ersten Besuch hatte sie den Wagen in der Winterside Road geparkt. Es war ein funkelnder, eiskalter Tag. Die Narzissen waren schon draußen, aber man sah noch keine einzige Blattknospe, und in der Luft spürte man nicht einmal einen Hauch von Frühling. Jay wuchs aus seinem Dufflecoat heraus. Er brauchte möglicherweise einen neuen, bevor es warm wurde. Sie gurtete ihn in seinem Sitz an und fuhr zur Tankstelle von Tom Woodhouse, weil sie Benzin brauchte.

Ein junges Mädchen bediente sie. Benet ging mit ihr ins Büro, um mit ihrer Kreditkarte zu bezahlen. Tom Woodhouse saß an einem Schreibtisch und telefonierte. Sie betrachtete ihn und wußte nicht so recht, ob sie sich zu erkennen geben sollte, sobald er auflegte. Oder ließ sie es besser sein? Auf einmal faßte sie ihn schärfer ins Auge. Ein merkwürdiges Gefühl, eine Mischung aus Erstaunen und äußerster Verlegenheit, überkam sie. Es war fast wie das unerwartete und unwillkommene Wiedersehen mit einem alten Liebhaber. Aber natürlich war Tom Woodhouse nie ihr Liebhaber gewesen. Der ihre nicht, aber der von Carol Stratford, da gab es nicht den geringsten Zweifel.

Die Ähnlichkeit war so unheimlich, daß es ihr kalt den Rücken hinunterrieselte. Der Mann am Telefon hatte eine hohe Stirn, meerblaue Augen, eine Hakennase und ein langes Kinn. Seine dichten blonden Brauen wölbten sich über den Augen, und sein Haar war von heller Sandfarbe. Als sie Jay das erste Mal gesehen hatte, hatte er sie sehr stark an jemanden erinnert, sie hatte jedoch nicht gewußt, an wen. Mechanisch unterschrieb sie den Bon. Tom Woodhouse sagte «auf Wiedersehen» ins Telefon, legte auf, schrieb etwas auf einen Block und hob langsam den Kopf.

Benet nahm mit abgewandtem Gesicht die Quittung entgegen und verließ schnell den Raum. Die Bekanntschaft mit dem Mann zu erneuern, der zweifellos Jays Vater war, war wirklich das letzte, was sie wollte.

Sie hatte Ian seit einer Woche nicht mehr gesehen, und seine Abreise nach Kanada stand in vierzehn Tagen bevor. Er kam um sieben, gleich nachdem Jay ins Bett gegangen war.

«Ich komme nicht mit dir», sagte sie, sich aus seiner Umarmung lösend. «Aber das weißt du, hast es schon erraten, nicht wahr?»

Auf seinem Gesicht lastete dieselbe tiefe Traurigkeit wie an dem Tag, an dem sie ihm gesagt hatte, sie sei gar nicht auf den Gedanken gekommen, ihm zu sagen, daß sie nach Spanien fahre, daß sie es schlichtweg vergessen hatte. Als sie drei Tage bei Mopsa und ihrem Vater gewesen war, hatte sie von Edwards Tod erfahren, und erst dann hatte sie sich erinnert, daß sie Ian anrufen mußte. Trotzdem war es kein Mangel an Liebe gewesen, aber Angst ist nun einmal stärker als alle anderen Gefühle.

«Ich weiß, daß du nicht mitkommst», sagte er, «aber ich weiß nicht, warum.»

Sie mußte ihn jetzt belügen, um in Zukunft nicht mehr lügen zu müssen. Und eine gemeinsame Zukunft ohne Lügen wäre für sie unmöglich, da er nie stillschweigend dulden würde, was sie getan hatte. Ebenso undenkbar war andererseits eine Zukunft, in der sie ihm ein Märchen ums andere, eine Lüge nach der anderen auftischen mußte, um ihm Jays Anwesenheit, seinen legalen Status als ihr Sohn plausibel zu machen. Selbst wenn er ihr glaubte, würde all das ihre Beziehung zerstören – und ihrer Meinung nach würde er ihr nicht lange glauben.

Ein anderer Mann – falls es je einen geben sollte – würde nichts über ihre Vergangenheit wissen und sich mit ein paar erklärenden

Worten zufriedengeben. Aber Ian war der einzige Mensch, der wußte, daß Jay nicht der James Archdale sein konnte, als den sein Paß ihn auswies, der einzige, der James noch gekannt hatte und wußte, daß er tot war. Sie hatte also ihre Wahl treffen müssen, und sie hatte sie getroffen. Ian oder Jay – sie hatte sich entschieden. Und als erstes mußte sie zu ihrer Lüge greifen, um dieser Entscheidung das nötige Gewicht zu verleihen.

«Tut mir leid, Ian. Ich liebe dich einfach nicht genug, um dir durch die halbe Welt zu folgen. Ich habe gedacht, ich liebte dich, und ich tu's ja auch, aber nicht genug.»

Er wollte es nicht akzeptieren. «Versuchen wir's doch mit einer Trennung von sechs Monaten. Bis dahin bist du dir über deine Gefühle bestimmt im klaren.»

«Ich werde genauso empfinden wie heute.»

Sie wußte, daß sie ihn nach diesem Abend nie wiedersehen würde. «Ich werde deine Bücher kaufen», sagte er. «Wenn ich dir schon nichts anderes sein kann, will ich dein treuer Leser bleiben.»

Als er gegangen war, weinte sie. Sie schenkte sich einen Drink ein, setzte sich in ihr Arbeitszimmer und tröstete sich mit der traurigen Gewißheit, daß das letzte Hindernis aus dem Weg geräumt war. Sie selbst hatte es so gewollt, sie selbst hatte ihr Leben in diese Bahnen gelenkt. Ein eiskalter Trost in einem einsamen mitternächtlichen Haus.

Jay wachte auf und wollte ein Glas Wasser. Am besten, ich gehe auch ins Bett und komme nicht wieder herunter, dachte sie. Sie setzte ihn auf ihren Schoß und gab ihm eine Tasse Wasser. Er trank und ließ sich dann bereitwillig in sein Bett zurückbringen. Die Augen fielen ihm zu, bevor sie ihn zugedeckt hatte. Ein bißchen bedauernd und mit viel Hoffnung sah sie ihn an. Ein paar Worte, die Edward gesagt hatte, fielen ihr ein.

«Nun, Jay», sagte sie, «es sieht ganz so aus, als wären wir im Geschäft.»

Linda Barnes

«Carlotta Carlyle ist eine großartige Bereicherung der schnell wachsenden Gruppe intelligenter, witziger, verführerischer, tougher, aber dennoch verwundbarer Privatdetektivinnen ...»
The Times

Carlotta steigt ein
(thriller 2917)
Carlotta Carlyle, Privatdetektivin, Ex-Cop und Hin-und-wieder-Taxifahrerin, bekommt von der alten Dame Margaret Devens den Auftrag, deren spurlos verschwundenen Bruder zu suchen ...
«Linda Barnes' Stil gefällt mir ungemein gut: klar, straff und aufregend.»
Tony Hillerman

Carlotta fängt Schlangen
(thriller 2959)

Carlotta jagt den Kojoten
(thriller 3099)

Carlotta spielt den Blues
(thriller 3160)

Zum Dinner eine Leiche
(thriller 3049)

Früchte der Gier
(thriller 3029)
Michael Spraggue, Schauspieler und Detektiv (auch wenn seine Lizenz schon abgelaufen ist), bekommt es in seinem ersten Fall mit gleich drei Kofferraum-Leichen zu tun.

Marathon des Todes
(thriller 3040)
Jemand will die Wahl von Senator Donagher verhindern und Spraggue einen Mord ...

rororo thriller

Blut will Blut
(thriller 3064)
Wer goß Blut in die Bloody Mary, wer enthauptete Puppen und Fledermäuse? Und wer legte den toten Raben ins Büro des Theaterdirektors? Michael Spraggue wird wieder einmal gefordert.

Im Wunderlich Verlag sind erschienen:

Ein Schnappschuß für Carlotta
Roman
352 Seiten. Gebunden

Carlotta spielt den Blues
Roman
272 Seiten. Gebunden

rororo thriller werden herausgegeben von Bernd Jost. Ein Gesamtverzeichnis der Reihe finden Sie in der *Rowohlt Revue*. Jedes Vierteljahr neu. Kostenlos in Ihrer Buchhandlung.

3025/3

Christine Grän

«Anna Marx, 35, tizianrot und rubensdick, ist das ausgekochte Phantasiegeschöpf der Bonner Journalistin **Christine Grän**, die ihre Krimiheldin als sinnenfrohe Gerechtigkeitsfanatikerin gegen die sattsam bekannte lakonische Melancholie alter Krimihaudegen antreten läßt.»
Neue Presse Hannover

Ein Brand ist schnell gelegt...
(thriller 2901)

Weiße sterben selten in Samyana
(thriller 2777)
«Vergnüglich plaudernd begleitet Christine Grän ihre Heldin auf Mördersuche, läßt die Liebe nicht zu kurz kommen und sorgt an den richtigen Stellen für einen Schuß Spannung.»
Hamburger Abendblatt

Dead is beautiful
(thriller 2944)
Peter Münzenberg ist nicht der Mann, der sich seine Politikerkarriere von einer Frau zerstören läßt. Als er erpreßt wird, soll Anna Marx ihm helfen. Sie hätte lieber nicht zusagen sollen. Erst ein Frontalangriff auf ihre Linie, dann auf ihr Leben...

Nur eine läßliche Sünde
(thriller 2865)
Ein rotzfrecher Teenager zwingt ihre Mutter, den rechtmäßigen Vater um Geld anzugehen. Dem paßt die Sache überhaupt nicht in den Kram – er ist nämlich Bonner Politiker auf der höchsten Ebene.

rororo thriller

Anna Marx, der Müll und der Tod
(thriller 3192)

Ein mörderischer Urlaub *Stories*
(thriller 2950)

Grenzfälle
(thriller 3031)
Als Anna Marx die Zeitungsmeldung über den Tod der dreiunddreißigjährigen Susanne Sawitzki liest, ist sie wie elektrisiert. Das ist doch der Name gewesen, den der geschwätzige Typ in der Bar so beiläufig erwähnte...

Marx ist tot
(thriller 3081)

Mit Mord beginnt ein schöner Sommer *Stories*
(thriller 3136)
Endlich Urlaubszeit. Doch 14 Tage Zusammensein kann ganz schön auf die Nerven gehen. Dann reicht schon eine Kleinigkeit, um eine Explosion auszulösen oder einen heimtückischen Mord zu planen ...

3008/3